（上）「阿騎野・人麻呂公園」の北方向から見た人麻呂像

（右）「かぎろひの丘万葉公園」から見える東南（日の出、人麻呂像の前方）側の風景。左奥に見える山は高見山

（左）「かぎろひの丘万葉公園」から見える西北側（月の沈む側、人麻呂像の後方）の山々

本書に登場する主な人物の系図（網掛け人物は天皇。天武は左右に記載）

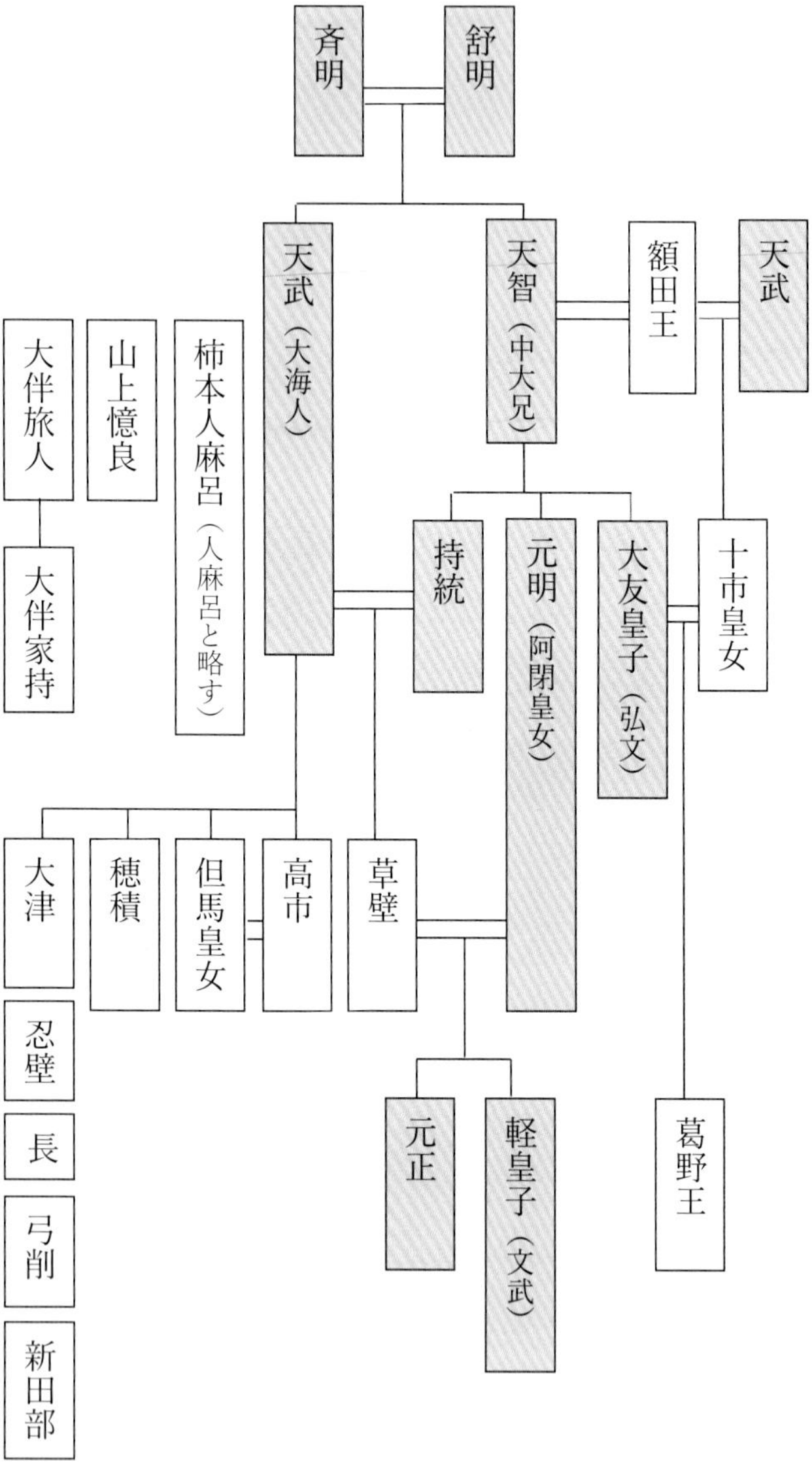

柿本人麻呂の「かぎろひの歌」考

—こうして素人でも『万葉集』を面白く読み解けた—

児玉敏昭 KODAMA Toshiaki

文芸社

目　次

柿本人麻呂の「かぎろひの歌」考

―こうして素人でも『万葉集』を面白く読み解けた―

序——なぜ「かぎろひの歌」か

1　問題意識

柿本人麻呂（以下人麻呂という）の人物と歌の研究は、『万葉集』中でも屈指の取り組まれているテーマであろう。その場合の論述の根拠は、大半が論者の想像・推測・着想・思いつき・長年の思索・先学の継承などと思われる。研究論文や解説書の中には論拠が不明確で具体的な証拠に基づいていないと感じる時がある。本書が取り組もうとしている人麻呂作歌の数首に限っても、時に解説書の根拠は自然科学の知識を無視していると思われるものがある。歴史学の通説や有力説を踏まえず、あるいは踏まえて論じても現在では否定されてしまったものも見られる。

文学の鑑賞だから歴史学や自然科学の通説の上に立って行う必要はないという考えもあろう。歴史学者が唱える現状の通説が常に正しいとは限らないから、立論の前提を歴史家の認識と違った考えに基づいて行うことも間違いとはいえない。しかし、そこには問題が潜《ひそ》む。たとえ文学としての歌の鑑賞であっても、自然科学の常識や最低限でも歴史家の唱える最新の通説あるいは有力説などを踏まえて論評や解釈を行わなければ、人々の賛同を得ることはむつかしいと思う。歌の論評や解釈を最新の自然科学や歴史学で得られた通説によらず、異論に基づいて行うには詳細な理由を述べる必要があると考える。古い時代の『万葉集』の解説の中には自然科学や歴史学の発達を無視しているようで、検討に値しないと感じることさえあるのは残念である。

個人の感性などは人さまざまで、見解は一致しがたい。学説の差異は高名な学者間ではなおさら大きい。いわんや凡人の我々においては一人一人の顔が全部違うように、歌の解釈や受け取り方は異なるだろう。個人的な感性などに基づく歌の主観的解釈と感じる例や、正しいと思う最新の自然科学や歴史的事実の上に立っていないと筆者が感じた残念な例を、単なる揚げ足取りにならないように気をつけながらいくつか挙げよう。いずれも本書で参考・引用させていただいている高名な学者の見解である。

①学問の発達や歴史的事実を軽視していると感じる例では、壬申の乱で近江朝が滅亡し「瞬時の間に近江京を灰燼《かいじん》に帰せしめてしまった」などの文によく出会う。今日までの考古学による発掘結果によれば、火災で近江の都が燃え尽きた痕跡はどこにも見られない。一言弁護すれば、『万葉集』と同時期に編まれた『懐風藻』にこのように書いてあったからだろう。

②学問の進歩によって後に否定されるに至った仮説の上に立って論じたものもある。

歴史学の進歩・発達に伴って議論の前提が崩れ去った例を挙げよう。外村《とのむら》直彦の『万葉集』の解説に見られる。有名な「藤原宮御井の歌」（1・五二）の解釈である。外村は藤原京を東西四里、南北六里を京域とする岸俊男説に基づいて論じている。岸説は外村が論文を作成した当時の鉄板といわれる通説であったが、今や考古学の発掘成果によって否定されている。岸説は時代の限界でもある。論証が岸説の上に立って詳細になされていればいるほど誤りの傷口は大きく、岸説に基づいて立論した外村の論は、結果的に砂上の楼閣の典型となってしまった。

当時はほとんどが岸説に基づいて歌や古代の歴史を論じているので、やむを得ない結果といえるが、歴史論評のむつかしさを感じる。筆者の論も同じ運命になることを承知の上で、本書では可能な限り現時点で歴史学の発達に伴って解明された事実の上に則って論じようと思う。

③自然科学の知見を知らずに軽視し、説明も足りないと筆者が感じた例を二つ挙げよう。

一つは、令和の年号で有名な中西説の一節で、ここで述べることは長くなり、別のところで述べる点にも関係している。本書の三一一頁以下の注8に述べているので、そちらを参照ください。ここには筆者の失敗例と教訓も記述している。

もう一つは、『万葉集』や人麻呂研究で有名な稲岡耕二の『柿本人麻呂』（集英社）にある文章である。人麻呂の「吉野行幸の歌」（1・三六）の中に「花散らふ」とあり、稲岡は「行幸が旧暦の二月であれば、桜の花のしきりに散るのが映像として意識されていると解されるだろう」（一七二頁）と詳しい説明もなく書いている（山本健吉に同趣旨）。「　」内の文章が稲岡の解説である。稲岡の見解の不十分さは詳細な検討で明らかになるが、これも本文から注1（二一六頁以下）に廻す。

④個人的な感性などに基づく歌の主観的な解釈と感じる論述には以下の例がある。歌は長歌のため省略するが、『万葉集』「吉野行幸従駕歌」（1・三八）に対する伊藤左千夫の解説を、澤瀉久孝は『萬葉集注釋』巻第一（二九五頁）の中で、次のように紹介している。

三八番歌は「思ふに人麿の一生中最も得意の時期で、而かも年歯猶壮にして、従って意氣旺なりしものありしか。一篇の落想用語頗る放膽である。些末の點には一向注意せざるものの如きも、全篇の上には却て自然の統一を見るのである。思想格調が悉く興國の氣泰平の象である。室内に坐し机邊にあって詠唱すべき歌ではない。高天の下に立ち大地を踏み、静かに朗誦幾遍せば、何人と雖も、云ふに云はれぬ尊い感に打たれて、神の御代と云ふことを思はずには居られまい。『山河も依りて仕ふる神の御代かも』の嘆唱はどうしても神の聲である。

全く超絶した響きである

と長い引用をしている。あえてルビを付さないで、あるがままに引用した。

これが明治後期の有名なアララギ派の代表的歌人の見解だ。通説は人麻呂の生まれた年も死んだ年も未だに分からないとする。伊藤左千夫も自ら説明せず、三八番歌が「何月の従駕に作れる歌成るかを知らず」と左注にある中で、彼は「人麿の一生中最も得意の時期（の作：筆者）」と書く。さらに書いている漢字は旧字の上にむつかしい字にルビもなく、表現も古びていておおげさで、主張に対して具体的な根拠を示すこともない。意味内容は読者の対象を仲間内だけに限定し、そこで通じる寿司屋の符丁のごときと受け取れるようなものである。

明治後期の文壇風潮の一端を反映しているのだろうが、戦後育ちの筆者には彼が何を言っているのか理解不能であった。伊藤左千夫説のような人の数だけ異なる可能性のある、根拠を示さない心情的で主観的解釈は避けたいと考え、本書ではかくのごとき論は取り上げていない。

万葉歌人として屈指の有名人の人麻呂は、多くの学者が取り組んできたが、資料が少ないために人物や作品の評価が定まりにくく、一人一説の状況にある。いきおい大家といわれる学者の見解が通説、あるいは有力説になりがちである。果たして学問的にこの状態でよいのだろうか。『万葉集』の歌をもう少し客観的で合理的に鑑賞できないものかと思う。

『万葉集』研究などの専門家が歌の評価や鑑賞を感性で行っている限りは、一般庶民が歌をもう一度専門家と同じように追体験することは、なかなかむつかしい。斎藤茂吉や伊藤博や中西進などの大家の説と自分が到達した結論と比べて、鑑賞眼を磨く以外にないのだろう。中学校の古文の授業などで有名な歌を学ぶ時に、通説を教えられることが多い。納得しがたい感情が自分の中にあっても、通説以外は間違いとされ評価の点数にはならない。中学生などでは大家や有力な学者の見解を信じる外に、他に有効な手段がない。これでは価値観の多様化した現代にあって、古典を積極的に学ぶ学生などがいなくなるのは自然かもしれない。大学入学試験の国語で漢文が選択制になって久しいが、最近の一部の大学入試では、古文も選択制になっているらしい。

筆者は学生が古文を回避する風潮が良いとは思わない。若い人は日本の古典についても最低限の知識を持つべきと考えている。一定の推理が合理的に順序だってできれば、誰でも容易に妥当とされる見解に辿り着くことができる。そこに人は面白いと興味を持つのではないか。そのためには歌などの文学でも、合理的で客観的で科学的な根拠に基づいて鑑賞すべきと思う。なお、鑑賞を評論・解説（以下、筆者は三つを単に鑑賞と称する）と言い換えても筆者の論旨は同じである。

2　筆者の歌鑑賞の方法論

歌をどのような方法で鑑賞するかについて本書の最後にも述べるが、ここで筆者の立場を明らかにしようと思う。方法は大きく分けて、以下の二つが考えられる。

第一に、歌そのものを中心に自分がそれまでに体験し経験したことを基に、先学の研究や自分の長年の研究を生かし、さらに直観的なひらめきや空想力を駆使し、その上で大胆に想像力を働かせて歌を理解し、鑑賞する方法である。筆者はこの方法を主観的アプローチ法と名付けている。この方法でも記述の展開は論理的で、かつ実証的でなければならないことは当然である。最後に想像力を働かせるのは、歌のような文学を何らかの証拠となる根拠に基づいて鑑賞するだけでは限界があると考えるからだ。想像力を働かせている点で稲岡説は尊重されるべきかもしれないが、自然現象などの事実で想像力が許されるのは、科学的方法ではこれ以上真実に迫れなくなった時に限るべきだろう。学者であれば可能な限り合理的・科学的探究を心がけるべきと思う。その点で稲岡の説明は不十分である。筆者は主観的アプローチ法の重要性と必要性は認識しつつも、主観的アプローチ法だけに頼ることはしない。論拠が主観的で、一方的で、一面的になる恐れが常にあるからだ。多くの学者は次の第二に述べる方法を加味して論じている。

第二に、具体的に歌そのものを色々な角度から分析（他の歌との比較、国語表記、文法、民俗学からの検討、漢詩文の影響など）しながら歌の理解を深め、さらに歴史学や建築学や地理学や考古学や天文学、その他の現代諸学問の知見を可能な限り活用した解釈をしていく方法である。筆者はこの方法を客観的アプローチ法と名付けている。

以上に述べた二つの方法（歌の鑑賞）を筆者は各論として展開するが、これには共通して考えておかなければならないことがある。いわば対象歌の土台・ベースとなるものである。

歌は作者個人が生きた社会や、詠う場面で直面していた課題や、詠う時の置かれた場の雰囲気（以上を外部環境という）と、作者の生まれ育った境遇や、生まれて以来培われた思想信条（以上を内部環境という）など、各種の要素が複雑に絡み合って生み出される作品であると考えている。端的にいえば、歌は作者が置かれたあらゆる環境下にいる人間そのものから生まれたものといえる。そこで、作品鑑賞の前に一定の作者についての外部環境と内部環境を明らかにして、それらにとらわれすぎないように注意しつつ、それらを土台に作品を把握すべきと考える。

そのためには作者を取り巻く一定程度の内・外環境の分析と把握が必要だろう。作者がどのような外部環境と内部環境のもとに置かれていたかは、作者の思想形成に大きな影響を与え作歌に反映するものと思う。作者の時代背景などの外部環境と内部環境を本書では総論として展開している。言い換えれば、総論は作者についての考究といえる。したがって、歌の理解に関係した範囲に限ってだが、作者に関する情報を整理しておくことは有益と考える。

作品は総論から得られた知見の上に展開されるべきものだろう。歌の鑑賞（各論と称している）は作品を可能な限り客観性のある根拠に基づいて把握すべきと考えるため、総論を踏まえた上で第一（主観的アプローチ法）と第二の方法（客観的アプローチ法）を加味して展開したい。総論は一般的には「人物論」として研究されていると考えるが、各論はいわば総論の上に展開された「作品論」といえる。作品の解釈は「人物論」を前提として、「作品論」が展開される構造を持つことになる。筆者の鑑賞方法は「人物論」と「作品論」の二つを総合的に展開したものになる。なお、時にはこの枠組みを外れ、順序も逆になることがある点は、常に留意しなければならない。『万葉集』の人麻呂歌に絞っても、江戸期から最近までに研究・発表された文献は多い。論拠を歴史学や自然科学などの先端知識によらず、第一の方法（主観的アプローチ法）に偏っていると感じる時がある。自然科学などの知識を採用したとしても、第二次世界大戦前の学問水準は、現在から考えれば低いといわざるを得ない。近年でも文学、なかんずく、和歌などの研究に自然科学を持ち込むなどは、論外の無粋なこととして退けられる雰囲気が感じられる。科学と文学はなじまないとされやすい。文学を科学的に鑑賞するなどは、野暮なことと思われがちでもある。

筆者は歌の解釈の論拠が個人の主観的感性でなされる限り、歴史学や自然科学や現代の常識的な知識の見地から発言の余地があると考えるに至った。具体的な歌の解釈では、通説や有力な学説もこれらの見地から疑うことができるようになったからである。疑えるのは、今日では天文情報などの研究が発達し、かつては入手がむつかしかった情報が素人でも手持ちのパソコンで簡単に入手できるようになっていることが背景にある。詳細は注2（一一九頁以下）による。

一般に古代の天文情報は世界標準のユリウス暦で記載されている場合があるので、現代の天文情報と比較するにはユリウス暦をグレゴリヲ暦に変換して、暦を統一しなければならない。

天文情報を活用して歌の解釈に活用すればどのようなことになるか。

例えば、和暦のある日、ある場所で詠われた歌に、月や太陽の形（満月、上弦の月、下弦の月、三日月、新月、月食や、日の出、日の入り、日食などの記述）や、位置（東か南中か西かなど）、地名（どこで詠われたかや周囲の山々などの情報）や、時刻の記述があれば、その年月日における周囲の場所と太陽と月の出没時間や、形や、位置などが特定できる。これらはどのような意味を持つのか。手短に結論をいえば、古代の歌の鑑賞について科学的根拠を持って論じることができることを意味する。従来の学説に対し、より科学的・客観的に論じることができるのだ。筆者は月や太陽の情報を含む歌だけだが、これらの天文情報を取得できれば、客観的に歌の鑑賞ができる手がかりを得ることができ、情報を活用すればより具体的で事実に近いものになるはずだと考えた。

『万葉集』の原文はすべて漢字で書かれ、その上、古い言い回しや、当時の風俗習慣が歌詞に反映されているために、適切に理解することは簡単ではない。さらに歌を理解しようとして解説書を読んでも、多くの解説者は歌を説明するのにむつかしい表現を使っている（最近の学者の解説書は易しく分かりやすい書や論文も多い）。いずれにしてもむつかしくてとっつきにくい印象は免れなかった。そこで何とか素人でも『万葉集』を面白く読み解けないかという気持ちが強くなっていた。

以上に述べた諸点を総合して筆者なりの回答を得たものが本書である。

本書を書くにあたって心がけたことは、古い説を必要以上に取り上げないことにしたことである。古い説の多くは右記の情報（歴史学の最新学説、諸科学の最新情報、天文情報など）について客観的で科学的な記述は少なく、書かれていても情報が不十分で、主として感性によって論述していると考えられるからである。また、古い時代の書物は表現がむつかしく、浅学な筆者では十分に読みこなせず誤読の恐れもある。さらに大半は後世になって否定されているか、重要な説ならば必ず後の学者が取り上げているので、改めて過去に遡《さかのぼ》って書物を漁る必要もないと考えた。なかでも第二次世界大戦前の学説は代表的な見解だけを調査・研究することにした。

対象を『万葉集』に絞り、かつ、誰でも知っている歌を取り上げ、太陽や月が詠われている歌がないか探したところ、有名な人麻呂の「かぎろひの歌」（1・四八）が見つかった。さまざまな論点をこの歌を通して拾い上げて、もう少し歌の解釈の表現を易しく、かつ、合理的で科学的に取り組むことができないだろうかと考えた。ひいては客観的な人麻呂論にも繋がると期待した。

筆者は「かぎろひの歌」について取り組むことに決めた。取り組む姿勢は言うまでもなく、右記の諸科学を駆使した、可能な限りの客観的な手法に徹して追求することである。

3　前著との関連について

『万葉集』四八番歌については、すでに筆者は『藤原宮と香具山の不思議』『藤原京は日本の原点だ』『日本の基礎を創った持統と元明の女帝姉妹』などの自著で取り上げている。そして出版後の学習によって分かったこと、紙数の関係で省略した論点、間違いや舌足らずであった点も見つかった。これらの不足を補い新しい視点で四八番歌を本格的に取り組んでみようと思った。「かぎろひの歌」を深く理解するためには、四八番歌に関連している他の歌とともに相互に関連づけなければならないことに気づいた。本書で取り上げた四八番歌を含むもの、すなわち四五番歌の長歌と、四六〜四九番歌までの四首の短歌、合計五首（以下まとめていう場合は「阿騎野の狩りの歌」、または「狩りの歌」「一連の歌」と称する）である。原文と読み下しは、すべて中西進による。

軽皇子の安騎の野に宿りましし時に、柿本朝臣人麿の作れる歌

四五番歌

やすみしし　わご大君　高照らす　日の御子《みこ》　神ながら　神さびせすと　太敷《ふとし》かす　京《みやこ》を置きて　隠口《こもりく》の　泊瀬《はつせ》の山は　真木《まき》立つ　荒山道《あらやまみち》を　石《いは》が根　禁樹《さへき》おしなべ　坂鳥《さかどり》の　朝越えまして　玉かぎる　夕さりくれば　み雪降る　阿騎《あき》の大野に　旗薄《はたすすき》　小竹《しの》をおしなべ　草枕　旅宿《たびやど》りせす　古《いにしへ》思ひて

短歌

四六番歌

阿騎の野に　宿る旅人　打ち靡《なび》き　眠《い》も寝《ぬ》らめやも　古《いにしへ》思ふに

四七番歌

ま草刈る　荒野にはあれど　黄葉《もみちば》の　過ぎにし君が　形見《かたみ》とそ来《こ》し

四八番歌
東《ひむがし》の　野に炎《かぎろひ》の　立つ見えて　かへり見すれば　月傾《かたぶ》きぬ

四九番歌
日並《ひなみしの》　皇子の命《みこと》の　馬並《な》めて　御狩《みかり》立たしし　時は来向かふ

本書全体の構成を総論と各論に分けた。総論で論じるテーマは主として各論に関係していると思われる共通の事柄についてだけであり、いずれも通説的な見解を基本にしている。総論の共通理解の上に立って、各論では人麻呂の長歌一首と短歌四首で構成される「狩りの歌」（特に四八番歌だけを言う場合は「かぎろひの歌」という）を、可能な限り多角的な観点から考察していく。

4　章立ての番号順序と歌番号など

章立ての番号の順序は、一―1―（1）―①―イ―i―ⓐである。①とiは、既述の順序にかかわりなく同一項目の順位付けにも用いる。『万葉集』の歌番号は『国歌大観』が付したものによる。巻・歌番号の順で、（1・二）と表記するが、巻を略して歌番号だけ（二）の場合もある。なお、本文に「巻」と頭につけた場合は、巻1、巻2ではなく巻一、巻二としている。

年号の記載は同じ月日でも和暦と和暦を換算した西暦のグレゴリヲ暦では月日が一致しないので、差異があることを明確に意識し区別して表記している。例えば、和暦は天武十二年十一月十六日と書くが、この日の和暦を換算した西暦は六八三年一二月一二日と書く。和暦を西暦に換算すると、得ようとする天文情報が違うことに留意したいので右のようにした。和暦の十二月は多くが西暦では翌年一月になる。何度も登場する天皇や皇子などの尊称は、誤解を与えないと思われる場合には適宜に天皇や皇子などは省略した。文章を読みやすく簡潔にするためである。

本書には歌に出現する用字が何首使用されていると書いている箇所がある。これは「中西」の書にある歌の原文を筆者がすべてエクセルで写し取って作成した資料によっている。なお、抽出はいちいち断らないが、公平を期すためにすべてランダムに行っている。先学の同様な手法で作成したソフトが公開されているが、素人には門戸が狭い。そのため数ヵ月間かけて「中西」の『万葉集』から原文を写し取ったものである。公開情報の結果と若干の齟齬があるかもしれない。

5　参考文献の省略表記について

本書で参考・引用した「柿本人麻呂」に関する書籍は、次に述べるとおり、その都度繰り返して書かない。参考文献の引用は、（　）内に一部を書き入れて、全体を表示している。例えば小島憲之他の『万葉集』日本古典文学全集　小学館　１９７４年からの引用を示す場合は、引用文の次に（「全集」）とするなど簡略にしている。省略させていただいた著者の皆様に、あらかじめここで深く感謝をするとともに非礼をおわびしておきたい。

中西進　『万葉集』㈠　講談社　２０１１年　「中西」
小島憲之他　『万葉集一』　日本古典文学全集　小学館　１９７４年　「全集」
伊藤博　『万葉集譯注一』　集英社　１９９５年　「譯注」
佐竹昭広他　『万葉集一』　新日本文学大系　岩波書店　２０１０年　「人系」
青木生子他　『万葉集一』　新潮日本古典集成　新潮社　２０１５年　「集成」
橋本達雄［編］　『柿本人麻呂《全》』　笠間書院　２０００年　「橋本」
澤瀉久孝　『萬葉集注釋　巻第一』　中央公論社　１９８７年　「注釋」
伊藤博・稲岡耕二編　『万葉集を学ぶ』第一集～第二集　有斐閣　１９７７年
「学ぶ　一」、「学ぶ　二」

以上をメインとし、サブとして適宜に以下の文献を用いている。

なお、『万葉集』を学ぶための初心者用入門書として発行された、上野誠、鉄野昌弘、村田右富実編の『万葉集の基礎知識』は、本書をほぼ書き終えた段階で入手したが、自ら「最高、最善の書」と自負するだけあって幅広い視点から参考となる客観的で抑えた記述に満ち、『万葉集』全体を把握するためには非常に重要な記述も多いと思われたので、最終段階での本書のチェック用として参考にした。『万葉集の基礎知識』で展開された見解が、必ずしも筆者の結論と一致しない点もあったが、明らかに間違いと気づかされたもの以外は修正せずそのままとした。修正しないのは、むしろ見解の違いを明確にしたいからでもある。

一　総論（人物論）

1　はじめに

総論では『万葉集』と人麻呂に関するあらゆる事項を幅広く取り上げるものではない。本書で論じるのは『万葉集』四八番歌（以下、『万葉集』の歌は『万葉集』を省略し、特に本文に書く場合は歌番号のみとする）と、それに関連する歌四首（1・四五、四六、四七、四九）、合計五首についての限られた論点だけである。つまり、本書において各論として取り上げる五首に深く関係しているものを総論で整理して述べるのである。

総論として最低限押さえておきたい項目として次の四項目を考えた。

①当時の時代背景
②当時の我が国社会における共通認識
③『万葉集』について持っておきたい共通知識
④人麻呂についての最低限の共通情報

これらの中でも四八番歌と関連の薄い事柄は簡単に、関連が濃いと思われる事柄はやや詳しく述べようと思う。以下に一つ一つ見ていく。

2　当時の時代背景

人麻呂が『万葉集』に登場し歌人として活躍する時期は、最も長く捉えたとしても天武天皇から文武天皇までで、中心は持統天皇（以下、天皇は省略）の時代であった。前後の背景について簡単に確認しておこうと思う。たくさんの検討項目があるが、中国、朝鮮半島、我が国におけるいくつかの重要と思われる事項に限定し、要旨は筆者が通説と思うものを簡単に述べる。

（1）中国の事情

中国の国内事情について確認しておこう。

i　隋から唐へ統一国家が建設された時代

広い中国は晋王朝（西晋・東晋）が滅びて（西暦四二〇年頃）から、ほぼ二〇〇年もの間、地方の有力者が国を建てて分裂し相争っていた状態であった。分裂した広い中国全土が五八九年に隋によって統一され、その隋を六一八年（我が国では推古朝）に滅ぼした唐によって、中国にようやく安定した統一国家が形成されたところであった。当時の中国は政治・文化の世界最先進国であった。中国の事情がどのように『万葉集』や人麻呂に影響を与えたと考えるかは重要である。

ii　律令制度が確立した時代

中国の国家統治の基本である律令制度は、官僚制度と均田制と府兵制を特徴とする、ただ一人の皇帝が支配している中央集権国家であった（確立は後の北宋時代という学説もある）。制度の中心法典は刑法の「律」と行政法の「令」であった。中国の律令制度の歴史は古くて長い。「秦律」（紀元前一四〇年～前八七年頃成立）から数えて唐の「武徳律令」（六二四年）まで、約七〇〇年以上もかけて整備されたとされる。律令制度とは広い中国全土を統治しやすい大きさに分割し、それを有能な官僚に命じて統治させるものであった。高級官僚は隋時代から科挙と呼ばれるむつかしい試験で選ばれている。高級官僚の地位は、生まれながらの家柄などによる世襲ではなかった。

iii　女帝の時代

唐の第三代皇帝の皇后であった武則天《ぶそくてん》が次々とライバルの后や政敵を倒し、六九〇年（我が国の持統四年のこと）に自ら中国の歴史上で唯一の女帝となった特異な時代であった。優れた詩人たちが現れ、次代の王維・李白・杜甫へと続くさきがけの時代となっている。

iv　対外的には膨張の時代

国内の権力基盤が安定すれば力が外に向かうのは自然なことで、唐は周辺国の北方遊牧民、高句麗、朝鮮半島にも勢力を拡大した頃である。国はシルクロードによって発展し、南はベトナム、インド方面、ヨーロッパにも向かうが、後の元のように支配はしていない。

（2）朝鮮半島の事情

i　朝鮮半島に初めて統一国家が誕生した時代

朝鮮半島は建国以来、小国に分裂していたが、高句麗・百済・新羅の三国鼎立《ていりつ》を経て、ようやく新羅による半島の統一（六七六年）がなった時代である。我が国は、まだ日本という名称ではなく対外的には倭国と称していた。新羅と唐の連合軍に対し倭国と百済の連合軍が戦い、白村江の海戦（六六三年）で倭国軍が大敗したために、半島の約三分の一を占め、かつ、倭が支援していた百済が完全に滅びてしまった（一度唐と新羅に滅ぼされていたが、復興に失敗）。次いで六六八年に倭と友好関係にあった北方の国、高句麗も唐と新羅によって滅ぼされるという動乱期でもあった。

ii　中国の政治的、文化的影響が大きい時代

朝鮮半島は巨大な中国と陸続きのため、古くから好むと好まざるとを問わず中国の政治・経済・文化の強い影響下にあった。朝鮮半島の諸国家は、倭国に先んじて文字は漢字を採用し、国内の行政文書は漢文で書かれ、最新技術や統治の方法なども中国の諸制度を導入していた。法の「律」と「令」も中国から基本を導入していた。いわば当時の我が国より先を行っていた。

朝鮮半島の諸国家は、中国の勢いが強い時は中国に対して下手に出て、中国が内紛などで弱くなると強気に出る傾向を持っていた。また、隣国の我が国をうまく利用している。中国の力が強い時は先端技術などを積極的に我が国に教え、あるいは我が国に対して朝貢まがいのことをしてくる。反対に中国の力が弱まれば、我が国を対等か格下に見ようとする。大きな歴史の流れでは、今日までこの繰り返しであった。しかも絶えず我が国に大きな影響を与え続けてきた。

半島諸国の諸政策は、大国に囲まれた弱者が独立を保って生き延びるために身につけた長年の知恵であった。長い歴史のトータルとして半島の政権は常に中国の意向を気にし、王政だった時期には国王の後継者である皇太子を立てるのさえ、中国の承認を得ることを繰り返していた。こ

れらは朝鮮半島の国家が建国以来、今日まで一部の例外や強弱の差はあるが続いている。

(3) 我が国の国内事情

我が国は、①天智の対外政策の失敗により、朝鮮半島のほぼ中心に位置している白村江で唐と新羅の連合軍と戦い手痛い敗北を喫して以来、彼らの先端技術や制度を学び立ち直ろうとしていた。②政治面では中国の式典を真似し、法制度の「律」という刑法と、「令」という行政法を導入し、文書主義を特徴とする律令制度を導入しようとした。③文化面でも多彩なものを受け入れ、天智時代は漢詩の創作が盛んであった。④天智の次の天武・持統は、上記を継承しつつも何とか自立・独立しようとした。例えば、前代まで用いていた「倭」国の国名を変え「日本」と称するなど、中国の影響から少し距離を置き我が国独自の文化を築こうとし始めている。⑤中国から導入した漢字を使って、自分たちの意思を自在に表現できるようになる頃でもあった。

i　白村江での敗北と当時の政治情況

朝鮮半島の要衝の地である白村江に進出した倭の水軍は、待ち構える唐と新羅の連合水軍の前になすすべもなく敗れ去った。船の数では連合水軍よりも多かったとされるが、船単体の大きさや装備や指揮命令系統の整備などで圧倒された。生き残った船はあわてて陸にいた兵とともに九州の博多港へと逃げ帰ってきた。船には倭と百済の敗残兵の他、滅ぼされた百済の官僚や、百済の庶民や女・子供・老人も多く乗り込んでいた。他に、まだ滅ぼされる前の友好国の高句麗人さえも亡命して乗船していた。この中には高度な技術の持ち主や知識人も多く含まれている。

問題は山積していた。まず、帰国した倭国の兵を無事に郷里に返さなければならない。さらに半島で戦死した兵の倭国内に残された家族の世話もしなければならない。連れてきた百済人や亡命者たちの生活の面倒を見ながら、どこに住まわせるかも考えなければならなかった。

敗残兵は無気力な上に何を言い、何をしでかすか分からない心配もあった。敗けたとはいえ、活躍した将兵への論功行賞もしなければならない。後に天智天皇となる中大兄の責任で派兵したので、出兵に応じた豪族たちからの批判や不満も鎮めなければならない。解決すべき課題は多かった。諸問題に少しでも遺漏があれば不満が爆発する恐れもあった。

課題の多さやむつかしさを考えるならば、並の人物では収束できなかっただろう。戦後処理を中心になって行ったのは、中大兄の同母弟の大海人皇子だったとされる。中大兄には腹心の中臣鎌足（後の藤原鎌足）も側近としていたが、彼は飛鳥の都にいて後方支援に回っていたらしい。正史の『日本書紀』には敗戦後の混乱などが何も書かれていない。国家の正史だから不都合な点は省略したかもしれないが、全体としてはうまく処理したのだろう。妻子を含む中大兄一族は無事に飛鳥に帰ることができた。その後、中大兄は都を飛鳥から近江に遷して天皇（天智）となった。

ii　国名の変更―日本国の名と天皇と皇后名の成立

いつから我が国を「日本」と称したかは大切な論点である。中国の漢や魏の頃から我が国は「倭」と称されていた。「隋書」や「唐書」などにも「倭」という名で記されている。壬申の乱で勝利した天武と持統の考えは、「倭」という国名と「大王」という名称、すなわち従来の延長上の国と皇位とは決定的に違う形にしようということであった。新たに名乗る皇位は臣下から推戴《すいたい》されて継承するのではない。重要でむつかしい問題は己だけの判断で決定できる地位にし、大后《おおきさき》の地位も今までとは違う名称と地位にしようとした。

新しく興す国の名は白村江で敗れた「倭」を改め、新しく建てた国としての立場を明確にし、「日の本」にした。書物などには短く「日本」と表記する。新しい国を作るのだという二人の決定は、天武が天皇になってすぐに現れた。天武紀二年八月二十五日条で、新羅の国などが天智崩御の弔喪使《ちょうもし》と天武の天皇即位を祝う慶賀使を一緒に派遣してきた時に、弔喪使は帰国させ慶賀使のみを受け入れたことに端的に見られる。自分たちは前王朝の天智朝を継承したのではない。従来の倭国とは明確に違う、新しく建てた王朝だと対外的に強烈に主張したのだった。

「天皇・皇后」の名は天武五年（六七六）になって、唐の第三代皇帝の高宗《こうそう》が上元《じょうげん》元年（六七四）八月から皇帝の新称号として「天皇」と称し、大后は「皇后」と称したことに由来するらしい。もっと早くから倭国に情報がもたらされていたかもしれない。天武は壬申の乱（六七二年）の最初から「天皇」と称していたという『日本書紀』の記録もある。当時、天皇名は国内に対してだけ使用し、対外的には当分「天皇」名は使わず「主明楽美御徳《すめらみこと》」としている。

唐書によれば、文武の派遣した大宝二年（七〇二）の遣唐使が唐の皇帝との謁見で「日本」名を使い、時の中国皇帝であった武則天の承認を得ている。「天皇」と「皇后」名も謁見時に使用した可能性がある。我が国で法による名の明文化は、前年の「大宝律令」（七〇一年完成）とされる。

iii　律令制度が確立した時

刑法は当時の我が国には独自の慣習法があった。中国の「律」に比べて体系性や網羅性が劣っていたので、「律」は中国の刑法をそのまま導入したが、定着しなかったようだ。行政法である「令」は中国から法体系の基本は導入しつつも、我が国独自の仕組みを巧みに取り入れた法にすべく努力している。なかでも中国の皇帝（王を束ねる者）と我が国の天皇（アマテラスの子孫）の性格には大きな差異があったので、中国皇帝の規定（服装・行列・儀式など）どおりには採用していない。宦官《かんがん》制度（皇帝や皇后たちの身の回りの世話をする者は、去勢をした者でなければならない制度）や、科挙制度（先祖の身分などに関係なく有能な人物を登用するため、公平な学科試験を通じて高級官吏を採用する制度）なども導入していない。「令」は、多くの点で中国の規定を採用せず、我が国独自の慣習法を「令」に取り入れている。独立した独自の律令国家として立ち上がろうとしていたと評価できる。

iv　独自文化の萌芽が見られる時代

我が国は早くから中国の最先端技術と文化を直接あるいは朝鮮半島を通じて導入してきた。白村江の敗北後の天智八年（六六九）以降は遣唐使が中断して、文武が再開した大宝二年（七〇二）の遣唐使派遣まで三二年間もの間、中国と正式な交流が途絶えた。この間にある天武・持統時代は中国と正式な国交がなかった。一方、新羅とは白村江の敗北後の天智七年（六六八）には早くも国交を回復して正式な交流がなされ、最低限の最新情報は入手できていた。それまでは遣隋使から始まる使者が、ほぼ二〇年に一度の割合で中国に派遣されていたので、三二年間は空白期間が少しだけ長かったにすぎないという見方もできる。そのため唐との正式な国交のない期間といえども、単純にこれを国交断絶時代とはいえない。白村江の戦いに敗れた倭国は新羅に対して敵としての強さを認め、唐と新羅が連合して攻めて来ないよう唐と新羅の両国関係を分断し、唐とは断絶するが新羅とは友好を深めて最新の文化や技術の導入窓口にしようとした。他方、新羅は唐との関係が不安定で利害も鋭く対立し険悪になったので、彼らの背後に位置している倭国と国交を開いて唐と対峙《たいじ》することを選択したらしい。両方から攻められては小国の新羅としてはたまったものではないからだ。両国の思惑は異なれども友好関係を築く点で利害が一致したのである。

人麻呂が活躍する前から我が国は中国から直接、あるいは朝鮮半島を通じて文字や法体系や医学・製鉄・建築・天文などの最先端技術の他に、仏教とそれにかかわる一連の思想体系を導入している。日本には古くから自然の山や巨岩や大木などを神として敬《うやま》い、収穫祭なども独自の慣習が確立していた。日本の文化力が弱ければ中国の文化に飲み込まれてしまうことは避けられないだろう。そうならないためには日本独自の文化を守り育てることも必要かつ肝心であった。

仏教導入以来、時の権力者は古来の信仰と新しい信仰のいずれとも共存できる思想体系を造り上げ、新旧いずれにも尊崇の念を持つ独自文化を形成し始めていた。天武と持統は伊勢神宮や、祈年祭《きねんさい》・龍田風神祭《たつたかぜのかみのまつり》・広瀬大忌祭《ひろせおおいみのまつり》を実施するなど、従来からの神々を大切にするとともに、お互いの病気完治を祈願して仏教の重要な拠点である薬師寺を建立した。ここに我が国独自の文化の芽生え育つ土壌があった。人麻呂の活躍は持統時代とほぼ重なり、中国からの政治的・文化的影響を受けつつも、天智時代までと比べて影響は弱かった時期である。天武・持統の頃から式典や行事などに音楽や歌や舞や幡《ばん》などを伴い、中国を真似た華美・荘厳化を指摘できる。

3　当時の我が国社会における共通認識

当時の我が国の社会で、いくつかの押さえておきたい点を確認しておこう。

（1）妻問婚であった時代

「妻問婚」とは「夫婦が結婚後も別居し、夫が妻の家を訪れることにより関係が維持される婚姻様式。婿入り婚。招婿婚（しょうせいこん）」（精選版 日本国語大辞典）をいう。夫と妻は別々の家に住み、夫婦の間に生まれた子供は妻と暮らすというものであった。上層階層の皇族・貴族などには妻問婚の証拠も多いが、広く一般庶民までそうであったかどうかは不明だ。庶民の実態を正確に把握して適切に租税を課し、兵士を集めるために作成された戸籍には、夫である男を中心に妻やその子供たちも同一戸籍に記載されている。

一般庶民の間で夫婦が別々に暮らすことが広く一般的であったならば、女性中心に戸籍を作成する方が簡単だっただろう。残されているような男中心の戸籍は作成が困難と思われる。したがって、庶民における婚姻の実態が貴族たちの婚姻形態と同じであったかどうかは不明である。

大宝二年（七〇二）の戸籍の一例（筑前国島郡川辺里）の最小単位である戸は、次のとおりである。一部（『戸籍が語る古代の家族』今津勝紀　吉川弘文館　四〇頁より）を抜粋して紹介する。

戸主占部乃母曽年四十九歳　正丁《せいてい》　課戸
母葛城部伊志売年七十四歳　耆女《きじょ》（六六歳以上をいう…筆者注）
妻卜部甫西豆売年四十七歳　丁妻
男卜部久漏麻呂年十九歳　少丁　嫡子
男卜部和哿志年六歳　少子　嫡弟
女卜部哿吾良売年十六歳　少女
女卜部乎哿吾良売年十三歳　少女　上件二口　嫡女

以下省略するが、続けて従父弟を戸主とする夫と、その妻を中心に記述されている。

（2）暦が本格採用された時代

①暦を採用したいきさつ

我が国で暦が採用された最初の記録は『日本書紀』にある。暦の来歴を辿ると、欽明十四年（五五三）六月条に、百済から派遣されていた医博士《くすしのはかせ》・易博士《やくのはかせ》・暦博士《こよみのはかせ》などの交代期に百済に交代を求め、暦本《こよみのためし》他の送付を依頼している。ここに「暦」の文字が初めて登場する。欽明時代には暦の専門家が百済から派遣されていた証拠であろう。問題はどこまで遡れるかだが、これより古い暦に関する記録は見つかっていない。欽明より後の推古十年（六〇二）十月条には、百済から僧侶の観勒《かんろく》を招いて暦を作成するため、暦法や天文遁甲・方術を臣下の者に習わせたとある。

天武紀四年（六七五）正月五日条には占星台が設置されたとする記事がある。占星といっても天文や気象の現象から天の意思を読み取り、吉凶を判断するといったものらしい。占星台の情報に基づいて我が国で暦が作られたかどうかは確認できていない。持統紀四年（六九〇）十一月条に「元嘉暦《げんかのこよみ》」と「儀鳳暦《ぎほうのこよみ》」を採用したと記載されている。二つの暦は太陽と月の運行を元に定めた太陰太陽暦である。この二つとは別の「具中暦《ぐちゅうれき》」は暦日の下に、その日の吉凶《きっきょう》・禍福《かふく》・季節の変動などを注記したものである。早くから我が国に導入されている痕跡として、飛鳥の石神遺跡から木板に書かれた持統三年銘の「具中暦」の木簡の出土がある。我が国が暦をいつから使用したと正確には決められないが、文武元年（六九七）になって「元嘉暦」は使われず、「儀鳳暦」だけが使われるようになった。『日本書紀』は両方の暦で書かれているとされる。

②太陰暦は同じ月日であれば月の形や、出・入りの時間がほぼ同じ
導入した暦は「太陰太陽暦」と呼ばれるものであった。月の満ち欠けの朔望《さくぼう》月（朔《さく》〈新月〉から次の朔、あるいは望〈満月〉から次の望までの期間をいう）によって日数をかぞえる暦法が太陰暦であり、春（一月）から次の春までの一年を循環とするのが太陽暦である。太陰暦の月による日数のかぞえ方を、太陽の一年周期に合わせた暦法を「太陰太陽暦」という。「太陰太陽暦」は西欧が採用していた太陽暦を採用する明治になるまで改良を加えられながらも使われ続けてきた。

（3）我が国の言葉が漢字で書かれるようになった時代

①漢字はいつから導入されたか

我が国に漢字が導入された年代をいつからと断言するのはむつかしい。まとまった文字が書かれた遺物は、建武中元二年（西暦五七年）の後漢の皇帝から授与されたという金印（『後漢書』「東夷傳」に出現する「光武賜以印綬」）がある。福岡市の糸島半島から出土した有名な「漢委奴國王印」ではないかとされる。中国の歴史書の『魏志倭人伝』には魏の皇帝から銅鏡一〇〇枚を授かった記事があり、文字を書いた銅鏡も与えられたと思われるが、銅鏡はまだ特定されていない。

弥生時代の遺跡から土器などに文字が書かれたものや、吉祥文字の書かれた漢の鏡や、弥生時代の硯が発掘（福岡県・島根県・高知県など）されているので、早くから漢字が流入していたことは疑いない。しかし、漢字が広く用いられるのは、はるか後のことといわれる。我が国では文字資料としての木簡などが多く発掘されるのは、天武・持統以降である。以上から、歌が広く文字で書かれるのも同じ頃からと推測できる。

②歌（『万葉集』・木簡など）との関係

我が国最古の歌集『万葉集』は漢字で書かれ、かつ、万葉仮名といって日本語の語順で漢字だけを利用した書き方である。歌の書き方も大きく分類すれば三つの方法があった。「柿本朝臣人麿歌集」に見られるもので、第一は略体歌、第二は非略体歌、第三は両者の折衷案に近い表記の仕方である。略体歌とは動詞・形容詞などの活用語尾や助詞や助動詞の漢字による仮名は省略し、少ない字数で表記しているものをいう。非略体歌は活用語尾や助詞や助動詞などを省略せずに漢字による仮名で表記しているものである。第三は両者の中間的な表記法で、活用語尾や助詞や助動詞など漢字による仮名の全部は省略せず、一部を省略して表記しているものをいう。第三の中間的な省略表記をどの程度に考えるかの線引きが曖昧なので、第三の表記法は非略体歌とし、一般に略体歌と非略体歌の二つに分類されている。『万葉集』の大半は非略体歌である。『万葉集』に掲載された一番古い歌は、仁徳の大后であったイワノヒメの歌（巻二の八五～八九番）といわれる。巻頭に雄略（仁徳より新しい時代の大王）の歌があるが本人作かどうか疑問視され、作者の確実な歌は天智と天武の父、舒明からとされる。舒明の孫の持統に庇護《ひご》された人麻呂が活躍した頃から、歌は多くの人々の間で詠われるようになっている。

この年代に属している木簡に、歌の一部が書かれたものが発掘されている。『古今和歌集』にある「難波津の歌」の「難波津に　咲くやこの花　冬ごもり　今は春べと　咲くやこの花」と、『万葉集』にある「安積山《あさかやま》の歌」の「安積山　影さへ見ゆる　山の井の　浅き心を　我が思はなくに」（16・三八〇七）である。歌は木簡の出土品の他に、大工らしき人物による建物（法隆寺五重塔の初層天井の組子上面）への落書きなども見つかっている。何度も同じ部分を書いたものや、歌の出だしの頭だけの部分や、先の歌が二首セットで書かれた木簡も発見（紫香楽宮跡より）されている。これらの遺物は歌や文字の練習をした痕跡とされる。この他の目的もあったかもしれない。

③『記紀』との関係

『古事記』も『日本書紀』もいずれも漢字だけで書かれている点では同じだ。『古事記』は漢字の音を用いて一字一音で表記された（日本語の発音で書いた）歌の部分と、一見して漢文らしく書かれているが、日本語の文章として読まれることを意識して書かれた正格漢文（純粋な漢文）ではない文章（変体漢文）とからなる。『日本書紀』（七二〇年完成）は歌を別にして、基本は中国に見せても恥ずかしくなく、かつ、趣旨が通じるようにと正格漢文で書かれている。『古事記』は『日本書紀』よりも早く七一二年に完成したが、両書とも人麻呂の活躍した頃は編纂作業が継続中であり、活躍が見られなくなってから完成している。

以上の事実から人麻呂が活躍したのは、『古事記』『日本書紀』が編纂中で、神話も多様に語られながら日本語が漢字で書かれる頃に重なるといえる。

④同一音の表記に多様な漢字を用いていた

漢字を使って日本語を表記するさまざまな試みは、『古事記』『日本書紀』だけでなく、『万葉集』に掲載された歌に強く見られる。例を以下の二点に整理して述べよう。

i、漢字を用いた日本語の表記は多彩で、発音が同じで意味が通じればよしとして、多様に記述されている。「をとめ」は「處女・未通女・娘・娘子・童女・越女・乎等女・少女・孃子・媛子・嬔嬬」（『記紀』『万葉集』他）と書き、「よし」を『万葉集』では、「淑・良・吉・好・芳」（1・二七）と書く。また、「かぐやま」は『万葉集』では「香具山」（1・二）、「高山」（1・一三）、香來山（1・二八）、芳來山（3・二五七）、香山（3・二五九）、芳山（10・一八一二）」と書かれ、『古事記』には「迦具夜麻《かぐやま》」（景行記）、『日本書紀』には「介偶夜摩《かぐやま》」（神武紀即位前紀戊午年九月条）、『伊予国風土記』には「加具山」と書かれている。同一内容が自由かつ多様な漢字で表記されている。

ⅱ、文字の形から具体的な意味が想像できるように表現されている。インターネットで〈万葉集の「戯書」〉で探すとたくさんヒットする。例えば「恋」を「孤悲」、「あられ」を「丸雪」、「ぬるい」を「少熱」と書く。このように文字で書かれた歌を目で見て楽しんでいた可能性もあったと想像できる。漢字の本場の中国でも行われていたかもしれないが、人麻呂の世代は初めての文字表記を楽しんだ時代であった。後に飽き足らなくて漢字の一部を使って文字を造っている（国字という）。「いわし」を「鰯」と書き、「とうげ」を山の実態をイメージして「峠」としている。

（4）新しい息吹を感じ始めた時代

天智は唐や新羅と戦争をしたが、その前も後も中国や朝鮮半島との外交交渉はあった。天武・持統は唐とは国と国の直接的な外交がない。中国との交流が少ない期間は、古くは邪馬台国の女王卑弥呼《ひみこ》の宗女である台与《とよ》の頃に交流が途絶えてから、讃・珍・済・興・武の「倭の五王」で再開するまでの約一五〇年間と、今、問題として取り上げている時代の約三二年間と、寛平六年（八九四）に菅原道真の提言により遣唐使を廃止し、時期は未定だが平氏（特に平清盛）によって宋と貿易を通じて交流がなされるまでの約一〇〇年間と、江戸期の約二二〇年間にわたる外交窓口制限時代の合計四回ある。

中国や諸外国と交流の少ない期間は、いずれも我が国独自の文化が芽生え育つ社会となる。天武・持統時代は中断期間が短いが、我が国独自の文化を育《はぐく》むには十分であった。この時代は漢字によって日本語が書かれ始め、行事や儀式に楽器や舞や歌が盛んに用いられ、荘厳化しだした時期でもある。新羅王が楽人八〇人を貢上し、種々の楽器を用いて舞い歌わせたことは、允恭《いんぎょう》天皇の殯《もがり》の記事（允恭紀四二年一月十四日条）に登場するが、宴などの歌を詠う場面で琴などの楽器の伴奏は別として、天武・持統以前には笛や太鼓を編成した楽団らしき記事は文献に見られない。

（5）歌謡から和歌へと移行しつつある時代

「歌謡」とは、「歌垣《うたがき》や、酒宴や、労働などといった集団生活の場で謡《うた》われ、また、謡いつつ作られていった歌である」（『集成』三六二頁）。歌は明確な形式を持たず集団で、あるいは集団の中で詠われていた。古くから口頭で伝えられてきたため一般に作者は未詳である。口から口へと伝えられるにつれて歌詞が変化したケースがあったようだ。

「和歌」とは短歌を含み、長歌・旋頭歌《せどうか》・仏足石歌《ぶっそくせきか》などの日本の歌全般をいうが、次第に短歌が主流になり短歌＝和歌となっていった。短歌は集団の中で、時には一人で、あるいは特定者間で詠われ、一定の形式（五・七・五・七・七＝五句三一音）を持ち、文字に書かれて伝えられるようになった。同じ五・七・五・七・七の形式を持つ江戸期に盛んになった狂歌〔日常卑近の事を題材に、俗語を用い、しゃれや風刺をきかせた、こっけいな短歌（デジタル大辞泉　小学館）〕とも違う。

人麻呂の頃は、宮廷の儀式や村などの祭りや宴会や収穫祭など、何らかの集まりの際に集団で詠われる歌謡から、文学としての和歌＝短歌が詠われるようになる過渡期でもある。人麻呂以前の歌にはあまり文学性は見られないが、人麻呂時代は歌に文学性も芽生え新しい息吹を感じさせる始まりでもあった。「文学としての和歌」を明確に定義はできないが、一回きりの個人的体験を詠うものでありながら、詠った作者の意図を超えて多様な解釈ができ、鑑賞する者にとっては自分に引きつけて追体験できる。それぞれの歌に心を動かす詞《ことば》があるため、時代を超えて広く永く人々に支持され伝えられるもの、とでもしておこう。歌は宴には必須の小道具であった。

4　『万葉集』について持っておきたい共通知識

『万葉集』の研究は古い歴史を持ち、非常に多く、かつ深いものが江戸中期から今日まで繰り返し発表されている。ここで『万葉集』を鑑賞するために最低限押さえておきたい共通事項について、ごく簡単に確認しておきたい。記述する要旨は大半が通説であろう。

（1）『万葉集』のテーマの多彩性

取り上げているテーマも多彩で、歌や題詞や左注の地名を数えると概算二八一三個にのぼる（服部昌之「万葉集の地名」）とされ、草花の種類も多く、植物の種類は一六〇にもなる（日本大百科全書）といわれる。王権讃歌にかかわる歌だけでなく、恋の歌や貧困や生、老、死、病、孤独、友人を気遣う気持ち、別れの歌などテーマも幅広い分野にわたる。

（2）『万葉集』を生み出す土壌が形成された時代精神

文献に記録された最古の歌は『古事記』神話にあるスサノヲノミコトの次の歌である。

八雲立つ　出雲八重垣　妻籠に　八重垣作る　その八重垣を

同様の歌はスサノヲから後に次々と詠われるようになったとされるが、作歌の正確な年代を確定できない。『古事記』『日本書紀』にある歌は、和歌といわず「歌謡」と呼ばれる。

歌は現代でもそうだが、古代でも節をつけて詠われていたらしい。人々に共感をもたらす良い歌は、宴や葬儀の場で、あるいは対話の代わりに、その他、人々の集まりの場において長期間にわたり多くの人の間で詠い続けられ伝えられ残されてきた。歌は琴などの楽器の伴奏によって、あるいは舞や振りを伴い、時には現代の合唱のごとく集団で口を揃《そろ》えて詠われていたと思われる。現代でも広く個人あるいは集団で詠われている民謡・詩吟などもそうだ。

歌謡が集団のものから離れて、次第に歌の中に個人の感情などを交えるようになり、従来の歌謡にない一段と高い精神世界を詠うようになっていった。この傾向は天智時代の有間皇子や額田王などから見られ始めていた。背景には口頭で詠われていたものが、文字で書かれるようになったことが大きいとされる。歌が即興で詠いつつ作られるのではなく、文字に書かれるようになって歌の表現などを深く考え、目で見て何度も推敲することが可能になったからである。

形式として五・七・五・七・七という、今日、我々が和歌と称している歌が人麻呂以前に確立していたわけではない。人麻呂は伝統を受け継ぎ短歌の他、五・七を繰り返して長さにばらつきのある長歌や、旋頭歌（五・七・七・五・七・七）も詠った。少ないながらも仏足石歌（五・七・五・七・七・七）の形式もある。次第に一定の形式を持った短歌、現代の和歌へと向かっていった。

王族や貴族を中心に詠われていた歌は、持統時代になって庶民にまで広がりつつあった。歌集は個人のものを含め色々と作られたようだ。その中で今日まで残っている歌集は『万葉集』だけである。残っていないが名の知られている個人の歌集は、「柿本朝臣人麿歌集」「類聚歌林《るいじゅうかりん》」（山上憶良）「笠朝臣金村歌集《かさのあそん》」「高橋連虫麻呂歌集《たかはしのむらじ》」「田辺福麻呂歌集《たなべのさきまろ》」がある。

唐・新羅との戦争に敗れた後の天智時代には中国の影響を受けて、貴族の間では漢詩を詠むことが盛んに行われるようになっていた。その影響は天武・持統時代を経て後の世まで続いている。文武は天皇として『万葉集』には歌一首（1・七四）しか残さないが、『懐風藻』には漢詩を三首も残しているほどである。他方、天武・持統の頃から漢詩ではなく、『万葉集』に繋がる日本独特の詩の形式を持つ歌も盛んに詠われるようになっていた。その要因を考えてみよう。

歌などの文化・芸能などが盛んになるには、いくつかの要因が必要だと考える。要因を列挙すれば、i、それを求める人々の潜在的な強い欲求が存在すること、ii、広がるための精神的な土壌が形成されていること、iii、文化・芸能を盛んにする優れたリーダー的な人物が登場することなどが最低限必要だろう。一つ一つ確認していこう。

iについて、古くから天皇の葬儀や地方の祭りなどの行事が行われる集まりで、歌が詠われていたことは疑いない。天皇の葬儀で歌が詠われたことは『古事記』のヤマトタケルの記事で明らかである。海石榴市《つばいち》などで歌垣が行われたことも、『日本書紀』の武烈即位前紀にシビとカゲヒメの記事や、『万葉集』に歌垣で詠われた歌（12・三一〇一）があることで確認できる。

iiについて、貴族中心に漢詩が盛んに詠われた天智朝では、それ以上の広がりはなかった。むつかしい文字の漢詩を詠めて作詩できる層はごく一部に限られるからだ。中国の漢詩の物まねではなく、我が国独自の伝統を踏まえた歌が詠われるには、国家権力者の側にも中国の物まねではない独自のものを作ろうという強い意志がなければならない。天武・持統には新しく我が国独自の国家建設や文化を造ろうとする、強い意志があったと認められる。

例えば、中国からの影響を受けつつも唐の都とも違う独自の都、藤原京の建設や、『古事記』『日本書紀』など基本は中国発であるが日本独自の歴史書の編纂や、中国の皇帝とは違う天皇を組み込んだ律令制定（浄御原律令）の取り組みがあった。すなわち、漢詩ではない日本独自の歌を生み出し広がるための土壌が、権力者の中にも形成されていた。人々には為政者のこのような姿勢は自然と伝わる。特定の文化を誰かから強制され、あるいは権力者から命令される必要はない。文化の土台となる精神的な自由とは、権力者の側に自由を許容する心と少しの援助があれば、それで十分だ。あとは人々の自由に任せるだけで、あらゆるものが解放されていくものである。

iiiのリーダー的な人物の登場について。天才が出るためには先人として額田王、有間、大伯・大津の姉弟など個人の想いの歌を詠った人物の存在は大きい。天智や天武や持統など、時の最高権力者がのびのびと詠う姿も大切であった。ここに一人の天才が登場した。その人物こそ人麻呂であった。続いて山部赤人・高市黒人・大伴旅人・山上憶良など有能な歌人も登場している。

人麻呂は長歌と短歌の組み合わせで中国の漢詩とは違う日本独自の詩を作りだしている。特に彼が詠った長歌に付属した短歌や短い歌を、人々は歌のお手本としていった。かくて文字どおり歌謡から文学としての和歌が成立したのである。彼こそ時代の求めるスターであった。

（3）『万葉集』とは何か

① 「万葉」とはどういう意味か

『万葉集』の発音が、どのようになされていたかを決める確かな証拠はない。当時の文字の発音は、今日の発音とはずいぶん違うようだが、テープレコーダーなどもなく、漢字にルビを付して読み方を書くことも、ずっと後世の発明である。当時の人々の声を直接聞いた人もいるはずもないので、どう発音されていたか正確には分からない。江戸期には「マンニョウシュウ」といわれたことがあったらしい。今日では「マンヨウシュウ」と発音することが一般的になっている。なお、「万」は古くは旧字で「萬」と書かれていただろう。

「万葉」には、色々な説が唱えられている。代表的には鎌倉時代の学僧、仙覚の唱えた「多く（万）の歌（葉）を集めたもの」という説と、江戸時代の契沖が唱えた「万代の世まで続いていく」の意味が込められている歌集という説がある。おそらく、両説の折衷案か、仙覚説・契沖説のいずれかだろうと思うが、筆者はどれが妥当かを判定できるような知識は持たない。

② 『万葉集』はいつ・どのような経緯で出来上がったか

成立のいきさつを書いた序文もなく、勅撰集のように正史に登場することもない。そのために成立年代や編者など正確なところは分からない。多くの学者が成立の謎に取り組んできたが、いずれも憶測や推量が入り決め手に欠ける。

作品や作者から『万葉集』の成立年代を探ろうとしても、最も古いとされる歌に年代を特定できない仁徳の后《きさき》イワノヒメの歌（2・八五～八八）がある。また、巻頭に民謡だろうとされる雄略の歌（1・一）などもある。さらに制作年代の明記された最新作（天平宝字三年（七五九））が家持（七一八～七八五年の人物）の歌（20・四五一六）で閉じるように、歌の詠まれた時が長期間にまたがっている。したがって、作品や作者からのアプローチも決め手に欠ける。

全二〇巻四五〇〇余首をある時期に一度でまとめられたとは考えにくいため、成立事情も定説がない。『万葉集』が「二〇巻」より成ると明記されたのは応徳三年（一〇八六）の『後拾遺集』の序文が最初で、初めはもう少し巻数が多かったという学説もある。成り立ちを解く説で筆者にとって最も魅力的で示唆に富み共感できるものは、『万葉集に学ぶ　第一集』一頁以下にある「雄略御製の性格とその位置」（一〇頁以下）に述べる伊藤博の見解である。要点を抜書きしておこう。

要するに、『万葉集』巻一には、一～五三番歌によって一まとまりをなす段階があり、これが結局は万葉二〇巻の核となったのである。そして巻一に看取された、雄略御製をめぐる編纂意図は、その核万葉ともいうべき五三首本に、すでに明確に貫流されていたものであった。『万葉集』巻第一は、第二次本も第三次本も、五三首本の意図をまっすぐに継承しつつみずからを形成したにすぎない。万葉二〇巻は、この五三首本から出発して、およそ九〇年近くの歳月をかけて成り立ったのであって、その生い立ちを大まかに示せば次のごとくであった。

(1)持統万葉＝巻一、一～五三（六九七～七〇二年頃）

(2)元明万葉＝巻一・巻二の原型（七一三～七二一年頃）
(3)元正万葉＝巻一～十七の原型（七四五～七五一年頃）
(4)延暦万葉＝巻一～二十（七八二～七八三年頃）

以上である。
長い引用だが、あえて長文を載せたのは多くの説の中で、伊藤説が最も筆者の腑に落ちたからである。ただし、伊藤博と違い、筆者は持統と元明の間には明確な編纂意図の差があると考えているが、しばらく脇に置いておく。伊藤のいう持統・元明・元正とは、我が国の中で姉・妹・妹の娘（持統と元明の間に持統の孫で、元明の息子でもある文武をはさむが）と続く三代の女帝を指す。伊藤によれば『万葉集』の基本は、三代の女帝が生み出した産物でもある。

③編者は誰か
編纂にかかわったと見られる者は何人もの天皇や人物の可能性があり、その人物が亡くなった後の作品も収納されているため編者を特定できない。同一人が編纂したとは思えない根拠として、四三番歌と五一一番歌のごとく、同じ歌の重出している例が一二組もある（類歌は伊藤博『萬葉集の構造と成立　下』一〇六頁以下に詳しい）からとされる。同一人が編纂したならば、例えば次のような同じ歌が二度も一つの歌集に出ることは考えがたいので、妥当な見解である。

わが背子は　何処《いづく》行くらむ　奥《おき》つもの　隠《なばり》の山を　今日か越ゆらむ（1・四三）
わが背子《せこ》は　いづく行くらむ　奥《おく》つもの　名張《なばり》の山を　今日《けふ》か越ゆらむ（4・五一一）

四五〇〇首を超える数の歌を短期間で一人、または数人で集めることは困難で、おそらく不可能に近い。その困難さは半端ではないだろう。詠われた時も長期間にわたる歌を集めている。作者も多彩で天皇や皇后をはじめ皇族、貴族、下級役人、兵士（防人《さきもり》）、僧侶、童女、遊行女婦《うかれめ》から乞食までいる。南北に細長い日本列島にあって、詠われた地域の広がりも東北の陸奥国から九州の鹿児島までと広範囲に及んでいる。現代のように発達した交通・通信網がない時代にどうやって、これほどの種類と数の歌を集めたかは想像さえできない。なかでも作者未詳歌は諸説あるが全体の半分近い二千首前後にも及ぶとされる。漢字の表記の仕方も巻別に違いがあり特徴が見られる。歌を日本語の文字にする歴史は、「全集」（一七頁以下）の「八　文字のこと」に詳しい。

大伴家持の歌が『万葉集』全体の一割強（四七三首とする説）を占めていること、巻一七以降に彼の「歌日記」といわれるものが収められていることなどから、彼が編纂に肝要な位置を占めていることも疑いない。しかし、家持が一人でなしえないことも前述したとおりだ。さまざまな人の手を経ているので、特定の誰が編者かについて古くから研究されてきたが、未だに定説を見ていない。近年ではこれ以上の選者を特定し、成立年代を定め、編集意図を問うことはあまり有益ではないと考えられるようになっている。

本書で取り上げた四八番歌は巻一にあり、巻一はどのような巻で、誰がどのような意図で編んだかを検討することは無駄ではないだろう。巻一は持統が藤原京を造り上げ（六九四年に飛鳥から遷都）、軽に皇位を生前譲位（六九七年）し、崩御する（七〇三年）までの間に編纂されたらしい。

（4）『万葉集』はどのような構成になっているか

①全二〇巻の特徴と「人麿歌集」の取り扱い

完成した全二〇巻の著しい特徴を述べよう。

イ、編集方針が不統一である

四五〇〇余首の半分近くが作者未詳歌だ。多くの編者がかかわったと考えられ、それぞれの編者が自分の考えた範囲で統一した考えに基づいて編集したとしても、二〇巻すべてを一貫した意思のもとに編集されているとは思えない。例を挙げれば、巻一から巻六までは歌の作者はすべて判明しているが、巻七は作者未詳歌ばかりの集まりである。初めの巻は年代の古い順に並べられているが、後半になると乱れて貫徹しなくなる。第三部の四巻（巻一七～二〇）は、まるで個人の歌集の体裁をなして、大伴家持の歌を中心に採録されている。『万葉集』全体として統一性がないのは、編者が巻ごと・数巻ごとに別人である痕跡と思われる。

ロ、各巻にある「人麻呂作」「人麿歌集出」とされる歌の、すべてが人麻呂作かどうか不明

本書の展開に即していえば人麻呂との関係、すなわち彼の歌がどのように巻ごと、あるいは巻内にちりばめられているかが重要だと考える。『万葉集』中で「人麻呂作」と明記された歌は八四首ある。別に、左注に「或云」として「人麿作」「人麻呂作」と記述された歌が、五首（3・四二三、9・一七一〇、一七一一、一七六一、一七六二）もある。

他に「柿本朝臣人麿歌集」（以下「人麿歌集」という）に「出」「歌曰」「所出」「中出」として

採録された歌は三六四首ある（諸説あり）が、どこまでが人麻呂作か不明といわれる。この「人麿歌集」中にも人麻呂作らしき歌が見られる（若い時の人麻呂作説と、他人の歌説がある）が、妻らしき女性からの贈答歌のような歌や、明らかに他人の歌や、東歌や民謡のような歌もあるため、これを厳密に識別し明確にどれが人麻呂作との断定は困難だとされる。学者によっては「柿本朝臣人麿作」も「人麿歌集」に採録されていたというが、具体的な根拠があるわけではない。

以上を総合して、諸説あるが人麻呂は長歌を一六～一九首、旋頭歌《せどうか》を三五首、短歌を三一五首、合計三七〇首も残しているとされるが、正確なところは分からない。

近年の人麻呂研究は「人麿歌集」にある歌を含めて論じるものが多いが、本書は「人麿歌集出」を除外する。「人麿歌集」の中でどれが人麻呂作かを特定できず、人麻呂作と限定できないものを素人が一部だけ取り上げて論じることは、恣意的を免れない。「人麿歌集」にあるすべての歌を対象に論じた書はなく（中西進編『柿本人麻呂』にすべての歌がまとめて掲載されている）、自分の判断で適当（論者にとっては適切にだろう）に選択したものを加えて論じているにすぎない。「人麿歌集」の筆録も古くはなく大宝元年（七〇一）以降という説もある（「橋本」北川和秀　二八六頁）。

人麻呂作の歌八四首が、どの巻に何首載っているかを調べると、以下の結果が得られた。

巻一…二九、三〇、三一、三六、三七、三八、三九、四〇、四一、四二、四五、四六、四七、四八、四九の一五首。

巻二…一三一、一三二、一三三、一三四、一三五、一三六、一三七、一三八、一三九、一四〇、

一六七、一六八、一六九、一七〇、一九四、一九五、一九六、一九七、一九八、一九九、二〇〇、二〇一、二〇二、二〇七、二〇八、二〇九、二一〇、二一一、二一二、二一三、二一四、二一五、二一六、二一七、二一八、二一九、二二〇、二二一、二二二、二二三の四〇首。

巻三…二三五、二三九、二四〇、二四九、二五〇、二五一、二五二、二五三、二五四、二五五、二五六、二六一、二六二、二六四、二六六、三〇三、三〇四、四二六、四二八、四二九、四三〇の二一首。

巻四…四九六、四九七、四九八、四九九、五〇一、五〇二、五〇三の七首。

巻十五…三六一一の一首。

②巻一・巻二・巻三・巻四・巻十五の性格

「柿本人麻呂（人麿）作」と明記された歌は、上記の五巻にのみ掲載されているので、各巻の特徴を簡単に触れておこうと思う。

イ、巻一の性格

巻一は、天皇、ひいては持統一族の神格化を歌い上げている巻といっても過言ではない。人麻呂の協力を得て持統が編んだか、あるいは協力がないとしても持統が強く関与していると思われる。持統が編纂に関係したことは、以下の四点が色濃く見られることで分かる。

第一に、巻一で持統に繋がる先祖の歌による大和支配の正当化が見られる。初期の頃の天皇として高く評価されている雄略の詠んだ歌が巻頭に配列されている。歌は雄略本人が詠んだ歌ではないとする説も有力であるが、雄略は歴史物語や歌で特別な天皇と考えられていたようで、彼の歌が『万葉集』中（以下『万葉集』中とする箇所は「集中」と略すことがある）のすべての歌の巻頭に置かれていることは無視できない。大和の国はすべて自分の治める国だという強いメッセージを込めて詠われているとされる巻頭の歌は、次のものである。

籠《こ》もよ　み籠持ち　掘串《ふくし》もよ　み掘串《ぶくし》持ち　この丘《をか》に　菜《な》摘ます児　家聞かな　名告《の》らさね
そらみつ　大和《やまと》の国は　おしなべて　われこそ居《を》れ　しきなべて　われこそ座《ま》せ　われこそ
は　告《の》らめ　家をも名をも（1・一）

雄略の歌に続けて、第二番歌として舒明の有名な「国見の歌」が配列されている。

大和《やまと》には　群山《むらやま》あれど　とりよろふ　天《あま》の香具山《かぐやま》　登り立ち　国見《くにみ》をすれば　国原《くにはら》は
煙《けぶり》立つ立つ　海原《うなはら》は　鷗《かまめ》立つ立つ　うまし国そ　蜻蛉島《あきづしま》　大和の国は（1・二）

舒明は天智や天武の父であり、持統にとっては祖父である。支配者が国見の歌を詠うことは、その地を支配したことを宣言するとともに、支配地域の永い繁栄を祈り祝する国家的な公式行事であった。雄略と舒明の二つの歌によって、彼らと彼らの子孫が大和の国を支配していく正当性が高らかに宣言されている。持統は舒明の直系子孫の一人である。

第二に、巻一に持統自身と彼女の祖父や父や妹や孫を神格化して詠われる歌がある。特定の人物を神格化する歌は「集中」に二三首あるが、巻一は七首で、五（舒明）、二九（天智）、三八・三九（持統）、四五（軽皇子＝文武）、五〇（持統）、七七（元明）番歌である。

詠われた人物は具体的には持統と、祖父（舒明）、父（天智）、孫（軽＝文武）、妹（元明）である。中心に持統がいることは血縁の上下関係の真ん中にいることと、彼女自身の歌（巻1・二八）があることで明らかだ。系図は本書の最初に載せたので参考にされたい。

第三に、巻一は香具山を他の山々とは違う特別な山として、香具山に「天」を付けて神格化した中心人物も持統であった。祖父の舒明（1・二）に続けて彼女は天武の死後、天皇の地位を称制して藤原宮へ遷都する前の飛鳥にいる頃、香具山に「天」を付して以下のように詠っている。

春過ぎて　夏来るらし　白栲《しろたへ》の　衣乾《ほ》したり　天《あま》の香具山（1・二八）

第四に、巻一には人麻呂が持統の行幸（吉野）に従駕し、持統を神と称え吉野の地を称える歌（1・三六～三九）と、持統が行幸した地の出来事を詠う伊勢の歌（1・四〇～四二）がある。

第五に、持統の造った藤原宮を称える長歌二首も巻一に載せられている。五〇番歌に「藤原宮役民の作れる歌」が、五二番歌に「藤原宮御井の歌」が採録されている。二つの歌で藤原宮の建設途中と完成後の姿が鮮やかに詠われている。歌の主人公はともに持統である。

このように巻一の主要部分は持統に関係している歌で占められている。

ロ、巻二の性格

巻二は、一四九首収められており、初めに相聞（互いに消息を交わし合う意である）の歌から始まる。お互いの恋心を述べ合う恋愛の歌へと繋がった。それらを「相聞」歌として一つにまとめ、集めている。相聞の次に記載されている歌が「挽歌」である。挽歌とは人を葬る時に柩《ひつぎ》を挽《ひ》く者が道中で謡う歌とされる。次第に葬送の歌、死を悲しむ歌へと向かう。主な歌には有間の歌、天智への挽歌、持統の天武への挽歌と偲ぶ歌、弟の大津を想い慕う姉（大伯）の歌、草壁への挽歌・高市への挽歌（二首はいずれも人麻呂作）、草壁への舎人による二三首の挽歌、人麻呂の妻と自分の死の歌を経て、志貴（現天皇まで血の繋がる祖先）の死を悼む歌（2・二三四）で終わる。

巻二の歌は皇位継承争いや病死などで天皇になれなかった皇子に関係する歌を中心に据えた巻で、なかでも有間の歌や大津を慕う姉（大伯）の歌や、草壁（舎人の歌を含む）・高市への挽歌は、巻二の中で異彩を放つ。他の詠われた人物も天智・天武を除けば大半が天皇になれなかった者である。巻二は悲劇の皇子・皇女の歌を巻内にちりばめ皇位継承争いに敗れた者を特別に悼《いた》んでいる。作者は天智時代（厳密には天智の母の斉明時代）の有間を除き、人麻呂や持統時代に活躍した人物である。編者の狙いどおり有間・大津は、大伯皇女を含め悲劇の主人公の歌として愛され、現代まで歌い継がれてきている。編者（元明）があえて夫、草壁のライバルである大津の姉、大伯の歌を巻二「相聞」の持統時代の冒頭に持ってきたのには七一頁以下に述べるが、深い理由がある。

これらの歌から得られる心証と巻二における配列の不審を述べれば、以下の点を挙げることができる。次の大津の辞世歌は名歌でありながら巻二から除かれていることである。歌は有名な「ももづたふ　磐余《いはれ》の池に　鳴く鴨《かも》を　今日《けふ》のみ見てや　雲隠《かく》りなむ」（3・四一六）である。

この歌は挽歌の一種ともいえるから、巻二の挽歌に収めて何の不都合もないはずだ。ところが歌は巻三の挽歌の部に収められている。なぜか。同じような運命の悲劇の皇子である有間の歌が巻二に入っているのに対し、大津の「ももづたふ」歌が巻二から外されている意図を考える必要がある。結論を先にいえば、除外されたのは巻二を編集させた元明か編者によって、何らかの理由で巻二の挽歌の部に入れるべき「ももづたふ」歌を除外したと考えられる。それを後の人物が巻三に収録している。除外された理由をもう少し考えてみよう。三説が想定できる。

ⅰ説…巻二が編まれた時には、「ももづたふ」歌が存在しなかった。

この場合は収録できないのは当然だ。この説によれば、歌は大津が死刑の前に詠んだ歌ではなく、死んでから後世の人が彼に仮託して作ったとされる。果たしてそうか確認しよう。

後世の人が詠んだ理由として、二四歳という若さで死刑に臨もうとする人間が歌を冷静に詠えるかという疑問があるが、疑念は妥当である。殺される本人がこれほど客観的で冷静に詠えるはずがないので、後世の誰かが詠ったとする。しかし、題詞にある「大津皇子……作」の文言を簡単に無視してよいかどうか、慎重に検討すべき問題もあるので、容易に決めがたい。

ⅱ説…編纂時にこの歌は知られていないか、単に編者が巻二へ収納し忘れたにすぎない。

大津の辞世歌は詠われた当時から有名であったと思われる。したがって、後の編者が知らないはずも忘れるはずもない。だから、ⅱ説の可能性はない。

ⅲ説…巻二を編纂させたとされる元明が何らかの理由で巻二から除外させた。

大津姉弟の歌には姉と弟の関係で悲劇性を連想させるものが多く、それらは巻二に何首も収録されている。ところが、大津の辞世歌のどこにも兄弟や姉妹の関係が見られない。もしもの仮定であるが、大津の辞世歌をも巻二に収録すれば、巻二は単に大津の歌を集めただけになってしまう。そうなれば、兄と妹の関係を強調し、兄の悲劇性を際立たせたいと考える元明の巻二の編纂意図が曖昧になる恐れがある。だから大津の辞世歌を編者（おそらく元明）が排除したのだろう。

ⅰ説とⅲ説のどちらが妥当かは不明だが、筆者はⅲ説によることにした。巻二は、『古事記』を編纂した太安万侶の協力を得て、元明が一巻として作り上げたと考えられる（「譯注」に同旨）。以下の二点が強調または自覚するよう意図的に編纂されていることが、そう考える根拠である。

第一に、元明が集めさせた巻二の相聞はイワノヒメの仁徳を偲ぶ歌から始め、女性を中心とした恋物語の歌を掲載しながら、挽歌の部で皇位継承争いに敗れ悲劇的に死んだ皇子（兄）と、皇子を愛する皇女（妹）の悲しむ歌を配列している。例えば、兄（木梨）の軽皇子《かるのみこ》（文武ではない）と妹の軽太郎女《かるのおほいらつめ》の歌がある。軽皇子は同母兄妹間の近親相姦という宮中内のタブーを犯したという理由で皇位継承争いに敗れ、伊予国に流されている。その時に軽太郎女（衣通王）が詠った歌が「君が行き　日《け》長くなりぬ　山たづの　迎へを往《ゆ》かむ　待つには待たじ」（2・九〇）である。

兄妹の愛の物語は『古事記』に詳しく、二人に同情的で美しく悲劇的に書かれている。軽皇子と妹の軽太郎女の歌は、皇位継承争いに破れた同母兄妹の許されざる愛の悲劇の話の歌である。皇位継承争いに敗れた皇子の結末が悲劇的であるために、歌が巻二に採録されたのだ。

第二に、巻二の特徴は勝者の歌もあるが『古事記』と同様に皇位継承の敗者が同情され重視されている点にある。『古事記』はスサノヲや出雲神話をはじめとして皇位継承争いに敗れた皇子たちに対して深く同情し、憐みの心で書かれている。敗れた皇子への鎮魂の書だという説さえある。巻二の相聞に大津を慕う姉の歌を配し、挽歌の部の最初に有名な有間の、「磐代《いはしろ》の　浜松が枝《え》を　引き結び　真幸《まさき》くあらば　また還り見む」（2・一四一）と「家にあれば　笥《け》に盛る飯《いひ》を　草枕《くさまくら》旅にしあれば　椎《しひ》の葉に盛《も》る」（2・一四二）と関連歌を四首も続ける。有間は天智によって自分の皇位継承の障害になるとライバル視され、謀反の罪を着せられて殺された人物である。大津は持統により息子の草壁の皇位継承の妨げになると思われ、大津が草壁の暗殺を計画しているとの誣告《ぶこく》で無実の罪ながら処刑されている。いわば有間と大津の二人は皇位継承争いの敗北者である。

持統が編纂したとされる巻一には二人の歌は一切ない。二人の歌は持統によって歌集から除外されたのだろう。これに対して巻二を編纂した元明は丁寧に彼らの歌を採集させている。敗者に優しいのは元明の命令で太安万侶が編纂した『古事記』と同じ構図である。巻二が皇位継承争いに敗れた者に優しいことを確認できるのは、巻二に悲劇的に死んだ皇子と、皇子を愛する姉・妹との絆と愛を詠った歌を、他にもう二つ採取しているからである。

一つは、大津と大伯皇女の姉弟の深い愛と悲劇に満ちた歌を載せる。姉の歌が巻二の一〇五番歌と一〇六番歌、および一六三番歌〜一六六番歌の合計六首もある。すべてを載せよう。

わが背子《せこ》を　大和へ遣《や》ると　さ夜深《ふ》けて　暁露《あかときつゆ》に　わが立ち濡れし（2・一〇五）

二人ゆけど　行き過ぎ難き　秋山を　いかにか君が　独り越ゆらむ（2・一〇六）

神風《かむかぜ》の　伊勢の国にも　あらましを　なにしか来《き》けむ　君もあらなくに（2・一六三）

見まく欲《ほ》り　わがする君も　あらなくに　なにしか来けむ　馬疲るるに（2・一六四）
うつそみの　人にあるわれや　明日《あす》よりは　二上山《ふたかみやま》を　弟世《いろせ》とわが見む（2・一六五）
磯の上《うへ》に　生《お》ふる馬酔木《あしび》を　手折《たを》らめど　見すべき君が　ありと言はなくに（2・一六六）

悲劇の兄妹・姉弟の歌を「歌集」（後の『万葉集』）に採録して巻二を撰集することが、兄大友を悲劇の皇子にしようとした元明の構想であった。大津の辞世歌（3・四一六）には姉や妹なる女性が登場しない。だから元明の構想から外れる。そこで四一六番歌は後世にまで詠われる有名な大津の辞世歌にもかかわらず巻二から排除されたのだろう。実際はこれから行われる大津の処刑場まで裸足のまま駆け付け、遺体に取りすがってともに死んだ妻がいた。妻ではだめなのだ。

もう一つは、異母兄の穂積皇子と異母妹の但馬《たじま》皇女との不倫関係ではあるが、互いを想い合う内容で巻二において際立った存在感をもたらす歌である。歌を辿ることにしよう。

穂積は天武と名門である蘇我赤兄の娘との間に生まれた皇子でありながら、草壁亡き後の皇位継承争いでは声もかからなかった。但馬は天武と藤原鎌足の娘との間に生まれた皇女で、壬申の乱の後に年の離れた異母兄の高市と望まぬ結婚を持統から勧められた。但馬は望まぬ年の差のある高市との結婚後に異母兄の穂積と激しい恋におちた。早くから相思相愛であった可能性もある。二人の間で交わした歌が巻二に残っている。拙著の『日本の基礎を創った持統と元明の女帝姉妹』で二人の関係を書いたことがある。長いが一部を追加・修正しながら再び載せる。

穂積と但馬との間には、高市の生前から死後を経て但馬の死に至るまでの長きにわたって、濃厚な歌が詠み交わされている。二人は許されざる密通（不倫）関係にあったとされている。そのとおりであろう。しかし、歌をよく味わうと二人の愛には世俗的な批判を超えるものがある。

但馬皇女《たぢまのひめみこ》、高市皇子《たけちのみこ》の宮に在《いま》しし時に、穂積皇子《ほづみのみこ》を思《しの》ひて作りませる御歌一首

秋の田の　穂向《ほむき》の寄れる　かた寄に　君に寄りなな　言痛《こちた》くありとも（2・一一四）

歌意：秋の田の稲穂の向きが風に靡《なび》くように、あなたに寄り添っていたい。世間からどんなに悪い評判を打ち立てられようとも。

さらに但馬の歌は二首も続く。なお、穂積は死ぬまで元明の最側近の知太政官事であった。

穂積皇子に勅《みことのり》して近江の志賀の山寺に遣はしし時に、但馬皇女の作りませる御歌一首

後《おく》れ居て　恋つつあらずは　追ひ及《し》かむ　道の阿廻《くまみ》に　標結《しめゆ》へわが背《せ》（2・一一五）

歌意：残されたままただ恋に苦しんでいるだけでなく、あなたを追いかけていくので、どうぞ道祖神のある道の曲がり角ごとに道に迷わず追いつけるように目印を付けておいてください。

但馬皇女の高市皇子の宮に在《いま》す時に、竊《ひそ》かに穂積皇子と接《あ》ひて、事すでに形《あら》はれて作りませる御歌一首

人言《ひとごと》を　繁み言痛《こちた》み　己《おの》が世に　いまだ渡らぬ　朝川渡る（2・一一六）

歌意：（不倫が露見して）世間の噂が激しいけれど、私は自分の恋心に従って早朝にまだ渡ったことのない家の前に流れる冷たい川を渡り、あなたのところにゆきます。

但馬の必死の決意が「朝川渡る」ににじみ出ている。なんと情熱的な女性か。但馬は夫に死なれ（六九六年）、晴れて穂積と再婚する前に死んだらしい。対して穂積は、次のように詠う。

但馬皇女《たぢまのひめみこ》の薨《かむあが》りましし後に、穂積皇子《ほづみのみこ》の、冬の日雪の落《ふ》るに、遥《はる》かに御墓《みはか》を見さけまして、悲傷《かなし》み涕《なみだ》を流して作りませる御歌一首

降る雪は　あはにな降りそ　吉隠《よなばり》の　猪養《ゐかひ》の岡の　寒からまくに（2・二〇三）

歌意：但馬が亡くなった年〈和同元年（七〇八）六月〉の小雪の舞う寒い日に、藤原京からこっそり穂積が皇女の墓を訪ねたことがあった。その際の歌だ。穂積は但馬の墓を遠くから眺めて、禁断の愛であったために、いっそう但馬と激しく愛し合った日々を思い出して涙を流し、但馬が雪で「寒からまくに」と気遣い、墓に雪を降らせないでと天の神にお願いする。穂積の愛に満ちた優しさがあふれている。愛された但馬も一人の女性として心から幸せであったろうと想像できる。

これらの歌も太安万侶の編纂した『古事記』と同じ傾向で、皇位継承争いの敗者の側に寄り添った男女の悲しむ姿を描く編集の結果だ。巻二は太安万侶が元明に協力して編んだという伊藤博の説がある。筆者も同意見である。巻一には敗者の歌は一首もない。だから持統と元明の二人の

編纂意図にある差異に、何か秘められた内容があると思わせるに十分である。

次に巻一と巻二の関連について述べよう。『万葉集』は「雑歌《ぞうか》」「相聞《そうもん》」「挽歌《ばんか》」の三大部立てが、全体に流れる基本の構造である。巻一は「雑歌」だけで成り立ち、巻二は「相聞」と「挽歌」で構成されている。いずれの巻も三大部立てではなく、単独の巻では不自然な構成になっている。両巻を統一して眺めると、二巻全体で三大部立てが完成していることに気づく。すなわち、巻一と巻二で「雑歌」「相聞」「挽歌」がひとまとまりに編成されている。三つの名の命名は後の人物によってなされたとされる。その人物は巻二を歌の内容ごとに「相聞」と「挽歌」に分類して命名し、巻一に「相聞」「挽歌」のいずれにも属さない歌を「雑歌」とした。「雑歌」には「行幸、従駕、遊宴、応詔、遊猟、遷都、問答、伝説なども、」含む歌（白川静『初期万葉論』二一二頁）とされ、『文選《もんぜん》』の部立てにある「雑詩」「雑歌」の名称を用いた（「釋注」二七頁）といわれる。

伊藤博説と筆者の見解は基本的に同じだが、伊藤博説とは根本的に違っているところがある。筆者の認識は、巻二は元明が大友を悲劇の皇子とするために仕組んで編纂したと考える点だ。伊藤にはそのような認識は見られない。元明がなぜ歌集を編もうとしたかを考えるべきだろう。

巻一と巻二の歌は、巻内では古い年代順に配列されている。巻一と巻二を担当した編者によって、意識して歌が年代順に並べられたのだろう。なお、巻どうしは独立し、巻一から巻二への時代順序は引き継いでいない。ちなみに『万葉集鑑賞事典』の巻二の要旨は、〔巻一「雑歌」と合わせ、二巻で万葉歌の三大部立てを構成する。「相聞」部には、仁徳朝の磐姫皇后《いわのひめのおおきさき》作とされる連作に加え、天智・天武・持統朝の歌、「挽歌」部には斉明朝より元正朝に至る代々の歌を、いずれも各天皇の世ごとの標題の下に配列して収める」としている。

ハ、巻三の性格

巻三は最初に「雑歌」を配列している。雑歌とは相聞や挽歌に属さないすべての歌をいう。巻三に掲載された歌の作者は多士済々で、多くの作者の中の有力な一人が人麻呂だ。雑歌に続けて「譬喩歌《ひゆか》」をはさんで「挽歌」が続く構成となっている。巻三は行幸の歌、旅の歌、宴会の歌の他に、さまざまな人の死を自ら、あるいは死んだ人を悼《いた》んで詠う歌が続く。巻の最後は家持の安積《あずみ》皇子への挽歌で実質的に閉じている。家持は安積を高く評価し、皇子の天皇即位を期待していた。『万葉集鑑賞事典』「巻三」にある要旨は、〔巻三・四は、ともに各部の前半に巻一・二と同時期の歌を載せ、後半に奈良時代の新しい歌を載せる構造を持つ。作歌年次を明記する歌は少なく、巻一・二のような天皇の代を示す標題も持たない〕とある。

ニ、巻四の性格

巻四は「相聞」だけの歌で構成され、「相聞歌」とは、親子、兄弟、友人などの親愛の情、なかんずく男女間の恋慕《れんぼ》を詠った歌をいう。人麻呂の歌は妻への歌である。さまざまな人の相聞歌が続き、巻四の最後は家持が女性と交わした歌に続けて、彼と男性との交換歌で終わっている。

ホ、第十五巻の性格

巻十五の前半は遣新羅使（七三六年）が別れを惜しんだ歌から始まり帰還するまでの歌（一四五

首）が集められている。後半は中臣朝臣宅守《やかもり》の流刑（七三九年頃）に際して妻との別れを嘆き合う歌（六三首）で閉じる。人麻呂の歌は三六一一番歌の七夕の歌で、この歌には以下の問題がある。

結論を先にいえば、通説のいう人麻呂の七夕歌の制作年代は疑わしいということである。

第一に、三六一一番歌の前の歌に三六〇七〜三六一〇番歌があり、左注に「柿本朝臣人麿の歌に曰はく」とある。他方、三六一一番歌の左注には類似の「柿本朝臣人麿の歌」とある。表現に微妙な違いが見られ、違和感がある。また、三六一一番歌は「集中」（人麻呂歌集中の意味か？）にない（「中西」㊂三〇一頁）とされ、歌の中身も七夕の逢瀬と直接結びつかないので不自然である。

第二に、人麻呂作とされる七夕の歌は三六一一番歌の他に二〇三三番歌がある。「七夕の歌」として三八首が連続して載せられた一連の歌の最後で、「天の川　安の川原《かはら》の　定まりて　神競《こころきほ》へば　磨《と》ぎて待たなく」である。左注に「この歌一首は庚申《こうしん》の年に作れり。右は、柿本朝臣人麿の歌集に出」とある。二〇三三番歌の制作年代は諸説あるが、通説は天武九年（六八〇）の人麻呂作である。庚申年には天武九年（六八〇）と、天平十二年（七四〇）がありうるが、後者の年代には人麻呂は死んでいるので、七四〇年はありえないからだ。しかし、制作年代に疑問が残る。

三六一一番歌は天平八年（七三六）の遣新羅使の船上で詠われているが、歌の制作年代は学説も定まらず明確な根拠もないので不明である。柿本人麻呂作とされる歌の最古で確実なものは持統三年（六八九）の「草壁皇子挽歌」とされる。二〇三三番歌（六八〇年作）と「草壁皇子挽歌」（最古で六八九年作）の間は九年間となり、この間に人麻呂作が確実とされる歌が一首も見られない。

三六一一番歌が「柿本人麻呂歌」とある以上、六八九年と同年代か、新しい作である可能性もある。以上から、二〇三三番歌だけでなく三六一一番歌の制作年代も疑われる。二〇三三番歌と三六一一番歌の制作年代の問題は本論との関係性が薄いので、詳細は注3（一二二頁以下）へ廻す。

③「長歌」と「反歌」・「短歌」と「枕詞」について

長歌は主に五・七音句を繰り返して詠い、最後は五・七・七音句で終える。

五音句にはしばしば枕詞が使われ、次の七音句を形容するか引き出す役目を果たしている。枕詞には由来や、どのような内容を持っているかが分からず、意味不明とされる言葉も多い。枕詞をどのように解釈すべきか分からないため説明を省略し、または、単に同じ文字を書き連ねている解説が多い。それでも歌全体の趣意を把握するために役立つ性格を持っている。ここで枕詞に対する筆者の基本的な態度を表明しておく。これからも枕詞は何度も本書の文中に登場してくるので、ここでまとめて述べておこうと思う。参考となる見解がある。山本健吉の『柿本人麻呂』六九頁以下の文章である。

「まくら」とは、「枕詞」「歌枕」「まくらごと」などの用例を通じて、神霊の寓（よ：筆者）るところであり、枕詞は歌における生命の指標であり、神授（神から授かること：筆者）の言葉の精粋（精は精の旧字：筆者）である。言葉の頭にかかるものだから枕詞と言ったといふのは、後世の合理解である。もともと壽詞《よごと》全體が神聖な詞章であったものが、その一部分に凝縮した精粋部分を考へるやうになり、その一部分が全體に代りうるといふ考へのもとに歌となり、さらに歌は、その部分にして全體の象徴である枕詞を要求する。

　だから枕詞は、鎮魂の詞章としての歌の咒力（じゅりょく：筆者）を基にして考へれば、それは修飾部ではなく、かへって主題なのだ。歌の文脈上の主題と、歌の作られた「場の論理」としての主題と、古代の詩歌はつねに二重主題を持つ。……枕詞は歌を口譯すれば、抹殺してしまわなければならない無意味の部分であるが、詩的心象としては抹殺することの出來ない部分であるばかりか、古代信仰を背後に背負って、「生命の指標」の籠ってゐる精粋の部分として、かえって強調されなければならない部分であるのが、本來なのだ。

旧仮名遣いやむつかしい表現も多いが、この「枕詞」の見解は重要で納得性が高いと感じた。

広辞苑によれば「反歌」とは、「長歌の後によみ添える短歌、……長歌の意を反復・補足し、または要約するもので、一首ないし数首から成る」という。「反歌」とは長歌の最後の句をそのまま繰り返して始まる歌が典型的である。「反歌」は長歌に添えられている。

　長歌に添えられた歌を「短歌」としているのは巻一と巻二において数例があるだけである。人麻呂の長歌の次の頭書に「短歌」とあるのは、持統六年（六九二）以降の歌にしか見られないという指摘もある（稲岡耕二『柿本人麻呂』三〇頁）。重要な指摘である。「短歌」は長歌とは独立した歌の趣旨を持たせているのではないかとも考えられている。

「短歌」と「反歌」の両者は明確に違いを意識して用いられているという説と、どちらの用字を使うかは気分で使い分けており、差異はないという説に分かれる。長歌の「題詞」に「……歌二首并せて短歌」とあるので、歌の「頭書」には当然「短歌」とあるべきところ「反歌」と書かれている例もあり（2・一三一・三、一三九、二〇五、二二一他多数）、使い分けに差異がない。どちらが正しいのかについて筆者は根拠を示せないので、いずれにも断定しかねる。さらに、雄略の「籠もよ……」（1・一）、舒明の「大和には……」（1・二）、額田王の「冬ごもり……」（1・一六）のごとく、初期の作とされる長歌には反歌を伴わないものが見られることも留意すべきだろう。

④「目録」について

各巻の最初に、その巻の歌にタイトルを付けて一覧とした「目録」がある。「目録」は、いつ・誰が・何の目的で付けたのかが問われている。巻一五以前と巻一六以降の「目録」に著しい精粗の差が認められる。「目録」は、『万葉集』成立後に後世の人物が付けたとされるが、一部はもっと古くから付されていた可能性も否定できないらしい。以上から、いつ・誰が・何の目的で付けたのか不明である。伊藤博『萬葉集の構造と成立　下』（一三八頁以下）に詳しい。

⑤「題詞」について

歌の前には「題詞」が記述されている例がある。「題詞」には作者、作歌場所、制作年代、由来が漢文で書かれている。平安時代の『古今和歌集』以降になれば、和歌や俳句の前書を「詞書《ことばがき》」として作品の作歌事情について書かれる。「題詞」は「詞書」と同様の働きをしている。ちなみに『万葉集』と同時代の漢詩集の『懐風藻』には「題詞」の用語は用いられていない。「題詞」は各巻に統一した様式で付されてはいないが、この存在によって作成事情が判明するなどの大切な役割を持っている。「目録」と同様に歌が詠われた初めから存在したのか、後世の人が付けたのか定説はないが、初めから付けられていたものではないとされる。誰が何の目的で付けたのかも不明のままだが、重要な情報を提供していることは事実である。

⑥「左注」について

歌の本文の次に「左注」がある。歌が詠まれた事情や時期や歌数、作者や出典や異伝などが記載されている。一般に「左注」は編集者が付けるとされる。「題詞」とともに歌の理解に役立つ大切な情報源となっている。「左注」も後世の人物によるとされるが、実態は不明。

以上から「目録」・「題詞」・「左注」の記事は有用だが、無批判な採用は危険だとされる。

⑦「異伝」について

作者や歌詞の異伝を記述する例がある。歌詞の異伝には二種類あって、一つは歌の本文中に「或云」とか「一云」などとして挿入し、もう一つは歌の終わりに一括して異伝を書いているものである。長歌は本文中に異伝を割注のように挿入している。例えば、長歌の二九番歌「近江荒都歌」には本文の途中に五箇所も挿入している。短歌や反歌には歌の終わりに一括して挿入している例も多い。しかし、反歌の中にも本文中に割注のように挿入する例がある。例えば反歌の三一番歌に「ささなみの　志賀の〈一は云はく、比良の〉大わだ　淀《よど》むとも　昔の人に　またも逢はめやも〈一は云はく、逢はむと思へや〉」などは、本文中に挿入し、異伝の付し方は一律や一定ではない。

人麻呂の歌の異伝の性格について、学説は大きく割れ鋭く対立する。一つは、人麻呂の推敲の痕跡説である。推敲した跡が何らかの理由で残されたという。推敲説によれば少ない人麻呂にかかわる資料に、新たな研究材料が加わり、人麻呂像を描くには大変都合のよい説となる。

対して推敲の結果ではないという否定説がある。異伝は伝誦による差異と考える説である。歌が文字によって広く一般化する前は歌謡として口頭で詠われ伝えられ各地に広がり、広がる過程で歌詞に色々と変更が加えられたとする。口誦歌が記録に残される段階では、すでにどれが元歌であったかさえ分からなくなっていた。そのために歌詞の差異として『万葉集』に反映されたという。推敲否定説は根拠となる明確な証拠のないことが弱点である。

推敲説の前提は、以下のようなケースが想定できる。

i、推敲をすることによって異伝より本文の方が優れた歌になっている。

ii、異伝より本文の方が、詠われた時間の経過・場所の移動・感情の変化などにおいて、歌の流れが自然で、推敲後に詠われた歌だと認めやすい。

iii、言葉そのものと言葉の使い方から、本文に時代や個人の進歩・発展が見られ納得性がある。つまり言葉の新しい用法が異伝より本文の歌に見られる。

以上の諸点について論者間で暗黙の了解があるのだろう。このような判定基準をはじめに確立して、その判定基準に基づいて議論を行っている評論や解説をあまり知らない。

歌の評価で必要なことは、判定基準・物差しを提示し統一することだろう。前提の一致なくして、各人がバラバラに己の評価基準に従って論を展開するから人の数ほど評価が分かれ、通説が形成されにくい。推敲説の論者がまずなすべきことは、判定の前提条件を明確にすることだと考える。筆者は前記のⅰ、ⅱ、ⅲを異伝の判定基準にしたいと考えている。

最初に㋑異伝判定の一般原則を確立し、㋺次に、その歌だけに伴う限定された固有の判定基準があれば、その基準を明確にして、㋩いかなる推敲が行われたかを、前述したⅰ・ⅱ・ⅲと、決定した固有の判定基準㋺に照らして評価する作業に入るべきと思う。

㋑→㋺→㋩の手順で論が展開されるならば、何人も論者の見解を正しく理解し、適切な評価が可能になると考える。説の批判もしやすい。なお、評価基準を明確にして論じたものに神野志隆光『柿本人麻呂研究』（二〇五頁以下）の以下の①～③がある。

①異伝の表現に即して―語彙のレベルでの検討（二一二頁以下）
②異伝の表現―文脈のレベルでの検討（二一五頁以下）
③作品のレベルの問題として検討（二一八頁以下）

推敲説か推敲否定説かを判定する評価基準として語彙―文脈―作品の全体を整合して検討すべきことを明示した点で優れている。筆者のⅰ・ⅱ・ⅲの基準についてそれぞれ①語彙のレベル、②文脈のレベル、③作品のレベルで検討するならば、さらに良い評価基準になるであろう。

推敲説への疑問を整理しておこう。

第一は、どのような経過でその歌を異伝とし、あるいは本文として分類したかが分からないことである。考えられることは二つある。人麻呂か編者の誰かが、

①一番後で詠われたと考えられる歌を本文とし、本文以外を異伝とした。
②詠われた年代と順序が分からないが優れている歌を本文とし、本文以外は異伝とした。すなわち、たまたまいくつかの歌がともに残ったが、推敲の結果であるか伝承による変化であるかを問わず、優れたと編者が考えた歌を本文とし、採用した本文以外を異伝とした。
①の基準は、本文の歌の方が異伝より詠われた時期が遅いことだが、異伝と本文の詠われた時期の前後を明確な証拠もなしに証明することは一般に困難だろう。②の基準は、本文の歌の方が異伝よりも必ず歌として優れていることだが、本文に残された歌が異伝より必ず優れており、歌が自然だとか新しい方法だとかの証明もむつかしい。たとえ本文の方が優れていると決めることができたとして、人麻呂が推敲した結果によるものか、伝誦による変化（一種の集団推敲といえる）かの差を見つけることは、これまたむつかしい。現代ではウィキペディアという百科事典があるが、原稿は最初の執筆者だけが修正・訂正するわけではなく、多くの人の手で修正・訂正されているらしい。推敲している人物は異なっている。その結果、より優れた事典になっていることは、利用者ならば誰でも納得できる。伝誦の変化も人々の推敲の結果だとも考えられる。
結局、①と②はともに証明ができない仮説にすぎない。証明できない基準による判定では多くの人々の納得性は得られないだろう。

異伝は一人の人物の推敲の結果によるものか、人の手を経た推敲の結果かどうかは容易には決めがたい。なかでも人麻呂作とされる短歌六六首中で一四首も「一云」などと異伝があるものについて右記はいえる。推敲は短歌より長歌の方がより多く行われていると思うが、推敲の痕跡は少ない。長歌より短歌の方が多くの人々に広く詠われるので、伝誦変化の可能性が高いのだろう。

第二に、推敲説への疑問は、なぜ本文と異伝の両方とも都合よく残っているのか、合理的な説明がつきにくい点が問題である。人麻呂の自筆による歌が順序良く整理されて残っていない以上、人麻呂が推敲したことを証明するには、証拠のない推測を重ねる外には方法がない。

第三に、人麻呂作以外の異伝のすべての歌をも、推敲論者は主張を一貫して推敲の結果とするのだろうか。人麻呂の歌に限るとすれば、恣意的との批判は免れない。推敲説に対する問題しか述べていないが、伝誦説にも同様に欠点を指摘できる。これでは決着はつけられない。

以上からどちらとも決めがたい。そこで筆者は主観的に、かつ独断で決めることにした。人麻呂の長歌にある割注や短歌の左注の「一云」とある歌などは、推敲の結果よりは伝誦による差異と考える説に魅力を感じるので、異伝はすべて伝誦による差異と考えることにした。

伝誦説については以下の説明に納得性が高い。人麻呂の名は『万葉集』が編纂される時代にはすでに有名な歌人であったと思われるから各種の歌が口誦で残され、口誦は時流のニーズに基づいて多くの変更が加えられやすい。また編纂のために集められた資料は多かっただろう。そこには人麻呂の歌が少しずつ異なって表記されたものもあったはずだ。これらが異伝として『万葉集』に残ったと考えることは自然である。人麻呂作歌の大半が含まれる巻一から巻四までが整った形で編纂されたのは、早くても元正時代であろう。元正の頃には人麻呂はすでに伝説の人として、歌の師とされたことが考えられる。多くの歌の手本（中心は人麻呂作）が作られたであろう。手本の歌の一つが「或云」「一云」として記録されて、残ったのだろうとするのは無理がない。

（5）『万葉集』における歌の写実と空想の境界について

『万葉集』の歌が、後の『古今和歌集』や『新古今和歌集』に見られるような、①現実を超えて空想の産物とするか、②作者の経験した事実や風景などの実写を基に素直に詠ったとするかは、重要な論点となる。

①と②の確認は大切である。人麻呂の歌はすでに文学の領域に入った時代の作なので、大いに経験や写実を離れて彼の歌を理解すべきとなるか、あるいは空想や虚構性をできるだけ抑えて理解すべきとなるかを決める分岐点となるからだ。彼以前の歌は経験や写実に基づいて歌が作られていたといっても過言ではない。いわば現実に起こったことや風景を素直に詠む意識が主流であった。事実や経験から大きく離れて空想の世界に心を飛翔させるところまでは至っていなかったといえる。人麻呂の頃も経験や写実を忠実に詠う伝統は色濃く残っていた。人麻呂の初期の頃に人々が文字を習い始めたため、歌は主として文字ではなく口誦によって伝えられていた。

すでに人麻呂の頃から事実や己の経験や写実を離れた歌が盛んに作られたと仮定するならば、この時代の歌の性格は大きく変わらざるを得ない。人麻呂が活躍した頃における歌の実態の確認を行わずに①の立場に立って人麻呂論を展開するならば、自分で作り上げた像を自由勝手に展開できることになる。②の立場に立てば、人麻呂の歌にあまり空想や虚構を認めないで理解しようと努力していくことになる。筆者は②の立場である。従来の学説は①か②かの確認と、空想や虚構の程度を曖昧にしたまま、論を展開していると感じる時がある。

古代人は歌を場に応じて詠っていたため、誰が最初に歌いだしたかは重要ではなかった。「歌垣」で詠われた歌が運よく記録に残されたようなもので、一般に作者は不明となる。詠われる場の雰囲気や多くの参加者に共感されるように歌詞も変えられていった公算が高い。後の世に歌が広く詠われるようになると、作者の詠った事情や風景を超えてフィクションが混じることは避けがたい。誰かの歌を詠うこともあったであろう。そのため作者の錯綜《さくそう》も起こったであろう。

この現象は『古今集』以降の歌のように、作者がフィクションを前提、または意識して詠ったものとは違う。現実を超えたフィクションがたまたま混じったか、最初から意図してフィクションを詠ったものかを見分けることは、困難であっても両者は違う。混同せずに見分けなければならないと考える。①と②をどう考えるかは、本書で取り上げた四五番歌から四九番歌の解釈についても大きな差となる。

人麻呂の歌が実体験のみの歌か、物語的な虚構を持つ歌かの争いとなって現れることの始まりは、「泣血哀慟歌」（2・二〇七～二一二）の解釈をめぐってからと思われる。歌は二つの歌群からなり、一つは詠われている女性が世間の人目をはばかるような人物として詠われ、もう一つの歌群が子までいる世間に公然たる関係の人物として詠われているからである。

二つの歌群の外見が明らかに矛盾するために、二人の女性は同一人か、別人かが争われている。

ひいては二人の妻のうちどちらか一方が実在しない架空の妻かどうかが問われて、ここに人麻呂の歌に空想や虚構が詠われているのではないかという問題が生まれた。

問題をいっそう困難にしているものがある。「或る本に曰く」として、後者の歌に異伝の歌（2・二一三〜二一六）があるからである。そこで三つの歌群をどのように理解したらよいかとともに、人麻呂が実体験に基づいて詠う歌人か、虚構をも詠う歌人かが争われ、理解の仕方によって「泣血哀慟歌」の解釈の差とともに、妻も同一人か別人かと説が分かれていった。

歌をいかに詳細に論述しても、各説の結論は容易に人々を納得させることにはならず、決着を見ずに今日まで来ている。筆者は別の観点から判定していく外にないと考えるに至った。判定基準は人麻呂の頃にすでに虚構性を持つ歌が広く詠われていたかどうかだろう。もし、そのような時代でないとすれば、人麻呂の歌には虚構が含まれていない蓋然性が高くなり。人麻呂にもしも虚構性が認められるならば彼が初代となる。彼を初代に位置づけるならば、人麻呂後の歌人が続いて虚構の歌を詠っているかどうかを検証することになる。

人麻呂の頃には虚構性の歌が詠われていないとすれば、いつから誰によって虚構の歌が詠われるようになったかを明らかにしなければならないだろう。論証は長くなるので省くが、人麻呂の頃までは歌は自分の実体験に基づいて詠う時代であったと考えている。この頃は代作が行われたとしても、代作者は代作する本人になり切って詠うので、代作される人物の実体験の範囲内のものであった。この点で人麻呂も例外ではなかった。

以上を前提にして三つの歌群（「泣血哀慟歌」）を見ていくと、納得の得られる解釈も可能となる。「泣血哀慟歌」が虚構かどうかは本書で取り上げている狩りの歌との関係性が薄い。「泣血哀慟歌」については別の論点で取り上げる（一一二頁以下）ので、これ以上の論述は省略する。

結論は虚構を交えた歌が詠われるのは人麻呂の晩年からで、具体的には赤人・憶良・金村・家持などからと考えられる。証明はむつかしいが、人麻呂の歌の晩年作とされる歌（石見における臨死歌二二三番歌など）以外の大半は虚構を詠っていないと考えて大きな誤りはないであろう。本書の各論で取り上げる四五～四九番歌は晩年作ではないので、実体験に基づく歌として問題はない。

（6）『万葉集』の文学上および歴史上の位置づけ

首記のテーマはとても大きな問題で、筆者にまとまった考えがあるわけではないが、到達した現在の結論を読者の皆さんに提供したいと思う。

①現存の『万葉集』は日本最古であり、かつ、外国語の文字を使って日本語で書かれた歌集である。そして漢字文化圏の朝鮮半島の国々・ベトナム・モンゴルなど中国の周辺国の中で唯一、漢詩から脱した独自の形式・様式を持った詩を集めたものとなった。朝鮮半島では日本のような独自の形式を持った詩へは向かわず、一四世紀になって「時調《じちょう》」（朝鮮で成立した定型詩）が成立するまでは漢詩が中心であった。独自の形式詩がないのはベトナムやモンゴルでも同様だった。

上野誠は『万葉集講義』（二一頁）において、その限界をも明確にして注意を喚起している。「『万葉集』は、現存最古の歌集であるから、歌々は日本的であるという考えは、その一面真理でしかない。もっとも中国詩文の影響が色濃い歌集であるということもできる」と述べている。味わうべき言葉だと思う。人麻呂の歌にも漢詩や漢籍の影響が見られるという研究がなされている。

②『万葉集』は勅撰集ではないが勅撰集と同じような扱いを、後世の人々からされている歌集である。「勅撰和歌集」とは、天皇や上皇の命によって編纂されたものをいう。天皇などの命によらないものを「私撰和歌集」と呼んでいる。『万葉集』は天皇などの命で編纂された勅撰集ではないことは明らかである。しかし、持統や元明をはじめとして多くの天皇が編纂に密接にかかわっている可能性が見られるので、単なる私撰集ともいえない。

時代が下って醍醐天皇の勅命により、紀貫之・紀友則・凡河内躬恒《おおしこうちのみつね》・壬生忠岑《みぶのただみね》を撰者として我が国最初の勅撰集の『古今和歌集』が編まれて、『万葉集』が歌の手本とされると次第に勅撰集のような扱いをされるようになっていった。上野誠は前掲同書（一九五頁）で、紀淑望《きのよしもち》による『古今和歌集』の「真名序」（漢文で書かれた序文）に「昔、平城天皇は側近の臣下に命をお下しになって『万葉集』の撰をゆだねたのであった」と、撰者を平城天皇としている例を紹介している。

③『万葉集』には口誦で謡われていた歌謡から文字で記載された和歌まで幅広く採取されている。実は漢字が広く使われるようになるまでは、歌はほとんど文字にされることはなかった。すなわち、文字の普及がない時代の口から口へと詠い継がれてきた歌が、ある時から漢字で文字化されて記録に残され、後世に文字で伝えられるようになったのである。文字のない頃の古い歌までが一つの歌集に収められている。その最初の歌集で、現存するものが『万葉集』である。

④『万葉集』は歌い手が貴族から庶民まで、幅広い層の人々の歌を含んだ一大歌集である。ただし、掲載された歌が広い範囲の歌い手によって詠まれていることは疑いないが、歌い手に偏りがあるといわなければならない。主たる歌い手が天皇・皇后をはじめとして皇族や貴族や高級官僚と、彼らを取り巻く特別な人物や女性たちが中心となっていることも忘れてはならない。

⑤『万葉集』全二〇巻は、おおむね体系的で年代順に整理された歌集である。しかし、すべてが整然と年代順に並べられているわけでもない。巻一と巻二は我が国初の正史である『日本書紀』の年代を意識している形跡も見られ、古い順からの配列意識が強いが、巻を重ねるにつれて次第に緩んでいく点も注意が必要である。

⑥『万葉集』は、日本人の心を日本語で表記した最初の歌集である。「歌集」とは言えないが、より古い成立の『古事記』に一一二首（一一三首説もあり）、『日本書紀』に一二八首の歌が日本語で書かれた言葉で掲載されていることも忘れることはできない。また、編纂の参考にした個人の歌集があったことも確実といわれる。個人の歌集は、いずれも現に残っていないだけである。

⑦『万葉集』は、後世の和歌の確立と発展に大きな影響を与えた歌集といえる。特に『古今集』成立に大きな影響を与えたが、成立後から今日まで途切れずに影響を与え続けてきたわけではない。平安初期（八〇〇年代前半）には漢詩が全盛になり和歌が衰え、九〇五年に『古今集』が成立して盛り返し、鎌倉時代に『新古今集』が編まれて『万葉集』を引き継ぐが、作風は大きく変化して影響は弱まる。中心歌人の人麻呂などは実像とは離れてしまい、虚像が独り歩きする有

様であった。江戸時代の国学の振興とともに『万葉集』が盛んになり、賀茂真淵を経て明治の正岡子規により再発見されて以来、大正・昭和を経て今日まで影響の興隆と衰退を繰り返している。

⑧歌の技巧は後の『古今集』や『新古今集』とは比べるべくもない。『万葉集』に対句や枕詞はたくさん見られるが、『古今集』以降の歌に多発する技巧の「掛詞」はあまりない。『古今集』のような「縁語」などの技巧も少なく、『新古今集』のような本歌取りのような技法もない。「縁語」とは、広辞苑によれば「歌文中で、ある言葉との照応により表現効果を増すために使う、その言葉と意味上の縁のある言葉」といわれる。具体的には「雪」や「露」に対して「消ゆ」や、「糸」とあれば「ほころぶ」をワンセットで歌に詠み込むことをいう。「本歌取り」とは、和歌などで、意図的に先人が用いた用語・語句などを自作に取り入れて歌を作ることをいう。

⑨詠われている内容は素直に自分の感情を表現し、力強さがある歌が多い。近年になってからだが、『万葉集』の評価について従来から言われていることに疑問が提出されるようになってきたことは、注意しなければならない。

⑩元明は時の権力者であった天武の血を引かず、皇位継承の先例がある皇后でもなく、皇位継承例の少ない女性であり、子から母へと歴史的には前例のない移譲で天皇になっている。通常ではありえない皇位継承の事例がいくつも重なっている。しかも元明のバックには有力な豪族たちがいるわけではなかった。元明ほど古代の天皇で皇位継承の正統性と正当性を渇望した人物はいないと思う。おそらく日本の歴代の中で最弱の正当性の根拠しかない天皇の最初であろう。

『古事記』『日本書紀』『万葉集』巻二がいずれも元明時代にその編纂が集中している。ここで元明が己の皇位継承の正当性を、この三書に書き込もうと企図しないなどありえようか。実は必死になって行っている。その努力の結果が『古事記』『日本書紀』『万葉集』第二巻に残っている。異母兄の大友を反逆者の悪人から悲劇の皇子として復権するよう巧妙に、『古事記』『日本書紀』で布石を打ち、『万葉集』巻二では悲劇の皇子たちの歌を収集・配列している。『古事記』『日本書紀』『万葉集』で元明の行った努力の痕跡を辿ろう（注11　三四六頁以下参照ください）。

元明はなんとしても自分の皇位継承を正当化したかった。そのためには時の皇位の掌握者であった天武の血を引かず、前天皇であった天智の血を引くだけの元明が、従来から行われてきた皇位の兄弟継承の一種として、（天智→）大友→（持続）→元明へとする必要があった。このような皇位継承の正当性を主張するには、ともに天智の血を引く兄の大友を徳のある人物とまではできないとしても、大友の名誉を回復し最低でも悪人ではなく悲劇の皇子としなければならなかった。

最初から手掛けることの出来た『古事記』には、皇位継承争いに敗れた皇子たちを首尾一貫して悲劇的に書かせることができたが、大友皇子の時代には至らず推古時代で終えている。

次に『古事記』で語られた歴史に続けて、元明の意図の物語を歴史書に残すには、『日本書紀』を変更する必要があった。しかし、すでに『日本書紀』は天武時代から書き継がれているため、一部が完成している。今さら本文の大幅な変更はできない。しかも、そこには皇位継承争いに敗れて滅びるには相応の理由があり、勝者にこそ正義と皇位継承の正当性があるとの主張で一貫し、敗者は徳がないから敗れたのであり、悪人であることを前提に記述されていた。『日本書紀』の主張の根幹を変えず、元明が自己の正当性を主張するには、兄の大友に正義があったとまでは書けなくても、人物は優れていて悲劇的に敗者になったのだとする必要があった。

『日本書紀』の大友に関係した記述を大きく変えようとしても、元明は正史の基本を抜本的に書き換えさせることはできなかった。できたことは『日本書紀』の異例として皇位争いに敗れて殺されたシビの恋人である影媛を悲劇仕立てとし、大津をすばらしい皇子だったと称え、大友は悪口も良いことも何も書かせず無視させることだけだった。大友の名誉を回復し悲劇の主人公として復権させる残された道は、他の手段で行う以外になかった。他の手段とは未着手の「歌集」である。大友を悪者から悲劇の敗者にする修正は、「歌集」の編纂で行うよう元明により企図された。しかし、自分の意図が誰にも分かるよう露骨にもできない。誤解され逆効果になる恐れがある。そこで直接ではなく間接的に大友を悲劇の主人公であると人々に知らせることにしたのだ。

元明は皇位継承争いに敗れた者の悲劇を強調できれば、大友は悲劇の主人公の一人として復権できると考えたのだろう。そこで大友と類似の境遇にあって皇位継承争いで敗れた皇子を、歌で悲劇を強調することにした。大友の壬申の乱における無残な死も皇位継承争いの敗者の有間・大津たちと違いがない。敗者の点で大友は、多くの悲劇の皇子と同列だ。この構想にとって運の良いことに大津の話は都合がよかった。悲劇的に死ぬ大津の傍らには、皇子とともに嘆き悲しんで殉死してくれる妻の山部（天智の娘）がいたし、弟思いで歌の上手な姉の大伯もいたからだ。

大友と元明の兄妹歌は『万葉集』に一首もないが、兄妹や姉弟の絆《きずな》と愛を強調するように悲劇の皇子たちの歌を巻二に配列して、兄の大友をひそかに復権させたい元明の意図を誰に気づかれることもなく隠した。かくて敗者は徳がないから敗れたという正史『日本書紀』の主張から脱し、大友の復権を図ったのである。このように『万葉集』の巻二は編まれたのだ。巻二は『古事記』の完成（七一二年）後から『日本書紀』（七二〇年）完成までの間に編纂されている。これは巻二の最新歌が巻末に置かれた霊亀元年（七一五）の志貴皇子挽歌であることによって確認できる。

これらの点については拙著『『古事記』『日本書紀』の秘められた関係』に詳述したので参考にされたい。巻二は元明が誰にも悟られずに、己の願望を実現した歌集でもある。

⑪最後に『万葉集』には右に述べた点とは異なって、正史の『日本書紀』や、正史とは呼べないが正史に準ずる『古事記』からは得られない、古代史の一面を知ることのできる、第一級の歴史史料の側面を持っている。平安時代以降には歴史的事件を詠む歌は見られなくなる。

発生した事件などを、歌を通して詳しく知ることができる。例を挙げれば、有間・大津の謀反事件や壬申の乱など、歴史書だけでは知り得ない内部事情を入手できる。また、歴史に登場してくる人物たちの人間関係もリアルに知ることができる。さらに社会における仕組みや、風俗なども歴史書とは別の観点から知ることができ、庶民の生活や人々の感情や、恋愛事情などさえも知ることができ、歴史の理解に深みを与える。

5 柿本人麻呂についての最低限の共通情報

人麻呂はどこに住み、誰と誰の子で、いつ生まれ、いつどこで死んだかなどが正確には分からない。日本の歴史上でこれほどの有名人にしては極めて珍しい。根拠となる文献などの資料が少ないために謎だらけの人物である。残されている「人麻呂（人麿）作」歌八四首と、「柿本朝臣人麿歌集に出」とある歌三六四首だけで判断しなければならない。その上「人麿歌集」といっても、どれが人麻呂の作で、いつの頃に詠まれた歌かを特定してから取り掛からなければならないなど困難な課題がある。これらを曖昧にしたままに論じるのは空虚である。

（1）名前の表記方法―「人麿」と「人麻呂」

名前の表記は、中西進の『万葉集』では「人麿」だが、大半の学者は「人麻呂」と表記する。『万葉集』も「人麿」（巻一～巻四、七、巻九～一五）と「人麻呂」（三〇六三番歌左注など）の二つの表記がされていて、統一されていない。「人麻呂」という名に対して、漢字しか文字のなかった我が国では「ひと」は「人」と書き、「まろ」は「麻」と「呂」を当てた。「麿」は、「麻」と「呂」を一字にまとめた日本の国字である。このような理解のもとに古橋信孝は「柿本人麿」と書いて、自分は中西進の『万葉集』に従ったから「人麿」と書く（『柿本人麿』「はじめに」のvi頁）という。どちらが正しい書き方かは決めがたいが、筆者は一般の通例に従い「人麻呂」と書いている。

（2）いつの時代に活躍した人物か

人麻呂がいつ生まれたかも種々の説があり、活躍したのも天智朝に出仕した説から、天武や持統に取り立てられた説など多彩である。彼の死んだ確かな年や場所さえ分からない。人麻呂作の年代が確実な歌は、持統三年（六八九）に死んだ「草壁皇子への挽歌」（2・一六七）が最初であり、文武四年（七〇〇）に死んだ「明日香皇女への挽歌」（2・一九六）が最後とされる。人麻呂は持統が天皇（称制）になった頃から活躍し、七〇三年一月の彼女の死の前に詩作を終える。

では人麻呂がいつの頃から活躍し始めたかを考えてみよう。

まず、天智朝に出仕していた説を考える。人麻呂の歌「近江荒都歌」（1・二九）の文言に「大宮は　此処と聞けども　大殿は　此処と言へども」とある。傍線を引いた言葉は、人麻呂が近江朝に出仕した経験がなかった証拠とできる。大宮＝宮殿の場所を他人に聞いて知ることは、そこに勤務したことのある者の言葉ではない。朝廷に出仕したとすれば二〇歳を超える必要がある。もはや青年だ。青年期に数箇月でも宮殿に通っていれば、周囲の景色から容易に大宮の場所を特定できると思う。天武時代の一五年間を加算し、持統時代の数年間を加算したとしても、二〇年にも満たない過去にすぎない。筆者が経験した廃村の思い出は注4（一二八頁）で述べる。

次に天武朝に活躍していた説はどうか。人麻呂が天武朝に出仕していたかどうかは、決め手がなく分からない。ところが確実に言えることがある。人麻呂が役人としてはもちろんのこと、歌人としても天武時代に活躍していた確かな痕跡が見られないことである。後に活躍時期については何度も登場するので、その都度検討することにし、天武と人麻呂の関係は一応ここまでとする。

人麻呂の活躍した年代が明確に分かる歌は、持統朝になってからのものばかりだ。ところで彼の古い歌として「近江荒都歌」（1・二九）がある。歌がいつ詠われたかは、確実な証拠がないため断定できない。しかし、この歌が詠われた時期の特定は、いつから人麻呂が活躍しだしたかを決める重要な論点であり、検討すべき多くの内容を持っている。

「草壁皇子への挽歌」と「近江荒都歌」と、どちらが古いか説は分かれているが、筆者は「草壁皇子への挽歌」より古い歌として「近江荒都歌」を考えている。

理由の第一は、天武が死んだ朱鳥元年（六八六）に持統が称制として天皇の地位に就いて、最初に父の天智とゆかりの深い崇福寺《すうふくじ》へ穂積を派遣した（一一五番歌の題詞を解釈）ことである。

穂積を他でもなく特に崇福寺に派遣した真の理由は不明だが、近江朝に味方した豪族に安心感を与えるという政治的な理由も考えられる。その後穂積は持統五年一月十三日に五百戸を与えられている。天武は壬申の乱で自分に味方した豪族を重く用い、近江朝に味方した豪族は一部を除き政権の中枢から遠ざけられて不遇だった。また、天智は持統が大好きだった祖父の石川麻呂を見殺しにし、そのことが原因で愛する母の遠智娘も夫（天智）を恨んで死んでいる。持統が天智を憎んでいたことは宮廷の内外で知らない者はいない。そのため天智に近かった豪族たちは、近江朝に味方した者に対し天武より厳しい政治が行われるだろうとびくびくしていたと思われる。

天武の死による混乱を鎮め政治を安定させるには、持統が近江朝に味方した人々を冷遇しないと近江朝側の豪族を安心させ、味方に引き入れる必要があった。持統は上記のような意図を持って天智の娘であることをアピールし、近江朝に味方した豪族を冷遇しないことを示そうと考え、天智ゆかりの崇福寺に穂積と役人を派遣したのだろう。アピールは権力を握った早い時期に行う方が効果的で、賢い持統は天皇称制後、すぐに意識して実施したと考えて無理がない。人麻呂も派遣団の一員だろう。あるいは人麻呂の派遣は別の機会かもしれない。「近江荒都歌」はその時の歌と考えられる。持統がこの頃、近江に行幸したとする説も有力であるが、筆者の立論に都合が良くても『日本書紀』や『万葉集』などに明文がないので安易に採用しない。

理由の第二は『万葉集』の歌の配列にある。巻一、巻二は詠まれた年代の古い順に歌が並べられていることは、学者間で異論がない。「近江荒都歌」(1・二九)の配列は、巻一における持統時代の二首目に置かれている。歌は早い年代の作と編者が考えたのであろう。伊藤博は持統二年頃の歌としている(「譯注」一一七頁)。適切な見解であり、従いたい。「近江荒都歌」の中に「春草の茂く生ひたる　霞立つ　春日の霧《き》れる」とあるので、称制した翌年の旧暦の春二月下旬だろう。

理由の第三は、「草壁皇子への挽歌」が「近江荒都歌」よりも古いとすれば、何も作歌に実績のない人麻呂が、いきなり持統にとって後継者と考えていた大切な草壁への挽歌を任されたことになる。人麻呂の最初の歌とされる「草壁皇子への挽歌」の出来は水準の高い歌と認められる。この挽歌の前に相当の作歌の修練期間があったに違いないと考えることは当然であろう。それまでに人麻呂が歌人としての地位を確立していなければ、彼のような身分の低い人物に、故草壁の母である持統から挽歌を詠うよう命じられるはずもないからだ。

人麻呂には挽歌を託される前に何らかの歌の実績があったと考えるのは自然である。長皇子讃歌（3・二三九、3・二四〇）、新田部皇子讃歌（3・二六一、3・二六二）などが想像できる（稲岡耕二説）が、「近江荒都歌」が最も適切と考える。持統が「近江荒都歌」を聞いて挽歌を任せるにふさわしい人物と考えたのは無理がない。「近江荒都歌」が人麻呂の持統朝で活躍する最初として誤らない。「草壁皇子への挽歌」を詠う前に若き人麻呂が歌人として存在したことは疑うべくもない。しかし、活躍を根拠づける証拠となるものがなく、これ以上の論究はしにくいが、持統朝以前、特に天武朝に出仕し歌人として活躍していない理由をもう少し論じようと思う。

　持統朝から活躍したと考える消極的な理由の第一は、天武時代に活躍していない痕跡が見られる点にある。人麻呂が天武七年の作とされる七夕の歌を詠ってから、持統時代の「近江荒都歌」までの長期間、人麻呂の歌が何も残っていないのは不審である。また、「人麿歌集」が『万葉集』に先だって編まれたとし、「人麿歌集」に掲載された歌が人麻呂の若い頃（持統朝以前）の作だという説があるが、若い頃の歌という証拠があるわけでもない。推測を重ねた憶測ばかりである。

　第二に、天武紀四年（六七五）二月九日条に大倭・河内などの諸国に勅《みことのり》して、「所部《くにのうち》の百姓《おほみたから》の能《よ》く歌ふ男女《をのこめのこ》、及び侏儒《ひきひと》・伎人《わざひと》を選《えら》びて貢上《たてまつ》れ」との記事がある。天武が歌や舞の重要性を深く認識し、宮廷内に持ち込み定着させようとしたためである。その一貫として人麻呂のような歌詠みに卓越した人材を登用し、重要視するようになっただろうことも疑いがない。ところが天武時代の人麻呂作だと明確に断言できる歌は、どこにも見あたらない。

第三に、天武時代に人麻呂が天武を詠う歌は何もない。天武の行幸は持統に比べると格段に少ないことは事実だが、もしも、この時期に人麻呂が歌人として活躍していれば、天武を詠う機会はあったと思われる。人麻呂が天武の行幸に同行していれば、持統への「吉野従駕歌」のような歌を詠っていただろう。歌集や文献などに何も残っていないことは、天武時代に人麻呂の宮廷内での活躍はなかったし、用いられることもなかったとする以外にない。

第四に、何よりも問題なのは人麻呂の歌に天武を称える文言が一六七番歌の「日並皇子挽歌」と一九九番歌の「高市皇子挽歌」（高市の死は持統十年）まで見られない点だ。持統時代に詠った先の二人の皇子挽歌において、天武本人への歌でないにもかかわらず、人麻呂は両歌ともに多くの言葉を天武に費やして詠っている。いかに天武を尊び、偲んでいたかを証明する歌である。

これまで述べたと同趣旨の問題意識を稲岡耕二は吉田義孝の以下の一文で紹介している。

（前略）人麻呂が、すでに天武朝の宮廷にその初期の段階から出仕し、その「才能を選簡」されて然るべき官仕に出仕していたとするなら、とりわけて私（吉田のこと：筆者）の推測の如く、歌舞音楽や祥瑞・葬祭の儀礼に深いかかわりのある理官の官人の一員として活躍していたとするなら、律令国家創建の王者天武の死去に際して、宮廷歌人人麻呂にふさわしい挽歌があって当然ではないだろうか。しかも人麻呂は、持統二年（六八八）十一月の天武大喪終了後、わずか五箇月を経過した三年（六八九）四月に逝去したところの草壁（日並《ひなみし》）皇太子の殯宮において、はじめてその姿をあらわし古事記的な天皇制神話をよみこんだかの国家儀礼的な挽歌をもって、厚くその死を悼むにいたっている。この事実は、人麻呂の天武朝廷出仕説に、きわめて重大な疑問を投げかけるもので、この落差についての疑義を処理しないことには、「人麻呂と天武朝」の問題は、なかなか安定した見通しをもちえないように思われる。

と吉田は述べて、後で人麻呂が天武時代に活躍した理由を説明しているが、稲岡が吉田説を批判し天武時代に活躍したとする別の理由を述べている。筆者は吉田の理由も稲岡の説明にも納得がいかない。理由は人麻呂が天武時代には活躍していない可能性が高く、人麻呂の年齢は若すぎるため、天武の歌を詠えるほどの地位に就いていない。彼は天武の死後、持統に発見され育てられ、持統の命が尽きるとともに宮廷から消え去った人物だからである。

第五に、人麻呂の活躍は持統の生前に限られている。

人麻呂に持統の死を悼《いた》む歌が何も残されていないことは、彼の活躍期の終焉を考える大切なヒントを与えてくれる。彼の活躍が持統朝で終えたと考える兆候は、大宝元年（七〇一）紀伊行幸で持統神格化の歌を残さないこと、同二年（七〇二）の持統の東海地方（参河・尾張など）行幸に従駕していないことにある。この段階で持統から期待された人麻呂の役割は終わったのだろう。

以上から人麻呂は持統の天皇称制時から彼女が死ぬまでの人と考え、その間に活躍した人物として考察を行うことにした。吉野と参河、尾張などの行幸については別（一〇二頁以下）に述べる。

（3）壬申の乱に参加したか否か

古代史上最大の戦乱となった壬申の乱に参加していたか否かは、人麻呂がいつの年代に活躍したかのテーマとも密接に関係する大事な論点といえる。学説は定まっていない。参加していた説と参加していない説が対立している。どちらの説が妥当かを決める前に、それぞれの主張の論拠を整理しておこうと思う。

参加していた説の論拠は、

第一に、「高市皇子挽歌」における戦闘場面の描写は、実際に戦争に参加した者にしか表現できないリアリティがある。確かに『日本書紀』の記述は具体的でリアルに詠われている。

第二に、『日本書紀』の記述によれば、柿本一族は大和地方の豪族の小野氏や和邇氏と関係が深い。柿本氏は小野氏や和邇氏の本拠に近い大和の櫟本《いちのもと》町付近を根拠とする一族である。大和地方の豪族の多くは天武側として壬申の乱に参戦しているので、柿本氏一族も小野氏や和邇氏一族とともに天武側に味方をして参戦した可能性が高い。人麻呂も柿本一族の一人である。

第三に、柿本氏は天武十三年（七八四）の「八色《やくさ》の姓《かばね》」の制定で、皇族にのみ与えられる「真人」の次に高い位（すなわち諸豪族中の最高位）の「朝臣」姓を与えられている。人麻呂も「朝臣」を名乗っている。すでに柿本氏は「臣《おみ》」であったから他の五十二氏の「臣」と同様に、そのまま「朝臣」を与えられたかもしれないが、名乗れる者は壬申の乱で功績もあったからとされる。

参加していない説の論拠は、以下のとおり。

第一に、稲岡耕二は、「高市皇子挽歌」（2・一九九）は『戦国策』第五巻、『税苑《ぜいえん》』第十三巻、『文選《もんぜん》』などからの影響が見られる（稲岡『柿本人麻呂』二三三頁）という。挽歌へ引用・参照したのではないかと疑われる。臨場感のある歌は中国の資料を参考にすれば書ける程度である。例えば、稲岡は前掲同書（四九頁）で壬申の乱の戦闘描写について、中国の文献からの引用とする箇所を次のように紹介している。『日本書紀』は壬申の乱の戦闘場面を、

旗幟《きし》野を蔽《かく》し、埃塵《ちり》天に連《つらな》る。鉦鼓《かねつづみ》の声《おと》、数十里に聞こゆ。列弩《つらなれるゆみ》乱れ発《はな》ちて、矢の下ること雨の如《ごと》し

とするが「これは『後漢書』の『光武帝紀』の〈旗幟蔽レ野、埃塵連レ天、鉦鼓之声、聞二数百一。（中略）積弩乱発、矢下如レ雨〉とほぼそのまま流用したものである」という。一方、「高市皇子挽歌」は『日本書紀』の記述に基づいたことは確実である。であれば歌の戦闘場面がリアリティを持った描写といえない。それでも稲岡は、人麻呂が天武方として壬申の乱に参戦したという。

第二に、人麻呂が早く活躍した証拠として、七夕の歌一首の左注に「庚辰《こうしん》」の年とあることを挙げているが、庚辰は通説によれば天武九年（六八〇）にあたり、壬申の乱は天武元年（六七二）である。壬申の乱の年の方がずっと七夕歌より古い年代だ。たとえ七夕歌を天武九年に詠ったとしても、より強烈に印象深い壬申の乱の歌がないので、壬申の乱時には歌人として活躍（任官も）していないといえる。彼の年齢は諸説あり定めがたいが、天武元年に任官していないならば、壬申の乱の年には二一歳に満たなくなる。二一歳前では戦いに参加させてもらえないだろう。以上から柿本一族が参加していたとしても、人麻呂自身は戦争に参加していないと考える。

第三に、「草壁皇子への挽歌」で壬申の乱を詠っている内容が、正史の『日本書紀』の記述と

違いがありすぎる。歌詞に「不破山越えて」とあるが、天武や高市が辿ったルートは桑名から関ヶ原近くの野上へであって、不破山越えではない。同じく「和蹔《わざみ》が原の行宮《かりみや》」とあるが、天武が壬申の乱で行宮を設けたのは野上であり、和蹔は高市のいた前線基地にすぎない。壬申の乱は「まつろわぬ国を」平定するためとしているが、乱の実態は大友と天武の皇位継承争いであった。歌に書かれた記述内容と史料に基づく事実との差異は詩の表現としても限度を超える。

第四に、日本にはいない虎を詩に登場させて人々を怯えさせ、「み雪降る　冬の林に」や「矢の繁《しげ》けく　大雪の　乱れて来《きた》れ」と戦闘の様子を詠っているが疑問だ。人々を怯えさせるため我が国に実在しない虎を登場させるのは、天武即位前紀にも「虎に翼を着けて放てり」と出てくるが不自然である。戦闘は旧暦七月の真夏であり、冬ではない。『日本書紀』の壬申の乱における夏の戦いの記述は信頼できる。いくら詩における戦いの形容としても、実際の戦闘が行われた季節とは違いすぎる。真夏の戦いは夏に起こる気象現象を形容詞として使うべきだろう。

なお、先に指摘した『日本書紀』の記述との違いや、戦闘場面における記述の形容の差異は見過ごすことができない。歌の戦闘描写は戦争に参加せず中国の文献から変えて引用したか、壬申の乱後のいつの日か誰かに聞いたか、人麻呂の空想か、他に何らかの情報によったと判断せざるを得ない。説が分かれているが、以上が壬申の乱に参加していなかったとする根拠である。

筆者は、人麻呂は壬申の乱には参加していない説の根拠に納得性があると考えている。

（4）人麻呂の人物像

人物像はさまざまに憶測されているが、当時の史料に彼の具体的な人物像を知らせるだけのエピソードなどもないので、作品から探る外にないが諸説あって定説はない。何人もが「柿本人麻呂」に取り組んでいるが、「人麻呂が文学上および歴史上でどのような位置にあるか」のようなテーマで取り組んだ例は少ない。あっても個別の歌に関するものの中で論じるのがほとんどである。どの説も決定的な証拠によって立証されているわけではない。論文以外に市販されている本には、首記のテーマで取り組んだ例は見つからなかった。また、筆者も人麻呂の人物像について何かを言えるほどの意見を持ち合わせてはいないのでランダムになるが、人物について調べて得られたことのみを述べる。

①どこで生まれたか、いつ頃生まれたかが不明の人物

出自は調べた範囲で書いておこう。「新撰姓氏録」第六巻大和国皇別によれば、柿本氏は和邇《わに》氏、小野氏と同祖で、遡ると天足比古国押人命《あまたらしひこくにおしひとのみこと》（第五代孝昭天皇の皇子）の後裔《こうえい》で、敏達の時代に柿本氏の姓を朝廷から賜っている。和邇氏はしばしば天皇家に后《きさき》を出す奈良盆地東北部を拠点の超名門有力豪族であった。柿本氏も和邇氏ほどの名門ではないが和邇氏と同族であり、一定の力のある豪族として誤りないであろう。由緒ある家系の人麻呂は柿本家に伝わる神話を含む家伝を読み、歌を作れる教養ある家庭環境で育ったと思われる。日本神話に詳しく、中国の古典などの素養もあった人物であったと推測してもおかしくはない。それを思わせる例として、題詞に「日並皇子尊挽歌」とある、次の人麻呂の歌がある。日並皇子尊とは草壁のことを指す。

天地の　初の時　ひさかたの　天の河原に　八百万　千万神の　神集ひ　集ひ座して　神分《あが》ち　分ちし時に　天照らす　日女《ひるめ》の尊《みこと》　天《あめ》をば知ら示すと　……神の命と　天雲の　八重かき別けて　神下し　座《いま》せまつりし　高照らす　日の皇子は　……（2・一六七）

当該挽歌には『古事記』『日本書紀』にない神話の「天の河原に　八百万　千万神の　神集ひ　集ひ座して　神分ち　分ちし時に　天照らす　日女の尊　天をば知らしめすと……」とある。『古事記』『日本書紀』には天の河原に八百万の神々が集まって、アマテラスを天の統治者と決める場面はない。『古事記』『日本書紀』にない神話を「日並皇子尊挽歌」に詠んだのは、柿本家に伝わる家伝などに基づくか、あるいは人麻呂の創作ではないかと考えられる。このように堂々と『記紀』と違う内容を詠えるのは、生まれ育った環境が背景にあるからだろう。

②天皇・皇太子・親王などと親しく交わることのできた人物

彼の歌に登場している人物は持統の他、天武・高市・草壁など持統と深い関係のあった者で、歌を交わした人物も非常に身分の高い王族ばかりである。五位にも満たない位で生涯を終えた下級官人の人麻呂が、簡単に近づいて交際ができるような人たちではない。

③人の死に敏感で、死者に同情的で感受性豊かな人物

人麻呂は行き倒れの男や、采女らしき女性の不遇の死などたくさんの死を詠っている。歌のいずれにも死者に対する豊かな同情心にあふれている。

④特定の宮廷人や妻以外の人々との交流は少ない人物

上記②に掲げた以外の人物や高級官僚や豪族が人麻呂の歌に登場することは少ない。②以外の人物では妻とされる女性の登場が主であり、その他は人麻呂と関係のない人物ばかりである。
⑤中国の漢籍にも深い知識を持つ人物
どの歌のどの部分が漢籍の影響かを特定はできないが、人麻呂は漢詩や漢籍の影響を受けているというのが学者の見解である。「高市皇子挽歌」は影響を受けた一首だろう。
⑥天皇の持統に重宝されたにしては低い身分のまま生涯を終えた人物
人麻呂の活躍が『日本書紀』に何も記述がなく、死も『続日本紀』に記述がないことは、官位が五位に満たないまま死んだからである。朝臣という高い身分の出身でありながら、しかも一三〇〇年後にも詠われるほどの歌を献じても、この程度の出世であった。後に、赤人、黒人、田辺福麻呂、高橋虫麿、笠金村なども歌人として登場してくるが、いずれも低い身分のまま生涯を終えている。当時の歌人の地位とはその程度のものだったのだろう。
⑦持統の死（七〇三年一月一三日）後から元明朝の平城遷都（七一〇年）までの間に、地方（河内など）のどこか、あるいは島根県の石見あたりで死んだらしい人物
死の記録が文献になく、さまざまな憶測がなされるも、いつどこで死んだかの学説も定まらない。死亡地の説はいずれも推測の積み重ねにすぎない。
⑧地方、特に西日本を中心に旅をした人物
人麻呂の旅の歌に出現する国名は、全部を実際に出かけたわけではないだろうが、大和、山城、

近江、瀬戸内の諸国、筑紫、石見、紀伊、伊勢、志摩、その他である。
⑨長歌と反歌・短歌の組み合わせ、あるいは短歌単独で、中国の漢詩に対抗しうる日本独自の詩の形式を確立することに大きな貢献をした人物
⑩世界に比類のない日本独特の和歌を成立させた始祖
歌作りのお手本となり、貴族社会の歌から庶民の歌へと詠う層を広げることに貢献した。
⑪外国の文字である漢字で日本語を書き記すことに貢献した人物
日本の歴史を漢字で日本語として書き記すことに成功した最初の人物として称えられる太安万侶と同じく、人麻呂は日本人の心について外国の文字である漢字を利用して日本語として表記する技術を開発した最初の歌人の中の、最有力の一人と評価できる。
⑫歌謡から文学の和歌へと昇華させた日本で最初の詩人
人麻呂は人々によって口で詠われ伝えられてきた歌を文字に書き下ろし、文字を見ながら楽しんで詠う時代への転換期を能動的に生き抜いた歌人であったと評価できる。歌を漢字で適切に表記して古代からの歌謡を文学としての和歌へと転換した初代となった。
⑬後世の和歌の確立と発展に大きな影響を与えた人物
我が国最初の勅撰集である『古今集』の成立と歌人に与えた影響は大きいとされる。
⑭歌の様式美を整えることに貢献し、たくさんの枕詞や序詞を作り上げた歌人
稲岡耕二は『柿本人麻呂』一〇六頁で「百二十種（一四〇種説もあり。『万葉の歌人と作品』第三

巻　一五〇頁。竹尾利夫：筆者）をこえる多くの枕詞を駆使した歌人であった。……創作とおぼしい枕詞もふくむし……」としている。歌は人々の前で、あるいは人々によって詠われることを前提に作られている。枕詞には音楽性、すなわちリズムやメロディを整えて詠いやすくし、次の言葉を予測しやすくして聞くものに心地よさをもたらす効果もあるようだ。「序詞」とは「和歌などで、ある語句を導き出すために前置きとして述べることば」とし、「……1句から成る枕詞とは異なり、2句ないし4句にわたる」（広辞苑）。「序詞」については古橋信孝の『柿本人麿』（九一頁以下）に解説がある。序詞は四九六、五〇一～五〇四番歌に見られる例として、四九六番歌では「み熊野の浦の浜木綿」を取り上げている。熊野の浜木綿は重なるように群生することで有名だから「み熊野の浦の浜木綿」の序詞は「百重《ももへ》」（異説あり）だというのだろう。

⑮中国からの思想や漢詩文から影響を受けたが、仏教の影響は少ないと考えられる人物

彼を取り立てた持統が積極的に保護・育成・尊崇した仏教の影響は少ない。持統時代は天武の葬儀に仏式の読経が行われ、各地に寺院などが建立され、僧侶を多く輩出したが、「人麿歌集」にある「水の上に　数書く如き　わが命　妹に逢はむと　祈誓《うけ》ひつるかも」（11・二四三三）の歌に涅槃経の影響があるとされるだけで、仏教の影響をはっきりと強く受けたと思われる形跡が他に見あたらない。『涅槃経』巻一には「猶ほ電光暴水幻炎の如し、亦水に画くに、画けば随ひて合ふが如し」と記述されている。中西進は『柿本人麻呂』（二三七頁以下）で、二四三三番歌を人麻呂の歌かどうか判断がつかない歌として紹介している。

⑯同年代の人々の持っていた季節観と時間の観念を超えた人物

我が国の古来の季節と時間の観念とされる春・夏・秋・冬は、規則的に繰り返す循環にあるとする考え方であった。『魏志倭人伝』の「裴松之注《はいしょうしちゅう》」によれば「其の俗　正歳《せいさい》（中国の夏の時代の暦の正月：筆者注）・四季（春夏秋冬のこと：筆者注）を知らず、但だ春耕秋収を計《はか》りて年紀と為す」（渡邉義浩『魏志倭人伝の謎を解く』〈一八九頁〉）とあるごとく理解していた。

暦の導入と漏刻《ろうこく》台の設置などの採用によって、今は時がたとえ静止しているように見えても、過ぎ去った月日と時間は二度と戻っては来ない不可逆性と認識される時代になっている。人麻呂の頃から明確に意識されるようになった概念・認識である。四季の認識もこの時代からとされる。『万葉集』では春・夏・秋・冬の区別は明確に意識されている。ただし、春・秋に比べ夏の歌は少ない。人の生死についても、人麻呂は赤の他人や、親しく交わった貴人や、妻たちや、己の死にさえこだわり、死んだ人や過ぎ去ったことなどを詠っている。

死者を火葬にするようになって、年月と時間の不可逆性の意識は決定的になったと考えられる。初代の実施者は道昭（道照とも）とされる。道昭は我が国では『西遊記』のモデルで孫悟空《そんごくう》・沙悟浄《さごじょう》・猪八戒《ちょはっかい》などを連れてインドに渡ったとされる高僧として有名な玄奘三蔵の弟子である。元興寺の道昭が初めて火葬されたのは、『続日本紀』によれば文武四年（七〇〇）三月十日であった。

人麻呂は右に述べた背景の中にあって年月《としつき》と時間の流れを鋭く感受し、描き出した詩人であった。具体例は「近江荒都歌」（1・二九〜三一）、「宇治川の辺で詠う歌」（3・二六四）、「夕浪千鳥の歌」（3・二六六）などに見られる。同様の傾向は本書で取り上げた四五番歌～四九番歌にもある。

⑰人麻呂は天武と持統一族の神格化に貢献した人物

天武・持統朝が抱いた日本独自のものを造りたいという希望と、自分たち一族を神格化したいという欲求を、人麻呂は歌という文化・芸能部門で見事に応えた。持統の強い要請・命令や意図を反映・忖度して歌を詠まなければならなかったが、彼はその要請によく応えている。

天武と持統は吉野に隠棲してから自分たちを、前王朝と違う新王朝にしようと相談して決めている。この間の事情は以下に述べる事柄で明らかといえる。

i、天武・持統一族の神格化は天武が最初に始めている。

天武・持統一族の神格化は天武が開始し、持統が完成した。『古事記』と『日本書紀』の二つの書物は天上界の主たる神をアマテラスとし、アマテラスは太陽＝日神と考え、天武・持統をアマテラスの直系子孫と位置づけている。両書とも天武の生前には未完であったが、持統が編纂を引き継ぎ、次に妹の元明へと編纂作業を引き渡して、元明が完成させている。天武は自らの皇位継承のメイン行事である大嘗祭を、初めてアマテラスと結びつけた儀式として行ったとされる。これが自らをアマテラスの子孫から神そのものへと昇華されていく最初で根源となっている。

ii、天武と持統は我が国で古くから信仰されてきた神々、なかでも伊勢神宮をアマテラスと結びつけて尊崇し、壬申の乱において伊勢神宮を遥拝するなどして味方につけている。そして天武は壬申の乱の戦いに勝利した後、自分の娘の大伯皇女を斎宮として伊勢神宮へ派遣している。斎宮とはアマテラスを祀る伊勢神宮に奉仕する未婚の皇女または女王をいう。

持統は式年遷宮（伊勢神宮を新しくする二〇年ごとの行事）を初めて行い、古い建物や宝物などをすべて一新させている。これらによって二人は新しい神（アマテラス）を創造・確立させている。

iii、天武と持統は新しい信仰＝哲学の仏教を保護して教えを積極的に導入した。仏教は従来の日本になかった世界を人々に提供した。仏教は当時の世界最新の科学であり、知恵であり、教えであった。仏教は天武以前から導入されていたが、二人は荘厳な寺院を造り、金色に輝く仏像を造らせ、読経《どきょう》という見たこともない儀式を執り行わせている。

iv、天武は天武四年に詔を発して、近在から歌や舞や音楽などの芸能に優れた人物を貢上させている。天武十四年九月十五日に、歌や笛を「己が子孫《うみのこ》に伝えて、歌笛を習はしめよ」の詔が発せられている。歌・舞・音楽が自分たちの神格化にいかに役立つかを熟知していたからこそできたことで、以下に述べる歌人としての人麻呂の誕生する土台が二人により作られていた。

v、持統が人麻呂のような歌人を見つけ出し、彼に詠わせた歌によって天武・持統一族は永遠の命を持つ神とされた。すなわち『記紀』神話では二人は神の子孫であったものが、人麻呂によって「〇〇は神だから」などと盛んに詠われて神そのものになる。以後、一族は神となった。

vi、持統は藤原宮をアマテラスの住む天上界と香具山を結びつけて建設している（『日本の基礎を創った持統と元明の女帝姉妹』に詳述）。天武と持統は周到かつ慎重に自分たちの神格化と荘厳化を図っていった。人麻呂は歌で彼らの野望の実現に貢献している。

⑱人麻呂は実体験と実風景を踏まえつつ、これらを超えて人の心を詠った詩人である。

人麻呂以前の歌謡は実体験や実風景を詠み込むことで、人々の共感を得られて宴会などで繰り返し詠われたものであった。さらに時代が進むと、これらを詠うだけでなく歌のうまい歌人が天皇などに代わって、あるいは他人になり切って歌を詠う代作が行われるようになる。

ただし、代作にも限界があることも忘れてはならない。代作が行われた経緯を述べよう。代作として有名な歌は、「熟田津に　船乗りせむと　月待てば　潮もかなひぬ　今は漕ぎ出でな」（1・八）がある。左注に斉明天皇の歌とある。多くの学者は、額田王が斉明に代わって作詞（代作）しているとする。額田王を斉明の代わりに詠う人とすれば、彼女を単純に自らの体験に裏付けられたものを詠う歌人だとは言えなくなる。額田王の歌より前の、孝徳紀大化五年（六四九）三月条に他人が本人になって詠う前兆が見られる。その部分を引用しよう。

皇太子（中大兄、後の天智：筆者注）妃造媛《みめみやっこひめ》、徂逝《し》ぬと聞きて、愴然傷怛《いた》みたまひて、哀泣《かなし》びたまふこと極めて甚《にへさ》なり。是《ここ》に、野中川原史満《のなかのかわはらのふびとみつ》、進みて歌を奉《うたよみ》る。歌して曰はく、

山川に　鴛鴦《をし》二つ居て　偶《たぐひ》よく　偶《たぐ》へる妹《いも》を　誰《たれ》か率《ゐ》にけむ　其一。
本毎《もとごと》に　花は咲けども　何とかも　愛《うつく》し妹が　また咲き出来《でこ》ぬ　其二。

皇太子、慨然頽歎《なげ》き褒美《ほ》めて曰はく、「善《よ》きかな、悲《かな》しきかな」といふ。乃《すなは》ち御琴を授け唱《うた》はしめたまふ。……。

右の歌は史満が妻である造媛を失った中大兄の気持ちになって詠ったとされる。二つの歌の趣

旨は、夫婦仲の良い鳥とされるオシドリが雌雄二羽いたのに、雌鳥《めんどり》を誰が連れ去ったのだろうか。毎年花が咲くように、愛しい妻がもう一度生き帰ってきてほしいとの趣旨だろう。

人麻呂の前は、右記のように代作が盛んに行われていた。山本健吉は『柿本人麻呂』で代作の歴史について考察し、「額田王から人麻呂の出現までは、もはや一歩に過ぎないのだ」（三〇一頁）と書いている。人麻呂にも代作が盛んな風潮に沿って詠ったと思える歌がある。

持統六年（六九二）三月六日に飛鳥を出発し伊勢へ行幸した際に詠った歌で、代作ではないが現地で詠った歌でもなく、人麻呂が持統の行幸に同行せず都に留まり詠ったとされる歌三首だ。

嗚《あ》呼見《み》の浦に　船乗りすらむ　𡢳嬬《をとめ》らが　珠裳《たまも》の裾《すそ》に　潮満つらむか（1・四〇）

くしろ着く　手節《てふし》の崎《さき》に　今日もかも　大宮人の　玉藻《たまも》苅るらむ（1・四一）

潮騒《しおざゐ》に　伊良虞《いらご》の島辺《しまへ》　漕ぐ船に　妹乗るらむか　荒き島廻《しまみ》を（1・四二）

忍坂部《おさかべ》（忍壁）皇子の妻の泊瀬部《はつせべ》皇女の死に対して、人麻呂が皇子に成り代わって詠った歌がある。歌は省略するが、巻二の一九四番歌～一九五番歌である。さらに他人が人麻呂に成り代わって詠った歌もある。巻二の二二六番歌で、題詞に「丹比真人《たぢひのまひと》〔名闕《か》けたり〕の柿本朝臣人麿の意《こころ》に擬《なぞ》へて報《こた》へたる歌一首」とある。これも歌は省略する。以上は代作が盛んな証拠である。

題詞などに明記されていなくても人麻呂が他人に成り代わって詠うことは、持統に命じられて詠っているうちに自然に身につけていった技法だろう。他人に成り代わって詠うことから、次第に個人的な人間として詠うようになることも自然の流れだろう。人麻呂は晩年になってから現地での実体験や実観察を離れて空想の世界を詠うことで、それまでの実体験・実写生を素直に詠うという風潮を脱皮し、後の世では当たり前となる架空・虚偽の世界に一歩を踏み出している。つまり、それまで盛んに行われた代作が崩れつつあり、架空・虚偽の世界を詠うようになるのが彼の活躍した時代の末期といえる。しかし、それでも人麻呂や同時代の人々が架空・虚偽の作歌を自覚的にしていたかどうかには疑問がある。個人的な人間として本格的に意識して詠うようになるのは、人麻呂の活躍が見られなくなった後の旅人・憶良・家持など以降からとすべきだろう。

人麻呂は毎回同じことの繰り返しを詠う歌謡が、文学に脱皮・進化・変貌していくことに大いに貢献した人物だと評価できる。しかし、彼はまだ時代の限界からは自由ではなかった。人麻呂の活躍した時代は、次の『古今集』以降のように、自分の実体験や実観察を超えて心情を自由に文学として表現するに至るまでの過渡期と位置づけられる。

したがって、人麻呂の歌も過渡期の産物として理解する必要がある。彼の歌は自己の実体験などの範囲に限定されない解釈が求められると同時に、新時代の産物の『古今集』や『新古今集』のように、自己の経験などの範囲から飛躍して自由に詠っていると解釈してはならない。おのずと限界があるとすべきなのである。ここに人麻呂の歌を解釈する時のむつかしさがある。

実景や実体験を詠う歌謡時代から架空・虚偽を当然のごとく詠う新時代の中間期に属している時代の産物である人麻呂歌の理解の仕方は、人により力点の置き方が異なるために評価の大きな差異となってくる。特に大家といわれる万葉学者ごとに多くの異論を見て、人麻呂歌の定説が定まらない。人麻呂歌の理解の差により見解の違う解説本がたくさん存在する理由であろう。

（5）人麻呂の妻

人麻呂は貴族と呼ばれるほどの高い身分ではなかったが、残されている歌からは妻とは同居しておらず、どうやら妻問婚であったようだ。当時は夫婦が一つの家に同居する一夫一婦制ではなく、夫には正妻の他に複数の妾がいる場合があった。人麻呂にも複数の妻・妾がいたらしい。人麻呂は恋多き歌人だったのだろう。複数の女性と交わした歌を残している。彼は妻問婚をした女性の他、采女らしき女性とも恋愛をしていたと思われる歌もある。多くの学者が彼の妻について論じているが、本書では論じない。本書で取り組む歌とあまり密接な関係が認められないので、簡単にどのような女性が歌に登場したかを紹介するに留める。

歌に登場した女性を掲げれば、以下の者がいる。下に代表的な歌番号を示す。

①石見国の妻…一三一～一三九番歌
②人麻呂が別れた時と死んだ時に詠った妻の依羅娘子《よさみのをとめ》…一四〇、二二四、二二五番歌
③軽の里に住んでいた妻（有名な「泣血哀慟歌」に登場）…二〇七～二〇九番歌
④同棲して子まで成した羽易《はがい》の山の女性…二一〇～二一二番歌
⑤住坂の家の女性…五〇四番歌
⑥巻向嬢子（巻向に住む女性の歌は多い）といわれる女性…一二六八、一二六九番歌など
⑦持統の紀伊行幸（年次不明）に同行した官人の女性…一七九六～一七九九番歌

の七人である。他に恋人らしき女性の登場する歌もあるが省略する。

右の①②は同一人、③④も同一人説があり、その他の組み合わせの同一人説もあり、定説を得ていない。全員が同一人や全てが別人ではない点だけは学者の意見が一致している。

軽の里に住んでいた妻の歌③と、同棲して子まで成した女性の歌④が並べられているが、③と④の二首はいずれも妻の死に関係した歌であり、二首の詞の内容から同時には成立しないという矛盾が見られる。前者は人目を避けて逢う関係の妻に対し、後者は子供がいるから人目を避ける必要のない関係の妻と考えられるからである。二つの歌は実際を詠った歌ではないとする説（古橋信孝「柿本人麿」）に至る根拠となっている。古橋信孝は、二首は「明らかに物語である」（前掲同書八一頁）としている。同一人説も別人説も、いずれも一定の説得力を有し、どの説が妥当かは決めがたい。人麻呂の妻の歌は、一連の「狩りの歌」との関連は薄いのでここまでとする。

（6）人麻呂作歌の分類

生涯に詠った歌が何首かは正確には分からない。「人麿歌集」に収められた歌の中にも本人の歌が混じっていることは、多くの学者が肯定している。例えば、次の二つの歌の類似性から、「人麿作」と「人麿歌集」は無関係とはいえない。右が「人麻呂作」、左が「人麿歌集」とある。

見れど飽かぬ　吉野の河の　常滑《とこなめ》の　絶ゆることなく　また還り見む（1・三七）
巻向《まきむく》の　痛足《あなし》の川ゆ　往《ゆ》く水の　絶ゆること無く　またかへり見む（7・一一〇〇）

右の歌に見られるごとく「人麻呂作」と「人麿歌集」とある歌には密接な関係があることは疑

いないが、「人麿歌集」の歌でどれが人麻呂作だと特定することはむつかしい。何より『万葉集』の編者が「人麻呂作」と「人麿朝臣歌集出」を明確に区別して使い分けていることは無視できない。しかも両者の掲載されている巻は重ならない（桜井満『柿本人麻呂論』）と指摘される。なお、「人麻呂作」とされる歌の中にも「人麿歌集」から採録したとする説があるが、なぜ編者が人麻呂作らしき他の歌を「人麻呂作」としないで「人麿歌集出」のままにしたのか説明すべきだろう。

ここで確実だとされる「人麻呂作」とある八四首について、分類して代表的な歌を掲載しておくことは有意義であろう。ただ注意しなければならないことがある。「題詞」や「左注」に書かれたことが、そのまま信ずるに足りるかどうかの問題である。歌の配列や内容から両者にさまざまな問題点が提起されている。学者も自己の理解のもとに歌を分類して「柿本人麻呂論」を展開するが定説はない。なお、一部の歌が重複して分類されることもあるので了承願いたい。

①お雇い歌人としての歌―持統讃歌に繋がる歌

人麻呂が持統に最初に見出されるきっかけになった歌は、「近江荒都歌」（1・二九～三一）といえる。持統に同行して各種の歌を詠って、一族の神格化を図っていることも疑いがない。人麻呂の歌による天皇の神格化の最初は「吉野行幸従駕歌」（1・三六～三九）で、持統を「わご大君　神ながら　神さびせすと」（1・三八）や「山河も　依りて仕ふる　神ながら」（1・三九）と詠う。持統の吉野への行幸は天皇在任中三一回に及ぶ。他の地も考えると旅行の好きな天皇であった。

次に「日並皇子尊挽歌」（2・一六七）で天武と草壁を、「高市皇子挽歌」（2・一九九）で天武と高市を「神」と詠い、「雷丘に行幸をした時の歌」で持統を「神にし座せば」（3・二三五）と詠う。さらに「軽皇子の阿騎野の狩猟歌」（1・四五）で、軽を「日の御子　神ながら　神さびせすと」と詠い、別の歌で長皇子をも「神にし座せば」（3・二四一）と詠う。

以上の歌から人麻呂が歌で天武・持統一族の神格化に貢献していることは確実だろう。

②貴人との交流と追憶と挽歌

貴人との交流を詠った人麻呂の歌は、草壁の「日並皇子尊挽歌」（2・一六七～一六九）と、持統が最も信頼した臣下の「高市皇子挽歌」（2・一九九～二〇二）である。草壁への追憶歌は「軽皇子の阿騎野の狩りの歌」（1・四五～四九）を挙げることができる。これは同時に軽との交流をも示す。また、人麻呂と親交の深かった忍壁の妻の明日香皇女への挽歌（2・一九六～一九八）と、川島の妻の泊瀬倍《はつせべ》皇女に捧げる挽歌（2・一九四）を挙げることができる。他に長皇子の猟路《かりぢ》の池に遊んだ時の歌（3・二三九、二四〇）と、新田部皇子に献上した歌（3・二六一、二六二）もある。

人麻呂は上記①②から「宮廷歌人」「御用詩人」ともいわれる。

③他人の不慮の死をテーマとした歌

人麻呂は自分とは直接的なかかわりのない人物の不慮とも思われる死に対して、特別な関心を持って歌を残している。「吉備津の采女への挽歌」（2・二一七～二一九）、「讃岐の狭岑《さみね》島の死人への挽歌」（2・二二〇～二二二）、「香具山の屍《かばね》を見て悲慟《かなし》びて作れる歌」（3・四二六）、「土形娘子《ひぢかたのをとめ》への挽歌」（3・四二八）、「出雲娘子への挽歌」（3・四二九、四三〇）、などを挙げることができる。いずれも人麻呂との直接的な接点を見出せない人物の不慮の死に関する歌である。

④妻または恋人への歌

人麻呂は複数の女性と結婚した痕跡がある。すでに述べたとおりである。「石見国の妻」（2・一三一～一三三）・（2・一三五～一三七）や「依羅娘子《よさみをとめ》と称する妻」（2・一四〇）や「泣血哀慟歌」（2・二〇七～二〇九と2・二一〇～二一二）などに登場する女性たちである。

人麻呂の晩年の作といわれる石見国の妻への歌や依羅娘子なる妻の歌などは実体験を反映したとは感じられなく、物語性も強いので創作歌といわれる。ただ、人麻呂が実際にフィクションや虚偽の歌を詠ったかどうか疑問がある。その上、恋人らしき女性への歌（4・四九六～四九九の四首と、4・五〇一～五〇三の三首）もある。詠われた彼女たちとの関係が入り組んでいるので、歌相互の関係や詠われている女性のうち、誰が正妻であったかは不明とせざるを得ない。したがって、一部の妻への歌がフィクションだとも決められない。

新しく一万円札の顔となる予定の渋沢栄一は、人麻呂に比べると近年の明治から大正にかけての人物だが、何人の愛人と子供がいたか分からないとされる。古代の恋愛は現代人の我々が想像するよりはるかに自由であったと考えられる。一三〇〇年以上前では、妻子の詳細が分からないのはごく普通だろう。現代の常識・倫理観・価値基準で古代の社会を見てはならないと思う。

⑤旅の歌

人麻呂は持統のお供として旅をしただけではない。おそらく役人としても日本各地を旅しているだろう。旅の途中で詠った歌に「近江荒都歌」（1・二九〜三一）、「羇旅歌八首」（3・二四九〜二五六）がある。他に「宇治川の辺を通った時に詠った歌」（3・二六四）や、「淡海の海夕波千鳥の歌」（3・二六六）、「筑紫国へ出かけた時の歌」（3・三〇三、三〇四）などもある。

⑥晩年の歌

「石見国の妻への歌」（2・一三一〜一三九）と人麻呂が自分の「死に臨んで詠った歌」（2・二二三）などがある。「石見国の妻への歌」は持統期の初期の可能性もあるので要注意である。「死に臨んで詠った歌」さえ晩年作かどうか疑問が持たれている。掲げた以外の歌も上記の六つに類別できるが省略する。分類できない歌は「その他」で括ってもよい。歌の種類は少なく、親・兄弟や我が子に対する歌や友人との交流歌や生活に関する歌は非常に少ない。

（7）人麻呂の宮廷内での晩年と最後

人麻呂の宮廷内での活躍について明日香皇女（文武四年〈七〇〇〉四月四日死亡）の挽歌（2・一九六〜一九八）以降、記録に残るものがないことは、以下の古文書の記事で確認できる。

『続日本紀』の大宝元年（七〇一）九月十八日条によれば、文武が紀伊に幸行している。あらかじめ使いを紀伊に出して「行在所《あんざいしょ》」を造営させ、「船卌八艘」を造らせるほどの大規模な行幸であったとされる。『続日本紀』には持統の同行について何も記述がないが、持統も同行したとされている。一六六七番歌の題詞に持統が行幸した時とあるからだ。一行が藤原宮に帰ってきたのは十月十九日と、約一ヵ月もの長旅であった。この時に人麻呂作歌はなく、「人麻呂歌集出」に一四六番歌と、歌四首（9・一七九六〜一七九九）があるのみだ。一七九六番歌〜一七九九番歌には従来のような持統一族の神格化はなく、人麻呂の個人的な歌へと移行している。一四六番歌は、

　後見《のちみ》むと　君が結べる　磐代《いはしろ》の　子松《こまつ》がうれを　また見けむかも（2・一四六）

一四六番歌がもしも人麻呂作だとすれば、なんと危険な歌か。歌を詠った場所は、天智によって死に追いやられた有間が詠ったことで有名な「結び松」の地である。作者は「結び松」を見て歌を詠んでいる。一四六番歌を本当に人麻呂が詠い、それが持統の耳に入ったならば、危険極まりない。冤罪《えんざい》といわれる有間の謀反人を偲ぶことは、同様な手口で持統が殺した大津を人々に思い出させる。大津皇子謀反事件はまだ持統と人々の心の記憶から消えてはいないからだ。

一四六番歌の他に、四首の歌（9・一七九六〜一七九九）が巻九の中に「柿本朝臣人麻呂歌集出」（人麻呂は原文のママ）として残されているので、人麻呂は行幸に同行したと仮定しよう。すなわち、人麻呂が文武の紀伊行幸に同行していない説は脇に置き、同行していたと仮定し想像をたくましくすれば、行幸の頃から人麻呂の宮廷での活躍が見られないので、一四六番歌が持統の耳に入って、持統の不興を買ってしまい、以後用いられなくなったと考えることができる。学説によっては憶良他、数人の歌人も歌を詠っているので行幸が有間への鎮魂の旅だったとするものがある。そうであれば別だが、一四六番歌はとても危険な歌だったと思われる。

たとえ歌が人麻呂本人の歌だと断定できなくとも、「人麻呂歌集」の中とはいえ歌が残っていることは、彼がこの時には生きていたと感じさせる。他方、一四六番歌が人麻呂の歌かどうか確

たる証拠がなく、したがって、彼が確実に生きていたかどうか不明で、結局、どちらともいえなくなる。ところが次の記事で事態はすっかり変わり、人麻呂の生きている形跡がなくなる。

人麻呂は持統の行幸に従駕し歌を残してきたが、持統が引退後の最初の大宝元年（七〇一）六月にした吉野行幸には従駕していない。留京の歌も残していない。さらに一年後の大宝二年（七〇二）十月十日に持統は天皇の文武を伴わず、彼女最後の旅として伊勢、美濃、尾張、参河に行幸している。持統最後の旅と結びつく人麻呂の歌は『万葉集』にない。同時代の文献にも彼の痕跡は残されていないので、旅に同行していないと思われる。持統は十一月二十五日に藤原宮へ帰ってきた後、約一月後の十二月二十二日に崩御する。持統の崩御にも人麻呂は何も詠わない。この事実から人麻呂は持統の身辺から遠ざけられていたか、死んでいた可能性さえ考えられる。

人麻呂の主な活躍が持統から軽への天皇位の生前譲位までであったことは、以下からもいえる。持統が熱望していた軽の天皇就任に対して何も詠わない。また、先に述べた大宝元年の吉野行幸と大宝二年の伊勢、美濃、尾張、参河への行幸に人麻呂が従駕していないだけでなく、この二つの行幸には代わりの歌人として高市黒人などが従駕している。例えば、黒人が持統の行幸に従駕して詠った歌は、以下のとおりである。持統への神格化や讃歌などはまったく見られない。

太上天皇の吉野の宮に幸しし時に、高市連黒人の作れる歌
大和《やまと》には　鳴きてか来《く》らむ　呼子鳥《よぶこどり》　象《きさ》の中山　呼びそ超ゆなる（1・七〇）

また、持統の東国行幸時の従駕で黒人が詠った歌に次の歌がある。

二年壬寅《じんいん》に、太上天皇の参河国《みかはのくに》に幸しし時の歌
何処《いづく》にか　船泊《ふなは》てすらむ　安礼《あれ》の崎　漕《こ》ぎ廻《た》み行きし　棚無《たなな》し小舟《をぶね》（1・五八）

このように持統が軽に生前譲位した後は、もはや持統一族を神として崇《あが》める必要がなくなって、人麻呂のような歌人は不要になってしまったのだろう。人麻呂の代わりに黒人以外にも従駕を許された歌人がいたが、もはや人麻呂が詠ったような天皇讃歌は誰も詠わない。

以上の諸点から持統の皇位譲位後は時流の変化を強く感じる。持統が軽に譲位し天皇でなくなるとともに、人麻呂をはじめとする歌人による持統一族への讃歌は完全に終わったのだろう。

大宝二年以降は、人麻呂の宮廷での活躍が見られない。彼の消息の手がかりを得るのは、制作年代が不明の『万葉集』に残された晩年の歌とされる「石見国の妻への歌」（2・一三一〜一三九）、「死に臨んで詠ったと題詞に書かれた歌」（2・二二三）、「妻と思われる者の歌」（2・二二四、二二五）による外ない。ところが、どれも晩年作といえるかどうか怪しいらしい。

石見国の妻への歌を考察しよう。①持統六年以降の長歌には人麻呂は「短歌」を添付するが、添付された一三一、一三二番歌の頭書は「短歌」ではなく、持統六年以前に用いたとされる「反歌」である（長歌の題詞には短歌とある）。これは人麻呂の晩年歌でない可能性を示す。②稲岡耕二『柿本人麻呂』の二四二頁以下にあるように、歌を人麻呂最晩年の作と決めるには疑いが残る。

以上二点から石見相聞歌は持統時代の前半に作られた可能性さえある。

残る人麻呂晩年作とされる歌は、題詞に「柿本朝臣人麿、石見国に存りて臨死《みまか》らむとする時、

自ら傷《いた》みて作る歌一首」であるが、この歌も単純に晩年の作とはいえないとする説がある。歌は

鴨山《かもやま》の　岩根し枕《ま》ける　われをかも　知らにと妹《いも》が　待ちつつあるらむ（2・二二三）

である。「人麿歌集出」とある、人麻呂の死について詠った妻の歌二首も残されている。それは次の歌で、最後の歌と関連するかどうかは分からない。学説もさまざまに唱えられている。

今日《けふ》今日《けふ》と　わが待つ君は　石川の貝（一《ある》は云く、谷《かひ》に）交《まじ》りて　ありといわずやも（2・二二四）

直《ただ》の逢ひは　逢ひかつましじ　石川に　雲立ち渡れ　見つつ偲《しの》はむ（2・二二五）

以上の歌は作成年代を特定できないが、さらに人麻呂の死期を特定することに挑戦しよう。人麻呂は持統の最後となった大宝二年（七〇二）の東国行幸前に周辺から遠ざけられて、どこかの地方にいた可能性や、すでに死んでしまったことも考えられる。すなわち、彼の死が持統の死の年（七〇三）の前であったか後であったかは不明である。しかし、持統の死と年月の差のない時期に人麻呂の活躍が終わったことは確実である。一〇二頁以下に述べた以外の理由としては、第一に、高市の生前には高市の次の位で、高市の死後は臣下の最高位となった右大臣の丹比嶋《たじひのしま》が人麻呂の最大の後援者であったとされる（中西進説）。嶋は持統の生前の大宝元年（七〇一）に死んでいる。嶋が死んだ後は急速に人麻呂の活躍が見られないのは事実である。

第二に、人麻呂と交流のあった宮廷人の中で最も親しく交わっていた忍壁が、大宝三年（七〇三）一月二十日に文武の人事で、政府の最高位であり天皇の最側近の地位を示す知太政官事に任

命されている。人麻呂は忍壁の妻である明日香皇女への挽歌を歌うほど忍壁と親しくしていたので、高い地位に就いた忍壁ならば身分の低い人麻呂を石見などの田舎から都に呼び戻せることができたはずだ。持統が人麻呂を石見などに追いやったと仮定しても、彼女はすでに死んでいるから彼を都に戻すのに何の障害もないと思うが、彼は都に戻されていない。反対に人麻呂が生きていれば、親しかった忍壁の死（七〇五年）に挽歌があって当然と思うが、ない。

第三に、人麻呂は文武の皇太子就任に「阿騎野の狩りの歌」で貢献しているので、左遷されていたとすれば文武の死（七〇七年七月）に際し、後を継いだ母の元明（七〇七年即位）から恩赦がなされて当然だと思うが、何もない。七〇七年にはすでに死んでいたからだろう。

第四に、持統の死よりもっと長生きしていれば人麻呂の歌人としての名声は後の世になればなるほど高まるのだから、文武や元明時代での人麻呂の歌や消息が残っていて当然と思うが、それもない。消息がないことは生き永らえずに死んでいる可能性が高いと思わせる。

伊藤博は「人麻呂が他界したのは、……文武末年から和銅にかけての時期（七〇六〜九年）であったことがほぼ確かである」（「集成一」三八九頁）という。筆者の見解は伊藤の結論より少し早く、持統が七〇四年一月に火葬されてから遅くない時期に人麻呂も死んだと想像している。

以上、大胆に推測したが、人麻呂の死因や死亡年月、死に場所、墓所、死亡年齢などは不明とせざるを得ない。人麻呂の最終身分が六位以下の低い位のため、正史の『続日本紀』には死亡記事が書かれていない。彼が地方から都に帰った証拠もない。どこかの地方か、あるいは歌にあるように石見あたりで死んだのだろうか。石見の歌がいつ詠われたかも決めがたい。いずれも学者がさまざまに研究発表するが確たる証拠はない。これらは依然として不明のままである。

（8）人麻呂が作品を発表した場について

人麻呂が持統の命令に応じて歌を詠んだことは間違いない。また、親しく交際のあった貴人や身近な女性たちとの歌を、何らかの場で発表したことも疑いがない。さらに歌の名手として宮廷内の人々からの要請によって、歌を発表したことも少なからずあっただろう。しかも、歌の発表は一度ならず繰り返され、同じ歌を朗詠させられただろう。歌には異伝が多く、歌の本文の中にも割注のように異伝が挿入されている。歌詞の変化は推敲の跡とみることもできるが、何度も色々な場所で歌い継いでいるうちに歌詞が変化したとも考えられる。

割注の性格は説が分かれているが、歌に残された異伝は伝誦による変化の痕跡とも考えられる。もし、発表の機会が一度だけであったならば、たくさんの異伝が伝わることはない。異伝がたくさん残って伝えられていることは彼の歌が何度も発表され、その都度必要に応じて歌詞を変えて、または変えられて発表されたからとも考えられるからだ。ただし推敲の結果も否定できない。歌が発表されたケースを大きく三つに分類し、分類に適切と考える代表的な歌名を掲げる。

①宮廷内の公の場で発表したケース

宮廷行事の歌の発表の場は新年の慶賀の際、祈年祭、公的な園遊会、葬儀の式典、年中行事である花見・七夕・月見・狩り、新嘗祭、大嘗祭などがある。場所は主に皇居内のどこか、会の目的に適合した会場であろう。詠われた具体的な会場について、いくつか検討してみよう。

　薬狩りは推古時代から記録にあるように、宮廷行事として定着していたらしい。天智紀七年五月五日条の蒲生野の狩りに「大皇弟・諸王・内臣及び群臣、皆悉く」出席していたと書かれている。同八年五月五日の山科野の狩りの宴も同様の出席者だったとされる。狩りの後には盛大な宴が行われ歌も披露されたことは、宴席で詠われた額田王の有名な歌「あかねさす　紫草野行き　標野行き　野守は見ずや　君が袖振る」（1・二〇）と、大海人が答えた歌「紫草の　にほへる妹を　憎くあらば　人妻ゆゑに　われ恋ひめやも」（1・二一）の左注で分かる。ただし場所は不明。

　持統にとって最大の関心事は己の皇位の正当化であり、それには一族の神格化が効果的と熟知していた。一族の神格化に貢献するように持統から求められて人麻呂の詠った歌の一つが、一連の「狩りの歌」（1・四五〜四九）といえる。軽は、まだ皇太子にもならず草壁の子にすぎないから、通例であれば「王」と記述される。それを天皇に準じた「わご大君　高照らす　日の皇子　神ながら」と歌に詠まれるほどなので、天智の狩りの後に行われた宴に準じて、軽の狩りの宴は盛大に行われたに違いない。しかし、場所も分からず、屋外か室内かも不明のままである。

　人麻呂が持統にお供して詠った場合や、持統から命令されて詠った場合が考えられる。「雷丘の行幸に同行した時の歌」（3・二三五）、「吉野行幸の従駕歌」（1・三六〜三九）、「日並皇子尊挽歌」（2・一六七〜一六九）、「高市皇子挽歌」（2・一九九〜二〇二）などだ。これらの歌は現場の他、宮廷内の公の場で何度も同じ歌が詠われたことであろう。具体的な場所は不明のままである。

②人麻呂が個人的な交際範囲、または少数の私的な集まりで発表するケース

親しく交際していた天武の皇子たちの屋敷などで園遊会が開かれ、会場で人麻呂が歌を献上する場合や、自分の妻など親しく交際していた女性に歌を披露する場合などが考えられる。皇子の家で行われた宴会では何度も同じ歌が求められるのも自然である。代表的な歌に「石見国の妻への歌」（2・一三一〜一三三、2・一三五〜一三九）、「長皇子への贈答歌」（3・二三九〜二四〇）がある。

③人麻呂が①②以外の何らかの集まりで歌を披露するケース

宮廷外でも人麻呂の活躍があったとされるにもかかわらず、活躍が記録に何も残っていないため、そこでの活躍を想定して論を展開することはむつかしい。にもかかわらず、学者によっては人麻呂を宮廷外でも活躍した宴游歌人と定義づけている。そこまでは言いすぎとしても、さまざまなところで聴衆の要求に応えて歌を披露したらしいことは否定できない。

代表的な歌には男女の恋愛にかかわる歌がある。今日のように多種多様な娯楽が身近に豊富で、かつ容易に手に入る時代ではない。しかも人の寿命は短かった。医学の未発達な時代にあって重い病にかかれば、ただちに死に繋がった。寿命の短い時代の最大の関心事が男女の恋愛になるのは自然だろう。同様に人の死も身近で日常的だったであろう。男女の恋愛の歌は「人麿歌集」にたくさんあるが取り上げない。妻や人の死についての代表的な歌には、「泣血哀慟歌」（2・二〇七〜二〇九、2・二一〇〜二一二）、「吉備津の采女への挽歌」（2・二一七〜二一九）などがある。

④人麻呂の出席していない場で、他人によって彼の歌が詠われるケース

こういう場合も少なからずあったであろう。人麻呂の歌が本人不在のまま他人によって詠われたとする歌に、次のものがある。巻一五の前半に天平八年（七三六）の遣新羅使が、渡航の船中で詠ったという歌が一四五首も記載されており、武田祐吉が指摘するように（国文学研究　柿本人麻呂攷　大岡山書店）、渡航中に詠われた歌に人麻呂歌（15・三六〇七～三六一一）が五首もある。人麻呂は遣新羅使の一員ではないため、彼の不在は改めていうまでもない。

以上、歌八四首の詠われた会場を四つに分類したが、分類の枠をはみ出して詠われたこともあるだろう。あまり分類を固定的に考えない方が良いと思われる点は留意すべきだ。さらに、注意しなければならないことは、さまざまな会場で聴衆の要望に応えて詠うことは、彼の歌のすべてが実体験に基づいた歌とは限らなくなることである。初めは自分の実際に経験したことを詠んだ歌であったとしても、次第に彼の実体験を超えたものを聴衆が求めるのは必然だし、人麻呂も聴衆の意向を受け入れて歌詞を変化させることも当然あり得ると思うからだ。

(9) 人麻呂が歌を詠んだ時代を決める手がかり

人麻呂の活躍がほぼ持統時代と重なることに異論はないが、具体的な歌の制作年代となると話は別で、さまざまに唱えられている。歌がいつ詠われたかの根拠となる資料を述べておこう。

①題詞…概要は五八頁以下にすでに述べた。②左注…概要は五九頁にすでに述べた。

題詞と左注は作者本人が書いた文でないことは、ほぼ異論がなく確定しているといってよい。文言を検討することなしに、そのままを信じて扱うことの危険も共通認識といってよいが、詠われた年代を推定するための重要な資料となることも事実である。

③歌が「集中」のどこに配列されているか。

人麿作歌は巻一～巻四までに多くあり、特に巻一と巻二は年代順に並べられている。年代順に並べられた歌の前と後ろに配列された歌の作成年代が特定できれば、絶対的な基準ではないが両者の間に配列された歌は、その間の年の歌と推定できる。代表歌として巻二に配列された有名な「泣血哀慟歌」を挙げる。歌は人麻呂の晩年に属するとされる。歌は「弓削皇子挽歌」（2・二〇四～七）の直後にあり、弓削は文武三年（六九九）七月に死亡している。「泣血哀慟歌」の数首後には和銅四年（七一一）と明記された歌（2・二二八）が配列されている。ここから歌は文武三年（六九九）～和銅四年（七一一）間の作と推定できる。さらなる限定は次の検討によらねばならない。

④歌の内容・言葉など

人麻呂の歌の詠んだ年代を決める手がかりとなるものには以下の三点が考えられる。

一つは、風俗・習慣など民俗的な事柄が詠われている場合、歌はそれらの社会的慣習が行われている時代（火葬など）に詠われたと推定できる点にある。

一つは、詠われた対象者の情報（冠位や役職、服装や年齢など）や、場所の特定（何かの工事中か、特徴ある記述など）ができる場合である。これらの情報はいずれも時代を限定できる場合がある。

最後の一つは、歌に書かれた言葉だ。歌に書かれた言葉の例を挙げよう。年代を限定できる資料となる「火葬」と同等の語意を持つ「灰にていませば」である。これについて順次詳述していこう。年代を決める手がかりは、他の言葉もあり得るが省略する。

仏教の広がりとともに「火葬」は最初に道昭が自ら遺言を残して実施させている。民間で道昭の前に「火葬」が行われたとしても、ごく少数で特殊な事情のある死で、「火葬」は例外だろう。道昭以前の日本社会は主に土葬が中心であり、永く続いてきた風習を打破し庶民の間に「火葬」が広がり定着するには大きな抵抗を生じ、定着には長い時間が必要だったろう。だから国の正史の『続日本紀』は道昭を「火葬」の最初（文武四年三月十日条：七〇〇年）と書いたのだろう。「火葬」について、時代を特定できる言葉かどうか、もう少し詳しく述べよう。

人麻呂が「火葬」について詠ったとされる歌は、四二八、四二九番歌の二首がある。題詞は、「土形娘子を泊瀬山に火葬《やきはふ》りし時に、柿本朝臣人麿の作れる歌一首」（3・四二八）と、「溺《おぼ》れ死《みまか》りし出雲娘子を吉野に火葬りし時に、柿本朝臣人麻呂の作れる歌二首」（3・四二九）である。いずれも本文には「火葬」の表現は用いずに、題詞にのみ「火葬」としている。本文では「山の際にいさよふ雲」（3・四二八）、「霧なれや……峰にたなびく」（3・四二九）と表現する。「いさよふ雲」も「峰にたなびく……霧」も「火葬」した後の死者の変わった姿の象徴とされる。

中西進は『柿本人麻呂』（一一一頁）で「娘子《をとめ》」は『万葉集』に登場する「女郎《いらつめ》」（郎女とも書く）とは違う。「娘子」は時に国名をもって呼ばれ、時には氏の名をつけて呼ばれたりしている。単に「娘子」と記される例（4・五四六の題詞など：筆者）もあるという。中西は「娘子」とは貴族の娘などの上層に属する女性ではなく、「女郎」より下の女性の呼び名としている。ある場合の「娘子」は、遊女や宮廷の下級の役を担う女たちだったとし、「ここの土形娘子や出雲娘子はそうした下臈《げろう》の女房たちである」という。真偽は不明だが、身分が低いことは事実だろう。

人麻呂が歌の題材として「火葬」された身分の低い女性を取り上げたのは、「火葬」が非常に珍しかったからだろう。天皇として初めて行ったのは持統で、一般に広く行われるのは持統の死の一年後に実施されてからと考えられる。持統が行う前には庶民の間で広く「火葬」は広がっていなかったとするべきだろう。娘子二人の死と火葬は宮廷内では有名なでき事だったのだろう。おそらく「火葬」が広く一般化される前のでき事だったに違いない。したがって、娘子二人の歌が詠われた時期は道昭（七〇〇年）より遅く、持統の「火葬」（七〇四年一月）より前か、直後に行われたために、驚きとともに広く知れ渡ったのだろう。道昭と持統の「火葬」は正史に記述され、娘子の「火葬」は『万葉集』に採録されたと思われる。

以上から「火葬」という言葉は、歌の制作時代を決める資料となり得るといえるだろう。

次に「灰にていませば」を検討してみよう。

「泣血哀慟歌」の「或本の歌」に「うつそみと　思ひし妹が　灰にていませば」（3・二一三）がある。「灰にていませば」は中国では火葬を意味しないとして、歌の「制作年代を推理する手掛かりにはならない」（『大系』一五九頁）との学説もある。しかしこの説は中国の例や風習を根拠にしているが、中国の影響がどの程度であったかを論証せず根拠として用いているので不十分のそしりを免れない。天武・持統時代は中国との正式な外交が絶え、我が国では中国からの影響が薄いことを考慮すべきで、「泣血哀慟歌」は中国の影響が少ない時の作である。歌の問題点は注5（二一八頁以下）に述べる。二一三番歌が七〇四年以前に詠われたとする根拠は次に述べるとおり。歌が作られた年代を持統の火葬の直後までとする根拠は、人麻呂の活躍が彼女の死（七〇三年）後には見られないことにある。通説は「泣血哀慟歌」が宮廷内でしばしば詠われていたというが、文武元年（六九七）から書かれている『続日本紀』（七九七年完成）の編者は、人麻呂を知らなかったはずはない。文武元年以降の記事に人麻呂の歌も名前も登場しないので、人麻呂は文武即位前に活躍した人物となる。以上から『日本書紀』の火葬の記事と整合的に捉えるならば、「灰にていませば」の用語は、持統の死（七〇三年）の前後から人麻呂の死（持統の火葬からほどなく）までの歌となり、人麻呂歌の作成年代を決定する根拠資料となり得るといえよう。

6　持統七年当時の軽皇子と人麻呂を取り巻く状況

本書が取り組む「狩りの歌」が詠われた当時、軽の周囲の状況と人麻呂の立場は以下のようなものであった。すでに述べたところと重複する部分もあるが、簡単に再確認しておこう。

①軽の父の草壁は、持統三年（六八九）に死んでいる。すなわち本書で取り組む軽の狩りの当該歌より数年前のでき事である。草壁の狩りがいつ行われたかは、別途に取り組む。

②持統は息子の草壁に自分の保持する皇位を継がせたいと熱望していた。それが期待した息子

が死んで不可能となった。そこで次は孫の軽に継がせたいと熱望したのだった。

③天皇に即位するには少なくとも三〇歳以上であること。皇太子に就任するのも二〇歳以上であることが、当時の王族や貴族における共通の了解事項であった。あるいはもっと年齢が高かったかもしれない。「狩りの歌」が詠まれた時は軽がまだ一一歳のため、いずれにしても王族や貴族の共通認識の下にある皇位はもちろん、皇太子に就ける年齢にも達していなかった。

④軽は持統の唯一の男孫であり皇位継承資格を有していたが、以下に述べるように草壁の死んだ時の軽の序列は、天武の皇子たちよりも低かったと考えられる。周囲には皇位継承できる適齢期になった皇子がいた。その中でも最大の人物は高市で、三五歳か三六歳となっていた。草壁の他の兄弟である忍壁、弓削、長、穂積、舎人皇子も軽より年上で、多くは成人に達していたようだ。天智の息子までも皇位継承の可能性があるとすれば成人した志貴も候補の一人である。

皇位は兄弟間で継承という伝統が意識されていた時期で、草壁の次は彼の兄弟に継承するのが順当であった。軽を皇太子にしようとして持統が会議を開いたところ、紛糾したと『懐風藻』にある。強大な権力を持つ現職の天皇であっても、旧来の慣例に反して強引に軽を皇太子にはできなかったのである。成人に達していた草壁の兄弟たちが大勢いて、皇位はまだ死んだ草壁の兄弟が継承するとの考え方が、根深く力を持っていた時期だからだった。

⑤軽が立太子したのは、持統十一年（六九七）で、一五歳と異例の若さであった。阿騎野の狩りが行われてから四年も五年も後のことである。

⑥人麻呂は草壁への挽歌（持統三年）と、高市への挽歌（持統十年）を詠っている。すでに歌い手としての評価は高く、作歌のうまい人物として広く宮中内で知られていた。

⑦人麻呂は持統朝の初めから終わりまでの間に活躍したことは確実である。歌を残したことの年代が確実な最後（最新の歌）は、まだ持統が生前のうちに作られたもので、文武四年（七〇〇）に詠まれた明日香皇女への挽歌とされる。

⑧人麻呂が活躍した頃には、まだ『古事記』『日本書紀』の歴史書は編纂過程にあり、後世に残されているような形に出来上がっていない。すなわち、この頃には、まだ神話は一定の話に固定されてはいなかった。『記紀』にあるような神話の同類は、各豪族の所有する家伝などに基づいて色々と話されていた段階と考えられる。

⑨人麻呂の育った頃は対外戦争である白村江の戦で、我が国は唐と新羅の連合軍の前に敗れ、国内では古代史上で最大の激戦であった壬申の乱が終わったばかりだった。その後、天武・持統から文武・元明までは、対外的にはもちろんのこと国内的にも大きな戦争のない平和な時代が続いている。戦争が終わり平和な時代には、文化の新しい花が一斉に開くのも歴史の教えるところである。人麻呂は、つかの間の平和な時に登場し活躍した詩人であった。

以上、長いが人麻呂に関する外部環境と内部環境で把握しておきたい内容のすべてである。ここまでで作品論の前提となる人物論は終わったので、作品論へ進もうと思う。

注1（四頁）

稲岡のように断定するには、以下の諸点について確定しておく必要がある。①詠われた年代が持統四年二月十七日になされた行幸時と決められるのか、②歌を詠んだ季節を春と決められるのか、③たとえ春としても「花」を桜と決められるのか、④桜としても同四年に吉野で桜は咲いているのか、⑤桜が咲いていたとしても旧暦の二月十七日は、桜の花が散る時期かどうかを調べて確認しなければならない。現代人なら①〜⑤を客観的・合理的に調べられたはずだ。順次述べよう。

①詠われた年代が持統四年二月十七日と決められるのか

『万葉集』巻一・三六番歌の三首後の三九番歌に左注がある。三九番歌の左注が三六番歌にまで及ぶかは吟味しなければならないが、仮に及べば確かに左注の『日本書紀』の記事によると、持統四年二月十七日、五月三日、八月四日、十月五日、十二月十二日に持統は吉野へ行幸したとある。しかも、左注には他に三年と五年の行幸も書かれている。左注には「いまだ詳《つまび》らかに何月の従駕《じゅうが》に造れる歌なるかを知らず」ともある。おそらく調べ尽くした結果の記事であろう。歌集の編者さえ不明としているものを、一三〇〇年以上も後の現代人が特定するには相当な根拠が必要と考えるが、稲岡は何の説明もなく。行幸日を持統四年二月十七日と断定している。

持統四年二月十七日は多くの行幸日の候補の一つにすぎない。『万葉集』研究者の中西進は歌の配列から、三六番歌を同四年九月（1・三四）と同六年三月（1・四四）の間の歌だとして、「四年十月、十二月、五年正月、四月、七月のいずれかとなる」（「中西」㈠六七頁）とする。中西は別の著書（『柿本人麻呂』三七頁）で持統五年（六九一）としている。後にも述べるが、中西の論拠は近年の合理的な推論法に基づいており、うなずける。

稲岡が四年二月十七日と決めた理由は、持統の即位直後の吉野行幸は「皇族や大宮人たちの気持ちをあらたにするため」のもので、そこに天皇讃歌が求められたからという。主観的すぎて万人を納得させるような根拠のある客観的理由とは思えない。このような理由なら左注を書いた人物は容易に日時を特定できただろう。

②歌われた季節は「春」と決められるのか。

中西進は「花散らふ」に続く〔花の散る秋の季節から地名「秋津」に続く〕（「中西」六七頁）のでと述べ、歌の季節を秋としている。稲岡も著書の中でこの説に触れ、秋の可能性を否定していない。使用した言葉の連想（秋の季節と「秋津」）を関連づけることは、枕詞の多用に見られる人麻呂の常套手段なので、中西のように季節を秋と捉える方が自然だろう。それでも稲岡は理由を示さずに春だという。

③「花」を桜だと決められるのか。

春の歌の中に「花」とあれば桜と反応するのは現代人にありがちだが、古代ではそうではない。『万葉集』では諸説あるが、梅の歌は一二〇首も詠われているのに対し、桜は四三首が詠まれているにすぎない。当時は春の花といえば、太宰府の大伴旅人邸の宴会で歌われた梅の花（5・八一五以下に付された「梅の花の歌三二首并せて序」）が主流であった。最近では梅の花の宴記事は「令和」年号の決め手となっている。

桜を詠んだ作者は、作者未詳（11・二六一七、16・三七八六など）と「人麿歌集」の歌とする二首（12・三一二九、13・三三〇九）を除き、山部赤人や大伴池主や大伴家持など人麻呂後の人々が中心である。持統時代まで桜は梅に比べて人々の眼中にあまりなかった。「花」を桜と決める根拠は何か。稲岡は何も語らない。

④吉野の桜は持統時代にあったのか

奈良県の観光案内などによれば、「吉野の桜は約一三〇〇年前に修験道の開祖・役行者《えんのぎょうじゃ》が山桜の木に本尊である蔵王権現《ざおうごんげん》を刻んだことから、御神木として植えられてきたと伝えられたという伝承がある」とする。役行者は七世紀末からの人で、文武天皇から聖武天皇の世に活躍している。役行者は人麻呂の歌が詠われた頃に生まれてはいるが、吉野の桜の起源は、もっと古くは遡れないので持統四年に吉野で桜があったかどうかは決められない。ちなみに桜の成長は早いが、一般的な寿命は長くみても一〇〇年にも満たないとされている。なお、『万葉集』に吉野を詠う歌が五〇首ほどもあるが誰もはっきりと桜の花を詠っていない。今日、吉野に咲き誇る桜の品種で有名なソメイヨシノは江戸時代末期に品種改良されたものである。

⑤旧暦の二月十七日は桜の花が散る時期かどうか

左注にある『日本書紀』「持統四年二月十七日」条に、持統が飛鳥へ帰った日の記述はない。通例、数日間は吉野に滞在している。現代人が古代人と同じ季節感を実感するためにグレゴリヲ暦で統一すれば、旧暦の二月十七日は現代の四月四日に該当する。観光案内（奈良ガイド）には「吉野山の桜の見ごろは例年4月上旬頃から4月中旬頃です。ただ桜の見ごろはその年の気候などによって多少前後することがあります」とある。「吉野町公式ホームページ」によれば、2021年の吉野山の「下千本の開花日は3月30日、中千本は3月31日、上千本は4月2日、奥千本は4月7日」とあった。2021年の桜の開花は全国的に異常に早かった年だ。満開は開花から七から九日後といわれる。開花が異常に早くても、吉野の四月四日は満開でない可能性が高い。

吉野離宮のある地は下千本より少し低い標高一八五メートル（平凡社『世界百科事典』）である。したがって、下千本の開花よりも少し早く、山に囲まれているので平地の桜の満開時期よりも少し遅いと予想される。筆者は数年前の四月二日に満開の桜を見ながら藤原宮周辺を電動自転車で走り回ったが、藤原宮より高地にある吉野の桜はまだ咲いていないと土地の人に言われた。例年の四月四日に吉野の桜は、まだ満開になっていないだろう。

飛鳥・藤原から奈良時代の頃は、寒冷期を脱し温暖化に向かう時期だったといわれる。しかし、当時より現代の方が温暖化しているといわれ、古代の方が現代より寒かった可能性が高い。であれば桜の開花は現代より遅いはずだ。一般に桜が散り始めるのは満開から三日〜五日後とされる。気象条件が現代とほぼ同じであったと仮定しても、旧暦の二月十七日（新暦の四月四日）から数日間は、たとえ桜の花が開花していても散り始めることはない時期である。

行幸日が稲岡説で正しいとしても新暦の四月四日に相当する持統の吉野離宮への行幸は、桜が満開前なので花の散る姿はイメージしがたい。首記の稲岡の文章は「二月であれば」という仮定とはいえ、他の可能性に言及していないので、「花散らふ」が今日の吉野山の姿（桜の名所）から得られた稲岡の思い込みであることは、以上の結果から否定できない。なお、一〇〇年後の『古今集』で紀貫之の書いた「仮名序」には「吉野の山の桜は、人麻呂の心には雲かとのみなむ覚えける」とあるので、稲岡の思い込みにはやむを得ないところもあったか。

注２（九頁）

第一に、地理情報を挙げよう。現代は日本全国のどの地点でも国土地理院の航空写真を見られるので、詠った場所は周囲を含めて詳細で、かつ、立体的に正確に把握できる。歌などに地域を特定できる地名などが書かれていれば、現地に行かずともその土地と周囲の状況を即座に手持ちのパソコンで確認できるのである。

第二に、和暦でも西暦でも歌の中に年月日の記述があれば、すべてグレゴリヲ暦に変換してその日の太陽と月の情報を得ることができる。日の出、日没、月の出、月の入りの時間や、出没の場所や姿・形や位置の刻々の変化でさえモニター上で見られる。太陽の情報はグレゴリヲ暦で年月日を揃えれば、現代の同じ年月日の太陽の情報が、そのまま古代の情報として使える。地球の軸のブレと太陽を回る周期が長期間にわたって一定だからだ。太陽の位置は一〇〇年間で〇・〇二度程度の変化しかないとされる。例えば今年の一月一日と、一三〇〇年前のグレゴリヲ暦で統一した一月一日の日の出は、ほぼ同じ時間と場所に昇り、同じ時間と場所に沈むのである。

月は、そうはいかない。月の周期は二九・五三日で地球を一周するので、月が地球を一二周する一年は三五四・三七日になる。西暦を採用している今日の一年を三六五・二四日としている暦とは毎月少しずつズレながら変化し、一年を通してみれば一〇・八七日の差が発生する。このように月は一年を単位として見れば大きく差異が生じる。三年で約三二・六日の差になるので、太陰暦を採用すれば二〜三年に一度の割合で閏月《うるうつき》といって一年が一三カ月で三八四日になる年が生じる。実際にはさらに微調整が必要など複雑になっている。

和暦を西暦のグレゴリヲ暦の年月日に換算して統一すれば、和暦と西暦の月日は大きくズレが生じ、たとえ和暦の三月三日を西暦に換算した年月日に揃えたとしても月に関する情報は毎年大きく変わり、その姿・形、出没時間などは一致しない。太陽の情報と違って月は、現在の情報がそのまま古代の情報としては採用できない。

古代の月の情報を正確に知るには特別なソフトが必要となる。かつては国立天文台などに問い合わせるなど、天文を扱う専門家と特別な関係がなければ入手できなかった。得られた情報は間違いが入りやすかった。現在では天文情報は、「ステラナビゲータ〇〇」（〇〇には数字が入る）というソフト（数万円という安価）が開発されていて、簡単に手に入る。パソコンが操作できれば、古代の月の情報（観測場所ごとの月の出、月の入りの時間、形状、時間ごとの位置の変化など）は誰でも簡単に入手できる。

先の地理情報と天文情報をドッキングしたものも、「カシミール３Ｄ」という安価な市販ソフトで入手でき、モニター上で容易に見ることができる。ある地点から見た太陽と月の位置がどのように刻々と変化していくかを、観測できるのである。このソフトは指定した場所からその周囲の立体的な地形図が見られるので、登山家などが登山途中の現在位置を正確に把握するために活用しているといわれる。つまり、このソフトによって詠われた土地の現状と東から昇る太陽と西に沈もうとする月の状態などを正確に確認できるのである。

第三に、和暦を西暦に換算することを挙げることができる。かつては和暦を西暦に換算する情報の入手も個人では手に負えず、専門家に問い合わせるなどしなければならなかった。パソコンが広く一般に普及するまでは、素人では和暦を西暦に換算できないため、高名な学者が記述していれば記述を信用する以外になかった。つまり、和暦が歌の題詞や左注などに記載されていたとしても、利用しようにもできなかったのである。現代は違う。歌に付された題詞や注記などで和暦が分かれば、パソコンでその日の西暦のユリウス暦と、グレゴリヲ暦が簡単に分かる。素人の誰でも容易に正確に入手できる。しかも無料だ。活用しない手はないだろう。

ユリウス暦と、グレゴリヲ暦について調べたことを書いておこう。一五八二年を境として世界標準は、ユリウス暦からグレゴリヲ暦に変わっている。ユリウス暦は紀元前四五年から世界史で有名なジュリアス・シーザー（別名ユリウス・カエサル）により導入された。彼は一年を三六五日と六時間にした。一五八二年以前の暦はユリウス暦で表記されることが世界標準であり、一般に古代の暦日はユリウス暦で表示される。

ところがユリウス暦は実際の太陽の運行とは一年で一一分強の差が生じてしまう。それが長年にわたって積もり重なると、約一二八年間で一日の差異が発生する。そのためキリスト教にとって大切な行事、復活祭などを正確な日に行うには、西暦が始まって一五〇〇年以上続いて蓄積された日付のズレを修正する必要があった。

ちなみに、現代で採用されているグレゴリヲ暦は実際の太陽の運行とほぼ一致し、一年は三六五・二四日である。そこでローマ教皇は実際の太陽の運行とのズレを修正する必要がないように、一五八二年一〇月四日（ユリウス暦）を、一五八二年一〇月一五日（グレゴリヲ暦）と決めた。以来、現代の暦の世界標準はグレゴリヲ暦に統一された。そのために年月日がユリウス暦で表記されている場合（一五八二年以前の西暦）は、グレゴリヲ暦に換算しなければならないという手間が増えるのである。日本は明治六年（一八七三）にグレゴリヲ暦へ移行している。

注3（五六頁）

二〇三三番歌の七夕歌を天武九年（六八〇）作という通説には、以下のような問題がある。

七夕は持統の頃から盛んになった行事とされるので、七夕歌が詠われた年代の天武九年では古すぎる。「集中」に七夕の歌は全部で一三二首（一三四首説もあり）ある。七夕歌の在る巻と作者名と作者の生きた年代等を表にすれば一二七頁のとおり。二〇三三番歌を取り巻く周囲の七夕歌が奈良時代の歌で固められている。表から読み取れるものとして次の諸点がいえ、二〇三三番歌がいかに異常な制作年とされているかが分かる。

i、七夕歌を詠った年齢の判明している人物の一番の高齢者は山上憶良である。人麻呂と憶良はほぼ同年代の人と考えられているが、二人の活躍の年代は重ならない。憶良が活躍する時期は人麻呂の活躍した時期とは異なる。憶良の活躍は、彼が遣唐使として派遣されて帰国〈大宝四年〈七〇四〉〉してからで、その時には人麻呂の活躍が見られなくなっている。人麻呂は持統時代に活躍するが、憶良は次の文武時代から活躍している人である。すなわち、二人は同年代の歌人だが、憶良は人麻呂が宮廷から姿を消した後に活躍しているのである。

ⅱ、大伴家持の活躍した年代も人麻呂より遅く聖武から孝謙までであり、最後の彼の歌は天平宝字三年（七五九）に因幡の国の国守として左遷されていたとされる時の次の作である。

新しき　年の始の　初春の　今日降る雪の　いや重け《しけ》吉事《よごと》（20・四五一六）

家持が右の歌を詠った時の年齢は、四二歳（七五九年）といわれる。彼は六八歳（七八五年）まで生きるが、この歌を最後として活躍は不明となる。歌集に残すような作歌活動は止めたようだ。七夕歌が盛んに詠われた奈良時代は、一般に平城遷都（七一〇年）の年から桓武によって平安京に都が遷される延暦十三年（七九四）までの八四年間であって、狭義には平城遷都（七一〇年）から七八四年に平城から長岡京に都が遷されるまでの七四年間をいう。家持は奈良時代の人物ということができよう。

ⅲ、藤原房前の活躍も元明から聖武の頃だ。天智の孫の湯原王と、玄孫《やしゃご》の市原王の活躍した正確な年代は不明だが、いずれも人麻呂の死後とされる聖武時代を含む以降の人々ばかりである。

ⅳ、当該二〇三三番歌を含む七夕歌は、すべてが憶良の七夕歌の最初（8・一五一八）にある養老八年（七二四）歌と、家持の最後の七夕歌（20・四三一三）で天平勝宝六年（七五四）とある間に配列されている。だから、当該七夕歌はいずれも七二四年から七五四年までの作と推定できる。しかし、通説によれば当該二〇三三番歌は、元正・元明・文武・持統と四代の天皇を遡って五代前の天武時代の歌だということになる。「集中」で人麻呂作と確実に年代の特定できる歌は、持統時代の歌だけである。通説がいう二〇三三番歌を天武九年（六八〇）作とする年代推定の異常さがわかるだろう。なお、二〇三三番歌の前に配列された一九九六番歌から二〇三二番歌までの三七首の七夕歌は、人麻呂の若い時代の歌だとする説もある。しかし、それを認めたとしても三七首が二〇三三番歌と同時代に制作されたものであれば、次に述べるような不都合がある。

天武九年（六八〇）から養老八年（七二四）までの間には、天武九年作とされる二〇三三番歌を詠った人麻呂の他に、七夕歌を詠った人物の確かな例が見つからない。二〇三三番歌に続いて二〇九三番歌までに長歌二首、短歌五八首の七夕歌が記載されているが、作者も制作年代も出典も分からない。二〇三三番歌と同時代とみるべきかもしれない。であれば、天武九年（六八〇）から養老八年（七二四）までの間は七夕の歌を誰も詠わないか、採用されるほどのでき栄えの歌がなかったことになる。半世紀弱もの七夕歌のない空白期間は異常で、その間の歌とされる二〇三三番歌だけが浮いた存在となる。しかし、二〇三四番歌から二〇九三番歌は、作風などから持統以降の新しい時代の歌である可能性が大きいと思われるが、制作年代を特定できる材料が歌に見つからない。

V、二〇三三番歌を天武九年作という通説に対する疑問の根拠を、我が国最古の漢詩集である『懐風藻』の在り方から追加すれば、以下の二点を指摘できる。

第一に、『懐風藻』に七夕を詠った詩が六首ある。作者は藤原不比等、藤原房前、紀男人、山田御方《みかた》、吉智首《きちのちしゅ》、百済公和麻呂である。詩の詠われた年代、場所、どのような機会に詠われたか、などは異論も多く通説は定めがたいが、いずれも天武朝より後の持統朝か、それ以降に活躍した人物ばかりだ。掲げた人物の中に天武朝で活躍した人物は誰もいない。

第二に、①七夕詩は中国から導入された。②中国詩の影響を受けて日本の七夕詩が詠まれたことは学者間で異論がない。七夕に関する歌は中国の七夕の影響を受けた漢詩が先で、和歌はその後で盛んに詠われるようになったはず、あるいは最低でも同時代と考えるのが妥当である。③『懐風藻』に掲載された漢詩の制作年代は、すべて天武時代より新しい。なお、宮崎路子の論文「万葉集における七夕伝説の構成」に、七夕は日本の古くからの慣習で行われており、その伝統に基づいて詠われた一九九六～二〇三三番歌は、『懐風藻』の七夕詩より先に詠まれたものだと主張している点は留意しておこう（ただし、古くから日本では星を詠った形跡がない点に注意）。

以上から七夕歌（10・二〇三三）が作られた年代を安易に天武九年とは結論できない。さらに理由を述べれば、『万葉集』と同時代に編纂されたと考えられ、現存する日本最古の漢詩集『懐風藻』で詠われている七夕詩には、中国の漢詩との間に一つの共通点がある。中国の漢詩は織姫が天の川にかかる橋を渡って愛している男の牽牛に逢いに行く様子を詠う。日本の漢詩は中国の風俗習慣をそのまま取り入れて詠うために、織姫が橋を渡って愛する男の牽牛に逢いに行くことに例外はない。当時の日本の漢詩は中国の七夕詩の物まねともいえる。

対して日本の七夕歌は男の牽牛が織姫に逢うために川を舟で渡ることを前提として詠うことを原則とする。当時の婚姻形態である妻問婚という、貴族の結婚の実態を反映しているからだ。男が妻を訪ねる例外として妻が川を渡る例は、二〇八一と三九〇〇番歌があるにすぎない。短歌の二〇三三番歌の前提も男が織姫のところに出かける歌だろう。人麻呂作二〇三三番歌も時流と大きく乖離《かいり》していないとすれば、他の歌とほぼ同世代の歌、すなわち、七二四～七五四年までの歌と推測しなければならない。

以上の理由から、人麻呂作の二〇三三番歌（七夕歌）を天武九年（六八〇）作とするならば、たとえ宮地道子説を認めたとしても、他の七夕歌に比べ驚くほど突出して古い歌として配列されたことになる。

　結論として、二〇三三番歌だけでなく、三六一一番歌の制作年代にも、どこかに何かの間違いがあると疑われるのである。このように歌の並びが異常なほど不自然に配列されているにもかかわらず、通説の制作年代を六八〇年とする説に多くの万葉学者が疑念を持たなかったことは不思議である。

　一二七頁の表は巻ごとの七夕歌の詳細情報を示す。表は読者の皆さんの研究に役立つよう七夕の歌がどの巻に何首配列され、そのうち長歌は何首で、短歌は何首であったか、作者は誰で、作者の生年などと歌番号を一覧にして作成した。表から明らかに分かることは、通説によれば人麻呂の二〇三三番の七夕歌だけが他の歌に比べて異常に古いことである。多くの学者が唱えるように人麻呂が七一〇年までに死んでいるとすれば、それを前提として想定できることは三つある。

一つは、二〇三三番歌の制作年代に間違いがある可能性があること。

一つは、二〇三三番歌が後世に詠まれた歌である可能性があること。

一つは、二〇三三番歌が人麻呂ではなく別人の歌である可能性があること、
などだ。いずれも決め手がないのが難点だが、ただ明確に言えることがある。通説によれば人麻呂の七夕歌だけが突出して古く考えられていることであり、歌の配列の異常性が際立っているということである。

　表は上から、七夕歌の登場する『万葉集』の巻番号、巻の中の短歌の数、同じく長歌の数、作者名か歌集名、作者の生年〜没年、『国歌大観』の歌番号の順である。

七夕歌の登場する巻番号、短歌の数、長歌の数、作者名か歌集名、作者の生年～没年、歌番号

巻	短歌数	長歌数	作者など	生年など	歌番号
八	11	1	山上憶良	六六〇～七三三	一五一八～一五二九
	2		湯原王	天智の皇子である志貴皇子の子	一五四四～一五四五
	1		市原王	志貴皇子か川嶋皇子の曾孫の曾孫	一五四六
九	1	1	藤原房前	六八一～七三七	一七六四～一七六五
十	38		柿本人麿歌集	天武時代の六八〇年作が通説	一九九六～二〇三三
	58	2	作者不明	持統以降の七夕歌か、制作年不明	二〇三四～二〇九三
十五	1		柿本人麻呂	活躍は持統時代に限られる	三六一一
	3		遣新羅使	天平八年（七三六）のこと	三六五六～三六五八
十七	1		大伴家持	家持は七一八～七八五年の人で、最後の歌は天平宝字三年（七五九）作	三九〇〇
十八	2	1	大伴家持		四一二五～四一二七
十九	1		大伴家持		四一六三
二十	8		大伴家持		四三〇六～四三一三

注4（七五頁）

筆者も四、五歳から一一歳の頃まで住んでいた場所を約一六年後に訪ねたことがあるが、周囲一面は原始林のごとくになり、その当時にあった家や、筆者の住んでいた近所にあった建物や、お宮や、周りの畑や道路などが地上からまったく消えていた。小さかったが一つの集落が消滅していた。しかし、何も地上に昔の跡形がなくても住んでいた家や井戸や畑やお宮などの場所を間違わずに特定できた経験がある。村の消失は鉄道の廃止による駅の消滅と、一つの工場の閉鎖と、一つのダムの廃止によって大人たちの働く場がなくなり、その地に関係者が誰も住まなくなったからであった。当時は子供もたくさんいた。再訪した時は日曜日だったが一人も出会うことがなかった。歌の「聞けども」の文言から人麻呂は天智朝に出仕していなかったといわざるを得ない。

注5（一一三頁）

ここで「泣血哀慟歌」（2・二〇七〜二一二）と「或本の歌」（2・二一三〜二一六）にまつわる問題点を述べる。二つをまとめて「泣血哀慟歌」等という。これらの歌には実体験に基づく歌ではないという架空説がある。もしもこれらの歌を架空の産物とするならば大きな問題が潜んでいると考える。理由を次に述べよう。

「泣血哀慟歌」二〇七番歌から二一六番歌までを筆者は人麻呂の実体験に基づく歌と考えているが、架空の歌説も有力である。人麻呂は持統に対する挽歌はもちろん、持統の死さえ何も詠っていない。一部例外はあるものの持統から離れず同行して歌を詠っていたにしては、人麻呂が持統の死について何も詠わないことは不可解なことだ。そうであるならば、いっそのこと架空説に基づいて「泣血哀慟歌」等を架空の歌とし、詠われている妻を持統だと考えたらどうか。人麻呂は持統から遠ざけられていたために公然とは彼女を詠えなかったと想像できるので、誰にも悟られずに人麻呂が持統へ挽歌を残していたという仮説は荒唐無稽とはいえないだろう。

つまり「泣血哀慟歌」等を空想の歌というのなら、思い切ってこれらの歌は形を変えた持統への挽歌と考えたらどうかと提案したい。当該歌で詠われた妻の死んだ時期と持統の死んだ時期が近く、両者の死んだ時期が重なっているとさえ考えられる。持統の夫の天武はすでに死んで久しいが生きているものとし、夫の天武に成り代わって人麻呂が歌を詠んだとしたら、一連の「泣血哀慟歌」等はすばらしい持統への挽歌になるといえないだろうか。たとえ天武に成り代わらなくても、持統の死と無関係とは思えない内容がこれらの歌に見られる。

根拠は二一三番歌の最後が「灰而座者」（灰にていませば）と最大級の敬語で終わることにある。人麻呂の妻に身分の高い女性がいた記録はない。死者に対する歌には敬語を使うという説もあるが、敬語を使わなければならないのは身分の低い妻ではなく、持統のような身分の高い人物の死を詠ったと考えるのが自然だろう。学説の中に身分の高い采女との秘められた許されざる恋と考えるのは、歌の本文に敬語を使用しているためだろう。

人麻呂は持統の死後、一人静かに去って諸国に旅立った。まず吉備に向かい吉備で持統を偲んで「吉備津の采女の死」を詠い（2・二一七）、次に「土形娘子《ひぢかたのをとめ》を泊瀬山に火葬りし時」（3・四二八）と、「溺れ死にし出雲娘子を吉野に火葬る時」（3・四二九、四三〇）をも詠う。最後は石見の狭岑島の死人に重ねて自分の臨死の歌を詠った（2・二二〇）としたらいかがであろう。人麻呂にとって女性の死は他人ごとではなかった。何かにつけて、つい女性の死に目が向き、死者を目にするたびに思い出すのは、先ごろ死んだ持統のことばかりで、他人の死はもはや看過できなくなる。このような感情はごく自然である。もしも掲げた歌のうち年代が合わないというならば、その歌を外して考えればよいだろう。

「吉備津の釆女への挽歌」や「土形娘子を泊瀬山に火葬りし時」の歌と、「溺れ死にし出雲娘子を吉野に火葬る時」などを、作られた年代の考察や検証をまったく無視してよいならば、歌は見ず知らずの他人の死を詠ったと考えるよりも、持統を偲んで旅をしながら、人麻呂はそこで出会った女性の死を見て彼女を思い出して詠ったとする方がよい。そして最後は自らの死さえも歌にして詠んで放浪の末に病死したとするならば、人麻呂の最後として実に似合いであろう。多くの学者が人麻呂を宮廷歌人と強調するならば、なぜ持統の死に対して何も詠わない人麻呂に疑問を持たず、何も発信しないのだろうか。それが筆者には疑問だ。

　巻二が笠朝臣金村の志貴への挽歌で終わっているのは、人麻呂が長く持統の側にいながらも晩年には遠ざけられて公に詠うことができないため、死者を持統から志貴へと替え、場所も飛鳥から高圓《たかまど》に替えて詠った挽歌とも受け取れる。筆者の空想である。人麻呂が架空のことを詠う詩人として認めたい誘惑にかられるのは、架空説に立てば歌を自由自在に解釈できるからである。さすがに架空説を唱える学者も、ここまで空想を膨らませた人は誰もいない。やりすぎだと思うからか。架空説に立てば、いかなる鑑賞・解釈も我田引水のごとく自在になしうる危険が常に伴う。架空説論者は、以上のことを自覚して人麻呂歌の鑑賞・解説を行うべきであろう。

「泣血哀慟歌」は人麻呂の晩期に属する歌と考えられるので、歌はすでに現地ではなく実体験を超えて想像や虚構を交えて詠う時代の移行期に当たる時代の作である。したがって、それまでの人麻呂の作風から虚構に近い表現を持っていると感じることも不思議ではない。しかし、筆者の結論は、すでに述べたように一連の「泣血哀慟歌」は、まだ実体験の歌を詠ったものとすべきだろうということである。

二　各論（作品論）

1　「かぎろひの歌」には検討の余地があった

　『万葉集』に採録された人麻呂の歌の多くは、江戸時代からさまざまに解釈した説が発表され、素人が何かを言う余地は少ないと思われた。そのような中にあって本書では一連の「狩りの歌」

四五〜四九番歌を取り上げている。これらの歌の中で特に四八番歌の「かぎろひの歌」は、
①必ず小学校か中学校で習い、すこぶる有名な歌で現代人ならば誰でも知っている。
②歌（漢字）の訓《よ》み方が定まらず、人々を納得させる定説がなく異論を唱える余地がある。
③歌の解釈に文法的研究や国語学的研究や文学的研究などは詳細に行われているが、自然科学からのアプローチはごく一部を除き見られない。などの特徴を持っている。

　歌を理解するための基本は、何よりも歌を作者の意図したとおりに正確に詠むことが大切であろう。その意味で取り上げた歌は学説に争いがあって、まだ研究の余地が多い。論点が多岐にわたるので、一つ一つ解決しなければならない。しかもむつかしいのは論点がいずれも単独で独立して存在するのではなく、相互に複雑に絡み合って有機的な結合をしていることだ。先に、四五〜四九番歌（以下他と混同しない場合は、単に一式を「歌」という）に関わる共通事項を整理しておこう。

2　各論1——「歌」に共通する諸問題について

（1）詩の構造

『万葉集』は巻→目録→雑歌・相聞・挽歌などの区分→（時代区分）→題詞→長歌・反歌・短歌または歌→異伝→左注の順に記載されるという構造から成る。「狩りの歌」は、どのように右の区分上に位置づけられて掲載されているかを確認しておこう。

i、「歌」は「巻一」に属する。巻一の性格については四三頁以下を参照してほしい。

ii、「歌」は「目録」に「軽皇子の阿騎の野に宿りましし時に、柿本朝臣人麿の作れる歌一首幷せて短歌」と記述されている。

iii、「歌」は「雑歌」・「相聞」・「挽歌」の中で「雑歌」に位置づけられている中にある。

次の「時代区分」は巻一・巻二のみの区分で一般化できないが、持統時代に属する。

iv、「題詞」には目録と同じ文言で「軽皇子の阿騎の野に宿りましし時に、柿本朝臣人麿の作れる歌一首幷せて短歌」と記述されている。

v、最初に「長歌」（1・四五）が詠われ、続けて「短歌」が四首（1・四六〜四九）詠われている。

vi、「歌」には「異伝」がない。

vii、「歌」には意図的に省略されているのかどうか不明だが、「左注」もない。

（2）題詞・長歌・短歌の関係

詠われている当該五首の歌が「題詞」によって、いつ・どこで・誰により詠われたかが分かる。すなわち、「歌」は軽の宇陀の阿騎野で行われた狩りの際に、人麻呂によって詠われたのである。ただし、「題詞」は人麻呂本人が付したものではなく、後の人が付したといわれる。

①「歌」は同時に詠われたのか、別々の日に詠われたかの争い

四五番歌の長歌と四六番歌以下の短歌四首の間、四七番歌と四八番歌との間、四八番歌と四九番歌の間に、同じ日に詠われた歌か、別の日に詠われた歌かの争いがある。確認しよう。

イ、別の日に詠われた説の根拠

四五番歌の長歌と四六番歌以下の短歌は、別の日に作られた歌とする説がある。根拠は長歌は本来反歌を伴わなかったものであり、長歌と短歌四首は分離して見なければならない（中西進『柿本人麻呂』五八頁以下）と説明される。初期の長歌には反歌や短歌を伴わないことが普通だったからである。長歌の要約や長歌の一部を繰り返して詠う「反歌」ではなく、長歌に対して独立性の高い印象を受ける「短歌」という言葉を、四首歌の前に置いていることが注目される。

次に短歌四首の中でも四七番歌と四八番歌、四八番歌と四九番歌の間にも大きな落差があるとされる。四七番歌と四八番歌との間に落差があるという指摘は身埼壽《みさきひさし》『万葉集を学ぶ　一』（一九一頁）に見られる。落差とは「時の面でもまたモチーフにおいても完全な断絶がある」からと説明される。「時」とは四七番歌までの歌は前日の夜までの描写を詠うのに対し、四八番歌は払暁の光景（翌日の早朝）を詠っていることを指す。「モチーフ」とは日並皇子への追慕（四七番歌までの

歌）か、追慕ではなく現在の風景に仮託された内容（1・四八）を詠うかの違いをいうのだろう。

四七番歌と四八番歌に断絶があると考えるものに「四六・四七番歌の二首が長歌四五番歌の反歌として制作され……、そしてそのあと、四八・四九番歌の二首が増補され」たとする仮説（「学ぶ二」一一九〇頁）がある。理由は長歌には多くが一首か二首の反歌を伴い、例外で三首が一例（2・二二四～六）あるだけで、四首もあるのは「狩りの歌」だけである。長歌に付属した反歌は二首が普通だから四六・四七番歌と四八・四九番歌は二首ずつ別々の日に詠われているはずという。
ロ、同じ日に連続して詠われた説の根拠
四七番歌と四八番歌の関係と、四八番歌と四九番歌間の関係は二九七頁以下で詳述するので、筆者が四五番歌から四九番歌まで五首連続して詠われていると考える根拠について述べる。

四五番歌から四九番歌までは、以下に述べるとおり連続した時間的経過が見られる。最初の長歌の四五番歌で、狩りの前日に京《みやこ》の飛鳥を出発し、阿騎野に設けた狩りのための宿泊施設に到着するまでの道中と苦労を詠っている。短歌の四六番歌になって、人麻呂は軽や狩りにお供した一行が宿で寝るために横になっても眠ることができないはずだと推測する。理由を「古を思い出して」いるからとして句を終える。

四七番歌は苦労して阿騎野まで来た理由は、今は亡き「君」の形見として来たためだと述べる。「君」が誰かはまだ明かしていない。四八番歌では翌日の早朝の夜明けの様子が詠われている。眼前に見える風景は古に「君」と一緒に行《おこな》った狩りの時と同じ光景だと、あの時の感動とともにその風景を詠う。最後の四九番歌になって「君」とはすでに亡くなった日並皇子と明かされ、元気だった日並皇子と一緒にした狩りの、あの時と同じように馬を駆って出立した時間になったことを高らかに詠い、五句全体としても終える。

どの歌一つが欠けても、狩りまでの過程が分からなくなる流れで構成されている。五首間のどこにも切れ目がないから、人麻呂が狩りを終えた後で五首全体を一つの歌として、その時々を思い出しながら同時に作ったものと考えられる。今まで述べたように、時間的な経過とともに歌を詠む、もしくは詠んだ歌を時間順に配列することは、人麻呂がすでに経験している節がある。「人麻呂作歌」に時間順に並べられているものがある。このことの詳細は注10（三三一頁以下）に述べるとおりである。

次に、「人麿歌集」の七夕歌の配列などに類似の傾向があるので、それを見よう。『万葉集』全体では「七夕」と題した歌は一三二首ある。その中で「人麿歌集」の七夕歌は三八首ある。このすべてが人麻呂の歌ではないとしても、歌集と彼が深い関係にあることだけは動かない。厳密にいえば区分のむつかしい歌もあるが、三八首を四段に大きく分ければ、次のようにいえる。

最初に七月七日以前に織姫と牽牛の逢えない嘆きの歌一七首（10・一九九六〜二〇一二）を配列している。最初の歌は次のとおり。

天の川　水底《みなそこ》さへに　照らす舟　泊《は》てし舟人《ふなひと》　妹に見えきや（10・一九九六）

続けて、七夕当日の夜に二つの星が逢う様子の詠われている歌（10・二〇一三〜二〇二〇）を、八首配列している。最初の歌を掲げよう。

天の川　水陰草の　秋風に　なびかふ見れば　時は来にけり（10・二〇一三）

さらに翌日の別れを「七夕」の物語になぞらえて、思う人を詠う歌（10・二〇二一〜二〇二八）八首が続く。最初と考える歌を掲載する。翌日の朝は後の世にいう後朝《きぬぎぬ》の別れだろう。

遠妻《とほづま》と　手枕交《たまくらか》へて　さ寝《ぬ》る夜は　鶏《とり》が音《ね》な鳴き　明けば明けぬとも（10・二〇二一）

最後に、上記から抜け落ちたか、位置づけられなかったと考えられる歌（10・二〇二九以下）が五首続けてある。ここには上記三区分に配列できそうな歌もあるが、最後の歌を載せておこう。

天の川　安《やす》の川原の　定まりて　神競《こころきほ》へば　磨《と》ぎて待たなく（10・二〇三二）

歌を時系列的に配列し一つの物語を完成させる手法は「狩りの歌」と同じである。七夕歌は時系列に配列されていないとする説もあるが横に置く。大枠では時系列といえそうだからである。「人麿歌集」の七夕歌が「狩りの歌」より早い作であれば、「歌」は七夕歌の配列の経験が生かされたと推測でき、反対に遅ければ「歌」の経験が、七夕歌の配列に生かされたことになる。

②短歌四首による起承転結について

短歌四首には中国初唐で盛んに詠われだした五言絶句や七言絶句で採用された「起承転結」の形が見られると指摘されている。中国漢詩の影響と見られる。山田孝雄の『万葉集講義』に那珂道高が初めて明らかにしたと指摘して以来、大方の従うこととなった。「狩りの歌」は中国漢詩の影響による痕跡の証拠であり、中国に対抗して歌を日本独自の形式で表現した最初であろう。

このことを確認する前に起承転結の定義を確認する。「起」とは、話の導入部分を言い、これから詠う歌で伝えておくべき状況や前提などを言う。「承」とは、前の「起」を受けて話を進行させることをいう。「転」とは、話の流れを変えて発展させていくことである。最後の「結」とは、話の全体を締め括《くく》る。「集中」で短歌による四部構成は「狩りの歌」以外では次の歌群がある。

i、磐媛皇后《いはのひめのおほきさき》の天皇を思《しの》ひて作りませる御歌（2・八五～八八）
ii、弓削皇子の紀皇女を思へる御歌（2・一一九～一二二）
iii、角麿《つのまろ》の歌（2・二九二～二九五）
iv、川辺宮人の姫島の松原に……作れる歌（3・四三四～四三七）
v、柿本朝臣人麿の歌（4・四九六～四九九）
vi、大伴郎女の和《こた》へたる歌（4・五二五～五二八）
vii、大宰大監《だざいのだいげん》大伴宿禰百代《ももよ》の戀の歌（4・五五九～五六二）
viii、大伴の坂上家の大娘の大伴宿禰家持の報へ贈れる歌（4・五八一～五八四）
ix、大伴の田村家の大孃の妹坂上大孃に贈れる歌（4・七五六～七五九）
x、山部宿禰赤人の歌（8・一四二四～一四二七）
xi、大伴家持の秋の歌（8・一五六六～一五六九）
xii、紀伊国にして作れる歌（9・一七九六～一七九九）
xiii、大伴宿禰池主の来贈せる戯れの歌（18・四一二八～四一三一）

他に数件の歌があるが、作者が複数か不明なので取り上げない。明確に「起承転結」といえるのは、「狩りの歌」（人麿作　1・四五～四九）を別とすれば、後人による仮託説のあるiの磐媛皇后の歌四首と、iiの弓削皇子の紀皇女を思へる御歌と、xiiの紀伊国にして作れる歌四首くらいだろう。起承転結が典型的に見られる中国の漢詩は、我が国では中学か高校で習う中国の五言絶句で有名な孟浩然《もうこうねん》（六八九～七四〇年）の詩を掲げよう。人麻呂の活躍した頃よりも少し後に活躍した盛唐の詩人である。右から順に「起承転結」として展開されている。

春眠不覚暁　春眠暁を覚えず　春の眠りは気持ちよく、夜明けを気づかないほどだ
処処聞啼鳥　処処啼鳥を聞く　あちこちから鳴く鳥の声が聞こえてくる
夜来風雨声　夜来風雨の声　昨日の夜には風雨の音が聞こえていたぞ
花落知多少　花落《お》つること知る多少　（あの雨と風で）どれほどの花が散ったことだろうか

「狩りの歌」の五首の読み下しはすでに書いたので省略するが、全文を原文で掲げておこう。

八隅知之　吾大王　高照　日之皇子　神長柄　神佐備世須等　太敷為　京乎置而
隠口乃　泊瀬山者　真木立　荒山道乎　石根　禁樹押靡　坂鳥乃　朝越座而　玉限
夕去来者　三雪落　阿騎乃大野尓　旗須為寸　四能乎押靡　草枕　多日夜取世須
古昔念而（1・四五）
阿騎乃野尓　宿旅人　打靡　寐毛宿良目八方　古部念尓（1・四六）
真草苅　荒野者雖有　黄葉　過去君之　形見跡曽来師（1・四七）

東　野炎　立所見而　反見為者　月西渡（1・四八）
日雙斯　皇子命乃　馬副而　御獦立師斯　時者来向（1・四九）

「狩りの歌」は漢詩そのものではないので、短歌四首間に押韻は見られない。先に述べた観点から短歌の四六番歌から四九番歌の「起承転結」について見てみよう。

長歌の四五番歌は前日の早朝の出発から、狩りの予定地に到着して宿に泊まるまでを詠ってい る。次の短歌の四首が「起承転結」で詠われているかどうかの検討対象歌である。短歌の四六番歌は狩りのために設けた仮宿泊所での様子を詠う。四六番歌が話の導入部（「起」）にあたる。

続いて四七番歌は、四六番歌を受けて旅の目的を述べて、話を次に進行（「承」）させている。

さらに四八番歌では話を昨日の眠れない夜から翌日早朝の景色に展開し、時間と場面を進行させている。四八番歌は翌日のでき事を詠い、前日までと代わって日付と詠われている人物のいる場所が変わる。場所と時間を大きく転換させている。だから四八番歌は「転」に相当する。

そして四九番歌になって、それまで秘密のように隠されていた歌の主人公が、実は日並皇子であり、旅の目的が狩りだったと明かされ、続けて狩りのため馬で駆け出す瞬間までが語られて、五首全体の「結」論としている。実に見事な「起承転結」になっているといえよう。

以上のように人麻呂は長歌に続けて四首の歌を「起承転結」に関連づけた短歌として詠ってい る。彼ならば「狩りの歌」をまとめて一つの長歌として歌うこともできたはずだ。そうせずに全体を長歌一つと短歌四首に分解し、漢詩を意識して短歌を「起承転結」となるように作詞している。ここに一連の「歌」は、中国の詩の影響を受け、意識して作られたと想定できる。「起承転結」とした一連の「歌」を別々の日に詠うはずもないことは疑う余地がない。長歌の添え物であった「反歌」の名称を使わずに、「長歌」とは独立した印象をもたらす「短歌」という言葉を初めてここに使用し、漢詩とは違う日本独自の詩の形式を成立させている。

(3)「歌」にかかわる諸問題

①「歌」はいつ詠われたか

一連の「歌」が、いつ詠われたかは、「左注」を含めてどこにも書かれていない。「歌」の前後に配列された歌の年代を頼りに詠われた年代を推測する以外に手段がない。手がかりは、例外はあるが巻一は古い年代順に並べられていることにある。年代を知る資料として「狩りの歌」(1・四五以下)の前に配列された四〇番歌の「題詞」に、「伊勢国の幸しし時に」とある。伊勢行幸は『日本書紀』に持統六年(六九二)三月六日～二十一日と明記されている。以上から、「狩りの歌」は持統六年より新しい歌と分かる。「歌」が詠まれた時代の上限(古い方の限界)である。

年代の下限(新しい方の限界)は「狩りの歌」の後にある、五〇番歌「藤原宮役民の作歌」(藤原宮建設中の歌)と、五一番歌「志貴皇子御作歌」・五二番歌「藤原宮の御井の歌」(いずれも藤原京遷都後の歌)で知ることができる。飛鳥から藤原京に遷都したのは持統八年(六九四)十二月である。「一連の歌」が藤原京遷都後の歌の前にあるので、遅くともそれ以前に詠われたことになる。

ここまでの考察から「歌」が詠われた年月の候補は、持統六年から八年の間となる。さらなる絞り込みは、もっとさまざまなことを検討しなければなしがたい。

②「歌」はいつ・どこで披露されたか

「歌」を皆の前で発表される機会は三回が考えられる。一回目は狩りが終わった直後に現地で催される宴の場であろう。二回目は飛鳥に帰ってから持統など政府の高官の出席を得て、宴の席で狩りの報告がなされ、歌も披露される場合であろう。狩りを企画したのは一五〇頁以下に述べるとおり持統ならば、狩りの後に自分の出席する宴が設けられないはずはない。三回目としては、草壁の墓前あるいは何回忌かの法事の場だろう。墓前での歌の披露だ。その見込みは低いかもしれないが、その場で草壁の遺児が立派に育ったことの報告はするだろう。あるいは一回と二回目の宴を一つにまとめて行われたかもしれない。歌が発表される場は三〇六頁以下に述べる。

③歌い手の確定

歌い手は「題詞」にあるように人麻呂で間違いない。代作はありえないからだ。付された「人麿作歌」という「題詞」は、作者を決める資料として信頼でき使用できる。

④歌い手のその時の立場・地位は

歌い手の立場を示す記事は、どこにも何も書かれていない。どのような立場で人麻呂が狩りに参加したか、なぜ軽の傍にいて歌を詠っているかについても書かれていない。不明である。

（4）詠われた人物は誰か

詠われている人物は、長歌の題詞に「軽皇子」の名が出ているので軽は決まりだろう。「狩りの歌」の最後の四九番歌に「日並皇子」と詠われている。したがって、日並皇子が詠われていることも確実である。持統も登場するとの考えもありうる。根拠は「京《みやこ》」の前に置かれた言葉として「やすみしし　わご大君　高照らす　日の御子　神ながら　神さびせすと　太敷かす　京」とあり、当時の京を治めていた天皇は持統だったからである。しかし、持統まで意識して歌に読み込まれているとする必要性は認められないので、五首の「歌」に詠われた人物は日並皇子と軽皇子の二人だけでよいであろう。問題は二人をどのように詠っているかだ。次第に明らかになる。

①「日並皇子」とは誰か

天武の息子たちへの尊称は『万葉集』で人麻呂によって以下のように詠われている。

軽には「高照らす　日の御子」（1・四五）、弓削には「高光る　日の皇子」（2・二〇四）、長にも「高光る　わが日の皇子」（3・二三九）、新田部には「高輝らす　日の皇子」（3・二六一）とされる。作者未詳だが「藤原宮の御井の歌」（1・五二）は、持統を「高照　日皇子」とする。高市は『万葉集』の歌（2・一九九）本文ではなく、題詞に「高市皇子尊」とある。持統紀十年七月条で高市は死後「後皇子尊」と称されるが、「日並」の名は使われていない。

ところで「日並皇子」の登場には先例がある。『元興寺縁起《がんごうじえんぎ》』によれば敏達の即位前の呼称で、「日並四皇子」と書かれている（多田一臣「阿騎野遊猟歌を詠む」）。『万葉集』の例を探すと一一〇番歌の題詞で草壁は天皇になってもいないのに敏達に用いた「日並皇子尊」と称され、他の皇子とは違う高い位の尊称で呼ばれている。以上から四九番歌の「日並皇子」は、すでに死んでいるが草壁で間違いないだろう。草壁皇子の尊称の推移は二七八頁以下で述べるので参照されたい。

②軽皇子はその時何歳であったか

『日本書紀』には軽の年齢は何も書いていないが、生まれた年は天武十二年（六八三）とされる。そもそも狩りがいつ行われたかが争いになっており、狩りの年に軽が何歳であったかは不明である。軽の狩りを行った時期を確定した後に年齢を推定する以外に方法がない。年齢は狩りが行われた年月日を確定した後で検討する。主な学説は一〇歳か一一歳だという。

③系図による関係性の確認

軽は天武と持統の孫で、草壁と阿閇《あへ》皇女（後の元明）の子である。後に藤原不比等の娘宮子と結婚して首《おびと》皇子（後の聖武）が生まれる。持統と阿閇は天智の異母姉妹である。したがって、軽は天智の孫でありながら同時に曾孫になる。とても複雑な関係を持つため軽中心に系図で示す。

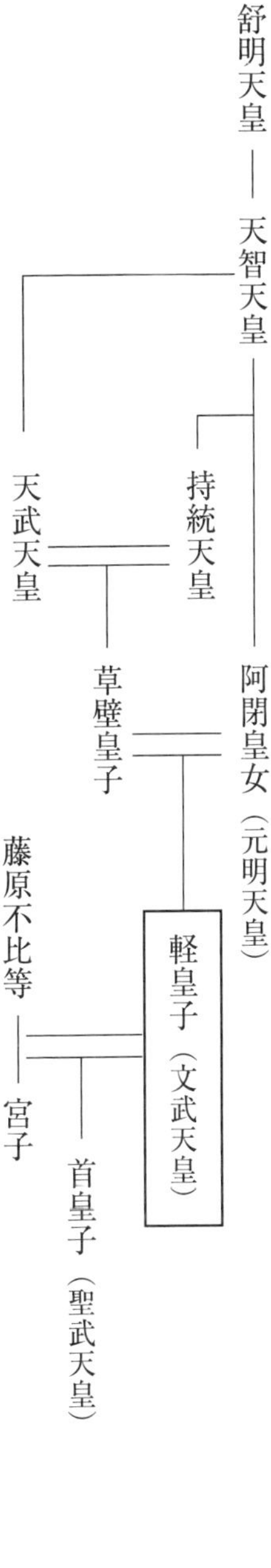

（5）類似の言葉を参考にする場合の、文献の採用基準と優先順位

人麻呂の歌の訓みを決めるために同一語または類似の言葉が、どのように他の文献に使用されているかを取り上げる場合がある。「歌」に詠われた言葉の訓みを適切に行うためには、「歌」の作者（人麻呂）や詠われた時期に近い資料の使用例が適切と考える。そこで、その時に何を取り上げ、何を取り上げないかの基準を明確にし、かつ、あらかじめ重視する文献に順位をつけておこうと思う。「一連の歌」で用いられた言葉の同一語と類似語は以下の順で参考例としている。

i、『万葉集』の「人麻呂作」とされる八四歌に出現した言葉
ii、『万葉集』の「柿本朝臣人麿歌集」にあるとされる歌に出現した言葉
iii、『万葉集』の右の二つ以外の歌に出現した言葉、『万葉集』の目録、題詞、左注の言葉
iv、飛鳥・藤原京時代と平城京時代前期に属する木簡・宣命文の言葉
v、『古事記』『日本書紀』に詠われている歌、本文に出現した言葉
vi、『懐風藻』の漢詩、『風土記』に出現した言葉
vii、初唐期の中国の漢詩、『文選《もんぜん》』『芸文類聚《げいもんるいじゅう》』に出現した言葉
viii、『続日本紀』の歌・記事本文、「皇太神宮儀式帳《こうたいじんぐうぎしきちょう》」（八〇四年成立）に出現した言葉
ix、『古今集』『新古今集』の歌に出現した言葉
x、『新撰字鏡』（八九八～九〇一年編）、『類聚名義抄』（一一世紀～一二世紀編）に例示された言葉
xi、『源氏物語』『伊勢物語』『日本霊異記』『今昔物語集』などに出現した言葉
xii、その他の文献に出現した言葉

たとえvii以降を考察の参考にしても、その用い方を単独で訓みの根拠とすることは避けている。当時の言葉の使い方の変遷は、同じ言葉でも使われる意味内容と表記の変化が大きいからである。やむを得ず使用する場合は注意深く慎重にすべきと考える。学説には上記のような基準を論じたものはないが、ほぼ同様の基準で参考にしていると考えられる。この時代は漢字で日本語を書き表そうとした初期で、同じ言葉に対して表記の多様性（表記例は本書三〇頁にあり。『万葉集』は多様な表記が多い）の他に、呉音から漢音（唐時代の標準的な発音）への移行があり漢字の訓みも流動的で固まっていない。本書に登場する「宇陀」と「兎田」は同じであり、「阿騎野」と「安騎野」・「吾城」も同じ地を指す。同じ漢字でも中国語と大和言葉で意味が一致するわけでもない。『日本書紀』の神功皇后のエピソードに登場する「年魚《あゆ》」は「鮎」をいい、中国では「鮎」は「ナマズ」だ。i〜xiまでの文献のすべてを抽出して検討するのではなく、i〜viまでの順で探しても例が見つからない時や、事例として不十分と考える場合にのみ、vii以降を探す姿勢で臨みたいと考えている。大半がi〜viまでの探索で終わるであろう。

3　各論2──「歌」を理解するための前提事項

（1）狩りについて

「歌」に詠われた「狩り」についても多くの論点がある。主なものを述べよう。

①狩りをした阿騎野とはどういう場所か

天武と持統と草壁にとって阿騎野は、天智から隠棲と称して逃れた吉野に次いで重要な場所＝聖地であった。宇陀郡大宇陀町の狭い範囲を阿騎野といった。現宇陀市大宇陀である。宇陀は、

i、飛鳥など大和地方から伊勢などの東国へ抜けるための要衝地であった。

ii、宇陀の阿騎野の地は古代神話と深い関係のある場所であった。

今日でも宇陀の阿騎野に在る阿紀神社の南方の小丘陵地を「高天原」と呼んでいる。また、この地は『記紀』神話によれば神武が大和入りをした時の通過地であった。神武は九州の日向から瀬戸内海を経て大和に入る最終段階で、宇陀において勢力を張るエウカシとオトウカシの兄弟に遭遇し、恭順した弟のオトウカシの協力を得て反抗する兄のエウカシを滅ぼして、大和入りを確実にしたという肝要な場所であった。その後、神武はさらに宇陀から忍坂を経て、なお抵抗する勢力を滅ぼしながら畝傍に向かい、畝傍山の麓の橿原宮で即位したとされる。

天武と持統は伝わる神話を強く意識していたと思われる。天武が神武を特別な天皇と考えていた節は、天武紀元年七月条に見られる。壬申の乱の戦闘の重大局面において臣下である高市県主《たけちのあがたぬし》の許梅《こめ》が神がかりし、事代主神と生霊神になって「神武の墓に馬と兵器などを献上せよ」というお告げを述べる。天武はお告げのとおり墓に品々を献上して戦いに勝利している。

iii、宇陀は古くから聖なる地であった。

宇陀地方とは以下に述べるとおり古くから聖なる特別な地と認識されてきた場所でもあった。

『古事記』の崇神条に「宇陀の墨坂神に赤色の縦矛を祭り」と出てくる。皇極紀三年三月条に菟田《うだ》山で巨大なキノコを採って煮て食べたところ香ばしくて美味く、食べた者は病なく命が長かったとある。天武紀二年四月十四日条に、宇陀の隣にある泊瀬を大伯皇女が伊勢神宮の斎宮として赴《おもむ》く際の禊斎《けさい》場に選び沐浴《もくよく》したとし、「大来皇女を天照太神宮に遺侍《たてまだ》さむとして、泊瀬斎宮に居《はべ》らしむ。是《ここ》は先づ身を潔《きよ》めて、稍《やや》に神に近づく所なり」とある。大来皇女とは天武の娘で大伯皇女のことである。天武は壬申の乱でアマテラスを祀る伊勢神宮の支援のおかげで戦に勝利できたとし、そのお礼として大来（伯）皇女を伊勢神宮に派遣したものである。

『万葉集』一三七六番歌に「宇陀の真赤土《まはに》」とある。「赤土」は朱の混じった土であり、朱とは水銀朱である。宇陀地方は水銀（丹沙）の産地で、水銀の鉱山跡は今でも宇陀地方のあちこちに現存する。水銀は中国の神仙思想の影響を受けて、日本でも中国と同じく不老不死の薬とされる。『日本霊異記』上巻十三話に宇陀の地の山谷の野草を食べて天女となる話がある。天女は日本、中国、インドなどで語られる伝説上の女性で、天空に住み天帝などに使える美しい女官をいう。

このように宇陀の阿騎野は、昔から聖なる地とされて有名であった。

iv、宇陀の地は古くから皇室の狩場だったらしい。神武紀に宇陀の狩猟の歌が登場し、推古紀十九年（六一一）五月五日条に兎田野の薬猟が出てくる。兎田野は宇陀郡榛原町足立だという。

v、天武紀元年六月二十四日条に、阿騎野は壬申の乱で天武と持統が吉野を脱出して最初に休憩した場所として出現する。同行した草壁は、時に一一歳であった。

vi、天武紀九年三月二十三日条に、天武の兎田《うだ》の吾城《あき》行幸の記事がある。目的が狩りであったかは記載がないので分からない。通説は草壁も同道したとされる。事実かどうか確かめようがないが、事実とされている。

vii、草壁が自身の健在な時に狩猟を行った場所であった。

草壁が阿騎野で狩りをしたと分かるのは四九番歌（日並の　皇子の命の　馬並めて　御猟立たしし時は来向かふ）と、「草壁への挽歌」の次の歌（舎人による二三首の挽歌の中の一首）によってである。

　褻《け》ころもを　春冬片設《ときかたま》けて　幸《いでま》しし　宇陀の大野は　思ほえむかも（2・一九一）

四九番歌の草壁の狩りと一九一番歌に詠われた日の狩りが同じかどうか確認できないが、四九番歌は草壁の狩りを意識していると思われるので、両歌には深い関係があると認められる。

以上のごとく宇陀の阿騎野は、神武をはじめとし天武・持統・草壁にとって特別な場所、聖地であった。今また、軽にとっても阿騎野は聖地になろうとする場所である。

②狩りは誰の発案で行われたか

狩りが誰の発案で行われたかについて、発案者の候補として三案が考えられる。第一に、持統に命じられて、第二に、草壁の舎人であった者たちの発案により、第三に、軽の個人的な発案によってである。それぞれ個別に見ていこう。

i、最初に軽の個人的な発案によって、について考えよう。

軽が単独の判断とすれば、亡き父を偲んで狩りを行いたいと言い出したのであろう。父親を想う気持ちの表れかもしれない。亡き父の思い出の地で狩りを行うことは、現代では墓参りを兼ねて故人との思い出の行事を再現することと同じだろう。しかし、数え年で一〇歳や一一歳程度の子供が、このような大事は思いつけないだろう。したがって、ⅰの可能性は薄い。

ⅱ、草壁の舎人であった者たちの発案により狩りを計画した、を検討しよう。

舎人のことは大宝元年（七〇一）に制定された「大宝律令」を改正して定められた「養老令」の規定に痕跡が残っている。「大宝律令」を引き継いだとされる天平宝字元年（七五七）に施行された「養老令」の東宮職員令には、東宮舎人の数は「六百人」とある。東宮とは皇太子のことで、草壁は正式に皇太子には就いていないが、ほぼ皇太子と同等の待遇とされていた。

草壁の死んだ時には、まだ「律令」が未完成のため舎人の数はこれほど多くはないかもしれないが、少なくない人数が草壁の周りに仕えていたと思われる。父親の草壁に仕えていた舎人が、父の死後に息子の舎人に採用されることは自然である。実際のところ草壁に仕えていた者の多くが、そのまま軽の舎人として採用されていたのだろう。

草壁に仕えていて軽の舎人として採用された者たちが中心となって、草壁の三回忌などの法要の際に言い出したか、または彼らが新しく他の高官の舎人となり、あるいは諸役に就いてバラバラになる前に、故人の思い出の場所で狩りをしようと言い出した可能性がある。その中には純粋に故人を懐かしんで狩りを行いたいと思った者もいただろう。中にはこの機会を利用して軽を担ぎ出し、将来の天皇にしたいと考えて参加した者もいたかもしれない。

軽が七歳の時の持統三年四月に草壁は薨去《こうきょ》している。その死から何年も経ってからでは、草壁に仕えていた大勢の舎人が軽の狩りのお供をすることは困難だろう。舎人たちが言い出したとしても軽を担ぎ出し、狩りのスタッフなどの準備は大変で、まだ権力のない彼らだけの力で行うことは到底できないイベントと思える。また、草壁の舎人がそのまま軽の舎人にならず新しい主人に仕え、あるいは、別の役職に就いていたとすれば休暇を一斉にとる必要があるので、これも困難ではないだろうか。舎人の力だけで大掛かりな狩りを計画・推進することは無理で、誰か有力な後ろ盾があったとみるべきであろう。

iii、最後に持統に命じられて狩りを計画した、を検討しよう。

持統は自分の後継者として軽を皆に認知させたいと強い希望を持っていたと思われる。いつの日かに何かをしようとチャンスを狙っていたのではないか。その日とは次のような日だ。

㋑息子の草壁が一一歳で経験した壬申の乱と同じ体験（阿騎野での野営）をさせたい。軽が草壁と同年齢となる一一歳が最良のチャンスだ。一五二頁の表から持統七年がその年となる。

㋺アマテラスに自分をなぞらえていた持統が、孫の軽をアマテラスの子孫で自分の唯一の後継者と皆に知らしめるには、狩りのように多くの人々が参加する行事は都合がよい。

㋩行事はアマテラスが天岩戸から登場した日のように太陽の力が最も弱くなった日、つまり、冬至に近い日が望ましい。その日はアマテラスの再生日だからである。冬至の日の行事は新しく誕生するアマテラスと、孫のデビューを重ね合わせることができる。そうすれば、その日はアマテラス＝持統の子孫である軽が持統の後継者として誕生する日ともなる。
㊁狩りを行うとすれば壬申の乱以来、皇室の狩場や軽の祖父の天武や父の草壁とゆかりの深い阿騎野が好都合だ。特に阿騎野は草壁が生前に狩りをしている場所で、季節は冬であった。
㋭行事には歌の巧みな人物を同行させて、軽が草壁の後継者であり持統の唯一の地位継承者＝皇位継承者であると高らかに詠わせたい。それには歌のうまい人麻呂が最適だから彼を同行させて歌を詠わせることにしよう。そして出来上がった歌を皆の前で披露させよう。

このように持統が考えていた時に、舎人たちから草壁生前の思い出の地の阿騎野で狩りをしたいと発案があり、持統がのって実現した可能性がある。あるいは持統単独の発想かもしれない。いずれにしても持統が命じなければ狩りは実現できないと思うが、彼女だけが言い出したとしても実現までには多くの課題があったであろう。軽の狩りはやはりただ事ではない。以上の仮説について、いずれも確たる証拠はない。すべて筆者の推測である。歌から冬の情報が得られる。

狩りは草壁の死後の早い時期に計画されたのだろう。軽が即位した年は持統十一年であり、時に一五歳。狩りは軽が天皇に即位する前のでき事であった。したがって、狩りの候補年を幅広く採れば、右に述べたことから草壁が死んで（持統三年四月）から軽が天皇に即位（持統十一年八月）までのでき事となる。すなわち、持統四年～十年の間の冬に狩りが行われたことになる。

次の表は持統四年～十年の間の和暦、和暦を換算した西暦、草壁の死からの経過年数、その時の軽の推定年齢を一覧にして作成した。軽が狩りをした日を推測するための参考とされたい。

和暦	西暦	草壁の死からの経過年数	軽の推定年齢
持統四年	690年	1年	八歳
持統五年	691年	2年	九歳
持統六年	692年	3年	一〇歳
持統七年	693年	4年	一一歳
持統八年	694年	5年	一二歳
持統九年	695年	6年	一三歳
持統十年	696年	7年	一四歳

③狩りに出かけた目的は何か

軽が阿騎野に出かけた目的は何か、についてもさまざまな異説がある。ランダムになるが、可能な限り列挙してみよう。

ⅰ、皇室で行われていた恒例行事の狩りを行うため

ⅱ、亡き父の草壁にゆかりのある地で、父の追慕や鎮魂としての山籠もりをするため

ⅲ、皇太子としての神聖な資格を新たに得るため

iv、皇位継承者の資格を有することを皇族や臣下や人々へアピールするため
v、皇祖の天神祭祀の聖地＝伊勢神宮と連なるアマテラスの聖地（阿騎野）で行う祭式として
vi、神武・天武・草壁と続く阿騎野の土地にまつわる伝承を人々に周知させ、特に壬申の乱の際に草壁がこの地で休んだこと、後に阿騎野で狩りをしたことを再確認させるため
vii、狩猟の場を祭式の場とし、成年式を行うため
viii、聖地で得られた獲物を食して、獲物に籠もる霊魂・地霊を身につける呪儀《じゅぎ》のため
ix、人々に軽の軍事的威容や宮廷秩序の整った姿を見せるため
x、獲物をたくさん獲ることで、軽の徳や神聖性を人々に顕示するため
xi、政治目的のため

まず、iの狩りのため、すなわち、鷹狩・薬草狩り・獣（鹿・猪）狩りから考察していこう。五月に行われる薬狩りは皇室恒例の行事となっていた。狩場で女は薬草を積み、男は鹿狩りをしている。現在でも阿騎野には薬草園があり漢方薬が作られている。鹿の角は春先に自然に落ちて生え変わるが、男の鹿狩りは生え変わった若角（袋角）を求めた。若角はかげ干しにして鹿茸《ろくじょう》という補精強壮剤にするらしい。四五番歌の歌詞によれば、狩りは「み雪降る」と詠われているので雪の降る可能性のない旧暦の五月に行われる薬狩りではないだろう。

秋には鹿や猪などの獣狩りが行われていた。獣狩りには女性は参加しない。この狩りにも女性の参加した形跡がないので獣狩りであろう。獣狩りは目的の一つに違いない。ところで冬に行わ

れる獣狩りの例は古文書の記録にはない。吉永登（『万葉—その探求』現代創造社）によれば『日本書紀』の神宮皇后から天武時代までの四、五月に行われた薬狩りを除いた記事を調べた結果、実施月は八月：一回、九月：四回、十月：四回、二月：三回、三月：一回であった。『万葉集』に詠われた狩りは、三月：一回、九月：一回、春：一回、秋一回である。長い皇室の歴史の中で旧暦の十一月から一月までの間に狩りが一度も行われていないことは記録で明らかである。

しかし、鷹狩は冬が主らしい。冬は木の葉が落ちて見晴らしがよくなり、獲物の隠れる場所が少ない。農閑期で百姓の仕事の邪魔にならず、作物の成っている畑を荒らさないで済む。大型の渡り鳥が来る季節で獲物が多い、との理由かららしい。確かに冬は鷹狩に適している。この頃にはすでに鷹狩が行われていたから、鷹を持参していた可能性は高いだろう。本題と関係のある中山正實が軽の狩りの風景を描いた有名な「阿騎野の朝」の絵には鷹が描かれている。

以上から、狩りが冬の鷹狩りの可能性はあり得るが、狩りだけが目的でないことも確実である。なぜなら、歌に狩りを行うまでの道程の記述は具体的だが、実際の狩りの様子がまったく詠われていない。そのため狩りにどのような意味を持たせるかで多様な見解が生じている。

iiの草壁追慕のため、あるいは鎮魂のため、を考察しよう。亡き父がかつて狩りをして楽しんだ地を偲び、親を思う孝心から行う。この側面はあり得ただろう。歌に軽が古を思う気持ち＝故草壁（父）を偲ぶ気持ちの満ち溢《あふ》れていると感じ取れる部分がある。なお、草壁が葬られた墓は阿騎野から遠い飛鳥の南であり、墓とは無関係の場所で鎮魂行事を実施することになる。

iiiの皇太子としての神聖な資格を得るために行ったという説を検討しよう。軽が実際に皇太子になったのは狩りが行われてから数年（四年から五年）も後である。狩りから立太子までの時間差がありすぎるので、狩りに資格取得の目論見があったかどうかは否定的とならざるを得ない。

vの皇祖の天神祭祀の聖地＝伊勢神宮に連なるアマテラスの聖地（阿騎野）で行う祭式という理由は、論者の考えすぎではないだろうか。

viiの狩猟の場を祭式の場として成年式を行ったとする説を考えよう。軽が立派に育って大人になったことを祝う意味が考えられる。成年式のような趣旨がなかったとは断定できないが、寒い冬の時期にわざわざ行う程ではあるまい。しかも成年とするには軽の年齢が若すぎる。成年を祝う方法には結婚や後の元服の儀式など、別に効果的に行う手段がある。成年式の理由で実施された可能性は低いだろう。

viiiの聖地で得られた獲物を食して獲物に籠もる霊魂・地霊を身につける呪儀と、xの獲物をたくさん獲ることで軽の徳や神聖性を人々に顕示する説を検討しよう。獲物をたくさん獲り、狩りで得た獲物を食べることは、獲物に籠もる霊魂・地霊を身に振りつける呪儀という呪的含意があるらしい。しかし、歌に獲物を獲得した場面が何も詠われていないので、これは主目的外だろう。

ix、人々に軍事的威容や宮廷秩序の整った姿を見せる方法は、別の有効な手段があり、人里離れたところで行う狩りが妥当とは思えない。別の有効な手段とは、例えば、盛装した軽が推古時代に中国の使者の裴世清《はいせいせい》を迎えたコース（海石榴市から飛鳥京まで）で軍事パレードを行う方が、都から遠い地での狩りよりどれだけ効果的か。狩りを行う単独の理由としては弱いと思う。

xi、政治目的についてと、狩りの目的の結論。

誰も指摘していないが、学者の多くが狩りをしたと唱えている持統六年から七年は、どのような時期かを考えるべきと思う。狩りの実施年代は『日本書紀』の記事によれば、藤原京遷都のための工事が盛んに行われ、進捗状況を確認しに持統が何度も藤原の地に行幸している時期と重なる。藤原京の建設は天武によって開始された。天武の都建設の目的は、支配領域の拡大と天皇中心の中央集権的国家の運営のため、狭くなった都の飛鳥を移転し広い地に都を造ることと、ひいては天武の後継者である草壁のために新しい都を造ることだった。

草壁が死んだので、建設目的は変更せざるを得なくなった。新しい都と宮殿の建設は草壁のためから、新たな意味づけを行う必要性が求められ、持統の孫の軽のためへと変質した。持統六年と七年は、狩りを実施した六年説、七年説のどちらにも都合がいい。狩りの時期と、藤原京の建設工事の盛期と、持統が藤原の地へ盛んに行幸している時の三つが重なるからである。

持統が藤原京建設の進捗状況を見に行幸し、地鎮祭などを実施させた年月は次のとおり。

持統四年十二月　第一回藤原京に行幸
持統五年十月　第一回地鎮祭を行う。この年に諸王・諸臣へ藤原京内に宅地を班給
持統六年一月　第二回藤原京に行幸
持統六年五月　第二回地鎮祭を行う

持統六年六月　第三回藤原京に行幸
持統七年八月　第四回藤原京に行幸　　この間のいずれかで狩りを行っている
持統八年一月　第五回藤原京に行幸
持統八年十二月　飛鳥から藤原京へ遷都

藤原京への第三回行幸（持統六年六月）から、同八年一月の第五回行幸（持統八年一月）までの間に狩りが行われているとすることは重要で、この行幸と狩りは無関係ではありえないだろう。

政治目的とはivの軽が皇位継承者の資格を有することを皇族や臣下や人々にアピールすること、すなわち、草壁の唯一の息子で、持統と血の繋がった正統な皇位後継者の第一位と宣言することであろう。viの神武・天武・草壁と土地にまつわる伝承を人々に見せるためという説には、壬申の乱の際に草壁が阿騎野で休憩したことと、その後に阿騎野で狩りを行ったこととを結びつけて、今回の狩りを計画したという主張も含められる。四五番歌には「日の皇子」や「神ながら」などと古い伝承を詠っていることから、この点を目的としたことはありえただろう。

ivの説の弱点は持統六年や七年段階では、軽が皇太子になれるか未定の時期で、どうして皇太子に就けようかと持統が思案している段階である。実際に軽が皇太子になるのは阿騎野の狩りから四年から五年も後になる。皇位継承資格者としてアピールするために狩りを行うのは、立太子から四、五年も前では時期が離れすぎる。疑問を解く理由に以下のものがある。

軽は幼いために前例ではまだ皇太子にはできないはずだ。ところが何のためと誰のための藤原京の建設かを考えるならば、答えはすでに出ている。持統が建築している藤原京は、軽が新天皇になった時の都と宮殿にするためであった。都と宮殿の建設工事が進み、目鼻のついたところで何らかの行事をすることは効果的だろう。持統は冷静で計画的で用意周到に事を進める人物だから、その行事が阿騎野の狩りであったと考えたらいかがだろう。狩りと藤原京の建設を結びつけて考えるのは無理がない。政治目的があったと想定すれば狩りの行った候補年は、藤原京の建設を計画して盛んに行幸や地鎮祭を行っている持統六年か七年が有力となる。なんと狩りの実施日は後に遷都を実施した日と同じ冬至の頃に時期を一致させている。実に持統は思慮深い。

以上の中で、iii、v、vii、viii、x以外はどれもありうるが、いずれも単独の理由としては弱い。多くの学者は単独ではなく、各種の理由を総合して狩りの目的としている。従いたい。

有力説に〔宮廷の狩猟は人々に「見せる」ために行われた。それは軍事的威容や宮廷的秩序の整ったさま、また、幸の多きことを以て天皇や皇子の徳や神聖性を顕示するものでもあった〕(「橋本」五〇頁)がある。これはivの軽が皇位継承者の資格を有することを人々にアピールするためや、ixの軍事的威容や宮廷秩序の整った姿を見せることや、xの獲物をたくさん獲ることで軽の徳や神聖性を人々に顕示するためを含む説と考えられる。この説には皇位後継者であることをアピールすることと、皇位資格を獲得するためとは、ニュアンスが異なるので後者は含まれていない。すなわち、iiiの軽が皇太子としての神聖な資格を得るためは含まれないと考えられる。

理由を一つにまとめる必要はない。軽の狩りの主目的はxiの政治目的で、i、ii、iv、viなどが複合していると考えられる。さまざまな思惑が重なって狩りが計画され実施されたのだ。

（2）狩りは何月何日に行われたか

軽の狩りがいつ行われたかを考える前に、草壁がいつ阿騎野で狩りをしたかを考えよう。軽の狩りの実施日を考えるための大事な資料となるからである。ところが、草壁がいつ阿騎野で狩りをしたかの記録や資料は何もない。したがって、得られる材料から推定する以外にない。

①草壁が狩りをした年月日はいつか

草壁が生前に阿騎野で狩りをしていることは、すでに述べたとおり、四九番歌と一九一番歌（一四八頁に掲載している）の歌詞内容から確実である。

一九一番歌で「春冬」を「とき」（時）と訓んでいる。「集中」に同じ表記がないか探したが、なかった。この歌特有の表現らしいが、一度ならず春と冬の狩りに出かけたことを二文字で表記し、口で言う時は「とき」と詠ませるという高度なテクニックを用いていると考えられる。

さらに「集中」に「春夏」・「春秋」・「夏冬」・「秋冬」の組み合わせがないか、あるとすれば、どのように訓まれているかを調べた。「夏冬」の例が一つだけ見つかった。一六八二番歌の原文は「常之倍尓　夏冬往哉　裘　扇不放　山住人」。読み下しは、「とこしえに　夏冬行けや　裘《かはころも》　あふぎ放たぬ　山に住む人」である。「夏冬」の訓みは「なつふゆ」で、翻訳は「永久に夏と冬が過ぎるから、冬の毛皮の衣も夏の扇も放さないのか、山に住む人よ」であろう。作者は人麻呂で忍壁に贈った歌だとされ、「人麿歌集」にあると左注（実際はずっと後の左注）にあった。

「春冬」を「とき」と訓むならば、作者が同一人だから同じ連想で「夏冬」を「とき」と訓んでもよいように思うが、やはり「なつふゆ」でなければならない。夏に必要な扇と、冬に使う毛皮が出現するからである。しかし、二つの季節を同時に表現しようという意図は読み取れる。「夏冬」の訓みが「とき」ではなく「なつふゆ」で、文字も「春冬」ではなく「夏冬」としていて違うが、両者とも二つの季節をいうのだろう。なお、四〇〇三番歌にある「布由奈都登」も「冬夏と」と詠めるが、ここでは一年中という趣意であり「とき」とも読まない。

一九二番歌から草壁は一度ならず阿騎野で狩りを行ったと考えられるが、ヒントは人麻呂が参加していることだ。草壁は天武の死の前に阿騎野へ狩りに出かけ、人麻呂も参加していたと推定できるが、歌を残していないので天武時代の晩期までは歌人としては活躍していないとせざるを得ない。この点はすでに述べた。人麻呂は、天武中期までは草壁の側に仕えず、早くても晩年の頃、あるいは持統の最初期に持統により才能を見出されて草壁の側に仕えたと考えるのが適切だろう。草壁は持統三年に死んでいる。以上から草壁が行った狩りの候補年月は以下のとおり。

天武十三年十一月十六日（六八四・一二・三〇）　注：有力候補日として残る
天武十四年十一月十六日（六八五・一二・二〇）　注：有力候補日として残る
天武十五年十一月十六日（六八六・九・九に天武が死亡）　注：以下の理由で除外される
持統元年十一月十六日（六八七・一二・二八）　注：以下の理由で除外される
持統二年十一月十六日（六八八・一二・一六）　注：以下の理由で除外される

天武十五年（朱鳥元年）九月は天武の死んだ年月で、その冬は狩りの計画どころではない。持統元年は持統が皇位継承（称制）した年であり、持統二年は天武の葬儀を行うことや、権力の安定化を図るために多くのことを企画・実行しなければならなかった年である。天武の葬儀は『日本書紀』によれば殯宮行事が二年三カ月にわたって行われている。葬儀の中心は草壁が出席して取り仕切っていたことも明記されている。持統元年と二年は持統と草壁にとって葬儀や皇位継承に伴う諸行事に忙しすぎて、狩りを実施するどころではない。以上から天武十五年と持統元年と二年は狩りを計画し実行したとする年の候補から外れる。残るは二つである。検討は後にする。十一月十六日は、この段階で確かな根拠があるわけではない。後の検討を待って正式に決めるべきだが、後の結論（本書一六六頁以下と二六四〜二六五頁）が十六日のため、先取りして採用した。

②軽皇子が狩りをした可能性の大きい年はいつか

草壁の死んだ年（持統三年四月十三日）に息子である軽の狩りを計画しないのは当然である。狩りを実施した年には有力な三つの説がある。一つは持統六年（六九二）説。次は持統七年（六九三）説。最後は持統十年（六九六）説である。

最初に十年説から見ていこう。この説は皇太子になる直前の持統十年（六九六）こそが狩りを実施するにふさわしいという。確かに持統の後継者としてアピールした熱が冷めないうちに、軽を皇太子にするというストーリーは面白い。しかし、十年説は、巻一と巻二の歌の配列が年代の古い順に並べられているという想定に反する。巻一と巻二の二つの巻は丁寧に古い順から歌が並べられているので、それを間違いだという根拠のないことが大きな欠点となる。

持統十年説ならば軽の狩りの出発地は飛鳥板葺宮ではなく、飛鳥から遷都（持統八年）して移り住んだ藤原宮とするのが順当と考えるが、四五番歌の「京」は飛鳥京であろう。ここからも十年説の不都合が考えられる。後に別途（一七二頁）十年説の不都合の理由が加わる。

持統六年か七年かを決めるのは、どちらもあり得るので簡単ではない。しばらく結論を持たずに軽が阿騎野で狩りをしたと推測できる年を検討していこう。

持統は草壁の死の八カ月後の持統四年一月一日に、称制をやめて正式に天皇に即位している。草壁の殯期間（『日本書紀』の記事によれば持統はほぼ丸一年間で、文武の場合は五カ月）は自粛し、軽の狩りを計画したのは殯の期間が過ぎたからであろう。父の殯期間が終われば息子である軽が殺生を伴う狩りも行えるだろう。以上から、狩りを行った候補は持統称制の四年を候補に含めてよいことになる。逆にいえば持統元年から三年までの称制中は候補から外すべきだとなる。

「狩りの歌」の年代を『万葉集』での歌の配列から推測してみよう。「歌」の前に配列されて作歌年代が記載されているものは、巻一の三九番歌にある左注である。左注には持統が吉野に行幸した年月が、持統三年正月、八月、四年二月、五月、五年正月、四月とあって「いまだ詳らかに……作れる歌なるかを知らず」と書かれている。一番古い年の行幸は持統三年正月で、先の結論と合わせて最も古く見積もれば、狩りは持統三年以降の実施だと候補を絞ることができる。

三九番歌の次の四〇番歌の題詞に「伊勢国に幸しし時に、京に留まれる柿本朝臣人麿の作れる歌」とある。持統が伊勢に行幸した年は『日本書紀』にあり、持統六年である。人麻呂は現地に同行せず、飛鳥にあって歌を詠んでいる。四〇番歌の題詞から軽の狩りの年はそれ以降となる。そこで、狩りをした候補年は持統三年以降から、さらに六年以降へと狭まることになる。

四一・四二番歌は四〇番歌とともに詠んだ人麻呂の歌だ。四三番歌もこれらと同じ時の歌である。四四番歌も持統に従駕した石上大臣の作れる歌として記載されている。この時は有名な諫言事件が起こっている。事件とは以下のようなエピソードである。

持統六年（六九二）三月六日に持統は伊勢に向かって飛鳥を出発したと『日本書紀』に明記されている。三月六日は有名な中納言大三輪朝臣高市麻呂の諫言《かんげん》事件があった三日後である。事件とは持統が伊勢への行幸直前に、高市麻呂が今は農繁期のため天皇が行幸すれば準備や応接で民が困るので、伊勢に行くべきでないと諫言した。出発予定日（三日）にも役職をかけて諫《いさ》めている。

持統は高市麻呂の諫言を無視して出かけている。諫言は出発を三日遅らせたにすぎない。『日本書紀』に記載されただけでなく、四四番歌の左注にも事件が記述されている。したがって、四四番歌は持統六年三月六日の伊勢行幸に際して詠われた歌だと推定できる。以上から、四〇番歌から四四番歌までの歌は、すべて持統六年の伊勢行幸に関連した歌だということができる。

すなわち、四〇番歌から四四番歌までが四五番歌以下の一連の「歌」の前に配列されているので、四五番歌以下の歌は持統六年以降の歌だと確定できる。続く五〇番歌左注に朱鳥七年（持統六年）八月か翌年正月の行幸、五二番歌に十二月の藤原宮遷都後の姿が書かれている。ここから確実にいえることは四五番歌以下の歌が持統八年以前の歌と推測できることである。

四五番歌には「古思ひて」とあり、「古」とは十年ひと昔と言われるような古いものではなく、草壁の死から長い年月が経っていないという含意の言葉だろう。根拠はこの狩りに同行した主力が、草壁に仕えていた舎人たちであったらしいことにある。四六番歌に「阿騎の野に宿る旅人」は「寝もやらめやも」、つまり、眠れなかっただろうと推量し、原因が「古念ふに」と詠っている。昔を偲ぶ者は草壁を知らない、新しく軽の舎人になった人物たちではない。「古」を偲ぶのはかつて草壁の舎人だった人間以外には考えられない。であれば、狩りの日は以下の条件内にある。

狩りをした年は草壁の舎人たちが彼の死後に解散し、新主人の下でなじんでしまわない程度の時間的な経過の範囲内でなければならない。おそらく、狩りを行った年は、草壁の死から一〇年以内と考えるのが適切だろう。もしも狩りが彼の死から一〇年以上も昔のこととなれば、草壁の狩りが行われたのは軽が生まれた時か、生まれる前となってしまう。軽の生まれる前に行われた草壁の狩りでは、軽にとって縁もゆかりも薄くなってしまう。

以上の理由によって「歌」は持統六年か七年までの作となる。まだ月と日にちの決定には至らない。次の検討によらなければ決められない。

③軽皇子が狩りをした年月日の決定―冬至との関係

持統、ひいては軽にとって、どうしても十一月（現代の暦では一二月）のある日（冬至）に行わなければならない理由があった。それは以下の理由である。

ｉ、持統には夫とともに近江を逃れて吉野に隠棲（草壁も同道していた）し、さらに吉野を脱出した時の苦労を軽に体験させたいという強い希望があった。近江を逃れた季節は初冬である。

ⅱ、草壁の狩りも冬に行われていた。それも軽に体験させたかった。「歌」の四五番歌に「み雪降る」とあり、狩りの日は冬であったことを強く推測させる。

ⅲ、アマテラスが天の岩戸に引きこもり、神々の工夫により再登場するのは冬至の時期であった。持統は自分の行う行事を神話のアマテラスが天の岩戸から登場した時期と一致させ、天皇家の起源神話と結びつけたいと常に思っていた。冬至は持統にとって特別の日で、後に寒いその時期をわざわざ選んで藤原京に遷都（六九四年一二月三〇日）していることで分かる。特に四八番歌の発句《ほっく》の場面はアマテラスの登場（神話）を象徴するシーンに重なるとさえ考えられる。すなわち、四八番歌の「東の野にかぎろひ」とは、アマテラス→神武→天武→草壁→軽と続く皇位継承の正統性を高らかに宣言しようという、持統の意図を十分に反映した詞に他ならない。

ⅳ、四五番歌に「み雪降る」とあり、旧暦の十一月（新暦では一二月）下旬（冬至の頃）ならば列島の南に位置している奈良といえども、山で囲まれた盆地にある阿騎野で雪の降る可能性が十分にある。歌詞のとおりである。筆者は冬至の日に宇陀の真西に位置する藤原宮で吹雪を実際に体験（二一一頁参照ください）している。旧暦の十二月（新暦では一月）では寒くて狩りにならない。旧暦の一月は皇室の行事も多く忙しい点に留意したい。狩りを行う余裕などないであろう。

以上の考察で草壁が実施した狩りの日は、旧暦の十一月でほぼ確定したといってよい。問題は旧暦の十六日である。日付の決定は次の検討の結果によって明確になる。

第一条件―アマテラスの天の岩戸からの登場と、草壁の狩り日と、軽の狩りの日とが冬至の日で一致すること。さらに満月に近く旧暦では同じ日が望ましい。夜に行動するには月明かりが必要で満月ならば最高だ。狩りの準備は前夜までに行わなければならないが、そのためには獲物を驚かす松明《たいまつ》ではなく月明かりが必要不可欠だろう。満月後の月は晴れていれば夕方から夜明けまで煌々《こうこう》と地表を照らす。年は違えども旧暦の同じ日であれば、月の形や月の出没位置がほぼ一致することに留意しておきたい。なお、旧暦の十五日は満月の日である。

持統が意識していたアマテラスの天の岩戸からの登場神話は詳細な検討を必要とするが、論証を省略し結論だけを述べれば、冬至の日（現代の暦で例年一二月二一日から二二日頃）のでき事である。草壁が狩りをした年の有力候補日は、天武十三年十一月十六日（六八四・一二・二〇）と、天武十四年十一月十六日（六八五・一二・二〇）の二つであった。二つの候補の中で、冬至の日により近いのは天武十四年の方である。ここで天武十三年説は冬至を大きく過ぎているため、狩りの候補にするには根拠が弱い。

ところで天武時代に狩りをした候補年を探すのは慎重にすべきだろう。なぜならば、天武時代は仏教思想の普及によって動物の殺傷を禁じる風潮が高まり、天武紀四年（六七五）四月十七日条によれば、毎年四月から九月末は肉食禁止と狩猟を禁止しているからだ。四月から九月は農繁期でもあり、農繁期に狩りを行うと民に負担を与える恐れがあったが、十月から翌年の三月までは禁止対象外であった。冬の狩りは禁止されていない。鷹狩りは冬に行われていたらしい。牛・馬・犬・猿・鶏は食べてはならないとされた。牛・馬・犬・鶏の食肉禁止は、農耕や人に役立つ動物だからだろう。猿を禁止した理由は分からない。鹿や猪や鴨や雉《きじ》や兎《うさぎ》は禁止されていない。

天武五年（六七六）八月十七日には「放生令《ほうじょう》」が出されている。法令は捕まえた動物や魚や、飼っている鳥などを生きたまま野に放つ行事である。「放生令」が出てからは大規模な狩りは約一〇年間を自粛期間と考え、ほとぼりの冷めた頃として天武十三年と十四年を狩りが行われた候補に加えた。天武十五年は天武の死んだ年であり、狩りを行う候補から除外した。なお、天武の死から八年後の持統七年九月十日に持統は無遮大会《かぎりなきをがみ》を内裏に設け、夢に出てきた天武を歌で詠って偲び、一区切りつけている。同七年十月以降であれば天武とのけじめは終わっている。

第二条件―草壁の年齢と軽の年齢が近いか一致すること。

草壁が吉野を脱出し阿騎野で休息した時の年齢は一一歳であった。この時の草壁の年齢一一歳と、軽が狩りをした時の年齢が重なることは重要だと考える。年齢は数え年をいう。有力候補年の軽の年齢は以下のとおり。条件を満足するのは持統七年のみである。

持統六年十一月十六日（六九二・一二・三二）…軽一〇歳

持統七年十一月十六日（六九三・一二・二二）…軽一一歳

持統十年十一月十六日（六九六・一二・一八）…軽一四歳

第三条件―そもそも狩りを何の目的のために行うのかを考えるならば、すでに述べたように藤原宮の建設と密接な関係がある頃でなければならない。それは持統六年か、七年であった。

第四条件―狩りが行われた日の日の出の時間と、その時の月の位置（仰角）の関係。日の出または「かぎろひ」が見える時間に月が山に沈んでしまうか、月が空の真上にあったのでは歌詞との整合性が取れない。狩りの時に山々に沈もうとする月が見える必要がある。

すでに述べたところで確立した四つの条件を簡単に要約すると次のようになる。

㋑、神話のアマテラスの天の岩戸からの登場日の冬至に近いこと。かつて行われた草壁の狩りの日と、今、阿騎野で行われようとしている狩りの日の、両者の旧暦の月日が一致すること、

㋺、近江朝の大友軍と戦うために天武・持統に連れ立って吉野を脱出した時の草壁の年齢と、軽の狩りをした日の年齢がともに一一歳で一致すること、

㋩、藤原京建設の最中であること、工事の最大のピークは遷都の一年から二年前であろう。

㊁、狩りの日は満月に近く、日の出の時間に月が山に沈もうとしていること、なかでも日の出と満月に近い月の入りが、夜明け頃に東西で同時に見えなければならない点は重要である。この風景こそ一連の「歌」で歌い上げようとした最大の見せ場である。

各候補日の月の形は「ステラナビゲータ10」によれば、次頁のとおりであった。なお、持統六年十一月十七日は中山正實説である。持統六年十一月十六日とは一日違いであるが、月の情報で一日の違いは、実は非常に重要で大きい差となるので無視することができない。そこで持統六年十一月十七日も検討対象として取り上げることにした。

和暦	西暦	日の出の時間	月の入りの時間	月の形
天武十三年十一月十六日	六八四年一二月三〇日	七時六分	九時〇五分	満月から二日後
天武十四年十一月十六日	六八五年一二月二〇日	七時三分	九時三四分	満月から三日後
持統六年十一月十六日	六九二年一二月三一日	七時六分	八時一一分	満月から二日後
持統六年十一月十七日	六九三年一月一日	七時六分	八時五四分	満月から三日後
持統七年十一月十六日	六九三年一二月二一日	七時四分	八時四〇分	満月から三日後
持統十年十一月十六日	六九六年一二月一八日	七時三分	九時四五分	満月から四日後

以上に述べた四つの条件のすべてが、偶然によってか、あるいは意図的にしても整合的に一致するか、または四条件に近い日が、草壁の狩りをした日と持統が軽の狩りを計画した意図に最も近い月日だと推測できる。実際に四条件がすべて一致することが偶然に起こる確率は非常に低く、通常はありえないだろう。狩りの日は人為的に計画されたと考える以外にない。

では、上記の複数の条件を満足できる日が実際にあるだろうか。あるかどうかを調べるために、草壁と軽が狩りをしたとされる有力候補日の、日の出の時間・月の入りの時間・六時から七時の間の月の見え方（仰角）を一覧表にしたものが次頁の表である。

	狩りした候補の年月日	日の出の時間	月の入りの時間	7時頃の月の仰角
草壁の狩りの候補	天武 13.11.16 684.12.30	7：06	9：05	○、6時の月は少し高い。7時○
	天武 14.11.16 685.12.20	7：03	9：34	○、6時の月は高い 7時○
	天武 15.11.16 686.12.9	6：56	9：36	同上 7時○
	持統元.11.16 687.12.28	7：06	9：19	同上 7時○
	持統2.11.16 688.12.16	7：00	9：25	同上 7時○
持統の狩りの候補	持統6.11.16 692.12.31	7：06	8：11	○6時の月は丁度よい
	持統6.11.17 693.1.1	7：06	8：54	○、6時の月は少し高い。7時○
	持統7.11.16 693.12.21	7：04	8：40	同上 7時○
	持統 10.11.16 696.12.18	7：02	9：45	△7時でも月の位置はやや高い

注：月は1時間に15度くらい東から南へ、さらに西に移動していく。西には高い山々があるので、月は仰角10度前後で山に沈む。日の出の時間は山の影響で10分程度遅くなり、月の入り時間は逆に同程度早くなる。

前頁の表から東から昇る日の出の時間の前後に、月が西の山々へ沈もうとするのは、草壁が狩りを行ったと推測される有力候補の年月日の中で、天武十三年か天武十四年に絞られていたが、さらに候補を絞ることができる。天武十三年十一月十六日は有力な候補日だが、冬至からはやや離れているので、他に有力な候補日があるならばそちらを優先すべきであろう。

天武十三年十一月七日が冬至（一二月二一日）である。ここで冬至から離れた天武十三年十一月十六日は候補から外れる。軽が狩りを行った可能性のある持統六年説と持統十年説は、軽の年齢と草壁の年齢の不一致に問題があり（ともに一一歳の条件を満たさない）、冬至の日から遠いこと、日の出の時に月が西の山に沈もうとする条件を同時に満たさないので除外されることになる。

天文情報を入手した「ステラナビゲータ10」により、中山の唱える「陽光」説の持統六年十一月十七日（六九三・一・二）も検討しておこう。その前に中山の唱える同六年十一月十七日を西暦に換算した日は、正確には六九二年一二月三一日ではなく、六九三年一月一日である。最新の情報との一日の違いを指摘しておきたい。なお、阿騎野・人麻呂公園にある人麻呂像の顔と体は北向きだが、南向きの方が日の出と月は見やすかったはずだ（二六四頁ⓔの最後の二行参照ください）。

六九二年一二月三一日の日の出は七時六分、月の入りは八時一一分。六時の月の高さ（仰角）は丁度よいが、七時ならば月は山に隠れてしまう可能性がある。中山画伯の「陽光」説にいう持統六年十一月十七日（六九三・一・二）における六時頃の月の位置は、少し高いが詠われている風景に適合し、七時頃の位置は程よい高さに見える。月の形は満月から三日目の姿である。

持統六年十一月十七日説は、これらの点では合格だ。他の日を候補にする場合も同様に、日の出の時間とその前後の月の位置は確認すべきだろう。中山説の不都合は持統六年十一月十七日の六時前には「かぎろひ」は起きないし、たとえ見えたとしても狩りのできる日の出まで一時間以上も間が空くことである。その間は軽と人麻呂は何をしていたのだろうか。

さらに中山説の不都合は、狩りの日が翌年の一月一日となり、冬至の日（一二月二〇日前後）から離れすぎていること、また、軽の年齢が一〇歳となり、草壁が吉野を逃避して東国に向かう際に阿騎野に立ち寄った年齢の一一歳と一一歳の差が生じること、などの問題を持つ。

右の四つの条件をすべて小さな誤差の範囲内で満たす年月日の有力候補だけが、最終的に残ることになる。天武十四年十一月十六日と、天武七年十一月十六日だけが、各条件を十分に満足していることが分かる。このような情報を一七〇頁の表から読み取っていただきたい。

以上をすべて考慮するならば、草壁の狩りの日は天武十四年十一月十六日が最も妥当であり、軽の狩りの日は持統七年十一月十六日が最も適切といえることになる。

（3）飛鳥から狩場の宇陀の阿騎野への道順

都のあった飛鳥から宇陀の阿騎野までの道順はいくつか案が論じられているが、どのようなルートを辿《たど》ったかは断定できない。四つのルートがあるらしいが、筆者はパソコンの画面上で辿るしかなかった。東側に位置する道から順に、四つのルートの概略を示そう。

一つ目のルートは、早朝に飛鳥を出発→山田道→香具山の東→桜井→外山《とび》→泊《はっ》（初）瀬《せ》→吉隠《よなばり》

↓榛原《はいばら》↓内原《うちはら》↓阿騎野の阿紀神社あたりに到着した案が現代の地図で辿れる。出発日は十五日の満月の朝であった。行程は約五里（二〇キロメートル）程度で道路事情は良いと思われる。四ルートの中では最も遠回りだが、冬至の頃の日没は早いので道路事情が良いことは大切だろう。筆者は桜井駅から榛原駅までは電車で、榛原駅から阿紀神社まではタクシーを使って辿った。

二つ目のルートは、早朝に飛鳥を出発し忍坂《おっさか》までは同じ↓忍坂↓狛峠《こまとうげ》・岩坂↓内原↓阿騎野の阿紀神社へのルートがあるようだ。ルートは道路があるので地図上で辿れる。

三つ目のルートは、早朝に飛鳥を出発し桜井↓外山↓忍坂↓狛峠↓岩坂の先で右折し↓岩室方面に向かい↓阿騎野の阿紀神社へのルートである。このルートも道路があって地図で辿れる。

四つ目のルートは、早朝に飛鳥を出発し桜井までは同じで、桜井↓外山↓忍阪を右折し↓栗原《おうばら》↓女寄峠《みよりとうげ》または半坂↓岩屋↓阿騎野の阿紀神社へのルート。こちらのルートは道路があるかどうか分からない山道を通るのだろう。おそらく最も近道と思われる。

最後の二つは途中に険しいところがあるらしいが、現地を踏破していないので詳しいことは分からない。他のルートの可能性もあることを頭の片隅に置いておこう。ただ、歌の内容からは開拓された広い道路ではなく、険しい四つ目のルートか、その周辺を通ったのであろう。

飛鳥京から狩りをした狩場の阿紀神社付近までの道程は、地図がなければとても理解ができないので、概要と全体像を示そうと思う。筆者がパソコンで手書きの地図を描いた。縮尺や地名などの位置は厳密ではないが、おおよその位置が分かればよしとしていただきたい。

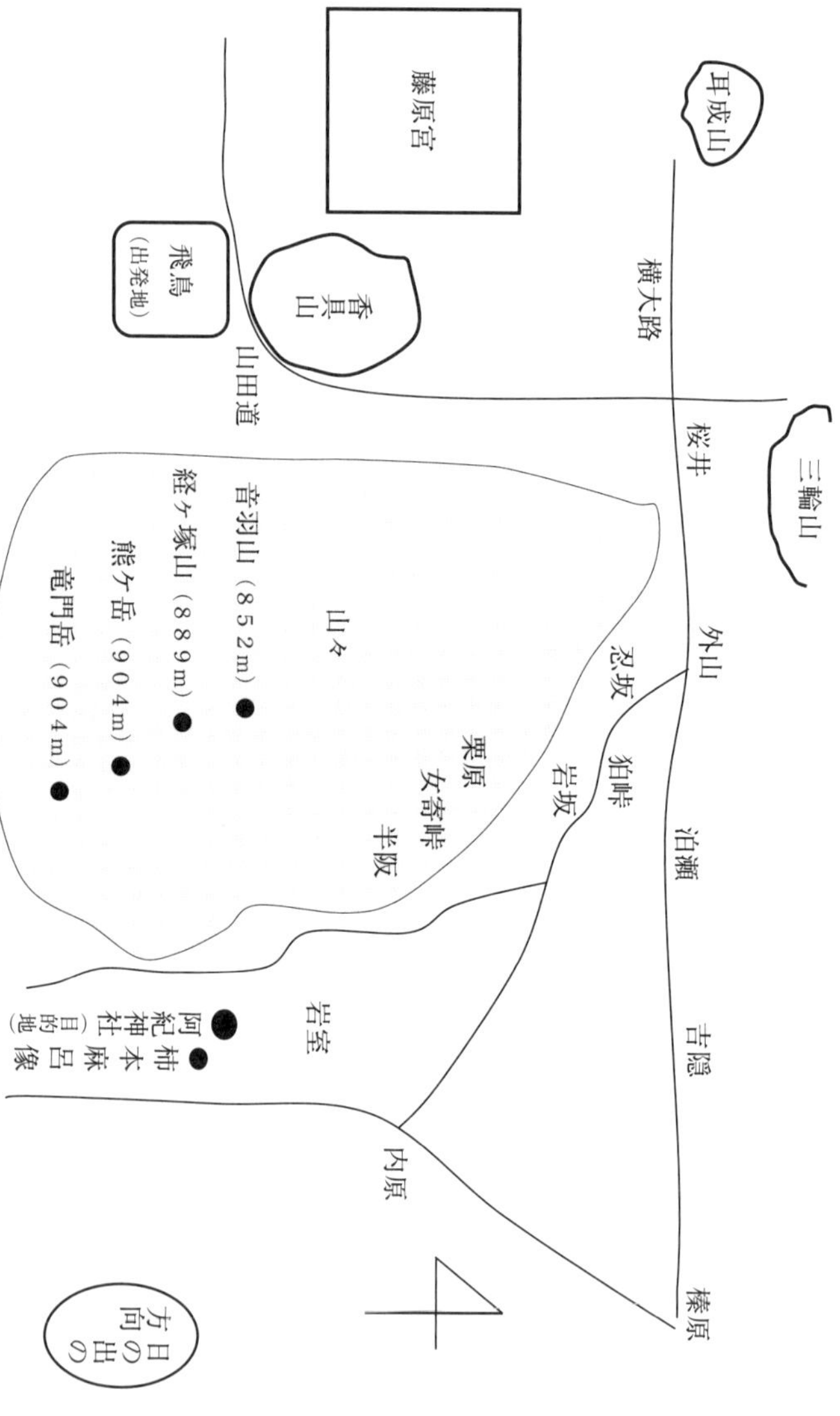
耳成山
藤原宮
横大路
香具山
飛鳥（出発地）
山田道
桜井
三輪山
音羽山（852m）
経ヶ塚山（889m）
熊ヶ岳（904m）
竜門岳（904m）
山々
外山
忍坂
粟原
女寄峠
半阪
岩坂
狛峠
泊瀬
岩室
阿紀神社（目的地）
柿本人麻呂像
吉隠
内原
榛原
日の出の方向

（4）歌は現地で詠った歌か、別の場所で詠った歌か

昔から今日まで人麻呂に限らず、詩人は必ずしも歌を作った現地で歌を詠まなければならない決まりはない。歌が『万葉集』としてまとめられる前代までは歌垣に典型的に見られるように、歌は現地で作り即興に応じて詠うことが主であった。しかも文字が普及していない時代にあっては、歌は口から口へと伝えられていた。ただし、例外として作者が歌を作詞した現地で詠ったとしても、後に人々に愛されて現地以外の場所で詠われることは、おおいにあったであろう。

人麻呂の頃は作詞した場所で、即興で詠うことから現地とは別の場所で推敲して作歌するまでの過渡期にある。本人により現地で詠われた歌ではないと疑われた最初は、有間皇子の自傷歌（2・一四一〜一四二）からとされる。人麻呂の歌にも題詞に「伊勢国に幸しし時に、京に留まれる柿本朝臣人麿の作れる歌」（1・四〇）のように、はっきりと現地に出かけないで詠ったとする歌がある。また「高市への挽歌」のように夏の戦いを冬に行われた戦いのごとき表現をした歌もある。このような場合に限らないという学説もある。代表的には「石見相聞歌」（2・一三一〜一三七）や、想像歌説のある「泣血哀慟歌」（2・二〇七〜二〇九、2・二一〇〜二一二）などは、（人麻呂の実体験を反映したものではなく、物語性がつよく現れており、（作詞された場ではなく：筆者）宮廷社会の場で披露された創作歌であった可能性が高い）（多田一臣『柿本人麻呂』一〇八頁）とされる。

古代のことは現代のように携帯電話による写真やビデオや防犯カメラなどのような映像や、多くの人の実見録のような記録もないので、実際に現地で詠ったことの証明は簡単ではない。歌が

同時代の文献に残っていることは少なく、たとえ文献があったとしても、そのまま信用し採用しては間違いを犯すリスクが高いので、文献批判を経なければならない。

古代では多くの歌は現地の作成された場で発表されたと思われる。しかし、歌を作成した場で発表しても、それをすぐに記録に残すことはなかったと思われる。だから「吉野行幸の従駕歌」（1・三六～三九）のように公的な儀礼歌や、額田王の「あかねさす」（1・二〇）や、「阿騎野の遊猟歌」（1・四五～四九）のように、行事を終えた後で開かれる宴席で披露されたとされる歌など、行事参加者以外を含む人々の前で公開されたらしいと判明するのは珍しい。

作者が現地に出かけても、作詞したその場で詠わず後になって詠い、あるいは現地に行かずに現地を想像して歌を詠む場合があった。人麻呂の歌にも同様の例があるので、歌は常に現地に行かずに想像を交えて詠んだとする余地が生ずる。しかし、現地で詠った証明は困難を伴うが、現代は科学技術の進歩によって地理や天文の情報などは正確に把握できる。これらを精査して、現地で詠ったとしか考えられない程度の確かな証拠は把握すべきであろう。

後の世代に属している家持の「春の野に　霞たなびき　うら悲し　この夕かげに　鶯鳴くも」（19・四二九〇）のごとき誰かに見せ、または、どこかで発表することを前提に作った歌ではない歌（独詠歌といわれる）はまだない。後の『古今集』や『新古今集』になれば、発表を意識せず、はっきりと個人的な体験を離れて作者の想像や空想などで創られた世界を詠うようになる。

人麻呂の時代をどのように捉えるかによって、人麻呂の歌の解釈も大きく異なった説が提出されている。すなわち、実体験など自分の身の回りに起きた狭い世界について、現地で公開を前提に作詩していると考える人から、もはや個人的な体験を超えて現代人と同じく、文学として詩人として（時には机上で）作詩しているとの前提で人麻呂を理解する人まで幅広い。だから時には人麻呂の歌は正反対の解釈にもなるのである。

筆者はやや前者に傾いているが、すべてを現地で作詩した歌と限定したものではない。また、いくら空想を詠う詩人といっても時代を超えることは容易なことではない。あらゆる箇所で時代が顔を出すと考えている。筆者は現地に行かずに作詞したと明記された歌と人麻呂の晩年の歌の他、特別な理由がない場合は、すべて人麻呂が現地で作詞し公開で詠っていると考え、現地で詠うことを前提の上で作詩していると考えることにした。学説には時代の特徴をどのように捉え、その上で人麻呂の歌をどの程度現地を離れたところで詠う詩人として把握しているかの表明がない場合が多いので、論者の人麻呂歌の解釈について一貫性を持って理解しようとすると、分かりづらいという難点がある。ただし、些細な点で例外があるのは常であることに留意したい。

問題をさらに複雑にしているものがある。天武によって歌を詠う者や楽器のうまい者が集められて、歌手や演奏のプロや代作者が登場したことである。プロとは他に収入の手段を持たず、詠うことや楽器の演奏だけで収入を得て生活していく人々を指す。過渡期には作詞のうまい者と、権力はあるが歌作りにはたけていない者ができるのも自然であろう。

作詞のうまい者が他人の代作で歌を作ることはありえただろう。さきがけとして有名な歌詠みは額田王を挙げうる。人麻呂もそのような一人だろう。山上憶良もそうかもしれない。人麻呂は代作を一歩進めて、歌い手から明確な依頼がなくても他人になり切って現地に行かずに作詞することもあっただろう。代作が盛んであれば、現地に行かずに詠うようになることは、すぐそこだ。現地歌と虚構歌との境界の見極めはむつかしいが、筆者は人麻呂の頃はまだ現地に行かず、代作することまでが限度と考えている。ただし、少しの例外があるのは常のことであると留意したい。

後の山上憶良や山部赤人や大伴家持の頃になって少し自由に空想し、現場から離れて別の場所であたかも現地にいるかのごとく作詞するようになる。ここまでくると、さらに進んで歌手と演奏のプロに続いて作詞のプロの発生は必至と思うが、自由に空想し虚構の世界を現実のように作詞し、それだけで生活の糧を得るプロの作詞家が登場するのは、ずっと後まで待たねばならない。

以下に展開してゆく各論は、人麻呂が他人になり切って作詞することはしても、現場を超えて自由に空想して作詞するまでには至らない時代の人物であったとする立場からの立論である。

4　各論3――歌の表記と訓みに関する諸問題

四五番歌以下の具体的な内容に入る前に、もう少しだけ残された問題について述べよう。

（1）表記の確定――略体歌と非略体歌――

『万葉集』に記載された「人麿歌集」にあるとされた中には略体歌と非略体歌という、二つの方法で書かれた歌が残されている。本書で取り上げている四八番歌は助詞・助動詞などの文字を省略しない非略体歌で書かれているが、一部に文字の省略があるとされる。

かつては「人麿歌集」を人麻呂の若い頃の歌集だと位置づけ、略体歌は古い表記方法と捉えていた。すなわち、日本語の表記は略体歌から非略体歌へと推移したと。ところが地中から木簡が大量に発掘され、漢字を使って日本語を表記するのは必ずしも論者のような経過・発展をしていないことが証明されるに至って、この説は姿を消した。早い段階から文字を省略せず一字一音で表記されたことが確実となったからである（犬飼隆『木簡から探る和歌の起源』一一・二頁以下）。

阿蘇瑞枝の「人麿集の書式をめぐって」（『万葉』第二十号　昭和三十一年七月）で問題提起されて以来、「略体歌」と「非略体歌」の用語が定着して用いられるようになった。内容は阿蘇瑞枝の大著『柿本人麻呂論考』（おうふう）に詳細に論述されている。以下の歌の例示は氏の論に展開されている例を引用させていただいている。

①『万葉集』の表記例

略体歌の典型には次の例がある。最短の歌はわずか一〇文字で詠われ、阿蘇は三例を掲げている。最初に記載されたものは次の歌で、他に二四四七番歌と二四五三番歌がある。

年切　及世定　恃　公依　事繁（11・二三九八）

読み下し文は、「年きはる　代《よ》までと定め　恃《たの》めたる　君によりてし　言《こと》の繁けく」

省略された文字は、送り仮名や助詞とされる傍線を引いた部分である。訓みはすべて「中西」

によっている。

非略体歌としての適切な例が阿蘇の著書に発見できなかったので、筆者が独断で探して見つけ出した。挿入された助詞などの文字は、傍線を引いた部分である。

左散難弥乃　志我能大和太　與杼六友　昔人二　亦母相目八毛（1・三一）

読み下し文は、「ささなみの　志賀の大わだ　淀《よど》むとも　昔の人に　またも逢はめやも」である。漢字を二四文字も費やす。語尾の変化や助詞などのすべてを表記し、後の一音一文字で表記される一歩手前といえよう。奈良時代の歌を収めた巻五・巻一四の多くは一音を漢字一字で書かれている。次第に「山」「川」「海」など誰でも読める文字を除き、一字一音の万葉仮名で記述され、後の巻一四では「山」は「夜麻」、「川」は「可波」、「水」は「美豆」、「道」も「美知」などとも書いて、いよいよ平安時代の万葉仮名表記に近づいている。

②『古事記』『日本書紀』『懐風藻』・木簡・金石文《きんせきぶん》の表記例

四つの書と木簡・金石文は、『万葉集』とほぼ同時代の文章として位置づけることができる。この頃から日本語が盛んに漢字で書かれるようになったので、どのように漢字を使って日本語が表記されているかを例示しておこう。

イ、『古事記』の例（引用箇所は『古事記』西宮一民編による）

序文は立派な正格漢文だが、本文は変体漢文といわれる文章で書かれている。一見、漢文のごとくに見えるが、日本語として読まれるように色々な工夫がされた文章といえよう。代表的には

『古事記』本文の出だしの文を例示する。

天地初發之時於高天原成神名天之御中主神（注：傍線は筆者）

文中に「之」や「於」を挿入している点が『万葉集』に類似している。しかし、傍線部の読み下し文はさまざまで、七通りほども学説がある。学者間で微妙なところで訓みに違いがある。それほど訓みがむつかしいということだろう。西宮説の一例のみを示す。

天地《あめつち》初《はじ》めて発《おこ》りしときに

『古事記』に記載されている歌は、全部で一一二首（学説により一一三首）ある。その最初に記載されている歌は、次のとおりである。原文には、区切りの空白がないことに注意ください。

原歌：夜久毛多都　伊豆毛夜幣賀岐　都麻碁微尓　夜幣賀岐都久流　曾能夜幣賀岐袁

読み下し：やくもたつ　いづもやへがき　つまごみに　やへがきつくる　そのやへがきを

歌は助詞などを省略せずに一字一音の万葉仮名で書かれている。

ロ、『日本書紀』の例（引用箇所は『日本書紀』⑴坂本太郎他校注による）

中国に見せても恥ずかしくないようにと立派な正格漢文で書かれているが、全体で三〇巻にもなり、巻によっては和習と言われる日本風の訛《なま》りが見られる。出だしの原文を示す。

原文：古天地未剖、陰陽不分、揮沌如鶏子、溟涬而含牙

読み下し：古《いにしへ》に天地《あめつち》未《いま》だ剖《わか》れず、陰陽《めを》分れざりしとき、溟沌《まろか》れたること鶏子《とりのこ》の如《ごと》くして、溟涬《ほのか》にして牙《きざし》を含《ふふ》めり。

右の原文は日本語の助詞などを省略した漢文そのものといえる。
『日本書紀』に記載されている歌は一二八首ある。最初に記載されている歌は次のとおり。
原歌：夜句茂多菟　伊弩毛夜覇餓岐　菟磨語昧爾　夜覇餓枳都倶盧　贈廼夜覇餓岐廻
読み下し：やくもたつ　いづもやへがき　つまごめに　やへがきつくる　そのやへがきゑ
『古事記』に取り上げたと同じ歌だが、同じように万葉仮名で書かれていても、『日本書紀』の方が明らかに画数の多い、むつかしい漢字を用いていることが見てとれる。
ハ、『懐風藻』の例（引用箇所は『懐風藻』小島憲之による）
『懐風藻』はすべて漢文で書かれている。最初の詩の一部分を掲げておこう。冒頭は壬申の乱で天武・持統軍に敗れた大友（天智の息子）の詩である。
原歌：皇明光日月　帝徳載天地　三才並泰昌　萬國表臣義
読み下し：皇明日月《ひつき》と光《て》らひ、帝徳天地《あめつち》と載せたまふ。三才並泰昌《さんさいみなたいしやう》、萬國臣義《ばんこくしんぎ》を表《あら》はす
訳：天子の御稜威《みいず》は日や月の如く照りわたり、天子の徳は天や地が万物を覆い載せるように広大である。天地人の三才は天子の徳によってすべてやすらかで盛んであり、よろずの国は来賓などして臣下たるの義（道、礼義）を表わし示す。
ニ、木簡の例（引用箇所は『木簡が語る日本の古代』東野治之による）
木簡は地方から税として送られてきた荷物の荷札のような例が最も多い。木製で丈夫な上、ナイフで表面を削れば何度も使い廻せるので便利で、削りくずは穴などに捨てられた。ナイフで削

れるような小さな木簡だから長文が少ない。今までに膨大な量が地中から発見されている。鰹節の送り状を例（前掲同書一〇五頁）に挙げよう。

原文：伊豆国賀茂郡三嶋郷戸主占部久須理戸占部広庭調麁堅魚拾壱斤

どこから送られたか、税の目的、品物の種類、送られた数量などが分かる。同様の荷札の木簡の発掘例は非常に多い。

ホ、金石文《きんせきぶん》の例（引用箇所は埼玉県教育委員会『稲荷山古墳出土鉄剣金象嵌銘概報』による）

金石文とは金属や石などに記された文字史料をいう。有名な埼玉県の稲荷山古墳から出土した鉄剣銘の例を挙げておこう。表に五七文字、裏に五八文字で合計一一五文字を刻む。

原文：

（表）辛亥年七月中記乎獲居臣上祖名意富比垝其児多加利足尼其児名弖已加利獲居其児名多加披次獲居其児名多沙鬼獲居其児名半弖比

（裏）其児名加差披余其児名乎獲居臣世々為杖刀人首奉事来至今獲加多支鹵大王寺在斯鬼宮時吾左治天下令作此百練利刀記吾奉事根原也

読み下し：

（表）辛亥の年七月中、記す。ヲワケの臣。上祖、名はオホヒコ。其の児、タカリのスクネ。其の児、名はテヨカリワケ。其の児、名はタカヒシワケ。其の児、名はタサキワケ、其の児、名はハテヒ

（裏）其の児、名はカサヒヨ。其の児、名はヲワケの臣。世々、杖刀人の首と為り、奉事し来り今に至る。ワカタケルの大王の寺、シキの宮に在る時、吾、天下を左治し、此の百練の利刀を作らしめ、吾が奉事の根原を記す也

人麻呂が登場する前から右に述べたように外国の文字である漢字を用いて、さまざまな形で日本語として読めるよう工夫した文章が遺されている。本書で取り組む四五番歌以下も、すでに述べた時代背景の下に作られた作品と意識しなければならないだろう。

（2）訓みの確定

初めて『万葉集』が編纂された時から現代のように読めたわけではない。編纂された当初は訓めても、時間が経つにつれて訓めなくなる歌が増えていったと思われる。四五〇〇余首が今の訓み方で読めるのは、漢字で書かれた歌に後世の学者が訓みのルビを付け、誰でも読めるようにしたからである。ルビを付けることができたのは、後世になってから片仮名や平仮名が発明され、訓点の技術が開発されたからである。ルビが開発される前の『古事記』や『日本書紀』の難解な漢字の訓みは、難解字の下に画数が少なく、訓みの簡単な漢字を添えて訓みを補助していた。

①『万葉集』に訓を付けたのはいつから

『万葉集』が編纂されてから今日まで一二〇〇年以上も経過している。訓みの歴史を辿ろう。

天暦五年（九五一）、村上天皇の勅命で歌をよみ釈《と》くことが行われ、源順《したごう》によって完成した。これを古点という。その後、鎌倉時代まで少しずつ訓点が付けられたが、それを次点といった。

さらに鎌倉時代になって仙覚なる僧侶が諸本を校合し、まだ未訓として残っていた歌の、主として長歌に訓を付けた。以上でほぼすべての歌を読み下すことができるようになった。これを新点という（以上は「中西」㈠の三七頁以下にある解説「七　研究史」を要約）。

②学者の訓み

近年は上述の経過を踏まえた上で、さらに言語学上の研究などの成果の上に立って訓を付けているが、まだ訓の付け方に異論が見られ、難訓と呼ばれて今日でも訓みの定説が得られていない歌がある。九、一四五、一五六、一六六、六五五番歌など多数ある。

③文法上の検討

どんな言葉にも一定の法則がなければ言語として成立しないことは当然で、古代の言葉の文法がどうであったかは、当時の言葉から後追い的に研究するより方法がない。

イ、当時の文法はどういうものか

『万葉集』が編まれた時に、今日のような文法があったわけではない。当然ながら国語表記が定められてもいなかった。養老四年（七二〇）十二月二十五日に元正天皇が漢字の読みに、呉音（まだ元正時代には呉音という言葉を使っていない。間違った読みと言っていた。後に次第に呉音と言われるようになった）を禁止し、漢音に統一しようとしたことがあった程度である。中国の新しい標準語の発音に統一しようとしたのである。漢音には、日：ジツ、男：ダンなどがある。

その後もしばしば呉音禁止令が出されるが、生活に定着したものは一片の通達で変えられるものではなかった。今日まで生き残った呉音も多いとされる。残った呉音には、日：ニチ、男：ナンなどがあり、数も多い。平仮名や片仮名が発明され、「いろは歌」が作られ（一〇世紀末から一一世紀半ば）、「五〇音表」（一〇九三年に明覚上人が『反音作法』を作成。「五〇音表」はそれ以前のものもあるとする説がある）が作られて、我が国の言葉に法則があることが認識され、そしていつしか文法が意識されるようになったのだろう。江戸時代の本居宣長などは明確に文法を意識している。

ロ、特殊仮名遣いと『万葉集』

人麻呂が活躍した時代には、万葉仮名に用いられた文字が使い分けられていた。現代の「あいうえお」の五音の他に、イの段、エの段、オの段に二種類あって、母音が「アイウエオ」の五個ではなく八個あった。すなわち、キ・ヒ・ミ・ケ・ヘ・メ・コ・ソ・ト・ノ・ヨ・ロ・（＋モ）および、その濁音ギ・ビ・ゲ・ベ・ゴ・ゾ・ドに二種類の発音があったとされる。

例えば、「君」「時」「聞く」と書く時に用いる「キ」の文字は、支・吉・岐・来・棄を用い、甲類と言う。「霧」「岸」「月」「木」などと書く時の「キ」は、己・紀・記・忌・氣を用い、乙類という。この時代では両者を混同して使用することはなかったらしい。両者に明確な発音の違いがあったからだといわれる。発音の違いが平安時代には崩れてしまい、次第に今日のように差異がなくなって五音になったようだ。

『古事記』『日本書紀』『万葉集』では甲類と乙類の書き分けが行われているとされる。まとめて「上代特殊仮名遣い」という。これらはすべて、学者の受け売りである。

ハ、文法的にはどう訓むのか
歌の解釈をする時の困難な問題に、漢字で書かれた歌をどのように訓むべきか文法上の争いがあることである。漢字ばかりで書かれ、活用語尾・助詞・助動詞などが省略されているために、絶えず正しい文法的な訓みはどちらであるかの争いになる。

5　各論4――四五番歌から四九番歌の解釈

本題の歌の解釈に入ろう。長歌から順に見ていくが、本書の本命は四八番歌である。四八番歌に繋がる歌として四五番歌～四九番歌も取り上げていく。参考文献としては、すでに掲げた「中西」「全集」「譯注」「大系」「集成」「橋本」を基本とし、適宜他書を参考にした。参考文献は研究対象を人麻呂に関係する歌だけに絞った「橋本」を例外として、四五〇〇余首もある歌のすべての解説本である。そのため記述にはおのずと原稿枚数の制限があり、すべての論点が詳しく論じられているわけではない。著者の関心が高く重要と思うものは詳しく、それ以外は簡単に触れられている。説明に過不足が生じるのはやむを得ない。筆者が説明不足と思う部分は、他書や「かぎろひの歌」に特化して専門に論じた論文等を参照するようにした。

四五番歌から四九番歌の読み下し文、原文はすべて「中西」による。項目の番号はこれまでと同じだが、小タイトルごとに一行の空白を設け、行を新しくしているので注意願いたい。

（1）四五番歌

①題詞

軽皇子の安騎の野に宿りましし時に、柿本朝臣人麿の作れる歌

「題詞」に「軽皇子」と表記されている。これは作者本人ではなく後の人物が付したとされるが、「皇子」とは疑問のある表記である。狩りをした時は軽がまだ皇太子になっていない。狩りの時の軽は草壁皇子の子にすぎないから詠われた時期と同じ頃に題詞が書かれたならば、天皇の子に用いる「皇子」ではなく、「皇子」の子の「王」を用いて「軽王」と表記すべきであった。

持統の次の皇位継承候補者における上のランクに位置するのは、従来ならば天武の息子たちであるはず。しかも成人に達している皇子も多い。すなわち、皇位を継承する順位として軽は不動の第一位ではなかった。このようなハンディを持っていることを承知の上で、「軽皇子」という「題詞」の表記は、軽を皇位継承者の筆頭にしたいとの持統の強い意思をくみ取った結果とみることもできる。あるいは尊称は後の位を反映して「題詞」や「左注」を書くことが行われていたので、「題詞」を作成した時には軽がすでに皇太子や天皇になっていたからかもしれない。

②原文

八隅知之　吾大王　高照　日之皇子　神長柄　神佐備世須等　太敷為　京乎置而

隠口乃　泊瀬山者　真木立　荒山道乎　石根　禁樹押靡　坂鳥乃　朝越座而　玉限

夕去来者　三雪落　阿騎乃大野尓　旗須為寸　四能乎押靡　草枕　多日夜取世須
　古昔念而

③句単位の訓みと解釈（学説・筆者）

以下、ひとかたまりの二句ごとに分解して学説を確認していこう。

イ、八隅知之　吾大王

i「八隅知之　吾大王」の使用例

まず、「八隅知之　吾大王」の類語が「集中」にどのように出現するかを確認する。「八隅知之　吾大王」と類似の表記を含めると、合計二四首に使われていた。そのすべてを掲げる。

1・三番歌　八隅知之　我大王乃　間人連老作　舒明を指す
1・三六番歌　八隅知之　吾大王之　柿本人麻呂作　持統を指す
1・三八番歌　安見知之　吾大王　柿本人麻呂作　持統を指す
1・四五番歌　八隅知之　吾大王　柿本人麻呂作　軽を指す
2・五〇番歌　八隅知之　吾大王　作者未詳　持統を指す
2・五二番歌　八隅知之　和期大王　作者未詳　持統を指す
2・一五九番歌　八隅知之　我大王乃　持統天皇作　天武を指す
2・一六二番歌　八隅知之　吾大王　持統天皇作　天武を指す

2・一九九番歌	八隅知之	吾大王之	柿本人麻呂作	天武を指す
2・二〇四番歌	安見知之	吾王	置始東人作	弓削を指す
3・二三九番歌	八隅知之	吾大王	柿本人麻呂作	長を指す
3・二六一番歌	八隅知之	吾大王	柿本人麻呂作	新田部を指す
3・三二九番歌	安見知之	吾王之	大伴四綱作	聖武を指す
6・九一七番歌	安見知之	和期大王之	山部赤人作	聖武を指す
6・九二三番歌	八隅知之	和期大王乃	山部赤人作	聖武を指す
6・九二六番歌	安見知之	和期大王波	山部赤人作	聖武を指す
6・九三八番歌	八隅知之	吾大王乃	山部赤人作	聖武を指す
6・九五六番歌	八隅知之	吾大王乃	大伴旅人作	聖武を指す
6・一〇〇五番歌	八隅知之	我大王之	山部赤人作	聖武を指す
6・一〇四七番歌	八隅知之	吾大王乃	田辺福麿作	聖武を指す
6・一〇六二番歌	安見知之	吾大王乃	田辺福麿作	聖武を指す
13・三二三四番歌	八隅知之	和期大皇	作者未詳	聖武を指す
19・四二五四番謌	八隅知之	吾大皇	大伴家持作	聖武を指す
19・四二六六番歌	安美知之	吾大皇乃	大伴家持作	聖武を指す

人麻呂が使う「やすみしし」は、多くが「八隅知之」と表記され、長歌の中で用いられている。

例外は三八番歌のみで、「安見知之」とされている。他の作者の表記はさまざまであり、統一されていない。「やすみしし」の言葉の聖武以前の使用例を調べると、持統の他、人麻呂の歌と彼に強く影響された山部赤人の歌で大半を占めているので、作者未詳歌も実際は人麻呂や赤人の歌かもしれない。「やすみしし」は持統と人麻呂から盛んに使われ始めている。

ⅱ「八隅知之　吾大王」の訓み

主な学説を確認し、筆者の訓みも示そう。

「中西」：やすみしし　わご大君
「全集」：やすみしし　我が大君
「譯注」：やすみしし　我が大君
「大系」：やすみしし　わが大君
「集成」：やすみしし　我が大君
「橋本」：やすみしし　我が大君

学説は「やすみしし　我が大君」で大きな差異は見られない。訓み方は易しい。学説に異論がないので、筆者の「八隅知之　吾大王」の訓みも「やすみしし　我が大君」としたい。

ⅲ「八隅知之　吾大王」の解釈

主な学説を確認し、筆者の解釈も示そう。

「中西」：あまねく国土をお治めになる　わが大君

「全集」：（やすみしし）　わが大君の
「譯注」：あまねく天下を支配せられる　我が大君
「大系」：（やすみしし）　我が大君
「集成」：あまねく天下を支配せられる　わが主君
「橋本」：（やすみしし）　我が大君

学説にも特徴が見られる。それは枕詞の扱いである。枕詞に対しても可能な限り説明を加えようとする姿勢の説と、枕詞は解説せずに括弧で括ってしまう説に分かれている。まったく解説されずに省略される場合もある。筆者は枕詞であっても可能な限り適切な訳を付けた方がいいと考えている。一般に枕詞は五音・七音……の中で五音に多いとされ、詞の中でよく理解できない言葉があれば、枕詞である場合が多いとされる。作者の言いたい大事なことは、ほとんどが七音の中にある。歌の初心者で五音の言葉の意味内容が分からない時は、思い切って五音の言葉をなかったことにして省略すると、全体の文脈が見えてくる場合があるとされる。

人麻呂が活躍した当時は、まだ「天皇」という名が広く使われておらず、一般に「大王」とされていたので、「大君」は「天皇」ではなく「大王」となる。「八隅知之」は、広く八隅を治める意でわが大君にかかる。そこで筆者の「八隅知之　吾大王」は、枕詞の「やすみしし」を解釈して「あまねく我が国を治めている　われらが大王」としたい。

ロ、高照　日之皇子

i「高照　日之皇子」の使用例

『万葉集』における「高照　日之皇子」と、同類の「高光　日乃皇子」、「高輝　日乃皇子」の使用例は全部で一〇例ある。中で「高照　日之皇子」は「集中」で五首も使われている。

1・四五番歌　高照　日之皇子　柿本人麻呂作　軽を指す
1・五〇番歌　高照　日之皇子　作者未詳　持統を指す
1・五二番歌　高照　日之皇子　作者未詳　持統を指す
2・一六二番歌　高照　日之皇子　持統作　天武を指す
2・一六七番歌　高照　日之皇子　柿本人麻呂作　天武を指す
2・一七一番歌　高光　我日皇子　舎人作で名は未詳　草壁を指す
2・一七三番歌　高光　吾日皇子　舎人作で名は未詳　草壁を指す
2・二〇四番歌　高光　日之皇子　置始東人作　弓削を指す
3・二三九番歌　高光　吾日乃皇子　柿本人麻呂作　長を指す
3・二六一番歌　高輝　日之皇子　柿本人麻呂作　新田部を指す

「高照　日之皇子」と同じ表記は、作者未詳の五〇、五二番歌と、持統作の一六二番歌と、四五、一六七番歌の人麻呂作だけで他の歌人には見られない。『古事記』の景行天皇の巻に倭建命《やまとたけるのみこと》を「多迦比迦流《たかひかる》　比能美古《ひのみこ》　夜須美斯志《やすみしし》　我賀意富岐美《わがおほきみ》」とする例があるが、『万葉集』とは発音が

「たかひかる」と同じでも表記が「高光」と違う。「高照　日之皇子」の表現も持統と人麻呂から使い始めたようだ。持統と人麻呂は「たかてらす」と発音が同じでも「高照」は天武と軽にだけ使い、長や新田部には「高光」・「高輝」と漢字を変え両者を明確に区別して用いている。

ⅱ「高照　日之皇子」の訓み

「中西」：高照らす　日の御子
「全集」：高照らす　日の皇子
「譯注」：高照らす　日の御子
「大系」：高照らす　日の皇子
「集成」：高照らす　日の御子
「橋本」：高照らす　日の皇子

学説に差異がなく易しい訓みなので、筆者の訓みも「高照らす　日の御子」としたい。

ⅲ「高照　日之皇子」の解釈

主な学説を確認し、筆者の解釈も示そう。

「中西」：高く輝く　日の御子
「全集」：（高照らす）　日の神の御子軽皇子は
「譯注」：天上高く照らしたまう　日の神の皇子は
「大系」：（高照らす）　日の神の皇子様は

「集成」：高く天上を照らし給う　日の神の御子軽皇子は
「橋本」：（高照らす）　日の皇子である軽皇子は

神話について人麻呂は『古事記』や『日本書紀』と若干異なった内容を詠っていると指摘される。それでも人麻呂が同世代の者よりは神話に詳しいことに変わりがない。「狩りの歌」で持統の人麻呂への期待は、軽を天武に繋がる草壁の唯一の皇子であり、神話を背景としてアマテラスを持統になぞらえアマテラス＝持統の孫として強調することであった。人麻呂は渾身の力を込めて歌って持統の期待に見事に応えている。以上の趣旨を少しでも解釈に反映しようと思う。

歌本文にいう「日」とは「日の神」の略で、天界の支配者で天空を明るく照らすアマテラスのことを指す。歌の「皇子」は単なる天皇の「子」ではない。『古事記』『日本書紀』ではアマテラスの後継者と認められた「子」と「子孫」のみが「御子」とされる。他の皇子には「御子」なる用語は使わない。以上から当該歌の「皇子」の解釈は、他の皇子と区別してアマテラスの直系子孫を意味する「御子」としたい。「高照らす」という枕詞も何も訳さずに原文のまま用いる方法を採用せず、可能な限り省略しないで解釈したいと考える。以上から筆者の「高照　日之皇子」の解釈は、「天空を高く照らしておられる　日の神アマテラスの御子である軽皇子は」としたい。

ハ、神長柄　神佐備世須等

ⅰ「神長柄　神佐備世須等」の使用例

「神長柄　神佐備世須等」の全出現例を挙げる。二例だけだが、いずれも人麻呂の歌であった。使用例が少ないが、「神長柄　神佐備世須登（等）」も人麻呂が使い始めた表現といえよう。

1・三八番歌：神長柄　神佐備世須登　柿本人麻呂作

1・四五番歌：神長柄　神佐備世須等　柿本人麻呂作

ii「神長柄　神佐備世須等」の訓み

主な学説を確認し、筆者の訓みも示そう。

「中西」「全集」「譯注」「大系」「集成」「橋本」の訓みは、いずれも「神ながら　神さびせすと」であった。学説に差異がない。易しい訓みであり他の訓みを考えられない。

澤瀉久孝は「注釋」巻第一（二八九頁）で、「神長柄」を巻五・八一三に「可武奈何良《かむながら》可武佐備伊麻須《かむさびいます》」とある例などにより、「かむながら」と訓むという。「神佐備」は、八一三番歌の他に巻一五・三六二一でも「可武佐備《かむさび》」とあるので、「神佐備世須等」は「かむさびせすと」と訓むとしている。筆者の「神長柄　神佐備世須等」の訓みも通説どおり「神ながら　神さびせすと」としたい。

iii「神長柄　神佐備世須等」の解釈

主な学説を確認し、筆者の解釈も示そう。

「中西」：皇子はさながらの神として　神々しくおられて

「全集」：神であるままに　神らしくふるまわれるべく

「譯注」：　　神のままに振る舞われるとて
「大系」：神の御心まかせに　神らしく振る舞われるべく
「集成」：　　神らしくふるまわれるとて
「橋本」：神であるままに　神にふさわしくふるまわれるとて

学説は表現に多少の違いはあるが、ほぼ同じといえる。「さび」とは、澤瀉久孝の「注釋」巻第一（二八九頁）は「をとめらが　遠等咩佐備周等《をとめさびすと》　韓玉《からだま》を　たもとに纏《ま》かし　……ますらをの遠刀古佐備周等《をとこさびすと》　劔大刀《つるぎたち》　腰にとり佩《は》き……」（5・八〇四）とあるように、「少女が少女らしい振舞をし、男が男らしい振舞をする事が、少女さびであり男さびであり、神さびは神が神として、神らしい振舞をなさることである」としている。適切と考える。筆者の「神長柄　神佐備世須等」の解釈は、「神であるから　神にふさわしい振る舞いとして」としたい。

二、太敷為　京乎置而

i「太敷為　京乎置而」の使用例

「集中」に「太敷為」と同じ表記はないので、類似の表記との一致を調べた。

1・三六番歌　宮柱　太敷座波　柿本人麻呂作
2・一六七番歌　宮柱　太布座而　柿本人麻呂作
2・一九九番歌　神随　太敷座而　柿本人麻呂作

６・一〇五〇番歌　宮柱　太敷奉　　田辺福麻呂作

表記が少し違うが、右の四首が見つかった。大半が人麻呂の歌であった。宮殿の柱を太くしっかりと穴に深く埋めるところから来る表現だろう。こうすれば地震や大風にもびくともしない立派な建物になる。かつては大王（後の天皇）の住む宮殿の所在地が都《みやこ》・京《みやこ》でもあったから、都・京の統治をしっかり行っていることの譬《たと》えとしても用いられている。

ii「太敷為　京乎置而」の訓み

主な学説を確認し、筆者の訓みも示そう。

「中西」：太敷《ふとし》かす　京《みやこ》を置きて
「全集」：太敷かす　京を置きて
「譯注」：太敷かす　都を置きて
「大系」：太敷かす　京を置きて
「集成」：太敷かす　都を置きて
「橋本」：太敷かす　京を置きて

訓みは学説で差異が少ない。「みやこ」の漢字を「都」とするか「京」とするかの違いにすぎない。「みやこ」は「京」と表記される場合が多かった。可能な限り原文の表記を生かしていきたいと考えるので、筆者の「みやこ」の記述も「京」とし、「太敷為　京乎置而」の訓みは「太敷かす　京を置きて」としたい。

iii「太敷為　京乎置而」の解釈

主な学説を確認し、筆者の解釈も示そう。

「中西」：りっぱに君臨なさる　京を後に
「全集」：天皇のいらっしゃる　都をあとにして
「譯注」：揺るぎなく治められている　都さえもあとにして
「大系」：立派に治めて居られる　都を後にして
「集成」：揺ぎなく営まれている　皇都をあとにして
「橋本」：太々と統治なさる　都をあとにして

四五番歌の主体は一貫して軽と考えられるが、飛鳥を統治していたのは持統であり、まだ軽は都の統治に何も関わってはいない。「中西」の「君臨なさる」は主語が書いていないため、軽があたかも統治していると受け取れる表現である。「大系」「橋本」も同様である。「中西」「大系」「橋本」説には少し違和感がある。「全集」「譯注」「集成」の表現ならば素直に受け取れる。「神にふさわしい振る舞いとして」の中身も重要と考える。それは神のごとく堂々としてという意味であろう。「京」とは都のことである。そこで筆者の「太敷為　京乎置而」の解釈は「しっかりと治められている　都を堂々と後にした」としたい。末尾を「……した」とするのは、軽が都を出立してから、ここで一連の行動に区切りをつけて次のステージに進んでいるからである。

ホ、隠口乃　泊瀬山者

i「隠口乃　泊瀬山者」の訓み

主な学説を確認し、筆者の訓みも示そう。

「中西」：隠口の　　泊瀬の山は
「全集」：こもりくの　泊瀬の山は
「譯注」：こもりくの　泊瀬の山は
「大系」：こもりくの　泊瀬の山は
「集成」：こもりくの　泊瀬の山は
「橋本」：こもりくの　泊瀬の山は

学者間で異論がなく、易しい訓みである。「中西」のみが「こもりく」を漢字で書いている。澤瀉久孝は「注釋」巻第一（三一六頁）で『古事記』の允恭の巻に「許母理久能《こもりくの》　波都世能夜麻能《はつせのやまの》」とあり、「皇太神宮儀式帳」に「許母理國《こもりくに》　志多備乃國《したびのくに》」とあると指摘している。「こもりく」が当時の言い方だったと思われる。「隠口」をむつかしい漢字を使わずに「こもりく」としたいので、筆者の「隠口乃　泊瀬山者」の訓みも「こもりくの　泊瀬の山は」とする。

ii「隠口乃　泊瀬山者」の解釈

主な学説を確認し、筆者の解釈も示そう。

「中西」：隠り国の　　泊瀬の山の

「全集」：（こもりくの）　泊瀬の山は
「譯注」：隠《こも》り処《く》の　泊瀬の山は
「大系」：（こもりくの）　泊瀬の山は
「集成」：　　　　　　　泊瀬の山は
「橋本」：（こもりくの）　泊瀬の山は

全員が「こもりくの」を枕詞と考え、何も訳さない。飛鳥から阿騎野への道中の「泊瀬」は、都から近いが直接は見えず都の影になるよう周囲を山々に囲まれた場所である。「隠口」とはこのような場所を象徴的に表現する言葉と思う。筆者の「隠口乃　泊瀬山者」の解釈は、右のような場所であることを強調して「都から隠れるような山あいにある　泊瀬の山は」としたい。

へ、真木立　荒山道乎

i「真木立　荒山道乎」の訓み

主な学説を確認し、筆者の訓みも示そう。

「中西」：真木立つ　荒山道《あらやまみち》を
「全集」：真木立つ　荒き山道《やまぢ》を
「譯注」：真木立つ　荒き山道を
「大系」：真木立つ　荒き山道を

「集成」：真木立つ　荒山道を
「橋本」：真木立つ　荒き山道を
学者間で少しの差異が見られるだけであった。表現の易しい方を選択し、筆者の「真木立　荒山道乎」の訓みは、「真木立つ　荒き山道を」としたい。
ii「真木立　荒山道乎」の解釈
主な学説を確認し、筆者の解釈も示そう。
「中西」：真木繁る　　荒々しい山道を
「全集」：真木が茂り立つ　荒い山道だが
「譯注」：真木の茂り立つ　荒々しい山道なのに
「大系」：高い真木が茂り立つ　荒々しい山道であるが
「集成」：真木の茂り立つ　荒々しい山道なのだが
「橋本」：真木の茂り立つ　荒々しい山道を
「真木」とは高野槇《こうやまき》などの木の名ではなく杉やヒノキが通説である。杉やヒノキであれば巨木になるとまっすぐに空高く伸びる。泊瀬地区は雄略などにより早くから都にされた地なので、周囲は開発されて人工的に植林もされただろう。その場合には整然としながらも、うっそうとした森になる。「荒」は「人の手のはひらぬ、人気の稀《まれ》な」の意もある（「注釋」巻第一（三二七頁））が、一行の通った道は原始林のままの雑木林ではない。雑木林ならば毎年の落葉で地面が柔らかくなる。対して常緑針葉樹の杉やヒノキの人工林は、落葉樹の原始林と違って落ち葉で地面が覆われないので、雨が降ると木の周囲の表土が流されて岩などがむき出しになることがある。杉やヒノキは根を地中深く下まで張らないいため風や雨で倒木となることも多い。この様子が「荒」だろう。

歌はそのような土地の様子を詠っていると思われる。一八一四番歌にも「古の　人の植ゑけむ杉が枝に　霞たなびく　春は来ぬらし」とあり、歌の左注に「人麿謌集出」とある。植林の歴史は古い。植林の記録は『日本書紀』神代上　第八段第四の一書に、スサノヲの子供のイソタケルが天から樹種を持ち帰って我が国に蒔《ま》いたという逸話が残されている。この神話は日本で行われた植林の初めだろう。江戸末期には村中で植林したことを書いた日記も残っている。

「真木立　荒山道乎」は全員がほぼ同様の解釈であった。筆者は「真木」を先に述べたイメージを表現した解釈にし、「巨木がびっしりと生い茂り荒々しい道だけど」としたい。

ト、石根　禁樹押靡

i「石根　禁樹押靡」の訓み

主な学説を確認し、筆者の訓みも示そう。

「中西」：石が根　禁樹《さへき》おしなべ

「全集」：岩が根　禁樹押しなべ

「譯注」：岩が根　禁樹押しなべ

「大系」：石が根　禁樹押しなべ
「集成」：岩が根　禁樹押しなべ
「橋本」：岩が根　禁樹押しなべ

学説間の訓みには差異がない。古代では岩のことを石と表記することが普通に行われているため、学説は原文にある「石」を「岩」に翻訳している。現代人向けの翻訳ならば、「石」とあるところは「岩」とすべきだろう。「根」は垣根、屋根などの接尾辞（「中西」㈠七二頁）だという。「禁樹」の訓みは少しむつかしい。「禁」は「集中」の使用例で九首あった。すべての歌に当たったが訓みは一定していない。「禁」の訓みは「さ」「さへ」「さふ」「いさ」「もる」「も」「い」であった。「さへ」と訓む歌が三首で最も多く、「さ」「さふ」も同類と考えられるとすれば、さらに増える。学説に「禁」を「さへ」と訓むことに異論がないので、「さへ」と訓むことにしたい。「樹」は、「刀我乃樹能《とがのきの》」（6・九〇七）、「立廻香樹《たてるむろのき》」（11・二四八八）、「室乃樹《むろのき》」（16・三八三〇）とあり、いずれも「樹」は「き」と訓んで例外がない。「樹」は「き」で決まりだろう。

なお、澤瀉久孝は「注釋」巻第一（三一八頁）で「禁」の字は「人敷禁良武《ひとかさふらむ》」（4・六一九）とも用いられており、「さふ」は「立塞《たちさふ》」（13・三三三五）、「誰障鴨《たがさふれかも》」（11・二三八〇）の「塞」「障」と同じく、さえぎる、邪魔するなどの意の下二段活用動詞である。続けて「禁」を「さふ」と訓むべき事は「将見時禁屋《みむときさへや》」（11・二六三三）、「徃時禁八《ゆくときさへや》」（12・三〇〇六）の如く、「禁」は助詞「さへ」の「借訓としてゐる事によっていよいよ明らか」だから、「禁樹」を「サヘキと訓み、道をさへぎり邪魔してゐる樹と解釋することは極めて自然である」としている。

以上から、「禁」と「樹」の両方を結合して、「禁樹」は「さへき」と訓むことになる。

「押靡」の『萬葉集』での三例を示せば、「不欲見野乃《いんなみのの》　浅茅《あさぢ》押靡　左宿夜之《さぬるよの》」（6・九四〇）、「秋野《あきのの》之《の》　草花我末乎《をばながうれを》　押靡而」（8・一五七七）、「吾屋戸之　麻花《おばな》押靡」（10・二二七二）の例がある。「押靡」は万葉仮名で「おしなべ」と訓む「賣比能野能《めひのの》　須々吉於之奈倍《すすきおしなべ》　布流由岐尓《ふるゆきに》」（17・四〇一六）の例がある。「押靡」は「おしなべ」と訓む以外にない。「麻花」とはススキをいう。

学者間で全体の訓みに差異がなく、他にむつかしい問題もないので、筆者の「石根　禁樹押靡」の訓みも、多数説と同じく「岩が根　禁樹押しなべ」としたい。

ⅱ「石根　禁樹押靡」の解釈

主な学説を確認し、筆者の解釈も示そう。

「中西」：けわしい岩石や邪魔な樹木を　　おしわけては

「全集」：岩石や邪魔な木を　　押し伏せ

「譯注」：その山道を岩や遮る木々を　　押し伏せて

「大系」：岩や妨げになる木を　　押し伏せ

「集成」：岩や、道をさえぎる木を　　押し伏せて

「橋本」：岩やさえぎる木々を　　押し伏せ

前句の続きで、「岩が根　禁樹押しなべ」とは、岩や杉・ヒノキの生い茂げる山林を分け入っ

て道なき道を進んだのであろう。

「押靡」とは「おしなぶ」「おしなべ」と訓むことは前述した。意味は「押して靡かせる。押し伏せる」（広辞苑）とあった。「おしわけ」とする「中西」以外の「押し伏せ」では意味不明だ。ススキや枯れ草だけならともかく、大木や岩を重機もなしに人力で「押し伏せ」「押して靡かせる」ことはできるはずもない。横に避《よ》けたり、下をくぐったり、跨《また》いだりが実際だろう。

意味的には「中西」のとおり「おしわけて」だろうが、もっと具体的な表現としたい。筆者の「石根　禁樹押靡」の解釈は、手入れの行き届かない杉林やヒノキ林をイメージし、「むき出しになった岩を避け、あるいは乗り越え、道をさえぎる倒木の間をかいくぐって」としたい。

チ、坂鳥乃　朝越座而

ⅰ「坂鳥乃　朝越座而」の訓み

主な学説を確認し、筆者の訓みを示そう。

「中西」「全集」「譯注」「大系」「集成」「橋本」とも、「坂鳥の　朝越えまして」であり、まったく同じで例外がないので個別の訓みは省略する。他に訓みようがないからである。筆者も「坂鳥乃　朝越座而」の訓みは「坂鳥の　朝越えまして」としたい。

ⅱ「坂鳥乃　朝越座而」の解釈

主な学説を確認し、筆者の解釈も示そう。

「中西」：坂鳥の鳴く　払暁にお越えになり
「全集」：（坂鳥の）　朝越えられて
「譯注」：朝方、坂鳥のように　軽々お越えになり
「大系」：（坂鳥の）　朝早く越えられて
「集成」：朝方その山道を　お越えになり
「橋本」：板鳥のように　朝お越えになって

この句で難問は「坂鳥」だけだ。「坂鳥」をどう理解するかで見解が分かれている。多くの学者は「坂鳥」を朝にかかる枕詞として訳していない。軽一行が飛鳥を早朝に出発していれば、阿騎野には正午過ぎには到着するだろう。ただ、夜明け前といっても、冬の朝である。日の出は夏のように早くはない。出発したのは六時前後だろうか。外はまだ暗いが旧暦の十五日朝だから満月であった。月明かりで歩くのに不自由はない。寒い季節なので日の出（七時過ぎ）を見てから出発しても遅いとはいえない。出発前に何も食べていなければ、途中で朝食をとったであろう。

飛鳥京から阿騎野までは、ルートにもよるが最大でも二〇キロメートル程度である。一時間に四キロメートルで計算すると、休憩と食事時間を各一時間ほど取っても七時間後の午後一時から二時前には到着するだろう。詠われた時はもう朝ではないはずだ。「坂鳥」とはどのような鳥か意見が分かれている。「中西」は「坂鳥」を「冠（とさか）鳥で鶏《にわとり》のこと」とし、「大系」は「坂鳥」を狩猟用語とし「沼地から立つ水鳥」だという。他の学者は「大系」に同じであった。

澤瀉久孝は「注釋」巻第一（三一八頁）で、「天武紀五年四月の條に〔貢二瑞鶏一。其冠《カサ》似二海石榴《ツバキ》華一〕とあり、民部式、大膳式に鳥坂苔とあるものを、倭名抄（九）には雞冠菜とあり〔度理佐加乃利《ドリサカノリ》〕と訓注を加へてゐるのを見ると右の説も捨てがたい……」というが採用していない。険しい荒れた山中に鶏がいるはずもないので譬喩《ひゆ》としても不適切であり「中西」説は採りがたい。鶏と早朝の関係を重視したと思うが、「中西」は考えすぎだろう。軽が障害を次々と簡単に乗り越えていくことを表していると考えられるので、水鳥が飛び立つようにとする「大系」説を採用したい。

筆者の「坂鳥乃　朝越座而」の解釈は、「水鳥が朝、軽々と池を飛び越えていくように、軽皇子も朝のうちに楽々と難所を乗り越えられた」としたい。

リ、玉限　夕去来者

ｉ「玉限　夕去来者」の訓み

主な学説を確認し、筆者の訓みを示そう。

「中西」「全集」「譯注」「大系」「集成」「橋本」とも、「玉かぎる　夕さりく（来）れば」で差異がない。他の訓み方ができないほど易しい表現である。筆者の「玉限　夕去来者」の訓みも「玉かぎる　夕さり来れば」としたい。

ⅱ「玉限　夕去来者」の解釈

主な学説を確認し、筆者の解釈も示そう。

「中西」：玉のほのかに輝くような　黄昏が訪れると
「全集」：（玉かぎる）　夕方になると
「譯注」：光かすかな　夕方がやってくると
「大系」：（玉かぎる）　夕方になると
「集成」：　夕方になると
「橋本」：（玉かぎる）　夕方になると

「玉限」（玉かぎる）も半数以上の説は枕詞として解釈していない。詠われた時期は冬至に近く、周囲は山に囲まれた盆地だから陽の落ちるのは早い。午後四時過ぎには暗くなる。冬の夕方で天気が良くて薄く雲がある場合は、空が淡いピンク色に染まることが多い。「たまかぎる」とは、そのような時間帯の空一面を覆う薄雲に光る淡い赤色であろう。ピンク色は茜《あかね》色ともいう。冬至の頃の夕方の空がピンク色に染まった景色を眺めて、感動したことのある読者も多いことであろう。筆者もその一人である。太平洋側では、例年のとおりであれば、一二月は晴れる日が多い月である。晴れて薄い雲があれば、空は淡い茜色に染まる。枕詞をできる限り表現したいので、筆者の「玉限夕去来者」の解釈は、「陽の光で空が淡い茜色になる夕方になると」としたい。

ヌ、三雪落　阿騎乃大野尓

ｉ「三雪落　阿騎乃大野尓」の訓み

主な学説を確認し、筆者の訓みも示そう。

「中西」：み雪降る　阿騎の大野に
「全集」：み雪降る　安騎の大野に
「譯注」：み雪降る　安騎の大野に
「大系」：み雪降る　安騎の大野に
「集成」：み雪降る　安騎の大野に
「橋本」：み雪降る　安騎の大野に

学説に差異がない。「落」を「ふる」と訓むかどうかを確認しておこう。「集中」で「落」は一四七首で使われていた。「落」を「ふる」と訓む歌があるか探すと、すぐに「雪者落家留《ゆきはふりける》」（1・二五）、「夜之霜落《よるのしもふり》」（1・七九）、「大雪落有《ふれり》」（2・一〇三）、「令落《ふらしめし》　雪之……」（2・一〇四）が見つかった。「落」の訓みは雪が「ふる」でよいだろう。

「阿騎」を多くの学者は題詞にある「安騎」とするが、「中西」だけが本文の原文にある「阿騎」の表記を尊重し、「み雪降る　阿騎の大野に」と表記している。他にむつかしい文言はない。筆者の「三雪落　阿騎乃大野尓」の訓みは「中西」に従い「み雪降る　阿騎の大野に」としたい。

ii「三雪落　阿騎乃大野尓」の解釈

主な学説を確認し、筆者の解釈も示そう。

「中西」：み雪ちらつく　　　安騎の大野に
「全集」：雪の降る　　　　　安騎の大野に
「譯注」：み雪降りしきる　　安騎の荒野《あらの》で
「大系」：雪の降る　　　　　安騎の大野に
「集成」：雪の降る　　　　　安騎の原野で
「橋本」：（み雪の降る）　　安騎の大野に

筆者は狩りを行った日を持統七年十一月十六日と考えている。この日を新暦に換算すると一二月二一日である。例年一二月二一日前後は冬至である。奈良県は日本列島の中で南の太平洋側に位置するが、雪の降ることがある。筆者は数年前だが冬至の日に藤原宮で吹雪にあった体験をしている。雪で辺り一面が見えなくなり、香具山だけがうっすらと周囲から浮かんで見えた。

仮定の話だが狩りの日に実際に雪が降らず、体験に基づかないとしても、現地の様子が寒くて大変だとの感じを出すための詩の表現として適切で、この程度の虚構は許されよう。「大野」とは原野のことをいうが、周囲のまばらな民家や畑や田などをも含んだ全体をいう。筆者の「三雪落　阿騎乃大野尓」の解釈は、「雪のちらつく　阿騎（「中西」は「安騎」とする）の原野を」としたい。「雪」の前にある文字の「三」の解釈は省略した。雪に尊称を付ける意義が認められない。

ル、旗須為寸　四能乎押靡

ⅰ「旗須為寸　四能乎押靡」の訓み

主な学説を確認し、筆者の訓みも示そう。

「中西」：旗薄《はたすすき》　小竹《しの》をおしなべ
「全集」：はたすすき　小竹を押しなべ
「譯注」：旗すすき　小竹を押しなべ
「大系」：はたすすき　小竹を押しなべ
「集成」：旗すすき　小竹を押しなべ
「橋本」：旗すすき　小竹を押しなべ

ここも一部の文字を漢字で書くか、平仮名で書くかの違いがあるだけだ。むつかしい訓みはない。二者択一ならば分かりやすい表現を選びたいので、筆者は「旗須為寸　四能乎押靡」の訓みを、「譯注」などに従い「旗すすき　小竹を押しなべ」としたい。

ⅱ「旗須為寸　四能乎押靡」の解釈

主な学説を確認し、筆者の解釈も示そう。

「中西」：穂すすきや小竹を　おしふせて
「全集」：すすきの穂や小竹を　押し伏せて
「譯注」：旗すすきや小竹を　押し伏せて
「大系」：風になびく薄や小竹を　押し伏せ

「集成」：旗すすきや小竹を　　　押し伏せて
「橋本」：旗のように靡くすすきや小竹を　押し伏せて

狩猟の予定地に到着したのだろう。現地の周囲の状況を詠っている。「旗すすき」の意味内容がよく分からない点もあるが、冬の枯れた「すすき」を遠くから見れば穂の形が小旗のようにも見える。また、雪が降るような天気であれば風が吹くのが常だ。穂は少しの風でも旗のごとく揺らめくであろう。小竹は腰くらいの高さで密集して生える植物である。歌はススキや小竹を押し伏せるようにして道なき道を進み、その様子を詠っている。「ササ」を意味して用いる場合の「しの」は「篠」とは書かないらしい。小竹は小さな竹で原文に「四能」とある。「能」は乙類だが小竹の「ノ」は甲類で特殊仮名遣いが合わない（「全集」八八頁）とある。どこかに間違いがあるか、すでに特殊仮名遣いの原則が崩れてきたのだろうか。筆者の「旗須為寸　四能乎押靡」の解釈は「風で旗のように揺れるすすきや小竹を押し伏せるようにして進んできた」としたい。

ヲ、草枕　多日夜取世須

i「草枕　多日夜取世須」の訓み

主な学説を確認し、筆者の訓みも示そう。

「中西」「全集」「譯注」「大系」「集成」「橋本」とも、「草枕　多日夜取世須」の訓みはすべて「草枕　旅宿りせす」であった。学説に差異がない。「草枕　旅宿りせす」は通説といえよう。

訓みもむつかしいところがなく、通説以外の訓み方ができない。筆者の「草枕　多日夜取世須」の訓みも、「草枕　旅宿りせす」としたい。

ⅱ「草枕　多日夜取世須」の解釈

主な学説を確認し、筆者の解釈も示そう。

「中西」：草を枕の　旅やどりをなさる
「全集」：（草枕）　旅寝をなさる
「譯注」：草を枕に　旅寝をなさる
「大系」：（草枕）　旅の宿りをなさる
「集成」：　旅寝をなさる
「橋本」：（草枕）　旅寝をなさる

「草枕……せす」の「す」は敬語である（「中西」㈠七二頁）。敬語の相手はもちろん軽皇子はまだ数えで一一歳（一〇歳説、一四歳説もある）である。現代では小学四、五年生くらいだ。宮殿の寝室に比べると粗末な宿で寝ているのだろう。「草枕」とは「旅」にかかる有名な枕詞であって、実際に草を結んで枕にして寝る野宿をすることではない。旅先の宿などに寝ることを象徴的に譬える表現方法である。「草枕」は他に適切に言い換えができないので、筆者の「草枕　多日夜取世須」の解釈は、枕詞を省略せずに「皇子は、草を枕に旅寝をなさっている」としたい。

ワ、古昔念而

ｉ「古昔念而」の訓み

主な学説を確認し、筆者の訓みも示そう。

「中西」：古《いにしへ》思ひて

「全集」：古思ひて

「譯注」：いにしへ思ひて

「大系」：古思ひて

「集成」：いにしへ思ひて

「橋本」：古思ひて

一部の文字の訓みを漢字で書くか、平仮名かの違いがあるだけだ。「集中」では「古昔」の表記は九首に出現する。ランダムに三首を選んだ。一三番歌に「古昔母《いにしへも》」、一二四〇番歌に「古昔所念《いにしへおもほゆ》」、四一六六番歌にも「従古昔《いにしへゆ》」とあり、いずれも「古昔」の部分を「いにしへ」と訓む。四一六六番歌だけが「従古昔」と他と違った表記をしているが問題にするほどではない。「念而」は「おもいて」以外に訓みようがない。できるだけ現代仮名遣いとしたいので、筆者の「古昔念而」の訓みは、「いにしえ思いて」とする。

ⅱ「古昔念而」の解釈

主な学説を確認し、筆者の解釈も示そう。

「中西」：懐旧の情の中で
「全集」：古を偲んで
「譯注」：過ぎしいにしえのことを偲んで
「大系」：往時をお思いになって
「集成」：古のことを偲んで
「橋本」：古を偲んで

いよいよ取り組んできた長歌も最後だ。「古を思」っているのは、歌に登場している舎人と人麻呂と草壁と軽の四人が候補とできる。さらに候補を絞ろうとすると、「古昔を思」う人は現に狩りに参加している人物全員の可能性があり、誰とも決めがたい。四五番歌だけしか残っていなければ、集団で出かけている以上、「古昔」を思う人を誰かに特定することはむつかしい。したがって、「古昔」を思う人は敬語の問題を横に置いておいて、とりあえず誰とは限定しないで、草壁はすでに死んでいるので、軽、舎人、人麻呂の三者としよう。候補は後で検討することにして、先に、軽の「古昔」・人麻呂の「古昔」・お供している舎人の「古昔」について考察する。

ⓐ　軽の「古昔」の意味

軽にとっての「古」とは、父との生前の思い出であろう。軽に「昔」の思い出はないだろう。軽は幼かった（軽が七歳の時に父の草壁は死んでいる）ため父との思い出は多くはないだろうが、たくさんの人に囲まれながら、なかでも際立ってりりしかった父の姿は思い浮かべたであろう。

祖母の持統から「あなたは父の後を継いで立派な天皇になるべき人である」と、何度も言い聞かされていたことも思い出したであろう。狩りも祖母が計画を後押ししてくれたが、軽も期待に応えようと小さな胸をいっぱいに膨らませていたに違いない。父が阿騎野でした狩りの様子も、祖母からだけでなく父やお付きの舎人からも聞かされていただろう。軽自身も大きくなったら、父のように阿騎野で狩りをしたいと思っていたかもしれない。父の思い出の地に、今、自分は来ているのだという感慨と高揚感や興奮もあったと想像できる。これらが軽の「古」だろう。

ⓑ　人麻呂の「古昔」の意味

人麻呂にとっての「古昔」とは、たくさんの意味がある。「古」と「昔」に分けて考える。

まず「古」から取り上げよう。通説は人麻呂の言葉の「古」とは自分の体験した過去のでき事とする。人麻呂の体験した過去のでき事には次のものが考えられる。

第一に、人麻呂作や人麿歌集にある歌のどの「古」も自分の身近に起こったことを詠う。

淡海の海　夕浪千鳥　汝《な》が鳴けば　情《こころ》もしのに　古思ほゆ（3・二六六）
古に　ありけむ人も　わがごとか　妹に恋つつ　寝《い》ねかてずけむ（4・四九七）
今のみの　行事《わざ》にはあらず　古の　人ぞまさりて　哭《ね》にさへ泣《な》きし（4・四九八）
いにしへに　ありけむ人も　わが如《ごと》か　三輪の檜原《ひばら》に　挿頭《かざし》折りけむ（7・一一一八）
古に　妹とわが見し　ぬばたまの　黒牛潟《くろうしかた》を　見ればさぶしも（9・一七九八）

第二に、壬申の乱で天武と持統が吉野を脱出して大友の近江軍と闘うために東国に向かった際に、阿騎野は最初の休憩をとった場所と人麻呂は聞いていただろう。

第三に、天武九年（六八〇）三月二十三日に、天武が草壁を伴って宇陀の阿騎野に行幸をしている。行幸目的は不明だが、人麻呂が参加していれば、その時の思い出の歌があったはずだが、天武九年の時の行幸を詠う歌がないので彼は参加していない。ただ行幸は知っていただろう。

注意すべきは二〇三三番歌だ。人麻呂は天武九年に七夕の歌を詠んだというのが通説である。しかし、七夕歌を残しながら同年に実施された天武の行幸で何も詠わないとは考えにくい。通説は七夕歌と同じ年に行われた天武の阿騎野の行幸と、その他の天武の行幸に対しても従駕歌を詠わない人麻呂を、どのような歌人と考えているのだろうか。筆者は人麻呂作の二〇三三番歌を、どこかにミスが混じったと考え、この時代の人麻呂は歌を詠っていないと考えている。

第四に、壬申の乱で近江朝が敗れて都の近江京が消滅したこと。人麻呂は近江朝には任官していなかったが、近江と何らかの関係があったと仮定すれば、近江で体験した自らの過去の思い出は呼び覚まされただろう。数年前には近江京の側を通って「近江荒都歌」（1・二九）を詠っている。数年前に亡くなった草壁への挽歌（2・一六七）も歌っている。これらの歌が持統に認められて今回の狩りの一行に加えられ、歌を詠むように言いつかった経緯も思い出したであろう。

第五に、草壁のお供をして阿騎野で狩りをした時の思い出もあろう。以上が「古」だ。

次に、「昔」について考えていこう。

「昔」には神武以来の歴史的なでき事が考えられる。人麻呂が持統から信頼の厚いわけは、皇室の始まりからの歴史（皇室の古昔）に詳しく、それを歌にうまく表現でき、持統の気持ちを反映できたからだと思う。「昔」で表される「でき事」とは、およそ以下のようなことだ。どこまでが人麻呂の頭に思い浮かんだと考えるかは、個人の受け止め方により異なるであろう。今は思いつくことをすべて抽出しておく。

①、神武が宇陀の地を通過して大和入りしたこと。神武が宇陀を無事に通過して畝傍山の麓の橿原《かしはら》に出て、そこで橿原宮を建てて即位したことを人麻呂は知っていた。なぜならば、人麻呂は二九番歌に「玉襷《たまがすき》　畝火《うねび》の山の　橿原《かしはら》の　日知《ひしろ》の御代《みよ》ゆ　生《あ》れましし　神のことごと　樛《つが》の木の　いやつぎつぎに　天の下　知らしめししを　……」と詠い、神武の建国神話を知った上で歌を詠んでいる。橿原に宮を建てたのは神武である。

②、天武朝では『古事記』と『日本書紀』を編纂しようと盛んに史料と人材を集めていた。そのことが朝廷内で話題になっていた時期でもある。人麻呂は神話に詳しかった。彼は神話時代の歴史や物語を聞いて育ったのだろう。彼の歌に神話の歴史が色濃く反映しているので、あるいは自家に伝わり所蔵していた本を読んでいた可能性もある。

③、『日本書紀』の推古十九年（六一一）五月五日に推古が菟田野《うだの》で薬狩りをした記事と、天智七年と八年の五月五日条に天智がした狩りの記事（蒲生野と山科野）があり、五月五日は皇室恒例の薬狩りをする日だったと考えられる。人麻呂はこれから狩りを行う阿騎野の地が皇室恒例で歴史的に由緒のある場所だと聞き知っていたと思われる。これらは「昔」のことだろう。

以上のように確認すれば、確かに人麻呂の「古昔」にいう「古」と「昔」は使い分けられていた。この中でどこまでが人麻呂の頭に「古昔」として浮かんでいたかは分からない。だが、確実に「昔」とは遠い過去のことをいい、「古」とは自ら経験した比較的新しい時代のことであった。以上のように人麻呂が使用した「古昔」を考察すれば、「古昔」の漢字で「古」と「昔」の全部の趣意を含ませたと考えて誤りはないであろう。

Ⓒ　お供の舎人たちの「古昔」の意味

狩りにお供した、かつての草壁の舎人たちの「古」とは、言うまでもなく彼に仕えていた頃の思い出で、なかでも特に草壁と阿騎野でした狩りのことだろう。「昔」の思い出はないであろう。参考までに人麻呂以外ではどのように「昔」「古」を詠っているかを確認しておこう。

香具山は　畝傍ををしと　耳梨と　相あらそひき　神代より　かくにあるらし　古昔《いにしへ》も　然《しか》にあれこそ　うつせみも嬬《つま》を　あらそふらしき（1・一三）

磐代《いわしろ》の　野中に立てる　結び松　情《こころ》も解けず　古思ほゆ（2・一四四）

……古　ささきしわれや　愛《は》しきやし　今日《けふ》やも子等に　……古の　賢《さか》しき人も　後の世の鑑《かがみ》にせむと　老人《おいひと》を　送りし車　持ち還り来し　持ち還り来し（16・三七九一）

一三番歌は天智の大和三山の妻争いの歌であり、ここで「古昔」とは相当古い時代である。一四四番歌の「古」は有間の事件に関係するが、有間の事件は歌から三〇年以上も前の話だ。三七九一番歌の「古」は竹取物語のことを指す。三首の「昔」と「古」の使用に差が見られない。

以上から人麻呂の「古昔」と人麻呂以外の人物の「古昔」（「古」だけであろう）の間では、同じ言葉でも歌の用語の用法に、時代と意味内容に差異を認めざるを得ない。

ⓓ「古昔を思」う人は誰か、その決定

「古を思」っているのは、舎人と人麻呂と軽の三人が候補であった。さらに候補を絞っていこう。

「旅寝をなさっている」と「世須」（せす）なる敬語を使って詠っているので、詠われている「旅人」が敬語を使う必要のない作者である人麻呂や舎人でないことで間違いないだろう。ここで「古を思」っている人物は、まず軽に絞られる。

すなわち、歌の対象である狩りは草壁が行うのではなく、歌は現在の軽の狩りの様子を詠っているので、「古を思」っている候補は軽だけに絞ることができる。こうして「古」を思っている人物は軽に特定することができた。

しかし、事はこれだけに終わらない。四五番歌の原文に「古昔」とあり、「昔」も使われているからだ。「昔」は軽には見られないが人麻呂の「昔」にさまざまな思いが詰まっていることは、すでに述べたとおりである。「古」には舎人の思い出もあった。「古昔」には、やはり、人麻呂や舎人たちの「古」もあるとすべきであろう。結局、「古昔」とは全員の「古」が詰まっていると解すべき言葉なのだろう。人麻呂をはじめ多くの参加者、舎人にとっても「いにしえを思う」言葉だったのだろう。四五番歌の「古昔」はただ軽一人の想いではなかったのである。

以上の考察から、筆者の「古昔念而」の解釈は「さまざまな人々の古昔を偲んで」としたい。

④四五番歌の訓みと解釈のまとめ

これまでの結果から、四五番歌全体の訓みと解釈は、以下のようになる。

訓み：やすみしし　我が大君　高照らす　日の御子　神ながら　神さびせすと　太敷かす　京を置きて　こもりくの　泊瀬の山は　真木立つ　荒き山道を　岩が根　禁樹押しなべ　坂鳥の朝越えまして　玉かぎる　夕さり来れば　み雪降る　阿騎の大野に　旗すすき　小竹を押しなべ草枕　旅宿りせす　いにしえ思いて

解釈：あまねく我が国を治めているわれらが大王、天空を高く照らしておられる日の神アマテラスの御子である軽皇子は、神であるから神にふさわしい振る舞いとして、しっかりと治められている都を堂々と後にした。

都から隠れるような山あいにある泊瀬の山は、巨木がびっしりと生い茂り荒々しい道だけど、むき出しになった岩を避け、あるいは乗り越え、道をさえぎる倒木の間をかいくぐって、水鳥が朝、軽々と池を飛び越えていくように、軽皇子も朝のうちに楽々と難所を乗り越えられた。

陽の光で空が淡い茜色《あかね》になる夕方になると、雪のちらつく阿騎の原野を風で旗のように揺れるすすきや小竹を押し伏せるようにして進んできた皇子は、草を枕に旅寝をなさっている。さまざまな人々の古昔を偲んで。

四五番歌で詠われた地形のルートは地図を見ると理解しやすいと思うので、一七四頁の地図を参照していただきたい。

⑤四五番歌に見られる特徴

この長歌に見られる特徴を何点か指摘しておこうと思う。

ⅰ、四五番歌単独では不明な点が多い。旅宿りに至った理由や、誰が何の「古昔」を「思」って、何をしに阿騎野に来たかなど。それが後の四首の短歌を詠み進むたびに少しずつ明らかにされていく趣向になっている。長歌一首と時間順に配列された短歌四首で全体の内容が徐々に判明するように構成された珍しい歌である。長歌と短歌の合計五首で一つの詩を形成している。

ⅱ、長歌には一首か二首の反歌が普通で、『万葉集』の初期の頃の長歌には反歌の付属しない場合が普通であった。四五番歌には短歌が四首も添えられていて、その数も多く異例である。

ⅲ、四五番歌には、それまでに用いていた用語の「反歌」ではなく、『万葉集』で初めて「短歌」なる用語が用いられている。「反歌」は長歌の繰り返しから始まるものが多いが、四五番歌で詠われている歌は長歌の単なる反復ではなく、「短歌」として長歌から独立している。『万葉集』の「長歌＋短歌」の様式のうち、題詞に「短歌」とあるものの歌の前に書かれた頭書には「反歌」とあるのはなぜか、長歌に添付された「短歌」は七首にすぎず巻一・巻二に限られ、人麻呂の長歌に集中（五首）している（本田義寿「万葉集における「長歌＋短歌」の様式」）のはなぜか、短歌という言葉は誰が付したのか、どのような意図で用いられているのか、初期の頃の長歌には反歌も短歌もなかったとすれば、「反歌」と「短歌」のどちらの用字が新しいのか、などについての問題があった。これらの疑問はまだ現代でも大半が不明であって、謎のままである。

（2）四六番歌

短歌の四六番歌と四七番歌は、他の歌に比べると格段に論点が少ない。学説間で字句の訓みに多少の差異があるくらいである。歌全体にむつかしいところがなく訓みにも異説が少ないので、四五番歌のように文字単位や句単位で検討するまでもなく、歌全体の訓み・解釈の考察だけで十分と考える。二首は簡単な検討で済ますことにする。

①原文

阿騎乃野尓　宿旅人　打靡　寐毛宿良目八方　古部念尓

②訓み

イ、学者の訓み

「中西」：阿騎の野に　宿る旅人　打ち靡《なび》き　眠《い》も寝《ぬ》らめやも　古思ふに

「全集」：安騎の野に　宿る旅人　うちなびき　いも寝らめやも　古思ふに

「譯注」：安騎の野に　宿る旅人　うち靡き　寐《い》も寝らめやも　いにしへ思ふに

「大系」：安騎の野に　宿る旅人　うちなびき　いも寝らめやも　古思ふに

「集成」：安騎の野に　宿る旅人　打ち靡き　寐も寝らめやも　いにしへ思ふに

「橋本」：安騎の野に　宿る旅人　うち靡き　寐も寝らめやも　古思ふに

訓みを漢字で書くか、平仮名で書くかどうか程度の差異しかない。

ロ、筆者の訓み

『万葉集』を一部の専門家だけのものにしないで、広く人々に受け入れられるようにしたい。そのためにはできる得る限りむつかしい表現や漢字は使わないで、誰でも読めるものにしたいと考えている。そこで筆者の訓みは、原文に忠実でしかもむつかしい漢字を使わない「阿騎の野に宿る旅人　うちなびき　いも寝らめやも　いにしえ思うに」としたい。

③学説

主な学説の解釈は以下のとおり。

「中西」：安騎野に夜を明かす旅人は、おしなべて寝入ることなどできようか。これほど昔のことが思われるものを

「全集」：安騎の野に　仮寝する旅人は　くつろいで　寝ることができようか　古を思うと

「譯注」：こよい、安騎の野に　宿る旅人、この旅人たちは、のびのびとくつろいで　寝ることなどできようか。いにしえのことを思うにつけて

「大系」：阿騎の野に　仮寝する旅人たちは、伸び伸びとくつろいで　眠ることができるだろうか、往時のことを思うと

「集成」：今宵この安騎の野に　野宿している旅人たちは、のびのびとくつろいで　眠ったりしていられようか。古のことが思われて

「橋本」：阿騎の野に　宿る旅人は　のびのびと眠ることができようか（できはしない）。古

を思うと

ここでむつかしい文句は「打ち靡き」だけであろう。「うち」は接頭語で、「靡く」は横になる意（「全集」八八頁）だという。「眠《い》も寝《ぬ》らめやも」の「イ」は眠りであり、動詞「ヌ」（寝）と複合して「イヌ」（眠寝）となる。二つで「眠る」「寝る」になる。「ラメ」は「現在推量の助動詞ラムの已然形」とある（「全集」八八頁）。「やも」は「強い否定をもつ疑問」（「中西」㈠七三頁）である。

④筆者の解釈

学説の差異が少ない歌だと右からも分かる。問題は「宿る旅人」を誰とするかである。多くの学説は「宿る旅人」は軽だけではなく、狩りに同行した舎人の意味をも持つとしている。半数の学説は明確に「旅人」に複数を意味する「たち」としている。ところで「宿る旅人」は軽一人の可能性も捨てきれない。①貴人と狩りをするのだから同行した舎人たちは翌日の狩りの準備に忙しく、当然寝るどころではなかったと思われる。②四五番歌中に敬語を使っているから、歌の主語は身分の高い軽一人である。③原歌にも複数を表す言葉の「達」はない。だから歌の「旅人」とは軽だけを意味し、一人に限定すべきではないか。この考えも簡単には捨てがたい。

どちらかに決めなければならない。「宿る旅人」の言葉をこれ以上詮索しても結論は出ないだろう。視点を変えると、「宿る旅人」は「古昔」を思う人でもある。「古昔」を思う人はすでに結論が得られたように、軽と人麻呂と舎人たちであった。以上を総合すると、「宿る旅人」は軽だけでなく、多数説のように舎人を含むと考えるべきだろう。ただし、人麻呂はおそらく寝ていなかったであろう。一晩中を野外で過ごし一睡もしなかったと思われる。「打ち靡き」の解釈は、ほとんどの学説が「のびのびとくつろいで眠る」としている。例外として「中西」だけが「おしなべて寝入る」としている。筆者は「打ち靡き」の解釈を作者の言いたい趣旨を生かしたものにしたいと考えている。「うち」を辞書で引いてもなかなかピンとくる解説が見つからなかった。「中西」の「おしなべて」を広辞苑で引くと「すべて一様に」とあった。中西以外の学者の言う「のびのびと」とは「普段どおりに」「くつろいで」と同じ趣旨であろう。以上をまとめて考えると「普段どおりにくつろいで」でよいであろう。

「靡く」とは横になること、寝ることを意味する。野宿をするのであれば普段どおりに眠ることができないはずだ、が前提であろう。狩りのために屋外で野宿同様の宿りをするならば「のびのびと」眠れるはずがないのは当たり前である。だから人麻呂は野宿のために軽が眠れないはずだと詠ったのではない。眠れないのは「古」のことを思ってであると詠う。そこで筆者の「打ち靡き いも寝らめやも」の解釈は、「普段どおりにくつろいで眠ることができただろうか、できないだろうね」としたい。さらに〈「古」のことを思って〉と続くであろう。すでに述べたように四六番歌の「古」は、草壁と過ごした日々や、ともにした狩りのことが主で近い過去のことである。

以上を総合した筆者の解説は、「阿騎の野に仮寝する軽皇子たちは、普段どおりにくつろいで眠ることができただろうか、できないだろうね。かつて草壁と過ごした日々や、ともにした狩りのことを思うと」としたい。

（3）四七番歌

①原文

真草苅　荒野者雖有　黄葉　過去君之　形見跡曽来師

②訓み

イ、学者の訓み

「中西」：ま草刈る　荒野にはあれど　黄葉《もみちば》の　過ぎにし君が　形見《かたみ》とそ来《こ》し

「全集」：ま草刈る　荒野にはあれど　黄葉の　過ぎにし君が　形見とそ来し

「譯注」：ま草刈る　荒野にはあれど　黄葉の　過ぎにし君が　形見とぞ来し

「大系」：ま草刈る　荒野にはあれど　黄葉の　過ぎにし君が　形見とそ来し

「集成」：ま草刈る　荒野にはあれど　黄葉の　過ぎにし君が　形見とそ来し

「橋本」：真草刈る　荒野にはあれど　黄葉の　過ぎにし君の　形見とそ来し

訓みの差は表記された文字の一部を漢字で書くか平仮名で書くかと、「君之」を「君が」とするか「君の」とするかの差にすぎないが、見逃せないほどの大切な論点がある。「過去君之」の「之」をどう訓むかである。「橋本」だけが「の」と訓み、他の学者はすべて「が」と訓んでいる。小さな差異だが、どちらが妥当かを決めるため「集中」の「之」を調べた。

「之」は非常に多く二七二七首に使われている。しかも「之」は「し」「の」「が」とも訓まれている。「之」の使用例が多すぎて歌のすべてを調べることは困難であった。やむなく代表歌を巻頭に近いところから見つけ出すことにした。各一首のみを抽出しておこう。

「し」と訓まれている歌は「八隅知之《やすみしし》」（1・三）があった。「の」と訓まれている歌は「梓弓之《あづさのゆみの》」（1・三）がある。「が」と訓まれている歌は、「海處女等之《あまをとめらが》」（1・五）があった。訓みを一つに特定できないほどバラバラであった。

四七番歌全体の趣旨から「君」を軽に対して使っているとは思えない。③でも述べるが「過ぎにし」とは、亡くなった人を意味するので「君」とは草壁になる。『万葉集』では「之」の訓みを多くが「が」としながら「の」と解釈される。学者の大半も訓みでは「が」としながら解釈では「の」とする。しかし、現代語として主語でもないのに「君が」と訓むのは不自然である。筆者は現代人にも自然に受け取れる訓みの「君の」としたい。「橋本」の訓みと同じである。

ロ、筆者の訓み

橋本説に従い、歌全体の筆者の訓みは「ま草刈る　荒野にはあれど　黄葉の　過ぎにし君の形見とぞ来し」としたい。

③解説

むつかしい文言は「ま草」と、「黄葉」の趣意は何かと、「君」とは誰かと、「形見」とは何かと、「過ぎにし」の含意であろう。一つずつ確認しよう。

「真草」とは何か。学説は「真草刈る」は荒野の枕詞だとして解釈をしていない。なお、現代では「真草」「まぐさ」といえば牧草のことである。阿騎野で馬を飼育していた資料はなく、天武が壬申の乱で東国への脱出途中で休憩した時も、伊勢国の駄《にほひうま》五十匹を調達したほどなので、この地に馬はいなかった。だから「まぐさ」は必要ない。「真草」とは何かが改めて問題となる。

　古代の草は現代と違って厄介ものの雑草ではない。田や畑の肥料であり、炊事などの燃料でもあり、牛馬の飼料や屋根材や壁材などの資源であった。「当時の農民は入会地（共同利用地：筆者）としての草刈り場を持ち、集団で草を刈った」（「中西」㈠七三頁）という。「真草」場は村民共有の財産であり、厳重な管理下にあった場所であった。単なる雑草の荒れ地ではない。

　入会地は江戸時代以前から村全体で共同利用してきた山林原野であったが、明治維新以降は曖昧な共同の権利を縮小し、誰かの所有物として登記するか、帰属の曖昧な山林は市町村などの所有物とされた。そのために登記上の権利者と、従来から一定の利用権を持つ村民との間に深刻な争いが生じた。争いは今日まで尾を引いている。飛鳥・藤原時代にも同様の権利を持つ入会地があったかどうかは確認できないが、共同で利用・管理する土地はあったであろう。

「ま草」の「マ」とは接頭語（「全集」八八頁）で、「ま草」を仮廬《かりいお》の材料とするのは「集成」（六九頁）である。天皇や皇太子などが旅の途中で泊まる宿は新しく造るか、既存の建物を改修するのが常で、宮殿など特別な建物の屋根は瓦葺か板葺きにしたが、一般的には藁《わら》ぶきや草ぶきが主であった。萱などは屋根替えの材料や壁材として利用している。つまるところ「ま草苅」とは「共同の草刈り場となっている荒野」を意味する言葉であった。

「黄葉」とは秋になれば散る木の葉の連想から、人の死を意味する枕詞といわれる。また、「過ぎにし」とは「死ぬ」の婉曲的な詩的表現とされる。歌では人の死に対して「死」の用語は使わない。盛んに「死」を使うのは恋に苦しむ様子を表現する場合である。「黄葉」と「過ぎにし」の言葉は持統三年（六八九）四月十三日に二八歳で死んだ草壁を意味し、「形見」へと続く。

「君」とは現代では同等か目下の者に対して日常的に使われる言葉だが、古代では貴人や愛する男性に対して用いられたようだ。天皇という称号がなかった時代は、天皇は「大王《おほきみ》」「大君《おほきみ》」と表記するが、『万葉集』では「君」は皇子、貴人などに用いている。額田王の有名な歌「あかねさす　紫野行き　標野行き　野守は見ずや　君が袖振る」（1・二〇）では、「君」はかつて夫であった大海人皇子を意味した。本歌の「君」は故草壁で間違いないだろう。

「形見」とは、「その人の形を見るものの意で、遠く離れた人や亡くなった人を思いだすよすがとなるもの」（『釋注』一五五頁）とある。通常は故人の身に着けていた品物などが形見だが、この歌の場合は「思い出の地」、または、「思い出」であろう。「人麿歌集」にも「形見」が出現する。

潮気立つ　荒磯にはあれど　行く水の　過ぎにし妹が　形見とぞ来し（9・一七九七）

中西が「過ぎにし妹が」としているところは、原文に「過去妹之」とあるので、「過ぎにし妹の」と訓むこと、その含意についてはすでに述べたとおり。

④学説

「中西」：安騎野は草を刈るしかない荒野だが、黄葉のように去っていった君の形見として、

やってきたことだ

「全集」：（ま草苅る）荒れ野ではあるが　（黄葉の）なくなった皇子の　形見の地としてやって来た

「譯注」：廬草苅《いおくさ》る荒れ野ではあるが、黄葉のように過ぎ去った亡き皇子の　形見の地として、われらはここにやって来たのだ

「大系」：（ま草苅る）荒野ではあるが、（黄葉の）今は亡き皇子の、形見の地として来た

「集成」：この安騎の野は荒涼たる原野ではあるが、我らは亡き皇子の　形見の地としてやって来たのだ

「橋本」：真草を刈る荒野ではあるが、（黄葉の）過ぎ去った亡き皇子の　形見の地としてやって来た

⑤筆者の解釈

筆者は歌の趣旨に沿って言葉を詳しく丁寧に翻訳したいと考える。そこで「今は草刈り場となっている荒野ではあるが、秋になって黄葉が散るように亡くなってしまった草壁皇子の思い出の地を、私たちは軽皇子とともに、形見の地としてやって来たのだ」としたい。

⑥歌の舞台となった阿騎野の現状

歌の舞台となった阿騎野の現在の姿を自分の目で確かめるために、筆者は二〇二二年三月末に現地に出かけた。そして「阿騎野・人麻呂公園」に建立された狩りのために馬に乗った人麻呂像

と、近くの少し高所にある「かぎろひの丘万葉公園」から日の出の東南方向と、月が沈むと予測される北西方向を見てきた。写真は同年三月三〇日に撮影した。上から「阿騎野・人麻呂公園」にある北方向から見た人麻呂像（上）、「かぎろひの丘万葉公園」から見える東南側（日の出、人麻呂像の前方）側の風景（中）、同所から見える西北側（月の沈む側、人麻呂像の後方）の山々の風景（下）である。当日はよく晴れて遠くまで見渡せた。万葉公園から日の出が見える東南方向を見ると、はるか先に山々が見えた。（中）の写真の左端の遠くの山は高見山（標高一二四八㍍）だろう。人麻呂が見た日の出は山の右側（南）に昇る。狩りをした地は、今は住宅が散在しており当時を想像さえできなかった。振り返ると月が沈もうとしていた高い山々（下）が背後まで迫る。

（4）四八番歌

四八番歌が本書のメインテーマである。一連の「狩りの歌」の中にあって、研究者が発表している論文発表などは、ほぼ四八番歌に限られるといっても過言ではない。古くからさまざまに訓まれ、多様な解釈がされてきた歌である。江戸時代から四八番歌について多くの議論がされてきたが、今日でも訓みと解釈に定説を見ていない。特に近年になって人々に非常に愛された有名歌でありながら、今日でも難解な歌の一つとされる。しかも歌の文言のすべてが争いの種といっても過言ではないほどである。丁寧に一つずつ考察していくことにしたい。

①原文

東　野炎　立所見而　反見為者　月西渡

②訓み

イ、学者の訓み

「中西」：東《ひむがし》の　野に炎《かぎろひ》の　立つ見えて　かへり見すれば　月傾《かたぶ》きぬ

「全集」：東の　野にかぎろひの　立つ見えて　かへり見すれば　月かたぶきぬ
「譯注」：東の　野にはかぎろひ　立つ見えて　かへり見すれば　月西渡る
「大系」：東の　野にかぎろひの　立つ見えて　かへり見すれば　月かたぶきぬ
「集成」：東の　野にかぎろひの　立つ見えて　かへり見すれば　月かたぶきぬ
「橋本」：東の　野にはかぎろひ　立つ見えて　かへり見すれば　月は傾く

微妙な違いが見られるが、「譯注」以外は基本的に同じとみてよい。「東」と「炎」に、原文にない「の」を付けるか付けないかの問題があるが、「譯注」と「橋本」以外は「炎」に「の」をつけている。付けないと字足らずとなるからだ。「炎」に「の」を付けない学者は、「野に」対して「は」を付けて字足らずを防いでいる。「野」に「ら」を加えて「のら」とする学説もあるが、「野」を「のら」と訓むのは違和感があり不自然に思う。後に再び取り上げる。

ロ、筆者の訓み

筆者の訓みはすべての検討が終わった後で提示したい。むつかしい問題が山積し、特に「炎」と「月西渡」の訓みは今日でも争っており、未だ定まっていない。

③学説

主な学説の解釈

「中西」：東方の　野の果てに曙光《しょこう》が　さしそめる。ふりかえると　西の空に低く下弦の月が見える。

「全集」：東の　野にかげろうの　立つのが見えて　振り返って見ると　月は西に傾いている

「譯注」：東の　野辺には曙《あけぼの》の光が　さしそめて、振り返って見ると、月は西空に傾いている

「大系」：東の　野に陽炎の　立つのが見えて、振り返って見ると　月は西に傾いてしまった

「集成」：東の　原野にあけぼのの光が　さしそめて、振り返ってみると、月は西空に傾いている

「橋本」：東の　野には黎明《れいめい》のカギロヒが　立ち現れるのが見えて、振り返って見ると、月は西に沈もうとしている

④筆者の解釈

四八番歌の解釈にはさまざまなアプローチが可能である。一文字ごとに行い、つなぎ合わせて全体を把握しようとする方法がある。同様に、逐条解釈で一句ごとに区切って把握していく方法もある。さらに歌全体を一つとして把握する方法もある。四八番歌はすばらしい歌であるとともに、多様な解釈ができるためにミステリアスな部分があって、人を惹きつけるのだろう。

四八番歌は単に短歌を文学の一分野の作品として把握できるだけでなく、天文学という自然科学の立場からも意見を言うことができる特徴を持っている。本書では四八番歌を一文字ごと、一句ごとの検討をした後で、天文学の力で解き明かせる問題も論じていきたい。

四八番歌には文字が省略されている可能性と、手本となった書から書き写す際の写し間違いの可能性も検討しなければならない。版木などによる出版手段が開発されるまでの書の入手方法は写本以外になく、また、書体も筆による崩し字で書かれるために多様な形の字が多くなり、類似の漢字との違いが分からなくなり、書き写すたびに写し間違いが発生する恐れがあった。文法的にも種々の意見が出されている。民俗学の観点からも検証しなければならないこともある。

他に、一文字や一句ごとの含意だけではなく、歌全体として何を言おうとしているかという、実は大切な問題がある。四八番歌には一文字ごとや一句ごとの検討だけでは解決できない問題を複数持っている。これらが複雑に絡み合って問題提起がなされてきたが、統一した見解にならずに今日に至っている。今日までに提起された諸問題は、一文字ごと、または一句ごとに検討していくが、どうしても論じきれない場合には後半でまとめて論じる。ここから先が本書と「歌」の核心部分である。連続して記述してきたこれまでと変えて、読みやすいように細目ごとに空白で区切っていく。番号・記号は同じだが、今までの段落と異なっていることに注意願いたい。

⑤文字単位の検討

イ「東」について

「東」の訓み、および「東」の学説と筆者の解釈

「東」は「集中」に一五首ある。まず「集中」の例を見ることから始めていこう。

三一〇番歌に「東市之殖木乃」がある。「ひむがしの　いちのうゑきの」と訓まれ、一八四番歌の「東乃」は「ひむがしの」と訓まれる（「中西」）。「東」を「ひむがし」以外で訓む例は「東人《あづまひと》」（2・一〇〇）、「東国《あづまのくに》」（3・三八二）、「東女《あづまをみな》」（4・五二一）、「東風《こち》」（11・二七一七）、「東風《あゆのかぜ》」（17・四〇一七）があった。「ひむがしの」以外に「あづまの」と訓む例も無視できない。

出だしの「東」の訓み方から争いのある文言であった。丁寧に検討していこう。

・「ヒムガシ」説（「釋注」）

現代では大半がこの訓み方になって、「東」の文言の趣意が東空で争いがなくなった。夜明けの風景の出だしを表す言葉としての理解が定着したからであろう。ところが江戸時代以前ではそうではなかった。江戸時代までの訓み方と解釈について先学に従って簡単に見ていこう。

・「アヅマノ」説

「東野」を「あづまのの」と訓む説がある。元暦元年（一一八四）に成ったとされる「元暦校本《げんりゃくこうほん》」に、「アヅマノノ」とルビ（「別提訓」という）を付けた書が見られ、『夫木抄』（一三一〇年頃成立）や、『玉葉集』（一三一二年完成）にも「あづまのの　けぶりのたてる　ところみて」と訓まれていたからだ。「東」を「アヅマノ」と訓み解釈するのが江戸時代以前の通説であった。すで

に述べたように「東」を多くが「あづま」と訓むからだ。次の「炎」をどのように理解するかとも密接に関係している。本書で参考にしている「橋本」（四六頁以下）の四八番歌を担当した木村康平に、〔上三句の「東野炎立所見而」（原文）は、「あづま野の煙の立てる所見て」と訓まれていたが、賀茂真淵『万葉学』が「ひむがしの　野にかぎろひの　立つ見えて」（注：句ごとの空白は読みやすくする筆者の挿入）と改めることによって名歌としての評価を得ることになった〕と、簡にして要を得た説明がある。

・「ハルヒ」説

江戸時代の契沖が唱えた説である。「東」を「ハルヒ」と訓むことがあったらしい。

・「アケガタ」説

同じく江戸時代の荷田春満説である。狩りをする当日の朝と次の「炎」からの連想だろう。

・「ヒンガシ」説

賀茂真淵説である。「ム」は「ン」とも発音するので、「ヒンガシ」は現代人が耳で聞くと、先に述べた「ヒムガシ」と同じに聞こえる。現在は「ヒンガシ」説が通説になっているといえよう。通説になったのは、真淵が四八番歌全体を訓み解いた結果、人麻呂の詠んだとおりでないかもしれないが、すばらしい名歌になったからだろう。歌全体が名歌として認められたために「東」の訓み方も「ヒンガシ」で通説になったと考えられる。

その後も「東」を「ひんがし」と訓むか「ひんがしの」と「の」を挿入して訓むかの争いがあ

るが、筆者は通説のとおり、「東」は「の」を追加して「ひんがしの」と訓み解釈したい。

ロ「野」について

i「野」の訓み

「野」は「の」と訓まれているが問題がある。東の後に「の」を挿入したように野の後にも「に」を挿入するかどうかの争いである。略体歌と非略体歌でも述べたとおり「人麻呂歌集」には活用語尾・助詞・助動詞（以下助詞などという）を省略する例があった。その表記には二種類あって、完全に助詞などを省略した場合と、一部に省略しないものを含む場合である。助詞などをすべて挿入するか、全部を省略したならば事は簡単だが、中間があることで問題がよりむつかしくなる。

四八番歌の最初の二句には助詞などが省略されているが、次の中二句にはきちんと「而」（「て」）と「者」（「ば」）を挿入している。最初の二句に助詞などがなく中の二句にはあることで、四八番歌は略体歌と非略体歌の中間の例である。しかし、句の一部に助詞などの省略があっても、四八番歌を略体歌と考える学者は誰もいない。四八番歌の全体は助詞などを省略しない非略体歌と考えられるので、野の次に「に」を挿入することは、例外的に省略されたので補充することになる。非略体歌はすべて助詞などを省略しないのが原則と考える立場からは、文字の脱落が写本の段階などで発生したというのだろう。訓みの学説を見ていこう。

「中西」：野に

「全集」：野に
「譯注」：野には
「大系」：野に（後に筆者の一人が「野らに」と改めている）
「集成」：野に
「橋本」：野には

すべての学説は「野」の下に、「に」・「には」を補充している。筆者も通説と同じく「野」の下に「に」を挿入して「野」を「野に」と訓むことにしたい。「に（尓）」は書き写す時に脱落したものとしておく。あるいは非略体歌でも「に（尓）」などは省略されるのかもしれない。「野」の訓みは「のら」説もある。しかし、『万葉集』に「のら」と訓む例がない。『日本書紀』の平安時代の写本に「郊野（のら）」とあり、『類聚名義抄《るいじゅみょうぎしょう》』という鎌倉時代の字書の「野」に「ノラ」の訓があるとされるが、いずれも後世の資料のため、そのまま採用することはできない。

ⅱ「野」の学説と筆者の解釈

「中西」：野の果てに
「全集」：野に
「譯注」：野辺には
「大系」：野に
「集成」：原野に

「橋本」：野には

解釈に若干の差異があるが、基本的には同じといって差し支えない。「野」は狩りをしようとする野原の他、遠くに見える山々を含んだ広い地域を意味し、民家や田や畑の全体を含んだ場所を「野」として表現していると思われる。この見解は通説であろう。これから狩りを行う場所は広く見晴らしがよい地ではない。すぐ後ろには高い山が迫っており、前方は狭く、うねうねとした小山と木々で囲まれた盆地である。隠れている鹿や猪や鳥を追い出して狩りをするには、ある程度の広さがなければならない。この広さを表す文言が、人麻呂の使った「野」であろう。

これから太陽が顔を出すだろう地は、はるか遠くに山々が連なって見える。人麻呂の見ていた「野」は、単なる原野ではない。見晴らしは良くないが見渡せる限りの拓《ひら》けた所には、荒れ地の他に民家や畑や少ないながら田も見ることができる。先に述べたことを加味し、「野」の解釈は「狭いけれど見渡せる限りの大地の果てに」の含意を込めて、端的に遠くに見える「野の果てに」が良いと考える。結果的に筆者の「野」の解釈は「中西」と同じになった。

ハ「炎」について

ｉ「炎」の訓み

「炎」も訓み方にも争いがある。代表的に「けふ（ぶ）り」説、「陽光」説、「かぎろひ」説がある。「炎」の下に「の」を挿入して訓むことは、非略体歌とすれば写本などの際に脱字したのだから挿入すべきとなり、略体歌とすれば省略は当然だから「の」の補充も当然となる。「けふ（ぶ）りの」説は、江戸時代以前の通説であった。前にも述べたが平安時代の写本として有名な「元暦校本」の原文の「炎」の横に「ケフリ」と片仮名で訓みが書かれていたからだ。以下は、これまでの六つの学説から離れて検討していく。

「炎」の訓みは「の」を挿入するか、挿入しないかの違いだけの問題ではない。そもそも「炎」が何を意味しているかが問題なのだ。まだどちらかを決めずに、さらに検討を進めよう。

ⅱ「かぎろひ」の表記例

「かぎろひ」と訓む『万葉集』の表記例の代表を見ておく。二一〇番歌に「春の……かぎろひの燃ゆる荒野に」と読み下された歌が出現する。原文には「春……蜻火之　燎流荒野尓」と記述され「之」が書かれている。二一三番歌に「春……香切火之　燎流荒野尓」とあった。「之」が書かれている。一〇四七番歌には「炎乃　春尓之成者……櫻花」（「かぎろひの　春にしなれば……桜花」）と出現する。「乃」がある。一八〇四番歌に「春鳥能……蜻蜓火之　心所燎管　悲悽別焉」（「春鳥の……かぎろひの　心燃えつつ　悲しび別る」）があり、一八三五番歌にも「蜻火之　燎留春部常」（「かぎろひの　燃ゆる春べと」）とあった。「かぎろひ」と訓む例は、中西によれば「蜻火」「香切火」「炎」「蜻蜓火」がある。「かぎろひ」にはすべて「乃」か「之」が書かれている。四八番歌の「炎」には「乃」も「之」も付いていない。独立している。だから何もない「炎」が問題となるのだ。

『古事記』では履中天皇の同母弟の墨江中王《すみのえのなかつみこ》の謀反により難波宮が焼かれ、履中の逃亡途中に埴生坂《はにゅうさか》で宮殿の燃える様子を見て詠った歌に、「迦藝漏肥能《かぎろひの》　毛由流伊弊牟良《もゆるいへむら》」がある。「迦藝漏肥」の表記を解説書は「かぎろひ」と訓む。『日本書紀』にも放火事件の記事があり、宮殿は一晩中燃えていたらしい。宮殿は大きいので火災は大火事だったのだろう。この火事により発生した「炎」を「迦藝漏肥」とする表記は見逃せない。この日は大嘗祭（天皇が即位後に初めて行う五穀豊穣などの宮中祭祀）の豊明（宴会）の日、旧暦の十一月中頃で、軽の狩りの時期とほぼ同じ頃である。冬の真夜中に発生した大火事の空の様子は、早朝の「炎」と表現するに適切なほど、日の出の空の風景とよく似る。神話に詳しい人麻呂は『古事記』に書かれた「迦藝漏肥」と訓の「かぎろひ」を知っていただろう。「炎」の意味の解釈は訓みとも深く関係する重要な論点である。

次に、「炎」がどのように解釈されているかを見ていこう。

iii「炎」の学説

多彩な解釈が唱えられ、知り得る限りを挙げる。学説もいずれかに該当するであろう。

ⓐ、「陽光《かぎろひ》」説

「火光」説なども同じとしてよい。「陽光」は冬の日の出の一時間前に起こる気象現象とされる。次に見る日の出前後に発生する「朝焼け」や、先に見た春に起こる「陽炎」とは違うことに注意が必要である。訓み方は春に起こる「陽炎」も、この「陽光」も仮名で書くと、いずれも同じ「かぎろひ」とされるので混同しやすい。表す意味内容が大きく異なっているのに、発音と仮名書きがまったく同じだということが混乱をまねくもとだ。

「陽光」説は昭和初期に活躍した画家、中山正實の唱えた説である。中山正實は壁画「阿騎野の朝」を描くにあたって暦や地形や天文情報などを科学的に研究し、現地の調査をも実施して絵を描く前提をまとめた書『壁畫　阿騎野の朝』が残っている。絵を描くためだけに、これだけ客観的かつ科学的に書かれた文章を筆者は他に知らない。論文で中山は「炎」の訓みと解釈に「陽光」説を唱えられた。論文の発表以来、「炎」の訓みの「陽光」説は多くの賛同が得られている。

近年でも和田萃は「〝かぎろひ〟考」という題名の論文で、「かぎろひ」とは「放射冷却の生じる冬の夜明け前に、東の空が紅に染まる現象」だといい、別に、「オーロラの如く様々の色の筋が舞う現象」ともいい、これが人麻呂の見た「かぎろひ」だという。中山正實を進化させて新しい「炎」の「陽光」説を唱えている。「陽光」説批判は二八七頁以下に述べる。

ⓑ、「陽炎《かげろう》」説

「陽炎」とは「春のうららかな日に、野原などにちらちらと立ちのぼる気。日射のために熱くなった空気で光が不規則に屈折されて起こるもの」（広辞苑）をいう。「春」が重要である。「集中」の「かぎろひ」を含む歌には春に見られる「陽炎」を意味した歌が多い。二一〇番歌、二一三番歌、一〇四七番歌、一八〇四番歌、一八三五番歌の「かぎろひ」を含む歌のいずれも「春」との組み合わせで詠われている。

詠われている「かぎろひ」とは春の日にゆらゆらと見える陽炎である。「かぎろひの」の発音に対して「炎」と表記した歌は四八番歌を除くと、一〇四七番歌のみ（ただし「乃」がある）である。「かげろう」は春から夏に起こるが、狩りが行われたのは冬であった。春に見られる陽炎の定義からは歌われている季節（雪が降る）が違いすぎて、ぴったり感がない。ここから冬の歌の「炎」を、春に発生する「かぎろひ」と訓むのは無理ではないかとの疑念が出る。当然だろう。

ⓒ、日に照りつけられた雪消の地表から立ち昇る「かげろう」「陽炎」説

吉永登に代表される（『万葉　通説を疑う』（六七頁））。この「陽炎」説の欠点は前日か前々日までに雪が降っていて、かつ、雪が残っていなければならない点にある。奈良地方は雪が積もる高い山の頂《いただき》を除き、降るにしても日本海側ほどの頻度と量ではない。歌からは狩りが草壁と軽の二度行われていると読めるから、二度の狩りには①雪が前日または前々日までに降っていて、②雪が解けずに残っていなければならないという条件が付く。その上、③狩りの当日の天気が良い必要もある。草壁の狩りの日と軽の狩りを行った日の二回の自然条件が、前述した三つとも満たすか疑問がある。これらの自然条件が数年間に、二回とも重なる確率は低いと言わざるを得ない。

次に、冬至に近い日の早朝（七時前後）では、まだ日光がないため雪を溶かして地表から「かげろう」として立ち昇るような現象は起こらない。太陽の熱が地表に届いて陽炎が起こるような遅い時間（吉永は朝の遅い時間にこの現象を見たという）とすれば、すでに狩りは始まっているはずだ。指摘した矛盾の克服も困難であろう。以上の理由から吉永説は成り立ちがたい。

ⓓ、「人為」説

「炎」を野に立つ煙とする説である。野に煙が見えるならば人為的なもの以外にありえない。冬

に自然発火は考えがたいからだ。人為説にも諸説あるので一つずつ見ていこう。

・「炊飯の煙」

人為説の一つに炊飯の煙説がある。夜明け前の六時頃はちょうど朝飯の支度の最中と思われる。燃料は木材のため煙はよく昇り、風の吹かない日の煙は遠くからでもよく見えるであろう。「炎」を「煙」と考えたのは「立つ」とあるからで、「煙」と「立つ」は相性のいい組み合わせである。ところで煙は明るくなければよく見えない。冬至の頃の日の出前で煙が見えるほど空が明るくなるのは六時半を過ぎた頃からである。もし、六時半前に煙が遠くからはっきり見えるなら満月に近い月が空高く輝いている場合か、煙が見えるほど太陽の光で明るい場合である。太陽が高く昇っていれば日の出の時間が七時頃の冬至ではない可能性がある。また炊飯の煙なら民家のある東以外に南からも西からも北からも見えたはずで、東に限定する理由がない。なぜ東に限定するのか「炊飯の煙」説では解けない謎となる。

・「野火」

「野火」説は稲刈りの終わった秋から冬にかけて田圃で行われる野焼きとする。稲わらを田で焼くことは、脱穀した後の稲わらの余りものの処分の他に、害虫対策と燃えかすの灰を肥料や土壌改良剤として用いるためらしい。田圃は酸性土になりやすいが、灰は窒素肥料となる他、アルカリ性のため酸性土を中和する効能を古代人は長年の知恵で知っていたからだろう。

冬至に近い頃といえば夜明けは遅く、七時前はまだ薄暗い。一日二食の時代では早朝は朝食前のはずだ。火は管理しないと危険である。冬の間は農民に時間的余裕が最もある時期である。であれば「野火」は朝飯前で冬の夜明け前の寒い朝にわざわざ実施するような仕事だろうか。また、冬至の頃に朝早くから田で野焼きをする慣習があったという民俗学的な考察も必要であろう。近年では効果が薄く公害など有害なことも知られ、禁止されている地域が多い。

・「かがり火」

狩猟のためには要所ごとに人を配置する必要があるが、季節は冬で寒いので暖を取るため（狩りを行う野営のため）にした、たき火の炎が見えたという説である。「かがり火」説にも見逃せない欠点がある。野営の「かがり火」ならば東からだけでなく、周囲のあちこちから見え、一晩中見えたと思う。なぜ東に見えた「かがり火」だけを唐突に取り上げて詠うのか理解できない。人麻呂ほどの歌の名人が、このようにどうとでも取れる曖昧な意味に「炎」を使うとは思われない。

・「獲物を追い立てるために放たれた野火」の「けぶり」

いよいよ狩りが始まると動員された大勢の勢子《せこ》が、カネや太鼓など音の大きく出る鳴り物や大声で獲物を追い立てる。獲物を追い立てるのに効果的なものは火かもしれない。我が国の古代や中国では野に潜む獣を火で追い立てる「焼狩《やきがり》」が行われることもあったらしい。狩りを行おうとしている阿騎野の周囲はススキなどが生えているが、冬であれば枯れていて燃え広がりやすかったであろう。風向きなどを考えて火を点《つ》ければ、獲物を追い立てられるかもしれない。このように考えたのだろうか。最新の『万葉集』に関する読みやすい本で展開している大谷雅夫説である。

焼き畑のために行う野焼きや、奈良の「若草山焼き」のごとく安全に燃え広がれば、効果的に獲物を追い出せるかもしれないが、見晴らしの悪い小さな丘が続く現地の地形から野焼きが適切とは思えない。さらに、この地区で野焼きが行われていたという民俗学的な検証も必要だろう。火は風下へと急速に広がりやすい。最近頻発している大規模な山火事を見れば明らかなように、時にはコントロールすべき火の範囲が広がり手に負えなくなる危険がある。冬は風が強く、野焼きには延焼の危険が常に伴うため、相当の事前準備（防火帯作りと人の配置など）が必要になり、準備の間に獲物は逃げてしまうだろう。さらなる反論の詳細は注6（三一〇頁）で述べる。

大谷説は、あるいは東から上がる「ノロシ」の煙かもしれないともいう。もし「ノロシ」ならば、西にいる狩りの主催者である軽側の準備が整って初めて上げられるものだろう。準備が整ったことをどうやって遠くの東側の人間に知らせるのか。やはり「ノロシ」で行うのだろうか。狩りの主導権を遠くにいる人物に与えて、軽から遠く離れた東から「ノロシ」を上げさせる理由が理解できない。「ノロシ」説はひらめきで出された説と思われる。

「けぶり」説に有利なことが一つある。三六六番歌に「海未通女《あまをとめ》　塩焼炎」とあり、「塩焼」は「しおやく」としか読みようがない。「塩焼火気《けぶり》」（3・三五四）もある。「塩焼」とは塩を採るために海藻を焼き、焼いた灰を海水に溶かして濃い海水を造り、その海水を煮詰めて塩を造るためだ。海藻を焼く時には「ほのお」ではなく大量の「煙」が出るので、「炎」の読みは「けむり」だというのは説得力がある。一二四六番歌にも「志賀の白水郎《あま》の　塩焼く煙《けぶり》」とある。「塩焼く」

時は「煙」が出る確かな例証といえよう。確かに以上の例からは「炎」＝「けぶり」説に有利だが、この例だけで決められないところに人麻呂歌の解釈のむつかしさがある。総合的な検討が求められる。「けぶり」説に不利なことは、古い時代の辞典に、「炎」を「けぶり」とする例がないことだ。一一世紀から一二世紀頃に成立した漢字辞典の『類聚名義抄《るいじゅうみょうぎしょう》』にもなく、漢籍などにも「炎」に「けぶり」と訓む例が見つからない（大谷雅夫『万葉集に出会う』一四六頁）。

以上が人為説に基づく諸説である。結論はいずれも人為説はあり得ないであった。

ⓔ、「朝焼け」説

「朝焼け」には「薄靄《うすもや》」、「東天の紅」なども同類とできよう。日の出前に東の空が赤く見えることを意味していると思われる。次の「日の出の光＝太陽」説とは微妙な点で違いがある。

iv「日の出の光＝太陽」説

「炎」の筆者の解釈は、「日の出直後の太陽の光（以下、単に太陽とも称する）」である。「暁方《あけがた》の光」、「曙光《しょこう》」も同類かもしれない。ここで「日の出」とは太陽が水平線から顔を出す正規の意味ではない。山々の嶺から顔を出すことをいう。訓み方は「暁光《ぎょうこう》」「曙光」も「かぎろひ」で同じだ。

「東　野炎　立所見而」の主語が何か不明で、学説も明記しない。筆者の理解では歌の主語は「炎」で、下の句の「月」と連動させていることは明らかである。歌は日の出の太陽の出現と対比して、沈みゆく「月」の風景が詠われている。勢いよく昇りくる炎＝太陽と、沈みゆく月が対比して詠われていると解してこそすばらしい歌となる。重要なのは月に対して何かである。

第一に、「煙」―「立」の組み合わせは、確かに二番歌に「国原は　煙立つ」とある他、一二四六番歌と一八七九番歌にもある。しかし、これらの例だけで「立」つのは「煙」だと決め、「炎」は「煙」だとは断定できない。煙は暗ければ見えないし、きれいでもない。風下では異様な臭いがするだけである。先に見た三六六番歌の「海未通女　塩焼炎」の「炎」は、大半の解説が「煙」と訓んでいるが、この詞の中に二番歌にあるような「立」の文字はない。

第二に、「炎」と「燃ゆる」の組み合わせは、詩の表現としても最適であること。「かぎろひ」と明確に読め、かつ「燃ゆる」と訓める歌がある。二一〇番歌の「蜻火之　燎流荒野尓」と、一八三五番歌の「蜻火之　燎留春部常」である。「蜻火」は、いずれの訓みも「かぎろひ」で、「燎流（留）」は「もゆる」と訓める。二一三番歌の「香切火之　燎流荒野尓」にある「香切火」は「かぎるい」と訓む説もあるが二一〇番歌の異伝だから「かぎろひ」だろう。

第三に、「炎」を煙としたのでは四八番歌全体の文字から受ける姿が「煙と月」の組み合わせとなり、詩としての構想が崩れる。日並皇子挽歌（2・一六九）の「あかねさす　日は照らせれどぬばたまの　夜渡る月の　隠らく惜しも」のように、月は太陽との組み合わせが似合いである。

第四に、「炎」の言葉から受ける印象は、日の出の美しい姿にふさわしいこと。

総論に書いたとおり人麻呂の頃は、日本語の話し言葉の文字表現が多様になされ、歌は文字を見た目でも楽しめるように工夫されていた。燃える「炎」の文字から受けるイメージと、赤々と燃え立つような日の出の太陽の実際は、二つが重なって美しい景色として実感できるように用いられている。日没の夕方（夕焼け）にも同様の景色が発生するが、四八番歌は朝を詠っている。「炎」のイメージから受ける印象を最大限に生かした表現が歌に反映されている。それは日の出直後の太陽の光だ。奈良の冬であれば申し分がないが、地方の他の季節でも、早朝に数キロ以内の近くにある山（東京では巨大なビルか）から顔を出す瞬間の太陽の鮮やかな、燃え立つような日の出の姿を見たことがあれば人麻呂の感動を共有できるだろう（注7、三二一頁参照ください）。

第五に、太陽の出現時間と狩りの関係を考慮する必要があると思う。おそらく日の出を合図に馬を駆って狩りに繰り出す時間と決めていたのだろう。ノロシよりも分かりやすい合図だ。

実際の風景の在り方と歌が無関係ではありえない。当時、冬は遅くとも夜の八時には寝るだろう。夕方五時前には暗いので寝るのはもっと早いか。歌の主人公の軽はもちろんのこと、お供の舎人で寝ることを許された者は、安眠できたかどうかは別にして早く床についたに違いない。大人の睡眠時間は多くて八時間くらいだろう。暗くなったら寝るとすれば、四時には目が覚めているだろう。どんなに遅くとも五時であろう。冬至の頃の夜明けは遅く七時過ぎだ。目覚めてから夜明けの七時までは二時間から三時間もある。狩りの日も同じパターンであろう。狩りに馬で駆け出すまでの時間はたっぷりある。四八番歌は早朝の風景を詠っていることは確実である。

まず朝起きてすぐは暖を取るためのたき火であろう。次に炊事のための火か。朝食の準備ができたら軽を起こし食事をさせるだろう。狩りの身支度を終えて夜明けを待っていると、待ち遠しい日の出の美しい風景が眼前に現れる。夜明け前に中山正實説のような「かぎろひ」が起きていれば、その感動が詠われたことになるので別だが、この現象はほとんど起こらない。

朝の天気が良ければ確実に起こることがある。輝くような日の出である。ブログにＮＨＫ「ナラなび」（二〇二〇年二月一九日放送、やまとの季節七十二候「東の空かぎろひ」）の動画があった。画面には夜明け前の空の風景から始まり、山際の空が色鮮やかに赤く染まり、間もなく山からニヨキニョキと立ち昇る真っ赤な太陽光線が映っていた。一分にも満たないが、四八番歌に似合いの風景であった。全部で五首も詠う中で、この時の感動が詠われないはずがない。期待どおり彼は詠っている。詠った景色は草壁の狩りの時に見た風景と同じであった。四八番歌こそが日の出直後の太陽の歌だというにふさわしい。月に煙の組み合わせでは興ざめだ。

第六に、東の空に「かぎろひ＝太陽」が見えた時の月の位置と形が問題となる。歌から月の位置は西に聳《そび》える高い山々の上になければならない。歌はその月と燃え上がるような大きな日の出の太陽を対比させている。狩りの日を十六日とすれば、満月から二日目か三日目の月となる。詠った時の月の位置が西空の山々の上にあることは、歌の文言から必要である。しかし、月の位置が西の高い山々の上にあるだけでは不十分である。歌から月は西空の高い山々にまさに沈もうとしていなければならない。歌で狩りの候補日の詠われた時間の月の様子がどのような姿かは重要である。月の位置が高すぎても、月が山に沈んでしまっても歌の文言と不一致になるからだ。正式な月の入り時間とは月が水平線に沈む瞬間をいう。山に沈むことではない。

時間はバラツキがあるが、一日で約五〇分前後の範囲で月の沈む時間が遅くなることが知られている。また、月は一時間に一五度の割合で西に沈む（ただし、見える角度ではないことに注意）。月が水平線に近づくにつれ月の沈む角度と見える角度は一致していく。日の出の一時間前の月が山のずっと上にあるか、山に沈んでは歌の詞と齟齬が生じる。景色が歌にピッタリの、日の出の時に山々へ沈もうとする月の見える日がある。その日は一七〇頁の表から簡単に分かる。

歌が詠われたと想定した日・時の月の実際の位置が、歌に詠われている姿と違うならば、想定した狩りの日が間違いか、人麻呂が現地で詠っていなかったとする以外にない。しかし、人麻呂が現地に立って詠っていることは確かといえる。

以上の結果、右に述べたすべての条件を同時に満足しなければならないと考える。条件を満たす「炎」の訓みを、とりあえず「かぎろひ」とするが、解釈は日の出直後の太陽の光である。

「橋本」で四八番歌を担当した木村康平は、「炎」が〔「月」に対する光であること、それ（光：筆者）が山ではなく「野」に立つことを考えあわせると、東の空に太陽が昇り初め、東方の野が燃え立つように明るんでくる、その揺らめく光を指したとみておきたい〕（四七頁）とある。筆者の考えに近い。筆者の「炎」の解釈の結論は、冬至の早朝七時過ぎの日の出直後に見られる太陽の光に「が」を補足して、短く「日の出の光が」としたい。「炎」を「太陽」とする訓みの先駆は『万葉の歌人と作品』第二巻　渡瀬昌忠（二〇四頁）である。

⑥句単位の検討

イ「立所見而」について

i「立所見而」の訓み

「立」は「集中」に三〇三首ある。抽出した三首は、一四番歌の「高山与　耳梨山与　相之時　立見尓来之　伊奈美國波良」（香具山と　耳梨山と　あひし時　立ちて見に来し　印南国原）、次に、九四五番歌の「風吹者　浪可将立跡　伺候尓　都太乃細江尓　浦隠居」（風吹けば　波か立たむと　伺候《さもらひ》に　都太《つだ》の細江に　浦隠《うらがく》り居り）、次に、二五一二番歌の「味酒之　三毛侶乃山尓　立月之　見我欲君我　馬之音曽為」（味酒《うまさけ》の　三諸《みもろ》の山に　立つ月の　見が欲《ほ》し君が　馬の音そ為《す》る）である。「中西」は「立」を「たち」「た（た）」「たつ」と訓んでいる。

「所見」は「集中」に一二七首がある。三首の抽出は、七八番歌の「飛鳥　明日香能里乎　置而伊奈婆　君之當者　不所見香聞安良武」（飛鳥《とぶとり》の　明日香《あすか》の里を　置きて去《い》なば　君があたりは　見えずかもあらむ）、次に、一〇三三番歌の「御食國　志麻乃海部有之　真熊野之　小船尓乗而　奥部榜所見」（御食《みけ》つ国　志摩の海人《あま》ならし　真熊野《まくまの》の　小船《をぶね》に乗りて　沖辺《へ》漕ぐ見ゆ）、次に、二五九五番歌の「夢谷　何鴨不所見　雖所見　吾鴨迷　戀茂尓」（夢にだに　何かも見えぬ　見ゆれどもわれかも迷ふ　恋の繁きに）である。

「中西」は「所見」を「みえ」「みゆ」「みえ」「みゆれ」と訓む。「而」は「て」で異論がない。

「所見而」は六首ある。代表的には「陰所見而《かげみえて》」（８・一四三五）、「夢不所見而《いめにみえずて》」（１１・二八一四）、「影所見而《かげみえて》」（１９・四一八一）であった。「中西」は「所見而」を「みえて」と訓む。「立所見而」

をどう訓むか、「中西」「全集」「譯注」「大系」「集成」「橋本」の訓みは、すべて「立つ見えて」で異訓がない。筆者の「立所見而」の訓みも「立つ見えて」としたい。

ⅱ「立所見而」の学説と筆者の解釈

「中西」：さしそめる

「全集」：立つのが見えて

「譯注」：さしそめて

「大系」：立つのが見えて

「集成」：さしそめて

「橋本」：立ち現れるのが見えて

学説に大きな差異は見られないが、空がどのように見えるかをリアルに表現できないか検討の余地はあると考える。筆者の「日の出」のイメージは空の一部が赤く染まってから、しばらくして徐々に空全体に広がっていき、ゆったりと山や野から太陽が顔を出す様子ではない。

遠くの山々の稜線が、ある時から徐々に黄色や赤に染まり始め、間もなく天空全体に広がる。そして、突然、太陽の昇る場所の空の一部から盛り上がるように炎が突出し、天空を切り裂くように太陽が顔を出すのが筆者の考える日の出である。太陽が山上に顔を出してから炎の塊の動きが思いのほか素早いことは驚きである。そのような景色を見て感動した経験が何度もあるからだ。筆者の解釈は「立所見而」を「日の出の光がいっきに昇るさまが見えて」としたい。

ロ「反見為者」について

ｉ「反見為者」の訓み

「中西」「全集」「譯注」「大系」「集成」「橋本」の訓みは、すべて「かへり見すれば」であった。類似の表現として人麻呂の歌に「顧為騰《かへりみすれど》」（２・一三五）がある。他には防人の歌に「可弊里見《かへりみ》」（２０・四四〇八）がある。「反見為者」も人麻呂独自の漢字表現だろう。

一つ一つの文字の訓みを確認していこう。「反」は「集中」全体で四七首に使用されていた。三首を抽出して調べた。「反」の訓みは一〇四六番歌が「又變若反」（また変若《を》ちかえり）、二三九〇番歌が「死反」（死にかへらまし）、三八〇九番歌は「反賜米」（返し賜《たま》はめ）であった。以上から「反」の訓みは語尾の変化はあるが、通説の「かえり」でよい。

「見」は全部で一〇六八首使用されていたが、三首を抽出して「み」と同じかどうかを調べた。「見」は一番歌が「虚見津」（そらみつ）、九〇七番歌も「見欲将有」（みが欲しからむ）、二三五三番歌の「一云はく」も「人見豆良牟可」（人みつらむか）で、すべて「見」は「み」としていた。「見」の訓みは「み」で決まりとできる。

「為」は全部で五五七首使用されていた。三首を抽出して「すれ」と同じかどうかを調べた。「為」は三番歌が「音為奈利」（音すなり）、九二三番歌も「高知為」（高しらす）、二三六三番歌は「曲道為」（避道《よき》にせむ）であった。「為」の訓みも語尾の変化はあるが「すれ」でよいだろう。

「者」は『万葉集』全体で一七〇七首使用されていたが、三首を抽出して「ば」と同じかどうかを調べた。「者」は八番歌が「月待者」（月待てば）、九二三番歌も「春部者」（春べは）、二三六四番歌も「母我問者」（母が問はさば）であった。「者」の訓みはすべて「は」「ば」なので、この歌の「者」は「ば」でよいだろう。

次に「為」と「者」を重ねた「為者」を見てみよう。「為者」の使用は一五首あった。「賢良為者《さかしらするは》」（3・三五〇）、「手向為者《たむけせば》」（3・四二七）、「戀為者《こいすれば》」（12・二九三六）である。「為者」は上から順に「するは」「せば」「すれば」となる。「為者」の訓みも語尾の変化はあるが「すれば」でよい。「反見為者」の筆者の訓みは、通説を現代仮名遣いにした「かえり見すれば」としたい。

ii「反見為者」の解釈の学説

「かえり見すれば」を学説がどう解釈しているかを調べた。

「中西」：ふりかえると
「全集」：振り返って見ると
「譯注」：振り返って見ると
「大系」：振り返って見ると
「集成」：振り返って見ると
「橋本」：振り返って見ると

学説に異論がないが、「かえり見すれば」とは、どのような時（いつ）に、誰が、なぜ、どのような気持ちで、どの方向へ「かえり見」したのか、その結果何が見えたのか、そして行為全体の趣旨は何か、などを明らかにしなければならない。「かえり見すれば」も学者の見解がさまざまに述べられ、多彩だ。「かえり見すれば」の解釈は「狩りの歌」全体の理解とも密接に関係し、当該歌の核心である。以下順次見ていく。

ⓐ、どのような時（いつ）に

「中西」：特に論及なし
「全集」：特に論及なし
「譯注」：亡き草壁皇子への思いに寝苦しい一夜は明けて、時は翌日の朝である。次の四九の歌でうたわれる待望の時が、今刻々と迫りつつある
「大系」：特に論及なし
「集成」：特に論及なし
「橋本」：特に論及なし

どのような時かは「釋注」以外は詳しい説明をしないが、他の学説も「釋注」と同じ見解と思われる。「どのような時」についての筆者の見解は、狩りで馬を走らせることができるほど明るくなった時、すなわち夜明けの瞬間、日の出の時である。表現は違うが「譯注」と同じである。

ⓑ、誰が

「中西」「全集」「譯注」「大系」「集成」「橋本」のいずれにも「誰が」振り返ったかを明記していない。候補として舎人や軽もありうるが、振り返ったのは言うまでもなく歌の作者だ。人麻呂

以外にあり得ない。「かえり見」したのは人麻呂である。
Ⓒ、なぜ「かえり見」をしたのか、偶然か意図的かの問題
「中西」「全集」「譯注」「大系」「集成」「橋本」の中で、「かえり見」をした理由を明記するのは伊藤博の「譯注」だけであった。「譯注」は〔一同馬上に勢ぞろいして、亡き皇子が、かつて所も同じこの地で猟に出で立った同じ瞬間を待っている。その瞬間こそは、「東の野」には「かぎろひ」が立ち、「西の空」には「月」の傾く時であった。息をひそめて東の空に向かい立つ者には、かつての時と同じく、後背《こうはい》の西の山に「月」が傾いていなければならぬ。人麻呂はその確信ゆえに、西空を振り返り見た。そして、その確信どおり、過ぎしあの時とまったく同じ月が傾いていたのであった〕としていた。
伊藤説を読み終わった時には、もう何も付け加えるものがないほどの衝撃を受けた。他にいかなる言葉も不要だとさえ感じた。一字一句を間違えないように「譯注」の解説文を書き写し、何度も読み返したのであった。人麻呂は伊藤博が述べるように、意図して振り返ったのだった。
ⓓ、どのような気持ちで
「古」を思ってであることは疑いの余地がない。四五番歌の最後を締めくくる言葉が「古昔思ひて」であり、続く四六番歌の最後も「古思ふに」で終える。四五番歌の「古昔」から「昔」が削除され四六番歌で「古」だけになったのは、人麻呂、軽、舎人の三者に共通する新しい「いにしえ」だからであろう。そこで詞から古い時代を意味する「昔」はカットされたのだろう。

四七番歌は「古思う」ことの内容が「君の形見として来」たと具体的に述べられている。続く四八番歌では、「古」に実施された故草壁との狩りで、人麻呂はかつて見たとまったく同じ風景が出現したことを詠う。まだ四九番歌の検討をしていないが、順番からいえば次の歌では「古」に故人と行った狩りの時の、馬で駆け出す瞬間が詠われるだろう。

四八番歌は、四六番歌から四七番歌・四八番歌を経て四九番歌（ここではまだ推定にすぎないが）まで、故草壁の追憶で首尾一貫している歌群の中にある。振り返った人物（人麻呂で間違いない）の気持ち（1・四八）は、かつて故人と行った狩りの「古を思」って、となる。

四八番歌を素直に詠めば、草壁とかつて行った狩りの朝の風景と同じものが、眼前に出現したと詠ったものと受け取れる。狩りの日の朝、太陽が東南の山々の頂《いただき》に燃え上がる炎《ほのお》のごとく立ち上がった日の出の瞬間に、振り向くと西の空に今まで南の空高く見えていた月が、今にも山中に沈もうとしている景色こそ「古」に見たものだ。今、現実に見ている景色が前に見たものとまったく同じであったと確認した。四八番歌はその時の情景を詠っている。

風景を見た時に人麻呂が草壁を思い出し、亡き故人を偲び「古を思」った瞬間である。四八番歌には「古思う」との文言がないが、この時が最も「古を思」ったのであった。次の歌を先取りするようであるが、おそらく、四九番歌の最後に故人の後継者たる軽へ、さあ、皇子様の出番ですよと、表面的には草壁の狩りに繰り出したかつての雄姿を思い出しながら、若き軽の姿に重ねて新しい次の時代への出立を促す歌になるであろう。人麻呂の言葉は重く、意味内容が深い。

草壁が月にたとえられる根拠を述べておきたい。『万葉集』には草壁が死んでしまったことを惜しむ歌「夜渡る月の隠らく惜しも」（2・一六九）がある。四八番歌は草壁の生前の姿を死の数年後に詠うが、一六九番歌は草壁の死の直後に挽歌として詠っている。同じ人麻呂作の歌である。だから、詠われた順序は草壁の死の数年後の四八番歌よりも、死の直後に詠われた一六九番歌が先である。草壁の死のすぐ後に詠った一六九番歌で「夜渡月」とした「月」を、今度は数年後に詠う四八番歌で草壁を偲び、同じ「夜渡月」の文言ではなく「月西渡」と書いて歌にしたのだ。両者の「月」を同じものと結びつけることは自然の鑑賞姿勢である。

橋本達雄［編］（『柿本人麻呂《全》』）の「人麻呂と中国文学」（月野文子担当）には、中国の漢詩に「日月」は「帝徳賛美の決まり文句」（三四三頁）だとの指摘がある。『懐風藻』には漢詩の影響を受けてであろう、近江朝における漢詩を詠う中心人物であった大友が父の天智を称えて、「皇明光日月　帝徳載天地」（天皇の威光は日月のように世に光り輝き、聖徳は天地に満ち溢れている）と詠う。

中国文学にも強い関心と知識を持っていたと考えられる人麻呂は、大友の詩を知った上で四八番歌に草壁を「月」にたとえていると考えても荒唐無稽とはいえないであろう。普通に考えれば、月は満ち欠けがあるので、天子の盛んな様子をたとえる例としてはふさわしくないが、「月」にたとえたのは草壁がすでに亡くなっているからであろう。

問題は「狩りの歌」が単に草壁を追憶するだけではないことにある。人麻呂には持統から命じられた使命があるからだ。ここで見解がさまざまに分かれる。

人麻呂は四九番歌で結句の直前まで草壁を偲び、最後の最後に軽を登場させて、唯一の正統な皇位後継者であることを強調したのだ。この強調こそが持統の望みであり、人麻呂を狩りに同行させた理由でもあった。

筆者は人麻呂が持統の希望に応えるならば、彼は何をするかと考えた。改めて彼女の望みとは何かと考えるだろう。そして、望みとは「軽を持統の後継者として皆に認めさせることに違いない」である。だとすれば、「一連の歌」の最後のどこかに軽を象徴的に歌い込める必要があるだろうと思っていた。後に見るように人麻呂は筆者の期待どおりに詠っていた。

人麻呂の気持ちは四九番歌の最後の文言の趣旨は何かで検討しなければならないが、結論を先に述べておこう。四九番歌の結句が、その意味である。長々と四首も使った短歌の結論の集約されたものが、「時は来向かう」に他ならない。「時は来向かう」は「一連の歌」のすべての句の最後である。未来に向かう人物はもちろん軽である。「時」の詳細は二八六頁以下に述べる。

ⓔ、どの方向へ「かえり見」したのか

昼の長さと夜の長さが同じ春分の日と秋分の日は、太陽は真東から昇り真西に沈む。昼の長さが一番長い夏至の日は真東より三〇度北の方向から昇り、真西より三〇度北の方向に沈む。昼の長さが一番短い冬至は真東より三〇度南の方角から昇り、真西から三〇度南寄りに沈む。

月の出と入りの方角は別だ。「ステラナビゲータ10」によれば、持統七年十一月十六日（六九三・一二・二二）の月は、草壁の狩りの時の月と同じ形で同じ軌跡を通り、真東から昇り真西（音羽山方向）方向に沈まんとする姿だ。人麻呂が見ていた「炎」が立ち昇るような日の出は、冬至だから真東より三〇度南寄りに昇る太陽である。この時に振り返ったので、真西の月を見たことになる。東南方向に向いていた馬上から顔を真西に向けてほぼ一五〇度後ろを見ている。体を右にひねり、首を少し南から西寄りに向けたのだ。阿騎野にある北向きの人麻呂像では、東南から真西へ全体で二一〇度も振り返ることになり窮屈だ。道路からの見栄えで像を造ったからだろう。

ⓕ、その結果何が見えたのか

馬上から真西にある高い山々に沈みつつある月が見えたはずだ。人麻呂が現地に立って詠ったと見られる候補の一つである阿紀神社の裏手は、南西から西北へと高い山々が連なっている。たとえ詠った場所が阿紀神社境内ではないとしても、詠ったのは神社からすぐ近い場所であろう。その場から西の山々に間もなく沈みつつある満月から三日後の形の月が見えたのである。

ⓖ、月の見え方を検討し、狩りをした日を特定する

人麻呂が明け方に月を見ていることは明らかだ。四八番歌の歌詞に「炎」の見えた時に「月西渡」とあるからだ。「炎」をどのような意味に解釈しても、「炎」が見えて間もなく狩りを行うのだから、月が見えたのは明け方で間違いはない。太陰暦では毎月、月の見える日時と形と見える位置はほぼ決まっており、明け方に月が見えたということだけでさまざまなことを特定できる。新月から十三夜までの月は早朝には見えない。だから狩りをした日も、その月のいつからいつまでと限定できるようになる。夜が明けても西空に残っている月を、世間では「有明の月」という。

「有明の月」は満月から後をいい、月齢では一五から二九までの月である。月齢二九の月は新月に近いため見えない。満月から毎日少しずつ新月に向かって月の形が欠けていく。であれば、人麻呂が見た月は満月から最低でも下弦の月までの可能性が高い。下弦の月とは満月から八日後の月をいう。月齢は二三である。下弦の月は明け方には南の空高く見えるものをいい、月の入りは昼頃のため歌詞とは違いすぎる。かくて、早朝に低く見える月の日をさらに狭く絞ることができる。月が明け方の西空低く見えるのは満月後の数日間である（三四二頁参照ください）。結局、満月から三日後までに見える月（月齢一六〜一八）が、早朝に見える月の条件を一番満足する。

歌詞から山に沈もうとする月を見ているので、背後の山を考慮すれば月の見える仰角三〇度前後が望ましい。月は一時間に約一五度の割合で東から西に移動するので、月の入りから二時間前後ほど前、月の入り時間が午前八時三〇分から九時三〇分頃までが望ましくなる。ここからさらに狩りの日を限定できる。だから月の見え方は狩りをした日を特定できることになるのだ。

ⓗ、人麻呂が「かえり見」した行為の趣旨と意図は何か

人麻呂が振り返って月を見た行為の意図は、次の「月西渡」についての考察を待たなければならない。人麻呂の月を見た行為が何の意味かを明確にしなければ、彼が歌で言わんとしたことが何も分からない。実は「月西渡」の訓みこそが、「かぎろひの歌」の「炎」と並ぶ、最大の難読箇所であり、見解が分かれる。そして、「月西渡」を「つきかたぶきぬ」と訓んだことが賀茂真淵をして、いつまでも名声を保たせる根源となったのであった。

ハ「月西渡」について

i「月西渡」の訓み

「月西渡」の訓みも長い論争の歴史があり、今もって解決を見ていないむつかしい問題である。先に学者の見解をひととおり見てから、歴史的な訓みを見ることにしよう。

「中西」：月傾《かたぶ》きぬ（旧訓「月西渡る」も捨てがたいとする）

「全集」：月かたぶきぬ

「譯注」：月西渡る

「大系」：月かたぶきぬ

「集成」：月かたぶきぬ

「橋本」：月は傾く

次に、「月西渡」の訓みの歴史を先学の教えに基づいて簡単に見てみよう。

「古葉略類聚鈔」（五・二六オ）には「ニシワタリ」と訓んでいたが、『万葉集』の写本の紀州本と元暦本に朱點《しゅてん》（朱で記された訓み：筆者注）で「カタフキヌ」とあり、以後、四八番歌の諸注はこれに従ってきた（「注釋」巻第一（三二六頁））。「集中」で「月西渡（仮に月傾きぬと訓む）」が、どう表記されているかを調査した。「集中」に「月西渡」と同じ漢字を使った歌はなかった。類似の表記の「月傾きぬ」と詠まれる歌は四首あったので全首を抽出した。

二二九八番歌の「月斜焉」

原文　於君戀　之奈要浦觸　吾居者　秋風吹而　月斜焉
読み下し　君に恋ひ　しなえうらぶれ　わが居れば　秋風吹きて　月斜きぬ
訳　あなたを恋うて心もしおれ、わびしくいると秋風が寒々と吹き、月も傾いてしまった

二六六七番歌の「月傾」
原文　真袖持　床打拂　君待跡　居之間尓　月傾
読み下し　真袖もち　床うち払ひ　君待つと　居りし間に　月かたぶきぬ
訳　両袖で床を清め、あなたを待っていた間に、月も西に傾いてしまった

三九五五番歌の「月加多夫伎奴」
原文　奴婆多麻乃　欲波布氣奴良之　多末久之氣　敷多我見夜麻尓　月加多夫伎奴
読み下し　ぬばたまの　夜は更けぬらし　玉匣《たまくしげ》　二上山《ふたがみやま》に　月傾きぬ
訳　ぬばたまの夜は更けたようです。玉匣の二上山に月が傾きました

四三一一番歌の「月可多夫伎奴」
原文　秋風尓　伊麻香伊麻可等　比母等伎弖　宇良麻知乎流尓　月可多夫伎奴
読み下し　秋風に　今か今かと　紐解きて　うら待ち居るに　月かたぶきぬ
訳　秋風の中、彦星が今来るか今来るかと紐を解いて心待ちしていると、もう月が傾いてしまった

他に、「月之傾二手荷《つきのかたぶくまでに》」（11・二八二〇）と、「月可多夫氣婆《つきかたぶけば》」（15・三六二三）があった。「月」とあれば、「かたむき・かたぶき・かたぶけ」と詠っている。古い写本の「月西渡」に「ツキカタフキヌ」とルビを付すものもある。そこで通説は「月西渡」を「月傾きぬ」と訓んでいる。疑問がある。なぜなら、「集中」には「西渡」と表記した例は一つもないからだ。『万葉集』には「月」とあれば「かたむきぬ」があるだけ。通説は四八番歌に「月」とあるから、下句がたとえ「月西渡」と表記されていても、「月傾きぬ」と訓むべきだというのだろう。これでは人麻呂が苦労して「月西傾（斜）」ではなく「月西渡」と書いたことは、無視されることになる。『万葉集』には「月」とあっても「かたぶく」だけでなく、三六五一、三六七一、三七五六番歌にある「月」―「和多流」のごとく、「月」―「渡る」の組み合わせも無視してはならないと思う。

学者は「月傾きぬ」の解説で、通説はいずれも時間的な経過を詠っているという。しかし、「月傾きぬ」とは月の時間的な移動経過よりも、「月」を見た瞬間の状態を詠っていると見るのが自然と思うが、いかがであろうか。「傾きぬ」よりも「渡る」の方がAからBに移動する時間的な経過を、より強く感じる。人麻呂は夕方から朝まで寝ずに月の移動を見ていたはずだからだ。

「集中」の歌で、漢字の一文字ごとにどう訓まれていたかを調べた。調べることの前提は、第一に、古代の歌はすべて中国から導入した漢字で書かれていること、第二に、漢字の訓みは中国式の発音（呉音・漢音）ではなく日本語の発音、訓読みがなされていること、第三に、歌の文字（漢字）をある程度習熟した者が、目で見て文字から得られる情景を楽しむ時代になっていること、第四に、漢字の訓みは多様にされていること、言い換えれば、本来の漢字の意義から離れて音だけを利用する場合があること、第五に、歌の作者も歌を享受する読者も、時代の訓みを共有しているはずという考え方に立っている。以上を前提とした一文字ごとの訓みは、次のとおりであった。「月」を含む歌は全部で二八二首あったが、代表として以下の三首を抽出した。

ⓐ、「月」の訓み

八番歌の「月」

原文　熟田津尓　船乗世武登　月待者　潮毛可奈比沼　今者許藝乞菜

読み下し　熟田津に　船乗りせむと　月待てば　潮もかなひぬ　今は漕ぎ出でな

訳　熟田津に船出をしようとして月ごろを待っていると、潮流もちょうどよくなった。さあ、今こそ漕ぎ出そう

一六一番歌の「月」

原文　向南山　陳雲之　星雲之　星離去　月矣離而

読み下し　神山に　たなびく雲の　星雲の　星離れ行き　月を離れて

訳　神山にたなびく雲は、星雲の中の星からも離れ、月をも離れて去っていったことよ（向南山を神山と訓むのは、筆者は納得しがたいが中西に従った）

七三六番歌の「月」

原文　月夜尓波　門尓出立　夕占問　足卜乎曽為之　行乎欲焉

読み下し　月夜には　門《かど》に出で立ち　夕占《ゆうけ》問ひ　足卜《あうら》をそせし　行かまくを欲《ほ》り

訳　月の美しい夜には門に立って夕占を問うたり、足卜をしたりしたことです。あなたの許へいきたいと思って

以上のとおり任意に選んだ「月」の訓みは、八番歌、六一番歌、七三六番歌のいずれも「つき」であった。中国の呉音「ガチ・ゴチ」や漢音「ゲツ」の発音ではない。

ⓑ、「西」の訓み

「西」の表記は、「集中」に八一首あるが、三首を抽出した。

二〇五番歌の「西」

原文　王者　神西座者　天雲之　五百重之下尓　隠賜奴

読み下し　大君は　神にし座せば　天雲の　五百重が下に　隠り給ひぬ

訳　大君は神でいらっしゃるので、天雲の幾重《いくかさな》りもの中に、お隠れになってしまったことよ

二〇八三番歌の「西」

原文　秋風乃　吹西日従　天漢　瀬尓出立　待登告許曽

読み下し　秋風の　吹きにし日より　天の川の　瀬に出で立ちて　待つと告げこそ

訳　秋風の吹きはじめた日から、天の川の瀬に出で立って、待っていると告げてほしいものだ

二五六九番歌の「西」
原文　将念　其人有哉　烏玉之　毎夜君之　夢西所見
読み下し　思ふらむ　その人なれや　ぬばたまの　夜毎に君が　夢にし見ゆる
訳　私を思っていらっしゃるという、その人だからとてあなたは、ぬばたまの夜々に夢に見えることがどうしてありましょうか。夢にも一向に見えませんよ

抽出した二〇五番歌、二〇八三番歌、二五六九番歌の訓みは「にし」であったが、方角を示す「西」ではない用いられ方である。巻一四の三四八三番歌など以降になれば「西」は「せ」と詠ませる例が多発する。「西」の表記に方角の「にし」と訓む用例はないか探すと、一〇七七番歌（ただし、山の名）と二二六四番歌が見つかった。「西」は「尓之《にし》」とも書く（五番歌など多数）。
なお、「西」を呉音では「サイ」で、漢音では「セイ」である。「にし」は日本語の訓みである。

Ⓒ、「渡」の訓み
「渡」の表記は、「集中」に一四八首あるが、短歌から三首を抽出した。

一一六番歌の「渡」
原文　人事乎　繁美許知痛美　己世尓　未渡　朝川渡
読み下し　人言を　繁み言痛《こちた》み　己が世に　いまだ渡らぬ　朝川渡る
訳　人の噂が多くうるさいので、生まれてはじめて夜明けの川を渡ることよ

九五一番歌の「渡」

原文　見渡者　近物可良　石隠　加我欲布珠乎　不取不已
読み下し　見渡せば　近きものから　石《いそ》隠り　かがよふ珠を　取らずは止まじ
訳　見渡すと、近くではあるものの、岩に隠れた、あの輝く珠を手にいれずにはおくまい

二六四五番歌の「渡」
原文　宮材引　泉之追馬喚犬二　立民乃　息時無　戀渡可聞
読み下し　宮材《みやき》引く　泉の杣《そま》に　立つ民の　息《やす》む時無く　恋ひわたるかも
訳　宮殿を造る材木を引き出す泉の杣山《そまやま》に、働く民のように心休む時なく恋しつづけることよ

「渡」の訓みを見ると、一一一六番歌は「わたら」、九五一番歌は「わたせ」、二六四五番歌は「わたる」であった。語尾の変化があるが「渡」の訓みは「わたる」でいいだろう。なお、「渡」は、呉音が「ド」で、漢音は「ト」である。「わたる」はやはり日本語訓みであった。

「人麿歌集」では「渡」を「わたる」と訓む例が大半だ。「人麿歌集」にある一〇八八番歌では「雲立渡」とある。「雲立ち渡る」と訓むべきだろう。雲が流れるさまを雲が傾くではおかしいからだ。「人麻呂歌集に出づ」の一七〇一番歌に「月渡見」とある。その前に「雁」とあるので、雁の渡りと掛けて「月渡る見ゆ」「月渡り見ゆ」と訓める。「渡」はここでも「わたる」「わたり」であった。遠くを飛ぶ雁の渡りを見ていて、天高く飛んでいた雁が山の向こうに消えていく様子

は、まるで月が東から出て次第に南から西へと移動し、やがて山々に沈む姿と同じように見える。「隠《かく》雁の「渡り」を「傾く」では無粋すぎる。「人麿作歌」の一六九番歌に「夜渡月之」がある。「隠らく惜しも」と続くので、「渡」は「わたる」以外に訓めない。また、「集中」では「夜渡月」を含む歌が七首ある。作者は人麻呂の他、中納言安倍広庭が一首で、他の五首は作者未詳である。七首の歌番号は、一六九（人麻呂作）、三〇二（中納言安倍広庭作）、一〇七七（作者未詳。以下同じ）、一〇八一、一〇八三、二六七三、三〇〇七で、いずれも訓みは「よわたるつき」である。

さらに「人麻呂作歌」とされる八四首中に「渡」は九首（三六、三八、四八、一三五、一六九、一九六、一九七、一九九、二〇〇番歌）ある。四八番歌を除き「傾く」と訓むものはない。一九九番歌は郡名を意味する「渡會」とあるので除いたとしても、「渡」の多くは人麻呂語でもあるのだ。

ここで重要な点を指摘できる。「傾く」は静止した状態を見て詠っているが、「渡る」とする方が歌の図柄が動的に感じられることだ。「渡」の言葉にはそのような力がある。一七〇一番歌の「雁」が出現する歌に「月渡る見ゆ」「月渡り見ゆ」とみたとおり。「渡る」はA地点からB地点への移動で「傾く」ではない。現代の「渡る」の使い方も、信号のある交差点の横断道路は、こちらからあちらに「渡る」であって「傾く」ではない。「渡る」には動作が伴っている。

天空の月は一瞬たりとも止まることなく東から西へ絶えず動いている。人麻呂は夕方、陽の落ちた時から東の空に出た月を見ていただろう。満月に近い形だ。真夜中に南の上空で煌々《こうこう》と輝いていたことも確認しているだろう。彼はおそらく一晩中たき火にあたりながら狩りの準備をしつつ、さまざまな思い出が次から次へと湧いてきて寝るどころではなかっただろう。四八番歌が歌われる時間には、月は西の経ヶ塚山（八八九メートル）から、さらに北寄りの音羽山（八五二メートル）に連なる山々に沈もうとしている。月の一連の動きを人麻呂はしっかりと見て詠っている。直前まで寝ていて、起きて初めて月を見たのではない。何より肝心な点は人麻呂が「月」に対して平凡な「かたむく」と訓める漢字の「傾・斜」を使わなかったことだ。

すでに述べたことだが、人麻呂は一晩中寝ないでいた可能性が高い。とすれば満月に近い月が東から昇り、真夜中には南の空高く輝き、そして明け方に西へと沈んでいく月の、すべての過程を見ていたことになる。人麻呂はこの一連の月の動きを見て「月西渡」と詠っている。それはとても「傾く」では表現できない。「渡る」という言葉こそ最も適切である。

「傾きぬ」の訓みには文法的な疑問も提出されている（『万葉　通説を疑う』吉永登　七二頁以下）。下二句には「而」（て）と「者」（ば）と助詞が書かれているが、「傾きぬ」と訓む場合は「ぬ」の助動詞に相当する文字が抜けている。脱字があるとすれば「月かたぶきぬ」「月斜焉」の例があるので、「焉」を追加して「月西渡焉」となるのだろうか。「ぬ」ならば「奴」「沼」なども候補かもしれない。反論として活用語尾は省略されやすく、このケースも省略されただけだといえば、それまでである。あるいは写本中に脱落したというのだろうか。なお、伊藤の「釋注」だけが「月西渡」の訓みを「月西渡る」としている。伊藤博の理解はいつも奥が深いと感心させられる。

ⓓ、漢詩の例

中国の漢詩では月や太陽が傾く（沈む）詩の定型的な表現として、「西流」「西傾」「西帰」「西匿」「西頽」「西馳」などがあるが、「西渡」と同じ例は中国の文献に見つからないという。

ⅱ「月西渡」の訓みと解釈の結論

以上から「月西渡」は「つきにしわたる」と訓むべきだろう。しかし、通説は「月かたむきぬ」と訓み義訓としている。確かに『万葉集』では月を詠った歌は四例も「月かたぶきぬ」とあることは、先のごとく事実であるが、「月和多流」も三例があった。しかも『万葉集』では「月西渡」とする例が、四八番歌の他に一つもない。また、「西渡」と表記する歌もない。だから「月西渡」を「月傾きぬ」とは単純に断定はできないはずだ。

「月」の情報が詠われていれば、天文学で歌われた年月日を知ることができる。月日を特定できれば当日の月の出と入りの時間も確定できる。さらに月の形について満月、上・下弦の月、三日月、新月なども分かる。早朝に見える月の形と時刻と位置情報も入手できる。以上の月の情報は専用のソフトが必要であるが、安価で市販されているので手持ちのパソコンで簡単に調べられる。もしも歌の中に天文情報が詠われているならば、歌の情報を自然科学的に特定できるのである。パソコンで調べた結果「中西」説に誤りが見つかった例がある（注8　三二一頁以下）。

長い検討の結果、筆者の訓みは「東の　野にかぎろひの　立つ見えて　かへり見すれば　月西渡る」となる。結果的に「譯注」と同じ訓みになった。解釈は「東の野の果てに日の出の光がいっきに昇るさまが見えて、故草壁皇子と行った狩りの時を思い出して振り返ると、あの時と同じように月が西に沈みかけていた」である。真淵の訓みがあまりにも見事なため、誰も異議を唱えることができなかったのだろう。他の言い方に変えるとすばらしかった歌が駄作になってしまう恐れがあった。しかし、人麻呂の詠ったとおりでなければ、かの天才歌人をかえって貶《おとし》めてしまうことになろう。実際に詠った歌にする方が、より人麻呂のためになると考える。

明治時代の斎藤緑雨《りょくう》作といわれる人物の川柳に「ギヨエテとは俺のことかとゲーテ言い」とあるが、自分の歌が変化してあまりにも有名な歌に化《ば》けているので、人麻呂はびっくりして墓場の下で「俺はそんな風に歌っていないのにな」とつぶやいているに違いない。「月傾きぬ」と詠う通説の歌は、賀茂真淵が詠った新たな傑作歌として評価すべきであろう。

主観的鑑賞法として稲岡耕二（『柿本人麻呂』二〇三頁）による四八番歌の解釈の一部を示そう。

この三首目は夜明けの荒野を歌っている。まんじりともせずに一夜を明かした人びとの目に暁方《あけがた》の光が見える。日の出前の壮麗な光が東の野の涯《はて》に―。そしてふりかえってみると、西には残月が傾いている。…中略…草壁皇子の形見の地として安騎野をおとずれた人びとが見たものは、かつての日と同じような夜明け前の光景だったと思われる。……

とする。

この描写の数分後が筆者の「炎」であるが、実に味わい深い文章である。惜しむらくは稲岡の文章に四八番歌には持統の深い思惑もあったことの指摘がない点である。

（5）四九番歌

四九番歌も古くからさまざまに解釈されてきたので、句単位に中身を検討していこう。

①原文

日雙斯　皇子命乃　馬副而　御獦立師斯　時者来向

②句単位の訓みと解釈

イ「日雙斯　皇子命乃」について…ここだけは二句をまとめて検討する。

i「日雙斯　皇子命乃」の訓み

「中西」：日並　　皇子の命の
「全集」：日並の　皇子の尊の
「譯注」：日並　　皇子の命の
「大系」：日並の　皇子の尊の
「集成」：日並の　皇子の命の

「橋本」：日並　皇子の命の

本文の「命」を「尊」とする「全集」「大系」を除き原文どおり「命」と訓むことで差異がない。「日雙斯」を「ひなみし」では字足らずになり、「日雙斯」に「の」を追加する。原文の「命」を尊重したいので、筆者の「日雙斯　皇子命乃」の訓みは、「日並の　皇子の命の」としたい。

ⅱ「日雙斯　皇子命乃」の解釈

「中西」：日並　皇子の命が
「全集」：日並の　皇子の尊が
「譯注」：日並　皇子の命、あの我らの大君が
「大系」：日並の　皇子の尊が
「集成」：日並の　皇子の命が
「橋本」：日並　皇子の命が

学者間で訓みの差異がなく、「日雙斯皇子命」とは草壁のことで学説の解釈に異論がない。しかし、「日並の　皇子の命の」の言葉については、まだ調査が必要と考える。「日雙斯皇子命」は日本最古の正史の『日本書紀』にはなく『万葉集』の歌の中でも四九番歌が初出で後が続かない。『続日本紀』で再び用いられるにすぎない。どうして人麻呂は四九番歌で「日雙斯皇子命」と用いたのか。ここに至る草壁皇子の尊称の推移を古い順に調査してみよう。

・天武紀元年（六七二）六月二十四日条で「草壁皇子・忍壁皇子、……」と書かれる。

・天武紀二年二月二十七日条に「立二正妃一為二皇后一。々生二草壁皇子尊一」と登場する。右同条で天武の息子であっても草壁以外は、すべて「皇子」の名称で書かれている。
・天武紀八年五月五日条（吉野の盟約時）に再び「草壁皇子尊」と登場し、他の人物は皇子。
・天武紀九年十一月十六日条は、「草壁皇子」と書かれる（生前の表記に揺れがある点に注意）。
・天武紀十年二月二十五日条で「草壁皇子尊を立てて皇太子とす」と出現する。
・『万葉集』「石川郎女に贈る歌」（2・一一〇）の目録に「日並所知皇子尊」と表記される。
・『万葉集』「石川郎女に贈る歌」（2・一一〇）の題詞に「日並皇子尊」と表記される。
・『万葉集』「草壁皇子の殯宮挽歌」（2・一六七）の題詞に「日並皇子尊」と表記される。
・『万葉集』「草壁皇子の殯宮挽歌」（2・一六七）の本文で「吾王　皇子之命乃」と詠われる。
・『万葉集』「草壁皇子の殯宮挽歌」（2・一六九）の左注に「後皇子尊」と表記される。
・『万葉集』「舎人による草壁挽歌」（2・一七一）の題詞に「皇子尊」と表記される。
・『万葉集』「舎人による草壁挽歌」（2・一七一）の本文に「我日皇子乃」と詠われる。
・『万葉集』「舎人による草壁挽歌」（2・一七三）の本文に「高光　吾日皇子乃」と詠われる。
・『続日本紀』文武即位前紀（六九七）に草壁を「日並知皇子尊」と書いている。
・『続日本紀』慶雲《きょううん》四年（七〇七）四月十三日条に草壁を「日並知皇子命」と書いている。

天武の息子の中で最年長で、皇位に最も近く太政大臣となった高市の尊称を見ておこう。持統紀十年七月十日条で高市薨去の記事に、高市に「尊」が付いた「後皇子尊」と書かれている。

「高市皇子への挽歌」（2・一九九）の題詞は「高市皇子尊」である。『万葉集』の「目録」「題詞」「左注」の採用順位は、これらを誰が書いたか特定できないので本文より後列にみるべきだろう。『続日本紀』の表記は最も新しい。草壁の尊称は、おおむね皇子→皇子尊→皇太子→皇子之命・日皇子→日並知皇子尊→日並知皇子命となる。「尊・命」は皇太子の尊称と同等だが、日並（四）皇子は後に天皇になった敏達にも用いられていた。天皇になる手前で皇太子と同等か、より上の尊称であろう。草壁の最新の尊称は『続日本紀』にあるように「日並知皇子」に、さらに尊称「命」をつけた「日並知皇子命」となる。「狩りの歌」の最後の四九番歌「本文」に「日雙斯皇子命」が用いられたことは重要である。四九番歌で草壁は天皇とほぼ同等まで格上げされたと捉えることができるからである。つまり、尊称の変更は地位が上昇したことを意味する。なお、「雙」は「並」、「斯」は「知」と同じである。

律令の法によれば「皇子」の子である軽は「王」であり、律令本来の序列は天武の皇子である新田部、弓削、長より下の地位だが、四九番歌を持統以下、すべての重臣の前で「日雙斯皇子命」と披露したならば、父の草壁の地位が天皇と同等になるので、子の軽は新田部、弓削、長などの上に位置づけられ、地位も上昇することになる。「日並知皇子尊・日雙斯皇子命」と書かれ、「ひなみしのみこのみこと」と称された。訓み方を特定したのは神野志隆光が最初とされる。

「高光　日之皇子」・「高輝　日之皇子」（新田部、弓削、長に使用）と、「高照　日之皇子（天武と軽に使用）」は分けて用いられている。同じ「たかひかる」・「たかてらす」でも、人麻呂は軽の表記と、他の皇子の表記を明確に意識的に変えている。人麻呂はアマテラスを『書紀』で書かれている「此の子《みこ》、光華明彩《ひかりうるは》しくして、六合《くに》の内に照り徹《とほ》る」という表現と重ねて、天武と軽をアマテラスの限定された直系子孫であることを意識して「高照らす」と用いているようだ。「高照らす」には「巣」と敬語が入っているのに対し、「高光る」には敬語が見られないことも注目である。

以上から、筆者の「日雙斯　皇子命乃」の解釈は、「日並の皇子の命が」である。「集成」「橋本」と同じになった。「乃」の訓は「の」でも、訳では「が」となることは『万葉集』では普通である。歌で「乃」は現代語訳では「の」の外に「が」となることも既述した。

ロ「馬副而」について

i「馬副而」の訓み

「中西」「全集」「譯注」「大系」「集成」「橋本」はすべて「馬な(並)めて」であった。「玉尅春《たまきはる》　内乃大野尓　馬敷而《うまなめて》　……」(1・四)、「……馬並而《うまなめて》　御獦曽立為《みかりそたたす》　……」(6・九二六)、「於毛布度知《おもふどち》　許己呂也良武等《こころやらむと》　宇麻奈米氐《うまなめて》」(17・三九九一)など「馬なめて」と訓む例ばかりだ。当該歌の後に詠まれたと考えられる二三九番歌では人麻呂は当該歌と区別し「馬並而」と表記している。

だから「馬副而」を「馬なめて」と訓めるだろうか。「而」を「て」と訓むことは、『万葉集』に例が多く妥当だ。問題は「副」を「なめ」と訓めるかだ。「副」の「集中」での使用例は全部で三二首しかない。中から五首を抽出した。三八番歌は「逝副」(ゆきそふ)、一〇七〇番歌は

「野邊副清」（のへさへきよく）、二五四九番歌は「袖副所沾」（そでさへぬれぬ）、三八〇七番歌も「影副所見」（かげさへみゆる）であった。三八六九番歌は、「小船引副」（をぶねひきそへ）である。五首も選んだが、すべて「さへ（え）」か、「そへ（え）」か、その変化形であった。「副」を「なめ」と訓む歌がないか探した。三一四九番歌の「君尓副而」「きみにたぐひて」のように「たぐ」はあったが、「なめ」の歌は三三一首中に一首もない。これでは「副」を「なめ」とは訓めない。「大系」が〈「副」の字は、皇子の馬を主として、従者がそれに加わる意で用いた〉と説得力のある説明をしているが、それでも学説全員一致の見解には従えない。人麻呂は文字の中で「そえ」と訓まれる可能性のある「副」をわざわざ選んだと思うからだ。以上から筆者の「馬副而」の訓みは「集中」の例にある「副」を「そえ」と訓むとおり「馬そえて」としたい。

ⅱ「馬副而」の解釈

「中西」：馬を連ねて
「全集」：馬を並べて
「譯注」：馬を勢揃いして
「大系」：馬を並べて
「集成」：馬を並べて
「橋本」：馬を並べて

「中西」「譯注」以外の学説は「馬を並べて」で同じである。筆者の「馬副而」の訓みは学説とは異なるが、解釈は学説と同じく「馬を並べて」としたい。「そえ」には「並べる」の意味も含まれるからだ。「精選版 日本国語大辞典」にも「副」に「並ばせる」とある。

ハ「御獦立師斯」について

ｉ「御獦立師斯」の訓み

「中西」：御猟立たしし
「全集」：み狩立たしし
「譯注」：み狩立たしし
「大系」：み狩立たしし
「集成」：み狩立たしし
「橋本」：み狩立たしし

学者の「御獦立師斯」の訓みはすべて同じとしてよい。他の訓み方を思いつかない。筆者の「御獦立師斯」の訓みも「み狩立たしし」としたい。「み」は「御」とあるからであり、狩りに尊称を付けて七文字の訓みにし、語呂をよくするとともに高貴な人物の狩りであることを強調したのだろう。この時に狩りをした人物は第一義的には草壁であり、言葉の裏に軽が隠されている。

ⅱ「御獦立師斯」の解釈

「中西」：今しも出猟なさろうとした

「全集」：狩りに出かけられた
「譯注」：猟に踏み立たれた
「大系」：狩りを催《もよお》された
「集成」：かつて狩場に踏み立たれた
「橋本」：出猟された

学説の訓みはすべて異なっているが実質は同じと評価できる。いずれも草壁を主語として過去形である。「大系」のごとく「立たしし」の解釈を、狩りを「催された」とする説もあるが、表現に一工夫が欲しい。「御獦立師斯」とは、かつて草壁が狩りに走り出そうとした雄姿と、軽が狩り支度で身を固めた馬上の姿を、同じになったと人麻呂が思った言葉である。句の主語が草壁でも、ここで軽と重ねて言葉巧みに主語の転換を図っている。草壁と軽の姿を重ね、二人が狩りをした時刻を重ね、その日の周囲の景色を重ね、日の出の太陽と月の沈みつつある姿を重ねている。筆者の「御獦立師斯」の解釈は、「中西」に従い「今しも出猟なさろうとした」としたい。

ニ「時者来向」について

i「時者来向」の訓み

「中西」：時は来向かふ
「全集」：時は来向かふ

「譯注」：時は来向ふ
「大系」：時は来向かふ
「集成」：時は来向ふ
「橋本」：時は来向かふ

送り仮名に差異が見られるが、訓みの学説は同じとしてよい。学説はすべて旧仮名遣いである。旧仮名遣いをやめたいから、筆者の「時者来向」の訓みは「時は来向かう」としたい。

ii「時者来向」の解釈

「中西」：あの払暁の時刻が今日もやがて来る
「全集」：同じその時刻になった
「譯注」：その時刻は、今まさに到来した
「大系」：その季節がいよいよ来た（後に「その時刻は今まさにやってきた」と修正している）
「集成」：時刻は今まさに到来した
「橋本」：その時はやって来る

以上が学説である。「大系」は「時」を「季節」とする（後に改めている）が、今、突如として冬の季節が来たのではない。来たのは出発の時刻だ。筆者の「時者来向」の解釈は後述する。

③学説

「中西」：日並　皇子の命が　馬を連れて　今しも出猟なさろうとした、あの払暁の時刻が
今日もやがて来る
「全集」：日並の　皇子の尊が　馬を並べて　狩りに出られた、同じその時刻になった
「譯注」：日並　皇子の命、あの我らの大君が　馬を勢揃いして　猟に踏み立たれたその時
刻は、今まさに到来した
「大系」：日並の　皇子の尊が　馬を並べて　狩りを催された、その季節がいよいよ来た
「集成」：日並の　皇子の命が　馬を並べて、かつて狩場に踏み立たれた　時刻は今まさに
到来した
「橋本」：日並　皇子の命が　馬を並べて　出猟された、その時はやって来る

各学説は表現が少し違うが、ほぼ同じことを言っていると思う。ただ、「中西」と「橋本」だけが未来形の「来る」としているが、他の学説はすべて「なった」「来た」「到来した」と、過去形か現在形にしている。小さな違いだが、とても大事な差異だと思う。

④筆者の解釈

重要な差異は馬で駆け出した瞬間が、「すでに来てしまった」か「今まさに到来した」か「来ようとしている」か、過去形か現在形か未来形かが問われている。「時」とは何時か。過去でも

現在でもない。これからおとずれる未来（歌では今から行われる狩り）である。狩りに駆け出す瞬間を迎えようとする直前が今なのだ。人々の期待を一身に背負って、軽皇子よ「未来（狩り）に向かって走りだせ」が歌に込められた人麻呂のメッセージで、近未来の「時」である。「時は来向かう」という言葉こそが持統から期待されて人麻呂の絞り出した言葉で、「一連の歌」の総決算であり結論であった。とすれば、ここで「時」とは、かつて故草壁が馬で駆け出した瞬間とまったく同じ時が、「今まさに来ようとしている」が適切である。

以上から、全体の訓みは「日並の　皇子の命の　馬そえて　み狩立たしし　時は来向かう」となる。筆者の「時者来向」の解釈は、「日並の皇子の命が馬を並べて今しも出猟なさろうとした、あの瞬間が今まさに来ようとしている。（軽皇子よ「未来（狩り）に向かって走りだせ」）」である。

6　各論5——補足と抜け落ちた諸問題について

これまでに論じただけではまだ足りない。以下で不足分をまとめて論じていこうと思う。これまで一定の表題を掲げて論じてきたが、タイトルの枠内に収まらない問題がある。

(1)「炎」の「陽光」説批判と人麻呂の役割

「陽光」説は二四四頁以下で述べた。ここでは「陽光」説批判を中心に述べようと思う。

第一に、自然科学の発達した現代においては、「陽光」が起きる可能性のある時期と時間は特定できるはずだが、そのような学者の考察を知らない。参考になる文献として天文学者であった斎藤国治『古代天文の散歩道』の〈柿本人麿が見た「かぎろひ」〉がある。また、毎年、旧暦の十一月十七日に人麻呂が立ったとされる宇陀の阿騎野の現地で「かぎろひを観る会」が実施され、令和四年で通算五〇回にもなるのに、実際に見た確実な証拠を示す人は誰もいない。現象が見えないために参加者が少なくなったので、第五〇回を区切りに「かぎろひを観る会」の実施日を、旧暦の十一月十七日の他に発生する可能性が高いとされる二月にも行うように変更している。

第二に、早朝の東の空が赤く染まった写真を目にすることがあるが、同じ日の同時刻に撮影した月の写真を見たことがない。太陽と月が同時に所定の時間と場所で見えなければ、人麻呂の歌の詠った風景とはならない。しかも数年間で二回も偶然に同じ現象が発生しなければならない。たとえ和田萃のいうような現象が偶然に阿騎野で見られたとしても、見えた時の時刻が六時頃で、その時に月が山々に沈もうとし、草壁と軽の狩りの日の朝にどちらにも見えた、の諸点が二回とも揃う必要がある。したがって、「陽光」説はまだ具体的な証拠のない仮説にすぎない。

その上、天気は晴れていなければならない。空が厚い雲で覆われていれば太陽も月も見えないからだ。仮に「陽光」説のような現象が偶然に発生したとしても、草壁と軽の狩りの朝が二つともに、同様の景色が発生する確率は限りなくゼロに等しい。

第三に、真冬の早朝六時頃では太陽はまだ昇らず、月の位置は南の空に高い位置にあるか、すでに山に沈んでしまっていると思われる。現在では比較的簡単に太陽と月の情報が入手できることは、すでに書いた。四八番歌から草壁の狩りと軽の狩りで、同じような太陽と月の風景が出現したことが知られる。四八番歌のすばらしさは草壁の狩りの時の風景と同じものが、軽の狩りの日に出現したことが言外に詠われていることにある。多くの詩人や万葉学者も同様のことを指摘している。しかし、日の出の時間と月の入りの時間が二回の狩りともほぼ一致し、かつ、日の出の太陽と満月に近い月が同時に東西に見えるという条件は、通説の早朝六時頃では両立しない可能性が高いのだ。次にこのことを確認していこう。

天文情報には、狭く厳しい条件が付くと逆に候補が絞られて日時を特定できる利点がある。有力候補の天文情報は一七〇頁に述べたが、不要なものを削除して関係箇所だけを要約した表を左に作成した。三候補のいずれも条件をクリアする可能性が高いが、さらに候補を絞れる。

和暦	グレゴリヲ暦	日の出	月の入	月の形	高さの一致度
天武十四年十一月十六日	六八五年一二月二〇日	七：〇三	九：三四	満月から三日	高いが良い
持統六年十一月十六日	六九二年一二月三一日	七：〇六	八：一一	満月から二日	丁度よい
持統七年十一月十六日	六九三年一二月二一日	七：〇四	八：四〇	満月から三日	良い

表から六時頃であれば、天武十四年十一月十六日と持統七年十一月十六日が、グレゴリオ暦の冬至の月・日（一二月二一日頃）と（＝アマテラスが天の岩戸から登場した冬至とも）一致し、日の出の時刻に月の山々に沈もうとする姿が見え、満月に近いことが見てとれる。ただ、持統六年十一月十六日の七時では、月が山に沈んでしまう可能性があった。学者は「一連の歌」、なかでも四八番歌についてさまざまに論じているが、中山画伯を除き、詳しい天文情報に言及した論文には出会ったことがない。それでも①狩りの日は冬至だったとか、②草壁の狩りの日と軽の狩りの日は一致するとか、③日の出と山に沈みつつある月が東西に同時に見えるとか、④狩りの日は満月であったなどと天文学的な根拠もなしに書いている。たくさんの論文は、くしくも右の表から得られた結論とまったく一致するので、学者の長年の研究による勘の鋭さに大いに敬服している。

第四に、「陽光」そのものは、冬至の朝における日の出とは無関係に起こる現象で、アマテラスとは何の関係もない。「陽光」説によれば「歌」は持統の思惑ともかけ離れ、単に起こった「かぎろひ」の自然現象を詠ったにすぎなくなる。「陽光」説では持統から人麻呂に期待されたもの、つまり、軽を「王」から「皇子」へ昇格させ、さらにアマテラスの直系子孫の御子であることを確認させ、皆に皇位後継者として認知させるという狩りの目的の意図が、自然現象の前で消えてしまう恐れがある。四八番歌を考えて詠った人麻呂に、何の意図もないはずがないだろう。「かぎろひの歌」では「陽光」が見えることが重要なのではない。右に述べた諸条件が二つの狩りの日にすべて僅差で一致することで、持統の意図が貫徹されることが肝心なのだ。目的と手段を混同してはならない。目的とは持統の意図の貫徹であり、手段とは「炎」のような現象が起こる日と時間に開始される狩りと歌である。大切なのは、①冬至に近い日に、②草壁と軽の二つの狩りで同じ風景が出現し、③狩りに駆け出す直前に太陽が昇ってきて、④同時に満月に近い月が山に沈もうとすることである。四つは持統が狩りを行わせた意図を達成するための手段であった。

人麻呂の役割はこの姿と意図を詠い切ることだ。人麻呂は持統の希望を叶えるために全身全霊を傾けて作詞したと思われる。そして成功したのだ。対して多くの学者は狩りの目的がどのようなものかについて、上記の風景とともにさまざまな思いを込めて語り、定まらない。

（2）軽皇子の狩りの日が冬至でなければならなかった理由

狩りの日がどうしても冬至の日でなければならなかった理由を別の観点から述べる。

これまでは一つ一つの論点を細切れにして取り上げてきたために単独の細かいことしか書けず、十分に論じきれなかった点があった。客観的な証拠に基づく結論ではないが、今まで述べてきたすべてを総合して、まとめて筆者の見解を述べようと思う。

「陽光」説にある朝六時頃の「陽光」などは、数十年の間に一度起こるかどうか分からない現象である。重要なことは偶然や奇跡に期待するのではなく、日の出の「太陽」は晴れた冬の朝で、雲も太陽を隠さない程度の薄さであれば必ず見ることのできる夜明けの風景だ。太平洋側の地域の一二月は晴れる日が多いと気象庁も発表している。古代の一二月も大差がなかったであろう。

運よく二人の狩りの朝はともに晴れていて、人麻呂は同じ景色を見ることができたのだ。

冬至に近い日に狩りをした目的は何か。持統は冬至をアマテラスが天岩戸から顔を出した日と考えている。持統が綿密に計画して藤原宮を建設し、冬至に藤原宮の中心に位置する大極殿前から香具山の山頂に日の出の太陽を見えるようにしたことが根拠だ。日の出はアマテラスが祀られている伊勢神宮から昇る太陽の延長線上にある。後の藤原宮では早朝に香具山に昇る太陽を礼拝し、各人の持ち場に向かう。日の出に何かを行う意図は、日の出はアマテラスの登場であり、アマテラスになぞらえている持統か、アマテラスを引き継ぐ人物の登場と活躍を意味する。持統はその人物を軽としたかったのであり、人麻呂はその希望によく応えた歌を詠んだのだ。

四八番歌はアマテラスが天の岩戸から顔を出した日と同じ冬至の日に、東南の山から出現する日の出の太陽を詠う。四九番歌の初句《しょく》で詠う日の出直後の太陽の光は、人々の期待を背負った草壁の姿の象徴でもある。軽は数年前に草壁が狩人の姿となったと同じ狩人になって、馬で草壁が駆け出そうとする姿に軽の姿を重ねている。人麻呂が今、目にしている馬上の姿はアマテラス＝持統から続く太陽神の御子として、かつて地上に登場した草壁と、その姿に重ねた軽である。馬上の軽は新たな神話づくりに腐心していた持統と人麻呂が歌で描いて到達した具体的な形でもあった。以上の理由により狩りの日は、どうしても冬至の日でなければならなかったのだ。

初代天皇の神武が九州から倭に進出するに際して、宇陀の阿騎野は肝要な経由地として『日本書紀』にも書かれている。吉野宮を脱出した天武と持統（当時はサララ）が、ともに戦場へと向かう初めての休息地が宇陀の阿騎野であった。天武が宇陀の阿騎野に立ち寄った日を、神武が熊野の神邑《みわのむら》を経て菟田に至った日（神武即位前紀戊午年六月二十三日条）と一致（天武が宇陀に着いたのは六月二十四日）させている。天武が壬申の乱で近江朝を破って政権奪取するための最初の経由地を宇陀の阿騎野としたのは、あたかも神武が九州から発出して兄の五瀬命を失い、再起を期して熊野・宇田を経由したことと同一視するようである。天武がこの日を考えて選んだとするならば、神話と現代との塗り重ねである。おそらく周到に考えられているのだ。草壁も同行し、時に草壁は一一歳であった。阿騎野の地が多くの意味を持つ聖地であることは一四六頁以下に述べた。

草壁と軽の狩りの日を調べると、いずれも旧暦の十一月十六日で、満月に近く二つとも実際に冬至の日であった（二六八頁以下参照ください）。旧暦の十一月十六日と冬至（新暦の十二月二十一日頃）が一致することは数年または十数年に一度しか発生しない。稀に起こるような日と日の二つを一致させる行事は、人為的に考えて行わなければありえず、たまたま一致することは奇跡である。

この頃はすでに中国から最新の天文学が導入されている。この日を探り出し特定することは不可能ではなかっただろう。二つの狩りの日時（旧暦の十一月十六日）の一致と、場所（阿騎野）の一致と、冬至の日の一致と、太陽の出現と月の入りが同時に見える日に、狩りを企画したことは実に見事である。天文に詳しい天皇の持統だからこそ実現できたのだ。

人麻呂には草壁との思い出に浸る自分と、以上に述べた事柄のすべてを冷静に認識する別の顔の自分があった。二面性を持った人物を人麻呂はさりげなく演じ、歌に表現できたからこそ持統の深い信頼を得ただけでなく、歌を芸術にまで高めることができ、後に和歌の始祖として歌聖としても称えられるようになったのである。

持統と人麻呂が行った、こうした工夫が当時の人々や、その後の人々に正当に理解され評価されたかどうかは分からない。むしろ理解されなかったと思われる。軽の立太子を画策して持統が開催した御前会議は、異論が続出して紛糾し持統の意図どおりにならず、政敵であった大友の息子である葛野王の発言でようやく軽の立太子が実現したのであった。また、一三〇〇年以上も後世の現代でも、持統の意図をめぐって諸説が噴出し収斂《しゅうれん》していない。これらの事実は持統の意図が正しく理解されなかった証拠であろう。持統の努力も忘却の彼方に悉く忘れ去られたのだ。

（3）四八番歌の「かぎろひ」とは何を象徴しているか

この問題は「かぎろひの歌」の最大の山場の論点の一つといえる。人麻呂が何を言いたいかが、この言葉の解釈一つで決定づけられるからである。

諸説はこれまで「炎」の具体的な姿ばかりを問題にしてきたが、それは「歌」の中で重要なことではない。肝心なことは歌に込められた「炎」と「月」の持つ意味である。この内容を解き明かさなければ歌の本当の趣旨を分かったことにならない。学説を紹介しながら語ろうと思う。注目すべき説は二九七頁に述べる「橋本」（四八頁）を除き、「中西」から「集成」の中にはなかった。詳しく学説を調査してみよう。

稲岡耕二は「阿騎野の狩りの歌」は〈末尾の「古思ひて」が、旅の目的をほのかににおわせるが、朝から夕方までの皇子（軽のこと：筆者）の「神ながら」の行動をあらわすことに重点があるといってよい〉（『柿本人麻呂』二〇一頁）というが、「炎」が何を象徴しているかは具体的に述べていない。そこで「炎」に象徴されるものをすべて挙げてみよう。候補は物などではなく人であり、候補者はアマテラス、天武、持統、草壁、軽が想定できる。一つずつ考えていこう。

「誰も象徴していない」説。中西は『柿本人麻呂』（六二頁）で「この月が草壁で太陽が若き軽を意味するという解釈は、詩を解することからは遠い」と批判し、「炎」と「月」を具体的な人物になぞらえていない。中西は四八番歌を、風景を詠った歌と解しているのだろう。「集成」と「釋注」は何も明らかにしない。「大系」と「全集」も全体が短いために「炎」と「月」への言及がない。いずれも、『万葉集』のすべての歌を解説する著書の趣旨からやむを得ないだろう。

「炎」が「アマテラス」を表象しているとする説は、「陽光説」ではありえない。陽光は日の出の一時間も前に起こる現象とするのだから、太陽とは直接的な関連がない。通説の「朝焼け説」としても、「朝焼け」は日の出によって起こるが太陽そのものではない。このように「陽光説」「朝焼け説」ともアマテラスとの関係が薄いと考えられるので、アマテラス説は成り立たない。

「天武天皇」説は、天武を神とするものの、太陽＝アマテラス＝持統としたい持統の意向があるので、太陽と天武の結びつきが弱いという欠点を持つ。「一連の歌」に天武を登場させる必然性もない。だから「炎」に天武を見る説もありえないとせざるを得ない。

「持統天皇」説は、持統が冬至の早朝に「炎」のように出現したとしても、他に何かを象徴し結び付ける内容が歌の中には何もない。したがって、「持統天皇」説もあり得ない。

「炎」を日の出直後の太陽の光とする説であれば、太陽（＝アマテラス＝持統）の発する光が「炎」だから、日の出の太陽を＝アマテラス＝持統になぞらえている持統の意をくんで、人麻呂が草壁や孫の軽を太陽＝アマテラス＝持統の子・孫として太陽の光と重ねて表現することは十分にあり得る。それでも、まだ「炎」が草壁と軽の二人のうち、どちらとも決めがたい。

「軽皇子」説の代表として身崎壽説を取り上げる。身崎壽説は、「学ぶ　一」において、「「かぎろひ」と「月」」の題目で、〔ここで人麻呂は、新しい希望の「時」にむかって踏み出しつつ、まさにその新しい時を生み出してみずからは過ぎ去っていく「時」を愛惜しているのである。……その意味で、「かぎろひ」と「月」とに軽皇子と日並皇子をかさねあわせて見ることができると指摘した窪田空穂の洞察（『万葉集評釈』）は正しいといわねばならない〕（一九五頁）という。

有力説である。身崎と窪田は「炎」が軽で、「月」を草壁と捉えている。時間的な経緯を考えないならば、身崎の発想は妥当で、沈みゆく月に代わって新しく太陽が出現する姿を象徴的に捉えている。父の草壁が死んで、子の軽が登場することを暗示していると考えたからだろう。そうあってほしいという願望もあるかもしれない。しかし、「軽皇子」説は重要な欠点を含む。

新時代を象徴する人物を「炎」とすることはありうるが、「炎」を軽とするのは詠われる順序が違うと思う。子（太陽）が先に登場して、父（月）が後の登場は、登場順序が逆である。登場

（生まれる）順序は父が先で子は後だ。子が先で父が後などありえない。親子の順序を言いたいなら先に親の草壁を表象した西空に沈もうとする月を詠い、次に子の軽を意味する輝く日の出の太陽を詠うべきだろう。人麻呂ならばそうすることは容易であっただろう。したがって、「炎」を軽とするのは成り立たないと考える。ここで「炎」の候補として軽は脱落することになる。「草壁皇子」説。「炎」を草壁とするもので、十分にありうる。

四八番歌の最初に出現する「炎」が草壁ならば、四五番歌から四九番歌の結句の直前まで、故草壁を偲ぶことで首尾一貫する。「橋本」は「月は草壁を比喩したものであろう。一方、野に揺らめき立つカギロヒは、霊的な力の発動を表し、草壁の再生を象徴するものであろう」（四八頁）として、カギロヒ（炎）と月の両方を草壁としている。奥深い考察と思う。

月が草壁であることは、もう説明の必要はないだろう。「月」を草壁の表象として人麻呂が詠っていたことは、すでに述べたので繰り返さない。人麻呂は昨日まで草壁の思い出に浸っていた。昨日の延長線上にある翌日の朝には、かつて草壁は「炎」のごとく希望の姿に見えたが、今は月に姿を変えて山陰に沈みゆくのであった。期待されていた「炎」のような草壁が、今は山陰に亡き人として去っていく。すなわち、「炎」も「月」も草壁になぞらえていたのだ。結局、筆者の見解は「橋本」説と同じになった。

（4）四五番歌から四七番歌と、四八番歌・四九番歌の関係

四五番歌から四七番歌と、四八番歌・四九番歌の関係についても争点がある。四五番歌から四七番歌までは一つのグループで、時間的には前日までのことで、四八番歌と四九番歌はもう一つのグループで、翌日の歌である。二つは別の日の歌だから四七番歌と四八番歌の間に断絶があるという。説得力がある。しかし、これは歌単独では論じがたいが、結論から先に述べると四七番歌と四八番歌の間に断絶があるとする説は正しくない。

四五番歌の最初から四九番歌のほぼ最後まで、表面的には軽の動きを通してだが、背後には「古思」うとして草壁の追憶が詠われており、四九番歌の結句の「時は来向かう」で「一連の歌」の最後の瞬間に軽へ大きく焦点を当てている。この間のどこにも断絶はない。すべてが一連のものとして詠われており、歌は連続すると考えるべきだろう。先に四七番歌と四八番歌の間に断絶がある説から確認していこう。すでに一三三頁以下に断絶説（別々の日制作説）の根拠は述べた。

①四七番歌と四八番歌の間に断絶があるとする説批判

四五番歌から四九番歌まで、一つ一つの歌だけでは十分な意味をなしていない。各歌が独立して完成していたとしても後に詠われていることは想像できず、歌単独として何を詠っているかが分からない。謎だらけの歌では未完成で不十分とせざるを得ない。「一連の歌」で言いたいことが分かるのは、全部の歌を聞き終わって初めて了解される構造である。歌の五首全体を聞いて初めて、歌われている内容にさまざまな時間・空間の変化と深化を読み取れるようになっている。以上から、四七番歌と四八番歌の間に断絶があるという考え方自体が成り立ちがたい。

『万葉集』では長歌一首に対し反歌が二首の組み合わせが多い。当該長歌の次は反歌ではなく、短歌四首と異例である。異例の意図を考える必要がある。全体を総合的に考えると、四八番歌と四九番歌の間に断絶があるという学説批判にも共通して通用するが、以下のようにいえる。

第一に、四五番歌から四七番歌までは、「古」を思う点で首尾一貫している。四五番歌は、歌の最後を「古昔思ひて」で終わる。四六番歌の結句も「古思ふに」で終わっている。四七番歌は「古」を思うという表現を使わずに「形見とそ来し」で終わっている。「形見」としてやって来たというのは、「古思ふ」ことの抽象的な表現を具体的な言葉に替えたのである。

第二に、四五番歌にいう「古昔思ふ」ことの内容に、古代から現在までの長い歴史が含まれている。古い時代順にアマテラスの神話時代、神武の東征、推古・天智時代から行われてきた狩り、天武が壬申の乱で阿騎野に立ち寄って休憩した事実、天武が宇陀へ行幸したこと、天武時代に行われた草壁の阿騎野の狩り、が候補として挙げられる。どこまで人麻呂が意識したかは不明だが、最低限のところ天武時代に行われ、自分も参加した草壁の阿騎野の狩りは思い出されただろう。「一連の歌」に共通する最近の「古昔」が「古」である。「古思ふ」内容に四五番歌から四七番歌の三首間で差異がない。

第三に、人麻呂は己だけの感傷に浸っているわけにはいかない。依頼者である持統の要望にも応えなければならなかった。それをどのように詠うかに一方ならぬ苦労をしたことだろう。人麻呂は、アマテラス＝持統→草壁→軽へと皇位が繋がるように、四八番歌の最初に草壁の姿を、太陽の出現の美しく象徴的な「東の野にかぎろひの立つ」と表現した。不幸にも草壁が亡くなったので、次は故人を沈みゆく月にたとえ、結句で「月西渡」と表現した。四五番歌から四七番歌までは四八番歌（草壁との狩りの思い出）のための序になるという大切な役割を担っている。四五番歌〜四七番歌が四八番歌の序章歌であれば四七番歌と四八番歌の間に断絶を設けてはならない。

②四八番歌と四九番歌の間に断絶があるとする説批判

四八番歌と四九番歌の間にも断絶があるとする説は、四七番歌と四八番歌の間に断絶がある説と同様に正しくない。四八番歌と四九番歌の間に断絶があるとする説は、四八番歌が前日の範疇までのことで過去のこと、それ故に四八番歌に象徴されるは故草壁のことだが、四九番歌は翌日になってからのことだから現在のこと、新時代に象徴される軽を詠っているということを根拠にしていると思われる。詠われている日が別であれば同じ時に歌が作られるはずはない、ということも前提だろう。適切な疑問だが、この問題を解くヒントになる説が二つある。

伊藤博の「釋注」によれば「亡き皇子が猟を踏み立てたかつての一瞬（かつて草壁が狩りに駆け出した瞬間を意味する：筆者。以下同じ）は、そのまま現身《うつせみ》の皇子（軽のこと）が猟を踏み立てる現在の一瞬（四九番歌の軽が馬で駆け出す瞬間）と重なっている（日の出の風景と、山に沈みかけている月を見てから馬を駆け出すまでの風景が、そっくりである）。「古」（父）（＝草壁）の行為（狩り）および心情（高ぶる気持ちか？）と「今」（子）（＝軽）の行為（狩り）および心情（高ぶる気持ちか？）とがここで重なり、亡き皇子（草壁）への追憶は完全に果たされたのである」（一五一頁）という。伊藤は抽象的表現ながら四八番歌と四九番歌を連続して考えている。二首が連動すると考える大切なヒントだ。

もう一つの学説がある。『万葉集を学ぶ　一』にある身崎壽の「柿本人麻呂阿騎野の歌」である。身崎は〔朝（太陽）と夜（月）（ここまでは四八番歌だろう：筆者。以下同じ）、そして現在（軽の狩り）と過去（「古」の草壁の狩り）という二重の意味での「時」の交錯のうちに、高照らす日の御子たる皇太子（草壁）の霊は軽皇子の中でよみがえる（四九番歌をいうのだろう）。そしてこれはもはや、阿騎野への行旅に供奉し遊猟に参加した一行の人々にのみ示されたものではなく、さまざまな思わくの乱れていた持統宮廷社会に高らかに発表され（狩りの後に持統や重臣が参加して行われる宴で発表）、軽皇子の継承者としてのイメージを形成することに大きな役割を果たしたのではなかろうか〕（一九九頁）という。適切な指摘である。身崎壽は四七番歌までと四八番歌以降の歌の間に断絶を認め、別の日の歌として考えているが、ここでは四八番歌と四九番歌をセットで捉えている。

狩りのお供の者の朝の仕事は寝ていた軽を起こし、簡単な朝食を済まさせ、軽を狩りの姿に身支度して、馬に乗せることだろう。そして、四八番歌で人麻呂が西に渡る月を見てからいくらも時間が経たないうちに空は十分に明るくなり、四九番歌の馬を走らせることもできる時間になる。「炎」＝日の出直後の太陽の光説ならば、「月」を見てから馬を走らせるまでの時間は非常に短いものとなる。これに反し「炎」と「月」を見て（1・四八）、馬が走りだせるほど明るくなるまで（1・四九）の二首の間に流れる時間が、言い換えれば「炎」と「月」を見てから日の出の時間（七時過ぎ）までが「陽光」説のように一時間以上もあっては、ただいらいらする待機時間となろう。

人麻呂が月を見てから馬を走らせることのできる時間までが長いと考えるから、四八番歌と四九番歌の間に断絶がある説が出現するのだろう。連続していて二つの歌の間の時間がごく短ければ、二首が別々の日に詠われたという説は出現しなかったと思われる。

次に四五番歌から四九番歌まで、一貫して切れ目がないとする理由は以下のとおり。

第一に、作者である人麻呂が「古」を偲ぶ心で一貫していて切れ目がない。「古」とは故草壁がした狩りである。四五番歌から四七番歌までは明確に「古」を「思ひて」草壁を偲んでいたことは、すでにみたとおりであった。四八番歌の「炎」を見ても、月の「西渡」る姿を見ても故人を偲び、四九番歌の中句までは草壁がかつて馬で駆け出した姿さえ思い出す。本書二九七頁以下に述べたごとく四五番歌から四九番歌の結句寸前までが草壁の思い出を偲ぶことで一貫している。

第二に、一行の場所の移動が、飛鳥京からの出発→阿騎野への道中→阿騎野に設けられた荒野の宿周辺→狩りの現場へと場面が流れるように詠われ、どこで切っても不自然となってしまう。歌の時間の推移もスムーズで、前日の早朝（の出発）→その夜のこと→翌日の夜明け→早朝（の馬で狩りに走りだす直前）の様子へと、時間が連続していて切れ目がない。

第三に、五首全体に流れる思いは亡き草壁の追慕の情で、人麻呂が「かえり見」したのも、生前に草壁の供をして狩りをした時と同じ時刻の日の出を見た後の沈みつつある月の風景だった。人麻呂は炎の燃えるかのごとく出現した日の出＝太陽に象徴される草壁が、今は山陰《やまかげ》に沈みつつある月に姿を替えてしまった。だから、人麻呂は自分の背後には山に沈みゆく月の姿があるはずと、確信を持って真西方向へ振り返り月を改めて見て、間もなく月が沈んで見えなくなるように、草壁も永遠のかなたに行ってしまわれたという懐旧の気持ちになったのであろう。この感情の流れも自然であり切れ目がない。四九番歌の結句直前まではすべて草壁への追憶で満ちている。

第四に、歌は四五～四九番歌で次第に狩りの事柄（目的・行き先・過程など）が明らかになる構造を持つ。すなわち、歌をどこで切っても全体が分からなくなる仕掛けで出来上がっている。

第五に、四九番歌で新時代の予告・予言が詠われている。軽にとっては追慕であったが、作歌を命じた持統にとっては追慕が目的ではない。彼女は明らかに別の意図を持っていた。軽の位を上げ、彼が亡き草壁の唯一の息子であることの再確認であり、現天皇である自分のただ一人の正統な皇位後継者だと天下に広く知らしめ認知させることであった。

以上から、四五番歌から四九番歌の間には少しも断絶はないと考えるべきである。五首が別々の日に詠われた歌ではない。五首の歌は同じ時に一連のものとして作られたに違いない。歌は狩りが終わってから発表までの間に、まとめて何度も推敲して作られたのであろう。出来上がった歌は狩りが終わった後の宴の席で皆に披露されたと思われる。

(5) 四八番歌と四九番歌の間の時間差はどれくらいか

先にも述べたが、四八番歌・四九番歌の間の時間差がどれくらいかを推測することは大事である。時間差の多少は歌に緊張感を伴った勢いを感じられるか、勢いなどは必要がないと考えるかの違いとして解釈の差に現れる。別の観点から、筆者が四八番歌と四九番歌の二つの歌の時間が短いと考える理由を追加しておきたい。

現地は道路が整備された見晴らしの良い草原ではない。ススキや小竹に覆われた荒れ地である。そんな場所を馬で駆け出すことは、周囲が暗ければ危険極まりない。将来の天皇を危険な目にあわせるわけにはいかない。乗馬にたけた大人でも落馬が原因で死に至った例（天智の死亡原因説や頼朝など）がある。暗いうちに荒れ地を馬で移動させるのはリスクが高すぎる。空が明るくなり始めるのは日の出のおよそ四〇分前頃からとされる。お供の者は高いリスクを避けるはずだ。馬が駆け出せるほどの明るさは日の出の後に出現する。だから狩りのために馬を駆け出そうとする瞬間を詠っている四九番歌は、日の出があった七時過ぎ（日の出の時刻の数分後）でなければならない。「かぎろひ」の見えた六時から狩りに駆け出せる七時過ぎまで、長い時間をただ馬上で待っていなければならないという不都合を解消する説に、「返り見」したのは軽と人麻呂のいた地点から、いよいよ馬で駆け出せる地点まで移動中だったとする説がある。しかし、暗い時に路なき道を馬で移動することは非常に危険である。軽はまだ乗馬に練達しているとは思われない数え年で一一歳にすぎない。お供の者にとって、もし皇子を落馬させて大怪我でもさせたならば打ち首の恐れさえある。太陽が山から顔を出して空が十分に明るくならなければ、お供の者は決して皇子を馬で移動などはさせないと思う。お供の人々の保身の心理も考えるべきであろう。

かつての通説のとおりであったとすれば、「かぎろひ」が見え、人麻呂が西空を振り返って月を見て、馬で移動のできる日の出までの間《ま》が一時間以上もあることになる。西空を振り返って月を見てから馬で移動のできる時間までが長ければ、二つの歌が別の日に詠われたという説の出現する余地があるかもしれない。そう考えるのが自然なこととも思える。

本当にそうか、確認していこう。

もしも四八番歌と四九番で詠われた時と詠われている場所がまったく違うならば、二つの歌は分離して考えるべきだという考えは、むしろ当然である。しかしながら、四八番歌と四九番歌の間が一時間以上も長いと仮定すれば、四八番歌の詩趣は身の引き締まるような緊張感に包まれた勢いがそがれてしまい、間の抜けた歌となってしまうだろう。特に四九番歌には勢いが強く感じられるので、四八番歌との間の時間差は短いと考えなければならない。

さらに右の二つの歌の間の時間が短い説を補強する材料として、題詞に「軽皇子の安騎の野に宿りましし時に、柿本朝臣人麿の作れる歌」とある点を指摘できる。四五番歌から四八番歌までは題詞のいう前日の時間内である。人麻呂が月を見て四八番歌を詠う段階までは、軽の寝ている範疇内（野に宿りましし時）にある。一方、四九番歌は翌日の朝、軽の目覚めた後のことを詠っており、題詞のいう時間を外れてしまう。問題はここだ。題詞のいう時間の範疇内を外れないためには、目覚めた後の次第が前日の範疇に入っているといえるほど短時間でなければならない。

以上のように考えるならば、人麻呂が月を返り見してから馬を走らせるまでの時間を短いとしなければならない。四九番歌を高らかに詠った時の風景は、日の出の瞬間から間もない頃の景色と解することができる。日の出を合図に狩りが開始される段取りだったと考えられるからだ。

四九番歌は軽を勢いよく歌い上げることが持統の要請であり、人麻呂の工夫である。勢いは間の抜けた長時間の待ち時間からは生まれない。短い時間に畳みかけるように事柄（歌）が進行することで勢いが得られる。日の出の時間は自然現象のため不変で、人間の都合で勝手に変えられない。であれば、馬で駆け出す時間を「炎」の出現時間（七時過ぎ）に近づける以外にない。だから馬で駆け出す瞬間は、空が十分に明るくなる日の出後（七時過ぎ）でなければならない。

これは筆者の見解のように、「炎」を「日の出直後の太陽の光」とすることでこそ説明可能である。この点からもかつての通説の不都合が知られる。「かぎろひの歌」で肝心なことは、人麻呂がどのように持統の要請（命令）を歌で表現したか（しているか）を考えることが、重要で必要不可欠だということである。多くの学説にはこの点への指摘が薄いように感じられる。

（6）歌が披露された場はどこか

「歌」が発表される場は本書一四一頁に、実施された場合の宴について三案を示しておいた。ここで一連の狩りの歌が実際に披露された場を検討しようと思う。

狩りの後には盛大な宴が催されたらしいことは、「集中」にある天智の狩りの後に行われた歌で分かる。ところが軽の狩りの宴は①狩りの行われた当日か別の日か、②狩りの行われた現場近くか、宮殿に戻ってから行われたか、は分からない。筆者は軽の狩りの後に行われた現場の宴は、簡単に済ませたのではと考えている。現地の宴では、肝心の持統や重臣が狩りに参加していないため出席が見込めない。もしも、現地に多くの人が出席できるほどの広い会場がなければ、屋外で催すことになる。準備なども大変で、持統の狙いどおりの成果は得られないであろう。

狩りの当日の宴でも「一連の歌」は披露されたかもしれないが、メインは別の日に行われた席での発表だろう。あるいは、現地で行われる宴を省略して、すぐに飛鳥京へと帰ってから宴をしたかもしれない。狩りはおそらく午前中に終わったであろう。急いで飛鳥に帰れば午後の三時か四時には帰り着くであろう。筆者は飛鳥でその日に持統以下の重臣の出席のもとで宴会が催された可能性もあるとみている。「王」から「皇子」へと位の上がった軽が、次の皇位後継候補者としてデビューする宴はできる限り華やかなのが望ましい。この場では歌や舞と同時に、軽のりりしい姿や狩りの様子や獲物の多さや活躍した舎人のことも、大いに語られたことだろう。

軽はまだ一一歳と子供であり狩りに続く行事は大変な負担だろう。「譯注」は「都に帰って持統天皇の面前でも披露されたということも考えられる」（一五二頁）という。狩りと宴の最大の目的は、持統や重臣のいる場所での歌（1・四五～四九）の披露である。したがって、宮殿内で行われる持統はじめ重臣の集まった宴が、持統の意図した場であるに違いない。

桜井満は『柿本人麻呂論』において「天皇と全く同格の表現が、御即位前であることはもちろん立太子前でさえあり、しかも複雑な皇位継承問題の渦中にあった軽皇子に対して用いられていることには、必ずや大きな理由がなければならないだろう」（五九頁以下）としている。適切な見解である。人麻呂が軽に対し四五番歌で「やすみしし　わが大王　高照らす　日の皇子」や「神ながら　神さびせす」と、持統天皇と同格の表現を用いた理由は、軽を持統の皇位継承候補者の筆頭に押し上げるためであった。この狩りの宴は歌や正史などの文献に何も残っていない。だから実態は不明だ。気になることは、健在で多くの人々から皇位継承候補の筆頭と思われていた高市が、一連の「狩りの歌」を聞かされた時の心中である。さぞや複雑であったに違いない。

(7) 持統の吉野行幸と「阿騎野の狩りの歌」との関係

狩りの日と、持統が天皇在任中に三一回も出かけた吉野行幸とが、関係があるかどうかも検討に値する。持統は思い出深い吉野の地で故天武に対し、大切な行事や人事などの事前または事後報告をしていたはずだからだ。報告の実施日と内容は注9（三一二頁）に廻す。そこで狩りを行ったとされる有力説の実施年月日と近い時に、持統が吉野に行幸をしているかどうかを調べた。

ⅰ持統六年十一月説　　吉野行き同年十月十二日→帰りは十月十九日

ⅱ持統七年十一月説　　吉野行き同年十一月五日→帰りは十一月十日

注：持統六年十一月十七日も有力であるが、筆者は同七年十一月十六日に狩りをしたと考えている。

参考：持統八年十二月六日に、飛鳥から藤原京に遷都する。

ⅲ持統十年十一月説　　吉野行き同年六月十八日→帰りは六月二十六日

この調査結果は大変興味深い結果をもたらしている。狩りを実施した日と、持統が吉野に行幸した日が非常に近い関係にあることが浮かび上がるからである。

吉野行幸が持統の重要事項の事前・事後報告を天武にするためとすれば、狩りを行った日は持統七年である可能性が最も高い。軽の皇位継承の下準備のための狩りといえば、天武に報告しないわけがない。持統七年十一月五日～十日の吉野行幸において、今度の狩りの計画を天武に報告しているだろう。筆者の推測にすぎないが、十分にあり得ると考えている。

筆者は、持統七年十一月五日の吉野行幸は、数日後の同年十一月十六日に軽が狩りを行い、人麻呂に一連の「狩りの歌」を作らせ、その歌を狩りの後で行われる宴で披露させて、軽を天武の正当な後継者として皇族と臣下の皆に認知させるために行うと、天武に報告したと考える。

すなわち、持統七年十一月五日の吉野行幸は、軽を皇位継承候補の筆頭とするために狩りを行うことを、天武へ事前に報告するためだったと考えられる。伊藤博の「譯注」は「皇位についたのは、この一連の表現から実質四年ばかりのちのことであった」（一五二頁）という。不思議なことに持統の吉野行幸と軽の狩りが深い関係を持つと指摘をした学者は誰もいない。

今まで述べたことを総合すると、一連の「歌」には恐るべき意図が隠されていたと分かる。だからこそ多くの人々が「一連の歌」に神秘を感じ、しかも長い間、歌の謎に取り組んできたのだろう。しかし、今までその全貌を明らかにした者は誰もいなかった。今、初めて謎のすべてが明確になったということができよう。

注6（二四九頁）

野焼きは周囲の草に一斉に火をつけて行う。だとすれば、なぜ、東側の野火だけが見えたのであろうか。周囲のあらゆる箇所から火が見えなければならないはずだ。東側にだけ火をつけても獲物が軽と人麻呂のいる西に走り来るとは限らない。周りが逃げ道のないように火で囲まれるからこそ動物は本能的に火のない方に逃げる。

野焼きのためには風向きが重要である。今、東に野焼きの煙が見えたならば、風は東から西に吹いていなければならない。火がこちらに向かってこない限り、獲物はこちらに逃げてくることはないと考えられるからだ。東から風が吹くのは、冬の季節の風の常識に反する。冬の風は北西風か西の風が吹くのが古代から現代まで変わらないと思われる。春になれば昔から菅原道真の歌によらなくても東や南から風が吹くのが常識である。ただし、例外が発生することも昔から変わらない。論者は例外の風向きに期待するのだろうか。

人麻呂は四八番歌の歌詞の内容から西に立って東南方向を見ていることは確実だ。西から東を見ると左手方向は北になる。冬の風向きから考えると、背中の方から風が吹いてくることになる。であれば火は風上のこちらに勢いよく向かうことはないであろう。したがって、獲物が人麻呂のいる方向に逃げてくることはない。

軽と人麻呂は見晴らしの良い場所に立っていたと考えられる。しかも四九番歌には馬も登場している。だから彼らは馬上にあったと考えられる。中山正實の絵にも馬上の姿が描かれている。馬は火をみて怯《おび》えるとどうなるか。馬は火に恐れをなして人の手に負えなくなるに違いない。馬は火を見ると後ずさりするばかりで、動けなくなるからだ。火を恐れないのは人間だけであろう。馬を使った野焼きなど聞いたことがない。人間の価値基準だけで物事を判断してしまうのは、頭だけで物事を考える人の弱点であろう。

注7（二五二頁）

卑近で不謹慎な例で申し訳ないが、筆者は子供の頃、夜中に発生した火事を見に野次馬の一人として駆け付け、傍らに泣き崩れる被災者を見ながらも、燃え尽きるまで見つめた経験が何度かある。遠くで空が赤々と燃え立っている現場を目指して走りながら、なんと美しい空の景色かと妙な感動があったことを思い出す。履中が歌で表現した感動と同じかもしれない。自分の宮殿を放火された火災の炎でさえ美しく眺めた気持ちが、履中の歌から感じられる。『古事記』の歌の履中の気持ちは、筆者の子供時代の気持ちと同じだと感じたものである。

また、太平洋戦争の終戦のひと月前のこと、空襲のあった翌日の午前九時半過ぎから遠くの米艦船から町に艦砲射撃（八六〇発）をされた際、空中の弾丸か着弾後の爆発か聞きそびれたが、亡き母が花火のようできれいだったと言っていたことを思い出す。筆者はまだヨチヨチ歩きで、父は召集され遠くの場所で兵役についていた。なんともしがたい諦観と、怒りさえ忘れた己と、いつどのように死んでもかまわないという覚悟が入り混じった母の言葉だった。人間は自分の不幸に直結するものにさえ、きれいなものは奇麗と感じるのかもしれない。

二つの特異な例を別にすれば、「炎」は早朝の日の出の太陽の光こそがふさわしいといえる。

注8（四頁、二七五頁）

「阿騎野の狩り歌」の四八番歌で、月の形に言及したのは「中西」一人のみだ。「中西」は月を「下弦の月が見える」としている。中西は早朝の月が西の山々に沈もうとする姿の見える風景と認識しながら「下弦の月」とした。「下弦の月」とは、辞典によれば月の表《おもて》のうち半分が輝いている状態をいい、次第に月の形が欠けて新月に向かう月をいう。「下弦の月」が見える時間帯は天文学では、月は真夜中に東の空から昇り、日の出の頃は南の上空に見え、正午の頃に西に沈むと定義される。人麻呂の「月西渡」を、今にも西空に沈みそうな月を詠っていると、中西も理解していることは確実である。にもかかわらず「中西」は南空の真上にある下弦の月を見ながら歌っていると解説したことになる。「中西」の指摘は月の運行という自然科学の知識の前には意味を持たない主観的な解釈となってしまう。四八番歌の月を「下弦の月」とする解釈は中西以外にも見られるのは残念だ。

筆者も研究が未熟な頃、冬至を少し過ぎた頃の朝七時に日の出とともに満月から四日後くらいの月が、神奈川県久里浜の西空に低く見えたので、「下弦の月」に間違いないと「中西」に影響され拙著に書いたことがある。天文情報の客観的事実を確認しないで書いてしまった自分を、今ではただ恥じ入るばかり。十分に確認しないで書くことの恐ろしさを教えられた。筆者はパソコンで確認した下弦の月を、真夜中に南の上空に見て確認した。

注9（三〇八頁）

持統の吉野行幸の目的の一つが天武へ重要事項の報告の旅であったとする点は、拙著『日本の基礎を創った持統と元明の女帝姉妹』の一六一頁以下に詳述した。その要旨を掲載すれば、第一回が持統三年一月十八日から同二十一日であった。これは前年の十一月に天武を大内陵に葬った報告である。第二回は同年八月四日であった。これは八月に夫の天武から引き継いだ新令（飛鳥浄御原令）を施行した報告であった。第三回は持統四年二月十七日で、同年一月一日に正式に天皇となった報告である。いずれも持統が故天武に報告しないわけがないほど政治的に重要なでき事ばかりである。

三　結論

1 「阿騎野の狩りの歌」（長歌と短歌四首）の訓みと解釈

ここで筆者が辿り着いた一連の「狩りの歌」のすべての読み下し文と解釈を再現しておこう。

四五番歌

やすみしし　我が大君　高照らす　日の御子　神ながら　神さびせすと　太敷かす　京《みやこ》を置きて　こもりくの　泊瀬の山は　真木立つ　荒き山道を　岩が根　禁樹《さへき》押しなべ　坂鳥の朝越えまして　玉かぎる　夕さり来れば　み雪降る　阿騎の大野に　旗すすき　小竹《しの》を押しなべ　草枕　旅宿りせす　いにしえ思いて

訳：

あまねく我が国を治めているわれらが大王、天空を高く照らしている日の神アマテラスの御子である軽皇子は、神であるから神にふさわしい振る舞いとして、しっかりと治められている都を堂々と後にした。都から隠れるような山あいにある泊瀬の山は、巨木がびっしりと生い茂り荒々しい道だけど、むき出しになった岩を避け、あるいは乗り越え、道をさえぎる倒木の間をかいくぐって、水鳥が朝、軽々と池を飛び越えていくように、軽皇子も朝のうちに楽々と難所を乗り越えられた。日の光が淡い茜《あかね》色になる夕方になると、雪のちらつく阿騎の原野を風で旗のように揺れるすすきや小竹を押し伏せるようにして進んできた皇子は、草を枕に旅寝をなさっている。さまざまな人々の古昔を偲んで

四六番歌

阿騎の野に　宿る旅人　うちなびき　いも寝らめやも　いにしえ思うに

訳：

阿騎の野に仮寝する軽皇子たちは、普段どおりにくつろいで眠ることができただろうか、できないだろうね。かつて草壁と過ごした日々や、ともにした狩りのことを思うと

四七番歌

ま草刈る　荒野にはあれど　黄葉《もみちば》の　過ぎにし君の　形見《かたみ》とそ来《こ》し

訳：

今は草刈り場となっている荒野ではあるが、秋になって黄葉が散るように亡くなってしまった草壁皇子の思い出の地を、私たちは軽皇子とともに、形見の地としてやって来たのだ

四八番歌

東の　野にかぎろひの　立つ見えて　かへり見すれば　月西渡る

訳：

東の野の果てに日の出の光がいっきに昇るさまが見えて、故草壁皇子と行った狩りの時を思い

出して振り返ると、あの時と同じように月が西に沈みかけていた

四九番歌
日並の　皇子の命の　馬そえて　み狩立たしし　時は来向かう
訳：
日並の皇子の命が馬を並べて今しも出猟なさろうとした、あの瞬間が今まさに来ようとしている。
（軽皇子よ、未来（狩り）に向かって走りだせ）

人麻呂は最後に「時は来向かう」と一言を書き入れたことで、すべての作詞を終えて持統から託された使命を果たせたとひそかに満足しただろう。一連の「狩りの歌」は四九番歌をもって終え、狩りの実際の様子は一言も詠わない。歌の目的が狩りそのものでなかったからだ。
五首全体を読み終えて感じることは明るい希望と未来が見える、良い終わり方だと強く思える。まさしく持統の狙いどおりだ。これこそが集団で歌を聞く人々に与える印象効果であった。

2　「阿騎野の狩りの歌」の評価

「狩りの歌」である長歌と短歌四首の評価は、筆者がまだ全体を通して論じるだけの十分な準備

ができていないので、整理して記述できない。現在までに到達したものを示す。思いつく限りのことをランダムに書くので、抜け落ちるものや、どなたかの説があるかと思うが、ご説と同じであれば名前を挙げられないことをお許し願いたい。

①「歌」は長歌と短歌四首で一つの物語を造る新しい試みと評価できる。一つの物語を語らせるために必要な方法だったのであろう。

②「歌」では一首ごとに場所・空間の移動を詠い、五首を時間順に配列して、二日間の場所の移動と時間の経過を辿れるように詠われている。歌が時間順に並べられていることの論証は本書の執筆目的とは直接結びつかず、かつ、論述が長くなるので注10（三二一頁以下）へ廻す。時間が不可逆であり、二度と元には戻らないことを意識して詠われた歌と評価できる。

③「歌」の長歌に添付したものは「反歌」ではなく「短歌」とした趣旨を考えさせる大切な機会である。結論だけをいえば、四首の歌は長歌に添えられる「反歌」という地位から、「短歌」として長歌から独立した地位を獲得する契機となったと評価できる。

④「歌」は古い時代の口誦歌から、歌が文字で記述され伝えられるようになる過渡期に出現した最高傑作の一首と評価できる。

⑤「歌」の解釈は広く総合的検討によってすべきことを教える最適な実例である。

⑥情景を詠いながらも、情景以上の何ものかの含意を持たせるという詩の持つ力として、歌を文学にまで高めることに成功させている我が国で最初の作品の一つとなった。

⑦中国の詩に対抗しうる「起・承・転・結」で展開したすばらしい歌と評価できる。「起承転結」についてはすでに一三六頁以下で詳述した。

3　「阿騎野の狩りの歌」の歴史的位置づけ

「狩りの歌」が持つ文学や和歌における歴史的位置づけというテーマは、人麻呂や四八番歌を論じる場合には避けられない。しかし、テーマとしてはあまりにも重くて大きすぎるために、誰も正面に据えて論じてはいない。これまでに述べたことをまとめ、箇条書であるが、筆者がこれまでに到達した現在のものをできる限り提示することとしたい。

①中国の漢詩の影響から抜け出し、我が国独自の詩の形式で中国の漢詩に劣らない文学としての詩とすることに成功した最初の歌である。独自の文字を持たなかった我が国は、折に触れて詠われてきた歌を口から口へと詠い継いできた。外国の文字である漢字の導入に伴い、それまでの口誦歌や自分たちの考えや感情を文字にして紙や木片などの媒体を通じて記録し、他人に伝えられるようになった。人々の口から口へと伝えられていた我が国固有の歌は、漢字が伝わると次第に外国の文字の漢字を使って歌を目に見える形に文字化していった。これにより詠うとすぐに音として消えていった歌に地域の広がりと時間の継続を与えたのだ。

これがまた歌を文学にまで高める大きな要因になった。書いたものを見て何度も推敲し、書き直すことで、より質の高い歌へと昇華させることができるようになったからである。

そして、歌は次第に中国の漢詩とは別の様式を備えていった。中国の五言絶句や七言絶句とは違う、日本独自の五・七・五・七・七＝三一文字の形式の成立である。日本語の持つ特性である助詞（代表的には「が・の・て・に・を・は」など）の他、助動詞や形容詞などの変化を、歌の中に文字として取り込み、三一文字に整える形式が確立していった。人麻呂が登場するまでの歌は、まだ中国の漢詩に見られるような文学としての高い水準には至っていなかったが、人麻呂が先鞭をつけた。「狩りの歌」は文学的完成度の高い歌と評価できる。
②「長歌」＋「数種の短歌」で構成されて一つの物語を構成する形式は、人麻呂によって最高度に完成されたが、一部の人にのみ継承されたにすぎず、「狩りの歌」などを最後として「長歌」＋「数首の短歌」形式は、次世代まで継承・発展されず人麻呂だけで終わってしまった。
③「狩りの歌」は『万葉集』の特徴の、直情的・写実的・洗練された・雄大・具象的・直線的・集団的などという歌の評価を確立することに貢献した一首である。
④感動を現実に即してありのままに詠った歌である。
⑤感情を素直に詠った、またはストレートな表現をしている歌である。
⑥評価③④⑤に対して、後の『古今集』や『新古今集』では掛詞《かけことば》などを用いた技巧的・知的・優美繊細・理知的・個人的・個別的などの特徴を持つと評価されている。日本最初の歌集『万葉集』の特徴（③④⑤）を「狩りの歌」に見出し、後の歌集である『古今集』や『新古今集』以降

の特徴と比較して論じられるようになったさきがけといえる。

『万葉集』に対する③④⑤の評価は、歌としての評価として定着していると考えられたが、近年、この評価について、そのように単純には言えないという異議が呈されるようになってきた。歌の評価・解釈は単純ではないことを教えられる。

⑦「狩りの歌」の中で特に四八番歌は、『万葉集』のなかでも多くの人々に愛される歌となった。そして今日の人麻呂の歌人としての名声を決定的に高めることになった一首でもある。注意すべきことは、この歌の名声は詠われた初めから得られていたわけではない。江戸時代の学者の賀茂真淵が新しい訓みをしてからの評判であった。

⑧「狩りの歌」の位置づけをする趣旨で直接的に述べられた見解ではないが、参考になることを指摘した学者がいる。その言葉を紹介しておこう。

歌謡から詩である歌への転換について山本健吉は、著書『柿本人麻呂』の最後に「詩の自覚の歴史」として一章を設けている。章の最後に額田王の近江国に下りし時に作れる歌、「味酒《うまさけ》　三輪の山　あをによし　奈良の山の　山の際《ま》に　い隠《かく》るまで　道の隈《くま》　い積《つも》るまでに　つばらにも見つつ行かむを　しばしばも　見放《みさ》けむ山を　情《こころ》なく　雲の　隠さふべしや」（1・一七）を取り上げて、「詩の自覚の歴史」の結論として次のように述べている。

　……何度も繰返されるのが原則であった紋切り型の詞章から、その場、その時でなければならない、かけがへのない詞章への脱化が、詩的意識の誕生なのである。……對象を固定した、繰返されるものとして捉へず、運動と流轉（るてん：筆者）の相において捉へるといふことが、言わばその場を一回きりの決定的瞬間として捉へることが、人々を詩的自覺の誕生に導く。額田王から人麻呂の出現までは、もはや一歩に過ぎないのだ。（三〇一頁）

そして「あとがき」で山本健吉は、著書の主テーマ「人麻呂が生まれるまでの日本の詩の前史について、私の考への一端をまとめることができた」（三〇五頁）という。山本の記述は固くてむつかしいところもあるが、筆者が書き進めてきた一連の「狩りの歌」は、まさしく山本のいう歌謡から詩への転換がなされた代表的な歌の一つとして位置づけられよう。

参考までに今後の冬至と旧暦の十一月十六日前後に重なる日を調べると次のものがあった。

①二〇二九年一二月二二日　旧暦十一月十八日　満月の二日後　月の入り時間　七：四六
②二〇三七年一二月二一日　旧暦十一月十五日　満月の一日前　月の入り時間　五：二〇
③二〇四〇年一二月二一日　旧暦十一月十八日　満月の三日後　月の入り時間　九：一三
④二〇四八年一二月二一日　旧暦十一月十六日　満月の一日後　月の入り時間　七：二八

右の一覧のうち③の日の早朝、天気が良くて午前七時前後にある日の出は、人麻呂の四八番歌である「かぎろひ」の歌と同じ姿で再現する。旧暦の十八日であるから満月から三日後の月が出る。また、月はその日に真西方向へ沈む。月の入り時間が八時三〇分頃から九時三〇分頃の間だから太陽と月が確実に同時に見える。月の入り時間が早い①②④でも冬至からずれるが一～三日ほど日程を後ろにすれば月の入り条件を満たすことを「ステラナビゲータ10」で確認している。

注10（一三五頁、三一六頁）

ここに至る人麻呂の歌が時間順に意識的に並べられていることを確認するために、題詞にある四首以上の連続歌で、どのように並んでいるかをみていこう。

まず、『万葉集』に載っている人麻呂作の短歌（六六首）の中で四種以上を連続して詠った歌が、どのような構造になっているかを確かめる。題詞を頼りに調べると、五つの歌群があることが分かった。配列された歌番号順にA、B、C、D、E群と仮に名付ける。

明確な証拠はないが、歌の配列はいずれも『万葉集』の編者ではなく作者自身が行ったもの（採用した資料にあったとおりに掲載したものだろう）と仮定する。おそらく、学説にも異論がないものと思われる。

A群は、三六番歌から三九番歌の四首である。持統の吉野行幸時に詠った従駕歌である。以下、原則として歌の紹介は省略する。B群は、四五番歌から四九番歌で五首。本書で取り組んでいる「狩りの歌」である。C群は、二二三番歌から二二六番歌の四首である。有名な「泣血哀慟歌」の二〇七番歌から二〇九番歌（三首）と二一〇番歌から二一二番歌（三首）の二種類の歌の中で、後者の異伝で「或る本の歌に曰はく」とされている四首である。D群は、二四九番歌から二五六番歌の八首で、「羇旅《たび》の歌」といわれている。E群は、四九六番歌から四九九番歌まで「熊野の浦の浜木綿の歌」といわれる四首である。

いずれも多くの学者によって取り組まれてきた歌群でもある。B群以外のA群とC群とD群とE群も論点が多数あり、それらを詳しく述べることは省略し、それぞれの特徴を簡単に述べる。

A群の歌は、持統のお供をして人麻呂が吉野離宮で詠ったもので、二つの長歌とそれぞれに一首の反歌が添えられている。すなわち、長歌と反歌の組み合わせが二つ連続したものであり、四首連続した歌とはいえない。ここで取り上げる趣旨とも違うので省略する。

B群の歌は、今取り上げている歌そのものであり省略するが、結論は「時間の経過順に配列されている」であった。

C群は、二一三番歌から二一六番歌の四首で、二〇七番歌の題詞に「柿本朝臣人麿の妻死《つまま》りし後に泣血《いさ》ち哀慟《かなし》みて作れる」とある歌二首の後半、二一〇番歌以下の異伝である。C群の歌の並びには何らかの順序があるとされるが、本当にそうであるかどうか辿ってみよう。

C群の最初にある二一三番歌は、長歌のため全文の掲載は省略するが、「うつそみと　思ひし時　携へて　わが二人見し」と亡き妻との色々な思い出を語る。続けて育児の苦労や二人の貧しかった生活を詠う。妻のありし日の思い出を語っている歌である。歌の最後に「うつそみと　思ひし妹が　灰にていませば」とあるので、死後に火葬されたことが分かる。山中に散骨するにしても埋葬するにしても、この場で焼かれた遺骨を拾ったのだろう。火葬後の散骨（一四〇五、一四一五番歌など）は少なくなかったらしい。「妹」と表記するのは、当時の愛しい恋人や、特に愛妻に対しての詠い方である。

次の二一四番歌は、「去年《こぞ》見てし　秋の月夜は　渡れども　相見し妹は　いや年さかる」である。筆者の体験した火葬は山の中腹の平らな土地を四角く深く掘った遺体焼き場に、鉄道の枕木のような大きな木を組み上げて、中に遺体を置いて燃やして行う。火葬されて骨になるまでは数時間（半日）もかかるのが普通であった。遺体が焼きあがるまでの時間はとにかく長いのだ。秋の陽は短い。焼けるのを待つ間に早くも夕方になってしまい、歌は去年には元気であった妻と一緒に照る秋の月を眺めたが、今はもう死んでしまっていないと詠う。「妹は年さかる」と表現し時間が経つにつれて、次第に妻のことは思い出となって遠ざかっていくばかりと嘆く。遺体が焼きあがるまでの間に、元気であった一年前の亡き妻を思い出している。

　中西は人麻呂が歌を詠った時期は妻の死の一年後の歌というが疑問だ。大化二年（六四六）の薄葬令が出されて以降は中・下官人の妻の葬儀が年をまたぐように長く行われるはずがない。薄葬令以来、一般人に殯の期間はなく、死ぬと間もなく埋葬されるようになっているからである。特に持統の死体が七〇四年一月に火葬されて以降は一般人にも火葬が行われるようになっていた。だから、たとえ妻の死が持統の死よりも前であったとしても、妻は死んですぐに埋葬されたか火葬されたに違いないのである。持統の死後の歌ならなおさらすぐだ。

　次の二一五番歌は、「衾路《ふすまぢ》を　引出《ひきで》の山に　妹を置きて　山路思ふに　生けりともなし」と詠う。「妹を置きて」は重要な言葉である。骨を拾って山中に散骨したのか、焼き場の近くに設けた墓に埋葬したのかは分からないが、その時の様子を、妹を山中に置いたまま家に帰ったと表現したのであろう。歌は骨を拾い、骨を墓に収めるか散骨して、山からの帰り道で詠ったものである。この歌は二一四番歌に引き続いての歌だろう。

　最後の二一六番歌は、「家に来て　わが屋を見れば　玉床《たまどこ》の　外《よそ》に向きけり　妹が木枕《こまくら》」である。二一五番歌に続いて家に帰ると、妹は「玉床の外に向きけり」とある。火葬を終えて家に戻ると死んだ妻が家に寝ているはずもない。だから生前の妻の寝姿ではなく、亡き妻が火葬場に運ばれるまで寝ていた寝床の枕が乱れた状態を詠ったのだろう。枕の乱れた様子を詠うことによって、むなしく荒れた心の中までがよく表現できている。

　なお、この解釈で注意しなければならないことがある。この短歌の二一六番歌の「家に来て　わが屋を見れば

玉床の　外《よそ》に向きけり　妹が木枕」と、全文は省略するが二一三番歌の「吾妹子が　形見に置ける　緑児の　乞ひ泣くごとに　取り委《まか》す　……」の表現から、人麻呂はこの女性と妻問婚ではなく夫である人麻呂の家か妻の家のいずれかで夫婦が同居していたのだろう。当時の婚姻形態としては珍しい点に留意しておく必要がある。

以上のように火葬に至るまでの妻との生活→火葬後の骨拾いの時に感じた妻との思い出→火葬場からの帰り道での心境→家に帰って妻が寝ていた寝床の様子と、C群も時間順に流れるように詠われているといえよう。

D群は、二四九番歌から二五六番歌までの八首である。異論も多いが、ざっくりといえば二四九番歌で難波の御津の崎を出港し、二五〇番歌で淡路島の北端の野島に至ったことを詠い、二五一番歌で淡路島の野島で、恋しい妹（妻）のことを思い出して詠う。二五二番歌は船旅の不安を詠い、二五三番歌は印南野から加古川までを詠い、二五四番歌は明石の大門で詠う。二五四番歌から引き返して二五五番歌で明石から大和方面を見て詠い、最後の二五六番歌で帰り着いた海で漁師の見慣れた姿を詠って終わる。D群も時間の経過順どおりの配列といえる。

最後に、E群の四九六番歌から四九九番歌の配列と時間の経過との関係を見てみよう。

四九六番歌

み熊野の　浦の浜木綿《はまゆふ》　百重《ももへ》なす　心は思へど　直《ただ》に逢はぬかも

四九七番歌

古に　ありけむ人も　わがごとか　妹に恋ひつつ　寝《い》ねかてずけむ

四九八番歌

今のみの　行事《わざ》にはあらず　古の　人そまさりて　哭《ね》にさへ泣きし

四九九番歌
百重《ももへ》にも　来及《きし》かぬかもと　思へかも　君が使《つかひ》の　見れど飽《あ》かざらむ

上記に掲げた歌四首は語句の解釈や人麻呂作かどうかなどについて諸説あって定まらない点もあるが、四九六番歌は、生前の牟婁《むろ》の妻と交わした恋心を詠って、直に会えなかった辛さを詠っている。次の四九七番歌で、古に妻が元気だった頃の自分の恋心を詠い、昔の人（亡き妻）も恋いつつ寝につくこともできなかったことがあったのだろうかと思案して詠う。次の四九八番歌は、死んだ妻を忍んで私が泣くことは「今のみの行事」ではないとして、私が妻を想って泣いた以上に亡き妻も私を恋して泣いたに違いないと妻を偲ぶ。四九六番歌から四九八番歌までの三首は、自分と死んだ妻（昔の人と仮託して）の気持ちを時間の経過順に詠っていると思われる。

最後の四九九番歌はむつかしい。生前に妻からの知らせを持った使いが来るのを何度来てもよいと懐かしんでいる歌で終わっているからだ。学説によっては君という言葉は女から男への用法だから、人麻呂が女性に成り代わって詠っているなどの説がある。そんなことはどちらでもいい。結論は以下のとおり同じになるからだ。四九七番歌には続きがあると考えられる。

今日来た女からの使い（男が遣わした使いでも同じ）が最後となり、なんと寂しいことかと言外に詠う。言外の余韻が肝心である。そうでなければ、四九九番歌を最後に配列した意味がない。言外の余韻がなく文字どおり単純に妻からの知らせを持った使いが来るのを、何度来てもよいと理解したのでは詩情も何も感じられない。人麻呂ほどの天才がそのような単純な歌で終わるはずがない。筆者のように読み取ることができるならば、E群も時間順に配列されているといえる。

4　良い作品とは

『万葉集』の中でも有名で、人々に愛されて、未だに定説を見ないミステリーに満ちた人麻呂の歌を取り上げて、ようやく最後まで書き終えることができた。「かぎろひの歌」が、なぜ、長く人々に愛されて歌い続けられ、論じられてきたかについて感じたことを書き留めておこう。

一般に良い歌として長く人々に愛される条件には、以下の点を指摘できよう。

①王族・貴族（現代では知識人層か）から庶民までの幅広い階層に受け入れられること

②読者の年齢層の幅が広いこと

③男女の性差に関係なく、受け入れられること

④作者の意図を超えて多様な受け止め方ができること。言い換えれば、個人個人の事情・体験に広くマッチし共感が得られること

⑤長い時間の中で各時代に合致した理解がされること

⑥言葉の究極的な形として、シンプルで美しい歌で誰にも詠いやすく分かりやすいが、同時に歌が深い意味を持つこと

⑦まだ定説として定まらない箇所が多く、歌にまったくの素人でもプロと同じように評論できること。歌のプロにとってはなおさら取り組みがいのあるテーマであったこと

⑧古代の息吹を感じることができ、歌を味わうことによって当時の人々の感動と一体化して楽

しむことができること

⑨賀茂真淵の訓みがすばらしいと多くの人に思われたこと。この点は一般的な条件ではなく個別四八番歌に限っての要件である。真淵の訓みがそれほどすばらしいことでもある

右の要素を多く持った作品が「狩りの歌」といえるのであろう。なかでも四八番歌の「かぎろひの歌」はその最たる歌といえるのではなかろうか。

5　筆者の歌鑑賞法のまとめ

今回採用した『万葉集』の鑑賞法について本書の最初に述べているが、要約してもう一度書いておこう。筆者も「前書き」と「あとがき」と「帯」だけを読んで本を買うことがある。先に著書の結論を得るために最後の頁付近から読まれる方もいると思うので、読者の皆さんの理解を深めるとともに、興味をひき購入に役立つことも期待している。

(1) 二つの視点からの鑑賞法

歌は作者の生まれ育った環境や、生まれてからの経験や思想信条、時代の雰囲気による影響や課題などを背景に、作者の作風が出来上がるものだろう。時代を反映しても、時代を否定し批判的であっても、いずれの場合も時流が色濃くにじみ出る作品になるだろう。作者の持っている感性によって作られる部分があることは否定できないが、それでも育った時代の限界からは抜け出

せないだろう。

例えば、人麻呂歌に現代の歌人が詠うような和歌は一つも見出すことができないし、逆に現代の和歌には人麻呂の詠うような和歌を見つけることもできない。お互いに同じ和歌とは思えないほど変化していることは誰でも感じるだろう。人麻呂に現代の短歌を見せたならば、これは自分の目指した歌ではないと言うかもしれない。

筆者は『万葉集』歌を鑑賞するためには、作者について述べた時代の環境などの把握が必須の作業と考えており、鑑賞するための土台・ベースと考えている。これを本書では「総論」（「人物論」）として論述している。「総論」の上に立って歌の鑑賞を、以下のような二本立てで考えている。いわば複眼的視点で歌を鑑賞しようというのである。
①主観的アプローチによる鑑賞法（主観的鑑賞法と略称）
歌は大胆に想像力を働かせて、次のような諸点からの鑑賞が必要で重要と考えている。
i、直観的なひらめきや空想力・構想力を駆使してなされること
ii、自分が体験し、経験したことを解釈に応用すること
iii、先学や自分の長年の研究に基づいて理解すること
これらを筆者は主観的アプローチによる鑑賞法と名付けている。
②客観的アプローチによる鑑賞法（客観的鑑賞法と略称）
歌は主観的鑑賞法によるだけでは不十分である。客観的・科学的な知識を総合した、次の諸点

も必要で重要だと考えている。

ⅰ、歌の文法的な検討（国語表記史や音韻の研究なども含む）

ⅱ、歌の内容が当時の風俗や人々の習慣（民俗学）・常識・共通認識、歌う場の雰囲気やニーズなどに合致するかの学問的な検討

ⅲ、『万葉集』と同時代に編纂された『古事記』『日本書紀』『懐風藻』などや、同時代の中国の漢詩や文献などとの比較研究

ⅳ、歴史学、地理学、考古学、天文学、建築学など、他分野の学問の研究成果からの検討

ⅰ～ⅳを筆者は客観的アプローチによる鑑賞法と名付けている。

（2）当該歌に関する共通の諸問題に対する整理の必要性と重要性

類似する歌に取り掛かる前に、対象歌に関する共通の諸問題を整理しておくことが望ましい。総論（人物論）として把握したものは、当該歌を理解するための大きな枠組みにすぎない。さらに、これから取り組もうという具体的な個別歌に共通する諸問題があれば、それもまとめておくことは必要で、かつ重要だと考える。この点についてはすでに各論1～3（一三一～一八七頁）に詳述しているので参照願いたい。

当該歌に関する共通の諸問題とは何かについて、具体的に述べておこう。例えば、「石中の死人歌」（2・二二〇）、「香具山の屍をみて作れる歌」（3・四二六）、「神島の浜にして調使首《つきのおみのおびと》の、屍を見て作れる」歌（13・三三三九）などをまとめて論じる場合には、当時の税納入制度、村

落の在り方、村の排他性や閉鎖性の程度とその理由、庶民の死者に対する観念・恐れ、墓制などについても共通問題として取り上げられるべきと考える。可能な限り個別共通問題を整理し理解した上で、これらが具体的な各歌でどう反映されているかと考察を進めるべきだろう。

（3）主観的鑑賞法と客観的鑑賞法を実践している先例

すでに述べた二つの方法を総合して歌を理解するならば、歌をいっそう深く理解できると思っている。本書で採用したのは、不十分ながら主として後者の客観的鑑賞法によるもので、主観的鑑賞法については少ない。従来の感性だけに頼る方法に疑問を持っていたので、自分なりの方法で首尾一貫して論述してみたかったのである。学者の多くは上述の二つの方法を意識するかしないかにかかわらず、分類をせずに両者を駆使して解説していることも確実である。

主観的鑑賞法と筆者が考える例として本書二七六頁に稲岡耕二の評論を紹介したが、本書で最も基本文献とした中西進の著書『柿本人麻呂』の六一〜六二頁までの一部も掲載しておこう。「狩りの歌」五首に対する論述（注：中西には客観的鑑賞法によるものもある）である。

……人麻呂の現在とは、そうした過去と断ち切り難く存在するのである。現在は喪失の時の影なくしては存在しえない。それを人麻呂は四首の短歌に託して歌う。

第一首（四六番歌のこと：筆者。以下（　）内の小文字は同じ）は「古思ふ」という語をくり返して、主題をそのまま述べる。この場に居合わせた官人すべてが、かかる回顧の中にあったか否かはわからないのに、「阿騎の野に宿る旅人」が安らかに寝られないと歌う。おしなべての悲傷とすることにおいて、沈静な回想の雰囲気は有効に訴えられるのだが、さらには自らを「旅人」と呼ぶことの中に、いっそうの憂愁をわれわれは感じてしまう。

第二首（四七番歌のこと）は事情の説明のようにとれるが、淡々とした表現の中に、悲しみはよく流露している。「ま草刈る荒野」ということばは、それ自身荒々しいことばだ。しかも「過ぎにし」を導くことば（枕詞）として歌われた「黄葉の」という表現は、この荒野の縁語のように呼応しながら、荒野の寂寥（せきりょう：筆者）を訴えつづける。そうした情景を、「形見として来た」ということばで、人麻呂は自己の心に迎え入れようとするのである。荒野の荒涼さと、形見とすることの暖かさとが、距離をもてばもつほど、形見としようとする意志は積極的に激しいものだということになるではないか。

文章はまだ続くが、これまでにしておこう。

本書では主に客観的鑑賞法による解釈の仕方を示したが、これで十分だとはもちろん考えていない。二つの方法が同時に並び立つようなものが筆者の理想とする『万葉集』の解釈である。主観的鑑賞法によるものには、先学のすばらしい研究があるので、そちらも併せてお読みいただければ筆者の採用した方法も面白いと思っていただけるのではと期待している。

これまで述べてきた客観的鑑賞法には、パソコンの活用は欠かせない。データとなる基礎情報の入手や整理にはエクセルの活用は不可欠だし、和暦を西暦に変換し、古代の天文情報を入手するのはパソコンの活用なくしては不可能である。これからはパソコンによる情報処理操作ができなければ、良い鑑賞・研究はできないとさえ断言できる。これからの『万葉集』の鑑賞や研究にはどれだけパソコンを武器として使いこなせるかが勝負となるであろう。筆者は間もなく八〇歳となるが、数年間にわたってパソコン教室に通って若い先生に教えてもらっている。

『万葉集』研究にパソコンの活用をすべきと指摘した学者に『万葉集の基礎知識』を上野誠、鉄野昌弘とともに編纂した村田右富実がいる。村田右富実は「新しい万葉研究の芽吹き」の一つとして、この著書の二五〇頁以下に「(4) 数量的研究のはじまり」を書いて、今後の『万葉集』研究の新たな方向と可能性について述べている。

短く簡単な記述ではあるが貴重なことが述べられ、統計学の入門書の紹介などもしている。ぜひ本書とともに手に取って読まれることをお勧めする。

以上に述べた方法を図形化したものを次頁に提示した。図は最下段が総論(人物論)として、すべての基礎となる。その上の小さく四角で囲った部分は、取り上げた歌に関する共通事項として把握すべきもので、これらを土台として二つの方法を総合して鑑賞を行うもの(「作品論」として展開)として見ていただきたい。

客観的鑑賞法には順序をつけて順番に検討するような図にしたが、順序にこだわる必要はない。すべての項目を必ず実施しなければならないものでもない。図は非常に簡略化しているので、本文と合わせて参考にしていただければ、筆者としてこれ以上の喜びはない。

三　結論

主観的アプローチによる鑑賞法
①直観的なひらめきによる
←②空想力・構想力を駆使する
←③自分の体験・経験を生かす
←④先学や自分の研究を取り込む
←大胆に想像力を働かせる

客観的アプローチによる鑑賞法
①国語表記史や音韻、文法的な検討
←②風俗や人々の習慣・共通認識などとの一致
←③同時代の歌（『万葉集』、漢詩）・文献の研究
←④歴史・地理・考古学・天文学や他学問の検討
←客観的・科学的な知識を総合する

⇐ 二つの方法を総合した鑑賞を、パソコンを駆使（「作品論」として展開）して行う

↑

「狩りの歌」に関する共通諸問題（各論１～３に記載）を整理

生まれ育った環境・経験・思想信条、時代と個人が直面していた課題、作者の生きた時代の雰囲気による影響、持っている感性などを土台とする（総論「人物論」として把握）

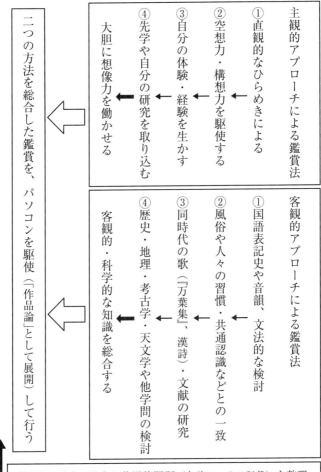

6　人麻呂のお雇い芸人説について

筆者は、本書で人麻呂を称して「宮廷歌人」とも「お雇い歌人」とも書いてきた。ある自著には「お雇い芸人」とさえ書いた。ここで人麻呂に対する歌人観について述べておきたい。筆者は通説の「宮廷歌人」の名は、ふさわしくないと考えている。理由を四つ挙げることができる。

その一は、当時の役所の名称に「宮廷歌人」と名の付くものはなく、そのような役職もなく、人々の集団の存在も宮廷内に認められない。現実に存在しないのに、あるかのごとく受け取られかねない名称は避けるべきである。しかも、学者間で「宮廷歌人」の定義さえ定まらない。

その二は、「宮廷歌人」とはいかにも上流階級の歌人の集まりのように感じられる。人麻呂は後に勅撰集の編纂を命じられた紀貫之や藤原定家のごとく身分が高く、他の撰者も最低でも六位以上と同等の一人ではない。彼らより数段低い下級役人の一人にすぎない。人麻呂が実施したことは主人の命令などによって歌を作り、披露しただけだ。宮廷行事にも何ら参加していない。いわば必要に応じて臨時に呼ばれ、その都度歌を披露する芸人のごとき存在だったといえよう。

その三は、「宮廷歌人」などとの名で呼ばれるような集まりは人麻呂にはなかったこと。旅人や憶良や家持などには、地方ではあっても歌を詠み合える人々の集まりがあった。しかし、人麻呂には宮廷内部にあって仲間たちと歌を詠い交わすようなこともなかった。一緒に酒を飲んで歌を詠み交わすような友人・文人の集まり、すなわちサロンも持たなかったし、その痕跡もない。

その四は、後に「宮廷歌人」と称された人々は独立した経済基盤を持ち、自立して生活していくことができた。家持や定家などは主人である後鳥羽上皇から見放されても生きていく手段が別にあった。ところが人麻呂は名門豪族の出身でありながら主人の持統に遠ざけられるとまったく消息も分からなくなるような下級役人の一人にすぎなかった。主人が死ぬか、役に立たないと主人から見捨てられてしまうと、運命は悲惨なものになってしまう弱い立場の人間であった。

いわば持統のご指名によって詠う太鼓持ちともいえる立場の人間はどう立ち振る舞うか。できうる限り主人に気に入れられるよう、主人が考えていることを必死に先回りして考え、忖度して生きることであろう。人麻呂はそのように生きた側面を持っていたことは疑いない。しかし、彼は己のほとばしり出る才能や情熱からも自由ではなかった。有り余る才能と歌への熱意は、単なる雇われ芸人に留まることを許さなかった。いや、逆に身分の制約があったからこそ、あらゆる制約を撥ね退けてすばらしい詩人となることができたのかもしれない。しかも単なる詩人の枠さえも超えて庶民のさまざまな要求にも応える信仰の対象にさえなっていく。

人麻呂は単なる「宮廷歌人」「お雇い歌人」「お雇い芸人」「おかかえ歌人」と呼ばれるような人物で終わらなかった。このような評価をはるかに超えた詩人として後世に名を残す偉人となったと評価できる。その原動力は何か。まだ、答えを出せる見解を持たない。

（1）人麻呂が持統に命じられて詠んだ歌の対象者の関係系図と歌番号

ここで、人麻呂が詠んだ歌のうち、宮廷の人々と関係する歌と、系図を整理して示そう。

人麻呂は傍線の人物に歌を献呈している（以下、阿蘇瑞枝『柿本人麻呂論考』を参考に筆者が作成）。

天武―高市（一九九～二〇二）
　｜
　├草壁（一六七～一七〇）―軽（四五～四九）
　｜
持統（三六～四二、二三五）

（2）人麻呂が天智・天武の皇子・皇女へ献呈した歌の関係系図と歌番号

天武―新田部皇子（二六一、二六二）
　｜
　├長皇子（二三九～二四〇）
　└弓削皇子
　｜
天智―大江皇女
　├泉皇女
　└川島皇子（一九四、一九五）

天武―泊瀬部皇女（一九四、一九五）
　└忍壁皇子（一九四、一九五、二三五或本）

天智―明日香皇女（一九六～一九八）
　└新田部皇女
　　｜
　　├舎人皇子
　　｜
天武

注：「人麿歌集」には忍壁へ一首、弓削へ五首、舎人へ六首の贈歌があるが、ここには取り上げていない。

「人麻呂作」とある歌には泊瀬部皇女と明日香皇女を除き、すべて天智・天武の皇子に限られている。この点から泊瀬部皇女と明日香皇女の系図を見ると、泊瀬部は忍壁と同母姉弟であり、明日香皇女は忍壁の妻だったとされる。泊瀬部と明日香には忍壁との関係が濃厚に見られ、彼女たちへの献歌の実際は忍壁への歌だったのではないかと疑われる。有力皇子の中では穂積への贈答歌のないことは注目すべきだろう。穂積の政界への登場が遅かったからかもしれない。

長と弓削は軽を立太子と決める会議で軽の対抗馬となった人物である。持統との折り合いが心配される。忍壁は天武と持統が吉野に隠棲した時から行動を一緒にしたが、彼は年齢も高く学識もあったと考えられ、大津ほどではないが持統から軽のライバルとされた可能性がある。そのため忍壁は持統から遠ざけられたのだろう。持統時代には叙位や恩賞の際に名が一切出現しない。また、持統が快く思っていないだろう人物（忍壁・長・弓削）と人麻呂の交流は、かなり危険を伴ったと想像できる。皇女については阿閉皇女（後の元明天皇）に献呈していないことも不思議である。阿閉と草壁との関係を考えると阿閉へも歌が献呈されて当然と思うが、何の献歌もない。

人麻呂の長歌は中国の詩やヨーロッパをはじめ世界中で詠われている古代の詩と比べても、まったく引けを取らない立派なものと評価できる。主な長歌はいずれも雇い主である持統の要請あるいは命令で作った歌であった。彼が残した歌は「お雇い芸人」であったからこその業績ともいえる。だから筆者は人麻呂の人となりの側面を表す言葉として、通説の「宮廷歌人」よりも、朝臣の姓を持つ人物を称する名にふさわしくはないが「お雇い芸人」を強調したいのだ。

人麻呂の業績の一つは、「長歌」＋「反歌」として詠われていたものを、両者を独立した歌としながら「長歌」＋「数種の短歌」の形式として完成させたことにあるといってよいと思う。彼には単独歌にもすばらしいものが多いが、なんといっても人々の心を打つのは草壁・高市皇子挽歌や阿騎野の狩猟歌や泣血哀慟歌など「長歌」（と「短歌」を組み合わせた歌）にある。長歌については阿蘇瑞枝の『柿本人麻呂論考』に詳しいので、付け加えるものは何もない。人麻呂の歌は、

①「長歌」は『古事記』『日本書紀』の歌謡に比べ句数を多く用いている。句数を平均すれば従来の歌謡のほぼ二倍にもなるという。つまり、一首の長歌が長くなっているのだ。

②例外はあるが人麻呂は五音句と七音句を整然と用いている。『古事記』『日本書紀』の歌謡では五音ではなく二から四音や、七音ではなく六音・八音を用いた句が多く用いられていた。

③「長歌」の末尾の形を短長長（五・七・七）としている。五・七・七の形は『古事記』『日本書紀』でも用いられているが、『記紀』は「三・六・三」や「七・七・七」などさまざまな文字数の形で終わっている。『記紀』の歌は形式が固定されていないので型が確立したとはいえない。

④人麻呂により②とともに③によって型が出来上がったといえる。すなわち、基本として②で述べた五・七を何度も繰り返し、最後は③の五・七・七で終わる長歌の完成である。

⑤人麻呂は対句を『記紀』の用い方の伝統を継承しつつ、より高度に、かつ、華麗に駆使して発展させ、文芸性を高めている。歌謡と人麻呂の対句の差異については、田中真理の論文「記紀歌謡の対句表現」と「柿本人麻呂の対句表現」が参考になる。

⑥人麻呂が心血を注いで取り組んだ「長歌」＋「短歌」の形式を引き継ぐ者は家持を最後として終わり、短歌だけが後世の人々に引き継がれたことは残念の一言であった。後の人々は、長い詩（長歌）よりも短い詩（短歌）へ情熱を注ぎ込むようになり、次第に短歌が主流になり、江戸時代には世界で最も短い詩の形式である俳句へと向かっていった。人麻呂の長歌を超えて造られる新形式の長歌は、明治維新を経て従来の日本にまったくなかった西欧詩が流入し、その影響を強く受けて生まれた近代詩が出現するまで待たねばならなかった。

⑦人麻呂は今日では広く信仰の対象となっている。初めの頃は百人一首の第三番目に採用（あしびきの　山鳥の尾の　しだり尾の　ながながし夜を　ひとりかも寝む：拾遺集）されるなど歌聖として祀《まつ》られた。藤原公任《ふじわらのきんとう》が「三十六人撰」を選ぶにあたり、その第一に置いた。元永元年（一一一八）には、人麻呂は和歌の神として「人麻呂影供《ひとまろえいぐ》」として絵に描かれて飾られ、絵の前に飯、菓子、魚鳥、酒を並べ参加者一同で和歌を詠じるようになる。次第に名前をもじった「ひとまる」から防火の神としてや、「ひとうまる」として安産の神へと広がり、人麻呂信仰は疫病防除の神や、山や漁民の信仰対象、水の神から五穀豊饒《ごこくほうじょう》の神へ、学問の神にまでと広がっていった。

現在までに知られる人麻呂を祀る神社は、桜井満の労作『柿本人麻呂論』によれば、日本全国、北は北海道から南は九州の宮崎県まで二五六社に及んでいる。信仰の広がりは「お雇い芸人」の枠をはるかに超えて広く愛された結果でもある。古橋信孝は著書『柿本人麿』の最後に、桜井満の調べた神社の現住所などを調べて、その他の情報とともに追記して書いている。

あとがき

『万葉集』や「柿本人麻呂」については、先学の立派な研究書がたくさん出版されているので、それらを活用すれば素人でも比較的容易に歌の神髄ともいうべきものにアプローチができることが分かった。何しろ、難解とされている歌は学者の見解が多様で、両極端な見解が展開されている例もある。素人が何を言ってもその範囲内に収まってしまい、安心して意見を言うことができる。筆者の唱えた新見解もすでに誰かが唱えているかもしれないと思うほどだ。『万葉集』を本書で述べた方法によって読解すれば、自分なりの納得を得た理解に到達できる可能性がある。『万葉集』には未解決の謎のある歌が少なくないとされる。何しろ全体で四五〇〇余首もあるので、未開拓の宝庫だといってもよい過言ではない。ぜひともそこから宝物を探し出して必死に磨いてすばらしい輝きを持った歌に再生してほしい。賀茂真淵が四八番歌を見つけ出し、自分なりに読み解いた歌が後世の人々から絶賛を得られたようにできるかもしれない。

未解決の歌は発想の違う素人が取り組んでこそ解決の糸口が見つかるかもしれないと思う。素人は過去の学問の蓄積を考慮しないで大胆に恥ずかしげもなく提案できる強みがある。『万葉集』にはそのような取り組みができる材料に事欠かない。本書に書いた方法を活用すれば、ある程度の客観的な読み取りができるのではと考える。だから『万葉集』は素人でも面白い。

本書でもいくつかの新解釈を提案することができた。

①『万葉集』巻二は兄大友を悪者から皇位継承争いに敗れた悲劇の皇子にするため、元明によってまとめられたものであったこと（ただし、筆者の前著には述べている。追加は注11　三四六頁）、

②草壁が行った狩りの年月日を、天武十四年十一月十六日に特定したこと

③軽が実施した狩りの年月日を、持統七年十一月十六日に特定したこと

④人麻呂は「炎」と「月」をともに草壁に仮託して詠ったとしたこと

⑤「炎」を日の出直後の太陽の光＝太陽と考えたプロセス

⑥「月西渡」の訓みを「つきにしわたる」としたこと

⑦「月西渡」（1・四八）の「月」をほぼ満月と特定したこと

人麻呂が草壁を象徴して詠う「月」とは単なる月ではなかった。「満月」か、ほぼそれに等しい形である。この点については少し説明を付け加えておくべきだろう。草壁挽歌（2・一六七）に多くの人々が皇位に就くことを待ち望むことを表す「望月の……」と表現して草壁に用い、それが第二反歌（2・一六九）で「夜渡る月の　隠らく惜しいも」と、死んでしまったことを嘆く。「望月」とは「満月」のことである。だから「夜渡る月」も満月のまま山陰に沈んでしまったと表現している。そして草壁挽歌の「月」を受けて、有名な阿騎野遊猟歌（1・四八）に「月西渡」と詠った。だから「月西渡」とする「月」も草壁を象徴している以上、当然ながら満月でなければならない。この点を指摘したものに「橋本」（三四三頁）の「人麻呂と中国文学」（月野文子）

がある。ただ注意すべきは一五夜の満月ならば日の出の時にはほぼ月は山に沈んでしまうことだ。両方が確実に同時に見えるのは満月より少し後（一六～一八日）の月だ。果たして予想どおり阿騎野遊猟歌に歌われた「月」は、満月から数日後の「月」であった（本書一六八頁以下と二六五頁）。

⑧藤原京の建設と軽が行った狩りが深い関係にあったとする考察

⑨持統のした吉野行幸日と軽が行った狩りの日が近くて深い関係にあったとする推論

⑩冬至は天岩戸からアマテラスが登場した日であり、アマテラスと同一化して考えている持統が、孫の軽の狩りの日を子の草壁がかつて行った狩りの日と重ねるよう、冬至の日に計画したのだと結論付けたこと、冬至は後の藤原京遷都の日とも重ねられているという指摘

これらは筆者が長年にわたって考えてきたもので、面白く取り組めたテーマであった。成功しているかどうかは読者の判断にお任せする。

特に、①②③⑧⑨⑩は学者の誰も触れていないので筆者の独創と思う。

他方、十分に取り組めなかった課題も残された。一つは、日本語の文法と「かぎろひの歌」の関係は、筆者が古文の文法や国語表記に疎《うと》い点もあって十分に論述できなかった。この点で参考となる書に国語学者の佐佐木隆『万葉集を解読する』がある。四八番歌を読み解くために文法的な観点から首尾一貫して取り組まれた書とさえいえる。筆者の結論とはずいぶん違う点もあるが、文法の観点から四八番歌を読み解いたならば、どうなるかを丁寧に分かりやすく説明している。全四章の記述の多くを使って「『万葉集』の歌を正しく訓じ、その内容を正しく理解しようとす

る際に、前もって心がけておくべきこと……」（一八頁）が述べられ、文法的理解の上で四八番歌を二五四頁～二九〇頁まで三七頁にわたって解説されているので大変参考になった。

欠点は自説に有利な文法的な観点からの論述が主であり、「炎」を「けぶり」とするが、文法とは関係が薄いためか、どのような「煙」かの論及がなく、「炎」の見えた時間は何時頃かや、月との関係にも触れていない。さらに個々の文字の訓みも本書のような一文字単位の訓みの記述がないなど、さらに広い観点からさまざまに深く追求されていればと惜しまれる。

また、古橋信孝の『柿本人麿』も、一、著者の方法論の明示、二、方法論に役立つ共通事項としての時代認識と史料、三、動かしがたく基本となる史料の上に各論を展開しているよう（筆者のいう客観的アプローチの順）で、結論は別にして筆者には心強いものがあった。

膨大な量になっている木簡の表記と、「かぎろひの歌」の表記や訓みが整合的かどうかにも触れることができなかった。「かぎろひの歌」と同時代の歌の出土例が少なく木簡との関係についての研究が進んでいないためもあるが、今後の課題として残っている。また、『万葉集』に多く見られる誤字や写し間違いや脱字についてと、民俗学的なアプローチも知識が乏しいために触れることができなかった。漢文や中国語についても知識がないため、大きな影響を受けたとされる中国の漢詩との比較文学的な点についても触れることもできていない。大きな課題として残った。

残した課題の最後になり未だ誰も指摘していないことであるが、文武即位（六九七年）後の人麻呂の歌から天皇賛美と持統一族を神格化する文言が消えている。文武即位後は明らかに人麻呂の歌人としての役割に顕著な変化が見られる。持統引退後の大宝元年（七〇一）の吉野行幸に従駕せず、さらに参河・尾張・美濃・伊勢等への持統の東国行幸（大宝二年・七〇二）への従駕も認められていない。その上、東国行幸には伊勢行幸（持統六年・六九二）の際に従駕しないで在京のまま詠ったような歌さえ一首も詠わない。作者未詳だが三二三四番歌「伊勢の国は　国見ればしも　山見れば　高く貴し　川見れば　さやけく清し……」のごとき伊勢の地の讃歌もない。以上の諸点の他に、行幸に従駕する歌人も変更されている点は、すでに一〇二頁以下で述べた。

持統にとって一族の神格化は、もはや文武即位で成し遂げられたので改めて強調されるべきことではなくなったからだろうか。実際に文武時代の人麻呂作であることが明確で、作歌年代の明らかな明日香皇女（七〇〇年死亡）への挽歌（2・一九六～一九八）には、天皇賛美の文言は一切ない。この歌の前に置かれた歌は、六九一年に死んだ川島皇子についてなされた泊瀬部皇女と忍壁皇子への献歌（2・一九四～一九五）もあるが、この歌にも天皇神格化の文言はない。

ここで断言できることは人麻呂の歌人としての役割は持統の天皇在位時代で完全に終わり、持統にとって人麻呂は必要不可欠な人物でなくなったことを意味する。つまり文武の即位をもって人麻呂の宮廷での作歌活動は終わっているのだ。このことは通説の明日香皇女の歌が人麻呂歌の最後ではないことを意味する。すなわち、人麻呂の宮廷での作歌活動はその前に実質的に終わったとみるべきなのである。この点については本書の主目的ではないために、十分に論じられなかった（一〇二頁以下に論述）。しかし、非常に重要で誰も指摘していないので再度ここに記す。

『万葉集』にはまだ謎に包まれている歌がある。それらを一つずつ取り組んで良い歌を掘り起こす作業は素人の方が適しているかもしれない。どうか読者の皆さんが続いて取り組んでいただきたい。そのための方法論として本書が少しでもお役に立てるならばこれ以上の喜びはない。

最後に『万葉集』は今から数十年前には戦意高揚に利用され、出征兵士の心のよりどころとなった歴史も忘れてはならないと思う。四〇九四番歌の一部である「海ゆかば　水漬（みづ）く屍（かばね）　山行かば　草生（む）す屍　大君（おおきみ）の　辺（へ）にこそ死なめ　顧（かえり）みはせじ」（大伴家持作）が代表的である。歌は時に人を喜ばせ心慰めるものだが、そのような利用ばかりではなかった歴史のあることも注意が必要である。どうか再び不幸な利用がされないことを祈る。

本書は高校時代の級友の近藤紘彦氏から原稿段階で多くの意見をもらっている。これまでも筆者の著作の原稿段階で、厳しくも貴重な意見を聞かせてくれている。ここに記して感謝の意を表したい。本書の編集もまた文芸社の高島三千子氏にお願いした。安心してお任せしている。今度も筆者のわがままを聞いて良い本に仕上げていただいている。記してお礼の言葉としたい。

末尾に人麻呂の活躍した時代の年表を示し、同時代に生じた主なでき事を記載し、同年に詠われた代表的な歌の題名を書き入れた。読者の皆さんの参考になればと思う。

最後にいつも某新聞の読者から投稿された和歌を楽しんでいて、何冊もの自費出版を認めてくれた妻に六冊目の本書を捧げて長年の協力に感謝したい。

令和五年三月吉日　我が家で唯一の居場所にて

注11（七一頁、三四一頁）

元明が大友を悲劇の主人公の皇子としたことについては、もう少し詳しく説明するべきだろう。一部にはすでに述べたことと重複する部分もあるが、それを最小限に止めながら恐れずに述べよう。

元明が天皇になるにはいくつものハンディキャップがあった。一つ一つ見ていこう。

①元明は女性であり、女性が天皇になった例は、それまでに三人しかいない。最初は推古で、次は皇極（後の斉明）で、最後が元明の異母姉である持統である。いずれも男子天皇の例外と位置づけられる。

②例外として天皇になったとしても三人は、いずれも皇后の経験者である。推古は敏達の皇后であったし、皇極は前任である舒明の皇后であった。持統も前任である天武の皇后であった。このように皇后以外の女性が天皇になったのは、それまでの日本の歴史に例がない。

翻って元明を見ると、彼女は天武の皇子である草壁の唯一の妻であったにすぎない。たとえ草壁が皇太子であったとしても（学説の多くはこの時はまだ皇太子制度はなかったとされる）、皇太子の妻が天皇になった例はない。元明の身分で天皇になった者は、それまでに前例がなかったのである。

③すでに時代は天智から天武へと完全に移り変わっている。時の権力者で皇位を握っていた天武の血を元明は引いていない。元明にあった正当性はかつての天皇であった天智の血を引いた実の娘だということだけである。そして天智の正当な後継者である大友は、壬申の乱で天武に敗れて縊死《いし》している。

④子から親への皇位継承の例も、これまでの歴史に一つも例がない。前例のないことを行うことは、いつの時代でも大きな困難を伴うのが常であった。ましてや国家最大の、かつ、最重要の皇位継承にあっては、なおさら

のことであった。これまでの皇位継承例は親から子、または兄弟継承が主であった。親から子への継承は省略し、兄弟継承について述べる。

ⅰ、兄から弟への継承

履中→反正→允恭、安康→雄略、安閑→宣化→欽明、敏達→用明→崇峻、天智→天武

ⅱ、弟から兄への継承

顕宗→仁賢

例外の推古、皇極、持統の三人の女帝の皇位継承は次のようなものであった。

ⅰ、崇峻（異母兄）→推古（異母妹・敏達の皇后）、（義母）→舒明（継子）

ⅱ、舒明→皇極（舒明の皇后）、（異母姉）→孝徳（異母弟）→斉明（異母姉）

ⅲ、天武（叔父）→持統（姪・皇后）、（祖母）→文武（孫）

このような政治情況下にあって元明は慶雲四年七月十七日に大極殿で即位した。元明が息子の文武から皇位を継承するにあたって、その正当性を臣下に説明するために、次の二点の内容を持つ詔を下している。

第一に、天智の定めたという「改めることのない常の典（不改常典）」を持ち出したことである。この法典については諸説があり定まらないが、筆者は、

ⅰ、天智の血を引く者（男であるか女であるかどうかは問わない）

ⅱ、現天皇の生前の意志によって皇位継承すべきと定めた者

の二つの要件を満たす人物が次の正当な皇位継承者であるという内容を持っていると考えている。「不改常典」

については拙著『『古事記』『日本書紀』の秘められた関係』（一一二頁以下）に書いたことがあるので詳細は省略する。興味のある読者はそちらをお読みいただければ大変ありがたい。

問題点は、この法典はこれまで誰もが知り得た法ではなく、元明が突然言い出したと言われかねない欠点を持っていることである。明文化されたものもない。

第二に、文武の死（慶雲四年六月十五日）の間際に遺言があったとしたことであった。この遺言について『続日本紀』（宇治谷　孟訳を基本に筆者が改訳）には、概略次のように記されている（九三頁）。

慶雲三年十一月以来、大君であり、わが子でもある天皇が「自分は病んでいるのでお暇を得て治療をしたい。この天つ日嗣《ひつぎ》の位は大命にしたがって母上が天皇としておつきになり、お治めください」とお譲りになる言葉をうけたまわりました。「私はその任に耐えられません」とお答え申し上げて辞退しました。その後も度重ねて言われるので、お気の毒でもあり恐れ多いので慶雲四年六月十五日に「御命令をお受けします」と申し上げました。そのとおりにこの重大な位を引き継ぐのである

この母子のやり取りを直接聞いた重臣は誰もいない。そのためにこの遺言が本当になされたかどうかを証明するものが何もない。元明の説明は証明力が決定的に足りないという欠点を持っている。

したがって、以上の二つだけで元明の皇位継承の正当性を主張するには、いかにも苦しい。その上に、天智の血を引いているとしても皇位継承争いで天武に敗れた大友の妹だったからである。大友はアマテラスから続く正統な血を引く天武に逆らった反逆者として戦いに敗れた。世間からは元明は常に反逆者である兄と同じ血を引く者であるとみなされ続ける。やはり、元明の皇位継承を高らかに言うには何かが足りないのだ。

元明はこの足りないものは何かについて必死になって考えたに違いない。そして辿り着いた結論は、元明の皇位継承は、天智の血を引く者が従来から行われてきた皇位継承の一種であるとすることであった。すなわち、これまでの皇位継承で例の多い兄弟継承の一種としてなされたものであるとすることだった。歴史を振り返れば、兄弟継承はすでに述べたように例が多かったのは、紛れもない事実だからである。

言い換えれば「不改常典」の二要件のうち、②の現天皇の意志は文武の遺言があったとするので、かろうじて満たすが、①の天智の血を引く者という要件には重大な問題を含んでいた。元明は紛れもなく天智の娘であったが、天智の血を引いているといっても、皇位継承争いで天武の敗れた大友の異母妹だったからである。

元明と同じ天智の娘である持統は、天武と協同して天智の息子である大友を倒し、かつ天武の皇后であった。この点で持統と、天武の息子の一人にすぎない草壁の妻で、天智の血を引くだけという元明とは違うといわなければならない。だから元明の皇位継承には、さらなる正当性の理由が必要だったのである。

ここで、元明が天智からの血の継承を確認すれば次のとおりであった。歴史の実態は天智（兄）→天武（弟）→持統（天武の皇后）→文武（天武・持統の孫）→元明（文武の母）であった。元明の正当性を言うには、この系図を天智（父）→大友（子、兄）→元明（妹）をメインとして、最低でも天智→（大友→）天武→持統→文武→元明とすることであった（この系図は明治維新後に明治天皇によって大友は弘文天皇とされて実現している）。ここで問題は大友の存在である。大友が皇位継承争いに敗れたことは動かしがたい事実であった。従来の流れを変えるには何かが必要である。必要なものとは、大友は徳がないから争いに敗れたのではなく、人物として立派であったが運悪く戦いに敗れ悲劇的に死んだ同情すべき人物とすることだと考えたのである。

そして元明はその方法として歴史書や歌が非常に有効であることに気が付いた。では歴史書や歌を利用するために自分は何をすべきかと考えたに違いない。元明の手元にあったカードには『古事記』『日本書紀』「歌集」（後の『万葉集』第二巻）の三つがあった。『万葉集』以外は、いずれも元明が時間をかけて完成させたものである。歴史書は一定の上流階級の人々の理解と支持を得るために効果的である。歌はそれを広く人々に広げることに有効である。元明はこれらの課題を次のように取り組んでいる。

『古事記』の成立（七一二年）は三つの中で最も早いもので、物語の内容は敗者（大友もその一人）を称え、その死を悼み、同情的に書くことである。すなわち、皇位継承争いに敗れた皇子たちを悲劇の主人公とした歴史書とすることである。元明は太安万侶に命じて、皇位継承争いに敗れた皇子たちを読者の同情を得られるように悲劇的に書かせた。

次に着手した『日本書紀』（七二〇年）は、すでに一部は完成し、本来の歴史書の在り方として皇位継承争いの勝者は徳が高く、それ故に皇位継承争いに勝つべくして勝つだけの理由があるのだという主張で一貫していた。元明はこの原則を変えずに一部の伝承を強調することによって例外を設けさせた。それが影媛の物語だ。影媛に対して愛する夫を理不尽に殺された悲劇の女性とすることによって、『日本書紀』で先に述べた原則の唯一の例外物語（理不尽にも夫を殺された影媛の物語として、権力争いに敗れた夫であるシビを悲劇の主人公とした）として記述させたのであった。さらに唯一の例外の物語の最後は、次の言葉と歌で終わらせている。『日本書紀』を意訳すれば、

影媛は夫のシビが殺されるところに駆け付けて、殺される一部始終を見て驚き、心を押し潰されながら、悲

しみの涙でいっぱいになって歌を作って詠った（歌は坂本太郎他の『日本書紀㊂』一五〇頁による）。

石《いす》の上《かみ》、布留《ふる》を過《す》ぎて、薦枕《こもまくら》、高橋過《たかはしす》ぎ　物多《ものさは》に　大宅過《おほやけす》ぎ　春日《はるひ》　春日《かすが》を過《す》ぎ　妻隠《つまごも》る　小佐保《をさほ》を過《す》ぎ　玉笥《たまけ》には　飯《いひ》さへ盛《も》り　玉盌《たまもひ》に　水《みづ》さへ盛《も》り　泣《な》き沾《そぼ》ち行《ゆ》くも　影媛《かげひめ》あはれ

さらに、影媛は夫の死骸を埋め終えて、家に帰ろうとした時にむせびながら「苦《くや》しきかな、今日、我が愛《うるは》しき夫を失ひつること」とつぶやいた。そして続けて、涙にぬれながら失意の中で次のように詠った。

あをによし　乃楽《なら》の谷《はざま》に　鹿《しし》じもの　水漬《みづ》く辺隠《へごも》り　水灌《みなそそ》く　鮪《しび》の若子《わくご》を　漁《あさ》り出《づ》な猪《ゐ》の子

歌の趣意は埋めた夫の遺骸を、猪よ、どうか掘り返したりしないでおくれということであろう。これらの記述と歌は『日本書紀』の主張の異例として語られ、『日本書紀』の中でも圧巻の物語となっていると評価できる。

三つの書の中で最も後で成立したのは「歌集」（『万葉集』巻二は七一二〜七二〇年頃の完成と思われる。まだ元明が編んだ時には『万葉集』の名はない）で、『日本書紀』には天智以降の記述から事件の予兆や風刺を謡う「童謡《わざうた》」（五首）以外の歌の掲載をすべてカットされているが、『万葉集』でその補充をしている。すなわち、『日本書紀』で省略され、皇位継承争いに敗れた皇子の歌を『万葉集』巻二に集中して配列し、巻二全体を皇位継承争いに敗れた皇子（特に有間と大津）への深い同情と追悼の歌（挽歌）としてちりばめているのだ。そのことによって、言外に異母兄の大友を彼ら敗者の皇子と同等の悲劇の皇子であることを主張し、兄の復権を図っている。これ以上はすでに本書の七一頁以下で述べたので繰り返さない。

年表

天皇	和暦	西暦	和歌関連	主なでき事
天智	天智元	六六二	額田王の熟田津の歌 天智の大和三山の歌	中大兄皇子が天皇を称制
				草壁皇子誕生
	天智二	六六三		大津皇子誕生
				白村江の敗北
	天智六	六六七		近江（近江京）に遷都
	天智七	六六八		天智就任
	天智十	六七一		大友皇子が太政大臣に就任
				天武・サララが吉野に隠棲する
				天智死す
天武	天武元	六七二		壬申の乱
	天武二	六七三		天武即位（二月）
	天武四	六七五		民謡や舞踊の名手を貢がせる詔
	天武八	六七九	天武の吉野の歌	阿閉が草壁皇子と結婚
				吉野の盟約

天皇	和暦	西暦	和歌関連	主なでき事
天武	天武九	六八〇	人麻呂の七夕歌か？	氷高皇女誕生
	天武十	六八一		草壁皇子が皇太子待遇となる 帝紀・上古諸事を記す命令
	天武十二	六八三		軽皇子誕生
	天武十四	六八五		草壁と人麻呂が阿騎野で狩りか
	天武十五	六八六	大津辞世の歌 大伯の大津を偲ぶ歌	天武死す 大津謀反事件
持統	朱鳥一	六八六		持統称制が始まる
	持統二	六八八	近江荒都歌を詠うか	天武を大内陵に葬る
	持統三	六八九	草壁皇子への挽歌	藤原不比等判事となる 草壁皇子死す
	持統四	六九〇	人麻呂が持統の紀伊行幸に従駕して詠う歌四首（持統五年か）	持統が正式に天皇となる 高市皇子太政大臣となる 持統が紀伊に行幸する 高市皇子が藤原宮を視察

天皇	和暦	西暦	和歌関連	主なでき事
持統	持統四	六九〇		第一回伊勢神宮の遷宮 元嘉暦と儀鳳暦を採用 持統第一回藤原京行幸
	持統五	六九一	川島皇子への挽歌 七夕の宴が行われる （『書紀』七月条）	豪族一八氏の墓記を集める 藤原京の第一回地鎮祭 諸王・諸臣に宅地を班給
	持統六	六九二	持統の伊勢行幸時に京に留まれる人麻呂が作る歌 （1・四〇～四二）	藤原京の第二回行幸 持統伊勢行幸 第二回地鎮祭 持統が第三回目の藤原京行幸
	持統七	六九三	阿騎野の狩りの歌 藤原宮役民の作歌	持統が第四回目の藤原京行幸 軽皇子が人麻呂と阿騎野で狩りか
	持統八	六九四	持統が天武を偲ぶ歌 藤原宮の御井の歌	持統が第五回目の藤原京行幸 藤原京に遷都

天皇	和暦	西暦	和歌関連	主なでき事
持統	持統十	六九六	高市皇子への挽歌	高市皇子死す 藤原不比等政界第五位となる
持統	持統十一	六九七		軽皇子皇太子となる 持統が軽皇子に皇位を譲位
文武	文武元	六九七		文武即位 藤原宮子が文武の夫人となる
文武	文武二	六九八		藤原の姓は不比等に限り名乗れる
文武	大宝元	七〇一	七〇〇年に明日香皇女への挽歌	文武の朝賀の儀 首皇子誕生 持統が最後の吉野行幸 大宝律令なる 文武が紀伊に行幸。持統も同行
文武	大宝二	七〇二	人麻呂の歌が見られなくなる	遣唐使が倭を日本と称する 持統最後の行幸（参河・尾張など） 持統死す（西暦では七〇三年一月）

天皇	和暦	西暦	和歌関連	主なでき事
文武	慶雲元	七〇四		遣唐使帰国
	慶雲四	七〇七		文武が遷都を審議させる 文武死す 元明即位
元明	和銅三	七一〇	元明の藤原京決別歌	平城京へ遷都
	和銅五	七一二		『古事記』完成
	和銅七	七一四		首皇子が皇太子となる
	和銅八	七一五		元正天皇誕生
	養老四	七二〇		『日本書紀』編纂なる 藤原不比等死す
	養老五	七二一		元明死す

参考・引用書籍

参考にした基本文献はすでに掲げたので重複を避けて、それらは省略する。その他に参考・引用させていただいた書籍は以下のとおり。なお、歴史に関して参考にした書籍は多数あるが、広く知られているか通説と思われるものを取り上げているので、本書で引用している書籍を除き省略した。掲載したものは柿本人麻呂関連の書として手元に置いて、何度も読み返した本に限定している。配列は著者のお名前の「あいうえお」順とした。掲げた文献の著者に深く感謝申し上げたい。

阿蘇瑞枝　『柿本人麻呂論考』　おうふう　1998年

伊藤博・橋本達雄編　『万葉集物語』　有斐閣　1978年

伊藤博　『萬葉集の構造と成立　上』　塙書房　1988年

伊藤博　『萬葉集の構造と成立　下』　塙書房　1987年

稲岡耕二　『王朝の歌人1　柿本人麻呂』　集英社　1985年

犬飼隆　『木簡による日本語書記史』　笠間書院　2005年

犬飼隆　『木簡から探る和歌の起源』　笠間書院　2008年

上野誠　『万葉挽歌のこころ』　角川学芸出版　2012年

上野誠　『万葉集講義』　中央公論新社　２０２０年
上野誠他編　『万葉集の基礎知識』　KADOKAWA　２０２１年
宇治谷孟　『続日本紀』（上）　講談社　２０１１年
大谷雅夫　『万葉集に出会う』　岩波書店　２０２１年
北山茂夫　『柿本人麻呂論』　岩波書店　１９８３年
北山茂夫　『柿本人麻呂』　岩波書店　２００８年
神野志隆光　『柿本人麻呂研究』　塙書房　１９９９年
神野志隆光編　『万葉集鑑賞事典』　講談社　２０１０年
神野志隆光他企画編集　『万葉の歌人と作品』第二巻　和泉書院　１９９９年
神野志隆光他企画編集　『万葉の歌人と作品』第三巻　和泉書院　１９９９年
小島憲之　『日本古典文学大系69　懐風藻』　岩波書店　１９６４年
斉藤国治　『古天文学の散歩道』　恒星社厚生閣　１９９６年
斎藤茂吉　『柿本人麻呂　四』　岩波書店　１９９４年
埼玉県教育委員会　『稲荷山古墳出土鉄剣金象嵌銘概報』　１９７９年
桜井満　『柿本人麻呂論』　桜楓社　１９８０年
坂本太郎他　『日本書紀』㈠〜㈤　岩波書店　２０１０年他
佐佐木隆　『万葉集を解読する』　日本放送出版協会　２００４年

高松寿夫　『柿本人麻呂』　笠間書院　2016年
武田祐吉　『国文学研究　柿本人麻呂攷』　大岡山書店　1943年
多田一臣　『柿本人麻呂』　吉川弘文館　2017年
東野治之　『木簡が語る日本の古代』　岩波書店　2009年
直木孝次郎　『万葉集と古代史』　吉川弘文館　2003年
中西進　『万葉集』（一）～（四）　講談社　1993年他
中西進　『柿本人麻呂』　講談社　1991年
中西進編　『柿本人麻呂　人と作品』　おうふう　2005年
中山正實　『壁画　阿騎野の朝』　中山正實　1940年
西宮一民編　『古事記』　おうふう　2006年
原田大六　『万葉集発掘』　朝日新聞社　1973年
古橋信孝　『柿本人麿』　ミネルヴァ書房　2015年
山本健吉　『柿本人麻呂』　新潮社　1978年
吉永登　『万葉　通説を疑う』　創元社　1969年
吉永登　『万葉―その探求』　現代創造社　1981年
吉田春秋　『炎の里　阿騎野』　新潮社　1992年
渡邉義浩　『魏志倭人伝の謎を解く』　中央公論新社　2012年

参考論文

本書に関連する参考論文として、『万葉の歌人と作品』の巻末にある論文のリストにあるものは、最低限のところ目を通すべきとは思ったが、実際には実現できなかった。これらの論文に貴重で重要な見解が掲載されているだろうことは承知しているが、大半は入手することができずに、簡単にインターネットで入手できる論文に限られた。素人には入手のハードルが高すぎたからである。インターネットでは引用文献として記述してほしい必要事項が記載されていない。例えば、掲載された文献名や発表年度などが抜けている。掲載できたのは、執筆者名とタイトル名だけであり、基本事項として不足があってもご了承願いたい。判明する限りを記載している。

池田昌広　范曄『後漢書』の伝来と『日本書紀』

井実充史　『懐風藻』七夕詩について

上野理　人麻呂の吉野賛歌の構想と表現―巡狩に歓呼し跳躍する自然―

梶裕史　阿騎野遊猟歌考

菊池威雄　挽歌と神話―安騎野の歌をめぐって―

小林明美　「呉音」と「漢音」
重留妙子　万葉集における梅の歌考
竹尾利夫　人麻呂の連作への志向―阿騎野遊猟歌をめぐって―
田中真理　記紀歌謡の対句表現―進行形式における時間と空間―
田中真理　柿本人麻呂の対句表現
寺尾登志子　人麻呂の近江荒都歌をめぐって―作者の創意と時代背景―
寺川眞知夫　近江荒都歌―その表現の背景―
土佐秀里　文武天皇の漢詩―その歴史的背景と文学史的意義をめぐって―
中西進　万葉集の意義（昭和五十一年九月二日、古代文学界報告）
中村隆信　人麻呂が見た「炎（かぎろひ）」
橋本達雄　宮廷歌人の論―人麻呂を中心として―
服部昌之　万葉集の地名―金坂清則報告によせて―
浜田弘美　人麻呂歌集七夕歌の表現：語り手・配列・典型化
本田義寿　万葉集における「長歌＋短歌」の様式―その芸能史的側面に関する覚え書き―
松田芳昭　万葉集長歌における題詞と枕詞―枕詞の抽出的機能について―
フォンリュブケ留奈子　『万葉集』に見られる大正・昭和初期の日本人論

三上真由子　日本古代の喪葬儀礼に関する一考察―奈良時代における天皇の殯期間の短期化について―

身崎壽　人麻呂と「阿騎野の歌」―坂下論文を読んで―

宮崎路子　万葉集における七夕伝説の構成―人麻呂歌集七夕歌群から―

森斌　大伴家持七夕歌の特質

横倉長恒　「近江荒都を過る時、柿本朝臣人麻呂の作る歌」の語るもの

和田萃　〝かぎろひ〟考

著者プロフィール
児玉　敏昭（こだま　としあき）
1944年４月、北海道に生まれる。1968年３月、明治大学法学部法律学科を卒業。会社勤務の最晩年に奈良大学の通信教育を受け、2013年３月に奈良大学文学部文化財歴史学科を卒業。
主な著書に
『藤原宮と香具山の不思議　「藤原宮の御井の歌」とともに』（2015年　文芸社）、『『古事記』『日本書紀』の秘められた関係』（2017年　文芸社）、『藤原京は日本の原点だ「藤原宮の御井の歌」を読み解いて』（2018年　文芸社）、『『大和言葉』―あなどれない江戸時代の女性の教養書』（2019年　文芸社）、『日本の基礎を創った持統と元明の女帝姉妹』（2022年　文芸社）がある。

柿本人麻呂の「かぎろひの歌」考
―こうして素人でも『万葉集』を面白く読み解けた―

2023年６月15日　初版第１刷発行

著　者　児玉　敏昭
発行者　瓜谷　綱延
発行所　株式会社文芸社
〒160-0022　東京都新宿区新宿1－10－1
電話　03-5369-3060（代表）
03-5369-2299（販売）

印刷所　図書印刷株式会社

ISBN978-4-286-30132-7